エミリ・ブロンテの肖像（シャーロット・ブロンテ画）

『嵐が丘』を読む

中岡　洋　編著

開文社出版

#『嵐が丘』を読む・目次

*増田恵子　**杉村藍　***澤田真弓　****芦澤久江

まえがき

エミリ・ブロンテと『嵐が丘』は多くの謎や伝説に包まれている。事実から推定される真実と、謎や伝説から抽出される真実が溶け合って、また別の謎や伝説を創り上げていく。そのようにしてブロンテ家については無数と言っていいほどの伝説が幾重にも語られている。

たとえば、「カルヴィニズムに対する恐怖はブランウェル伯母さんからきたのではないかもしれないが、その時代の他の多くの人々とともに、アン、ブランウェル、シャーロットに苦しみを惹き起こした抑圧的な観念論であったことは疑いない。当時人々は他の源からカルヴィニズムと出遭ったのである。[1]」エミリ・ブロンテにもカルヴィニズムの影響を見て取ることができるかもしれないが、他の姉妹と兄のなかには明らかにその証拠はある。ブロンテにおける宗教的要素は深く根を張った構成要素の一つとして見なければならないであろう。

パトリック・ブロンテがものわかりのよいやさしい父親であったのに、エリザベス・ギャスケルの筆使いのまずさのために「ハイエナ」とともに焼き殺してもたりないくらい、残酷で抑圧的な専制君主であったと信じられてきた。そうでなかったことはすでにジュリエット・バーカーによって証明されている。[2]

エミリ・ブロンテについては特に彼女の性格のためか、たくさんの伝説が語られた。恋人はロバート・ヒートンであった、あるいはルイス・パレンセルという名の人物であったと言われた。いずれも真実とは違う。エミリに恋人がいていけないわけはないが、彼女には恋人はいなかった。恋人がいない若い娘がなぜあのような凄惨な物語『嵐が丘』を書くことができたのか、ということがまた新たな伝説を生むことになる。

エミリの特殊な性格、たとえば最期の病気のとき、あれほどシャーロットが心を砕き、医師の診察を受けさせようとしても、「毒を盛る医者」[3]を近づけなかったことは有名である。エミリを失ったときのシャーロットの反応とアンを失ったときのシャーロットの反応は明らかに異なる。前者は医薬をことごとく拒否したのに対して、後者は姉の言うとおり素直に可能な治療はすべて受けた。それゆえシャーロットはエミリの死をいつまでも受け容れることができず、後悔の種として悩むことになった。

このような妹の性格と小説『嵐が丘』の作者としての文学的立場が輻輳《ふくそう》して、シャーロット・ブロンテが書いた「伝記的紹介文」はエミリについての謎と伝説をますます増幅させる一方であった。

しかしそうした謎や伝説が存在すること自体エミリ・ブロンテの魅力を生み出す一つの源であ

ることも否定できない。それらは相乗効果を挙げながら、ブロンテ文学の地平を広げ、その奥行きを深めていく。

『嵐が丘』が発表されてから一六〇年ほど経った。その間、これほど種々さまざまな解釈がなされた作品も珍しい。『嵐が丘』は何を意味しているのか。何を伝えたがっているのか。キャサリンとヒースクリフの愛は何なのか。いろいろ疑問を抱かせる作品であるにもかかわらず、『嵐が丘』はいまもなお読者の心を掴んで離さない。

『嵐が丘』の物語はどのような話なのか。まずそれを調べておこう。

一五〇〇年にアーンショー家の先祖がワザリング・ハイツに堅牢な家を建てた。その名はヘアトン・アーンショーという。そこは風がいつもヒューヒュー吹きまくる寒い北国の丘の上で、枝は太陽のほうに梢を指し伸ばし、まるでお布施をねだっているような姿をしている。その家にアーンショー家一族が住んでいて、一八世紀半ばのこと、アーンショー夫妻に子どもができた。総領はヒースクリフであった（私見）が、幼いころに死んだ。その後一七五七年ヒンドリーが生まれ、次に一七六五年夏キャサリンが生まれた。谷の下のほうに猟園を備えた大きなお屋敷があり、そこにリントン家が住み、治安判事をする家系であった。リントン夫妻には一七六二年、長男エドガーが生まれ、一七六五年の暮れに長女イザベラが生まれた。

嵐が丘に連れて来られたヒースクリフ
チャールズ・キーピング画

一七七一年晩夏のころ、アーンショー氏が所用でリヴァプールへ行き、そこで孤児を拾って来て、その子にヒースクリフという死んだ長男の名前を与えた。色の黒い子であったが、アーンショー氏はヒースクリフを溺愛して、ヒンドリーの嫉妬に火をつけてしまった。

ヒンドリーは大学に送られ、一七七七年一〇月アーンショー氏が死ぬと、ヒンドリーはどこの馬の骨とも知れないフランセスという妻を連れて帰って来た。早速、ヒースクリフへの虐待を始め、彼を農奴の地位へ転落させた。しかしキャサリンとヒースクリフは大の仲良しとなっていた。

その年の一一月キャサリンとヒースクリフは谷の下のリントン家まで足を延ばし、窓からリントン兄妹が喧嘩をするのを見る。しかし家の者に見つかったキャサリンは犬に踝《くるぶし》を噛み付かれ、出血したためリントン家で手厚く介抱される。ところがヒースクリフは浮浪児だと決めつけられ追い帰されてしまう。キャサリンはクリスマスまで五週間親切な治療を受け、おまけに洗練され、戻って来たときにはまるでお嬢さまのようになっていて、ヒースクリフはその変わりように怯んでしまう。

一七七八年六月、ヒンドリーとフランセスの間にはヘアトンという嫡男が生まれる。続いてキャサリンとリントン家の令息エドガーとの恋愛模様が展開され、ヒースクリフは次第に嫉妬の焔を燃え上がらせていく。やがてエドガーからの求婚を受けて、キャサリンがそれを承諾したことを知ったヒースクリフはついに失踪してしまう。その夜雨に打たれたキャサリンは熱病に罹り、彼女を引き取って面倒を見ていたリントン夫妻は病気が移り相次いで死んでいく。

三年後、一七八三年三月、エドガーとキャサリンが結婚すると、その年の九月にはヒースクリフが戻って来て、両家を掻き乱すことになる。イザベラの恋心を利用して彼女と駆け落ちし、一ヶ月後ヒースクリフ夫妻は嵐が丘へ戻って来て、それからヒースクリフはグレインジに通いづめになる。やがてキャサリンはヒースクリフとエドガーの間で精神のバランスを失い、キャシー・リントンを生んだ日の朝死んでいく。数日後イザベラはロンドン方面に逃げ出し、その後リントン・ヒースクリフを生む。

ヒースクリフはリントン家とアーンショー家に仕返しをしようと思いつくかぎりの策を講じ、自分の息子リントンとリントン家の娘キャシーとの結婚を画策し、エドガーを窮地に落としいれて死なせるが、それぞれの家の主が死んでいった後、ヘアトンとキャシーの間に自然な愛情が芽生え、恋人となるころ、ヒースクリフは死んだキャサリンのまぼろしを間近に見るようになり、キャサリンとの一体化を夢見ながら恍惚裡に死んでいく。

グレインジを借家したロックウッドがその家の女中ネリー・ディーンから物語の顛末を聞く。

筋書きを以上のように辿ってしまえば原作の魅力を半減し、よくある話と斥けられてしまうけれども、テスクトを読めばそこに盛られた波瀾万丈は読者を惹きつけて放さない迫力がある。

その迫力が尋常一様なものではないため、『嵐が丘』やその作者について多くの謎が語られ、伝説も数多く生まれている。その謎と伝説が増殖されたせいもあって、この『嵐が丘』という小説を読んでいろいろな解釈が提出されてきた。それらの解釈や意見がすべて無駄であったということはない。何かを掴もうとする読者たちの努力はほんとうに目を見張るものがある。

たとえば、「あたし二〇年も宿無しだったの！」と言うキャサリンの言葉はどういう意味だったのか。その二〇年とはいつからいつまでを示しているのか、というようなことを問題として多くの人々は悩んできた。謎はいつまでも解けない。

またおもしろいことに、アルファベットのaを数字の1とし、zを26としてアーンショー氏（Mr. Earnshaw, 120）、ヘアトン（Hareton, 81）、リントン（Linton, 84）、ヒースクリフ（Heathcliff, 78）、ミス・キャシー（Miss Cathy, 117）、イザベラ（Isabella, 61）、キャサリン・リントン（Catherine Linton, 167）、エドガー・リントン（Edgar Linton, 119）、ジョウゼフ（Joseph, 73）、ネリー・ディーン（Nelly Dean, 92）、ロックウッド氏（Mr. Lockwood, 129）、ジラー（Zillah, 68）の合計が一一八九となり、聖書の総章数と合致することを発見した、ミリセント・カラードの主張は世にも珍しい文学論[4]である。それによると、ほとんどすべての箇所に三位一体の構成があるらしい。キャサリン（死）、イザベラ（墓）、キャシー（精霊）は三位一体であり、ヒンドリー、ヘアトン、リントンはヒースクリフにおいて三位一体であり、キャシー、イザベラ、キャサリンは苦しみの象徴的な三位一体で、ネリー、ジョウゼフ、エドガー・リントンは道案内の三位一体であると説かれている。

そればかりか、登場人物の名前の文字数は四（Nell）、五（Cathy）、六（Linton）、七（Hareton）、八（Isabella）、九（Catherine）、一〇（Heathcliff）、一一（Edgar Linton）のように整然たる配列になっているらしい。その他同種の数の魔法が縦横に検討されているが、それも謎めいてよく研究してみないと理解することが容易でない。このようにわざわざ謎を増やすことを考えなくても『嵐が丘』には多くの神秘めいた隅があちらこちらに見出されるのは言うまでもない。

かつてエドマンド・ブランデンが世界の三大悲劇として『リア王』『白鯨』と並べて『嵐が丘』を挙げた。最初のものだけが劇であるが、前二者のすさまじい悲劇性を感じ取れる者は、当然『嵐が丘』のすばらしさを直感することができるであろう。またサマセット・モームが『世界の十大小説[5]』の一つとしてこの小説を挙げていることを思い出すと、バランス感覚のよい作家が何を直感したかがわかるような気がする。モームが挙げるのはヘンリ・フィールディングの『トム・ジョーンズ』、ジェイン・オースティンの『高慢と偏見』、スタンダールの『赤と黒』、バルザックの『ゴリオ爺さん』、ディケンズの『デイヴィッド・コッパーフィールド』、フローベールの『マダム・ボヴァリー』、メルヴィルの『白鯨』、ブロンテの『嵐が丘』、ドストエフスキーの『カラマーゾフの兄弟』、トルストイの『戦争と平和』である。モームにとっては『ジェイン・エア』よりも『嵐が丘』のほうが偉大だと思われたのであろう。一般に『ジェイン・エア』のほうがナンバー・ワン・ノヴェルと言われているにもかかわらず、『嵐が丘』の強烈なインパクトには敵わないのである。

『嵐が丘』はこのようにして世界文学のなかで高い評価を受けるようになったし、また受けてきているが、どうしてそのような絶大な評価を受けるのかという理由が明確に表現されることは少ない。そのことについて印象を一言で言えば、解釈がむずかしいからである。いまは読者の時代で、読者がそれぞれ独自の解釈をすることが寛大に許されているから、読者が自分自身の評価を試みてみるのがいちばんよいであろう。

第一章　『嵐が丘』は誰が書いたか

この議論は謎の多い『嵐が丘』だけに興味ぶかい問題としていつまでも愛好者の意識の底に横たわっているので、どのような疑問点が出されていたのかを整理しておこう。

『嵐が丘』は姉のシャーロット・ブロンテが書いたのだという奇想天外な意見を真剣に唱える者もいたし[1]、妹アンとの関わりでも作品に影響があったのではないかという意見もある。エミリ自身が、この小説はブランウェルが書いたのだということを知りながら、それを公表させたという説もある[2]。

エミリ・ブロンテと兄ブランウェルが非常に仲がよかったことはよく知られている。エミリ・ブロンテについての最初の著書を書いたメアリ・ロビンソンは、エミリが夜更けまでブランウェルの帰宅を待っていたことや、消沈したブランウェルにやさしい言葉をかけ慰め励ましてやったことを伝えている[3]。

エミリ・ブロンテが『嵐が丘』を書いたのは今日では自明のこととされているが、一九世紀と二〇世紀初頭においてはかなり深刻な問題であった。『嵐が丘』がブランウェル・ブロンテによって書かれたとする説を公式に唱え始めたのはフランシス・H・グランディー[4]で、この意見はブランウェルの交際仲間から出てきたものであった。また友人の一人、フランシス・A・レイランド[5]も、ブランダグラム師の説教に関する描写のなかでロックウッドが見る夢はブランウェルの影響の名残りであろうと主張した。

この説に対して反対意見を展開したのはアイリーン・クーパー・ウィリス[6]で、小説の特徴を論拠としてレイランドの説を否定した。

一　ブランウェル作者説

ブランウェルが『嵐が丘』を書いたという説の有力なものはグランディー、レイランド、アリス・ローなどであった。ある意味で興奮を呼ぶこの種の話題は一時なかなか強い迫力をもっていた。

ブランウェル・ブロンテは一八四五年七月一七日、家庭教師としての雇い主、エドマンド・ロビンソン師から解雇通告を受けた。この直後の数ヵ月間はこの問題を考えるうえで非常に重要である。なぜならば『嵐が丘』はエミリによって一八四五年秋から四六年春にかけて書かれたと一般に信じられているからである。ほとんどの批評家はブランウェルがこの時期飲酒と放蕩に明け暮れていたとしている。一八四五年九月、ブランウェルは友人のレイランドに手紙[7]を書いて、次のように述べている。

ハリファックスでお目にかかって以来、正真正銘の病気から幾時間かをむりやり奪い取って、三巻本小説の執筆に捧げてきました――そのうち一巻は完成しています――実際には来るべき二巻ともども、人生のこの曲がりくねった細道について過去六年ばかり考え経験してきたことの結果です。

ぼくは苦しみを紛らわすために――日夜弱火で焼肉を焼きながら何かを試してみようと自分自身を奮い起たせなければならないと思っていました。そして出版界では小説がもっとも売れ筋の商品で、そのため人間の知性を極度に緊張させなければ書き上げることができない作品に一〇ポンド提供されるのならば、葉巻をくゆらせたり鼻歌を歌ったりしなければ書き上げられない三巻本では二〇〇ポンドでも断らなければならないだろうということくらいぼくでも知っています。

このころシャーロットも友人のエレン・ナッシーに手紙を書いて、ブランウェルの在宅中は、彼が就職活動もせずにぶらぶらしているから、来てもらいたくないと述べている。[8]

一八四五年九月に第一巻が完成していたということは、ソープ・グリーンを解雇されるずっと前に小説を書き始めていたということになる。小説を書くという計画は、その年のクリスマスころには、ブランウェルからシャーロット、エミリ、アンに伝えられたであろう。三姉妹も『カラー、エリス、アクトン・ベル詩集』（1846）の出版を決め、出版社に原稿を送ったころ、小説を書き始めていた。ブランウェルがレイランドに送った手紙にあるように、小説の主題は彼自身の生涯から取られたらしい。ブランウェルの手紙によると、他人には容易に気づかれないようにヴェールで隠し、『リア王』や『ハムレット』のような、病的で、不幸で、絶望的で、嵐のような物語はいかにもブランウェル好みの展開であり、スモレット、フィールディング流の素朴な写実主義の文体で書かれていたらしい。これは当時流行していた文体ではなかった。第二、三巻は着手はしているものの、まだ完成されていないと手紙には書かれている。このころブランウェルが記憶も新しいソープ・グリーンでの事件を題材にして小説を書く可能性は十分あり得た。しかしシャーロットには、彼は単なる酒とアヘンの常用者にしか見えなかった。

同じくブランウェルの友人でキースリーのウォーリー・グラマー・スクール（Warley Grammar School）の校長であったウィリアム・ディアデンは一八六七年、『ハリファックス・ガーディアン』を読んで驚いた。『人民の鏡《ピープルズ・ミラー》』に掲載された匿名の『嵐が丘』批評が転載されており、そこには「揺り籠から墓場までまっしぐらに破滅への道を突き進み、一度も脇道へ逸れたことのない男、ヒースクリフが……気の弱い引っ込みがちな女性によって着想されたと誰が想像するであろう。しかしこれは事実であった」[9]と書かれていた。そこでディアデンは次号の『ハリファックス・ガーディアン』に投稿し、彼が個人的に知っている幾つかの事実を証言した。それによると、ハワースからキースリーへ行く途中の「クロス・ロード・イン」（Cross Road Inn）という小さな酒場で自作を朗読することになり、ブランウェルは自分の番がくると帽子のなかに入れて持って来た原稿を取り出して読み始めた。彼は一時間にわたってディアデンとレイランドの注意を惹きつけて放さなかった。ディアデンは作中人物の原型の実名を挙げ、そのうちの幾人かは健在なので実名は伏せたいと語っている。タイトルは決まっていなかったし、出版社が見つかるかどうか、ブランウェル本人は不安に思っていたという。物語の中身が恐ろしい内容であったからであろう。そのときブランウェルが読んだ部分は『嵐が丘』のそれと同じであり、場面はキースリーかハリファックスの近くにある谷間を見下ろす荒野の一角で、『嵐が丘』の背景としてふさわしいものであったという。

　これについてダフネ・デュ・モーリアはその著『ブランウェル・ブロンテの地獄の世界』のなかで「ブランウェルは、実際近視であったので、原稿を自分のものと信じて取り上げ、帽子から取り出すやいなや、それがエミリの物語だとわかったという可能性は残る。悪戯好きの彼は、ただディアデンやレイランドに及ぼす効果を試してみるだけでもよいと考え、大声で読み上げた。彼らがショックを受け、怯えさえしたということは彼の喜びを大きくしたことであろう[10]」と述べて、そのときの情況を解釈している。

同じくブランウェルの友人であったハリファックスのエドワード・スロウン[11]はディアデンに、小説が逐次出来上がるにつれて部分部分をブランウェルが読んでくれていたので、『嵐が丘』が発表されたときすぐに作中人物と事件が展開されていくのがわかったと述べた。[12]複数の証言が出ているのは興味ぶかい。かりにブランウェル自身の主張が疑わしいものであるとしても、彼らが共謀して同じような証言をしたとは考えにくい。

一時、リーズの『タイムズ』紙の編集長をしていたジョージ・サール・フィリップは、ブラッドフォードかハリファックスでブランウェルに会ったことがあり、一八四七年一二月に『ミラー』に『ジェイン・エア』批評を載せたが、実際にハワースを訪問して、酒亭「ブラック・ブル亭」(The Black Bull)でブランウェルにインタヴューしていたとき、ロンドン大学でギリシャ語を教えていた教授と出会ったことにも触れながら、ブランウェルが姉妹の身許、つまりカラー・ベルたちの身許については口を噤んだことを伝えている。

レイランドもブランウェルが『嵐が丘』を書いたと主張している。ブランウェルはミセス・

ギャスケルも認めているように非凡で早熟な才能の持ち主であった。また友人のレイランドが主張しているように、ときどき酒を飲むことはあっても、そのことが文学的創造を妨げるはずはなかった。レイランドの主張によると、一八四五年秋までブランウェルは忙しく小説を書いていて、そのころ彼には酒癖は付いていなかったらしい。彼は創作の脂が乗り、創作はロビンソン家からの解雇とは無関係であった[13]。彼は若い天才がみなそうであるようにおずおずとし、控えめで自分の力がわかっていなかった。ブランウェルの実力は小説のなかでこそ発揮できるものであったし、すぐれた観察力をもって情熱的情緒を記録することができた。それは「善悪に対する人間的感情を生き生きと描いて」いて、ブランウェルがレイランドに宛てた手紙にも明らかに示されている。

ブランウェル・ブロンテへの言及は姉妹の伝記にも絡み合い、ブランウェルに関する説得力をやや弱めた。クレメント・ショーターはレイランドの著書を「退屈な本[14]」と言い放ち、ブロンテの熱狂者しか読まないものだと言い切った。メイ・シンクレアも同じ態度を取った。ブランウェルの書いた作品を『嵐が丘』と見なす理由は、『リア王』や『ハムレット』の情熱と同じように悲劇的な人間の情熱的経験を描いた物語であればすべてに適応され得るもので、ほとんど意味がなかった。

出版当時、『嵐が丘』には各ページに男性的な空気がただよい、男性的な構想で書かれており、女性には書けないものだ、と一般には考えられていた。特にロックウッドがストーリーを直接語っている第一～三章においてはそうであった。グレインジの描写などはエミリが訪れたポンデン・ホールよりも、ブランウェルが知っていたソープ・グリーンの応接間に近いことが指摘されている。ソープ・グリーンとスラッシュクロス・グレインジの頭文字が一致することもその近似性を強調している。

エミリは父親から古典語を学んでいたが、その知識は十分なものではなかった。ブランウェルのほうがより深い知識をもっていて、それが「奥の院」（'penetralium'）（第一章）とか、「あの無慈悲な土地っ子」（'indigenae'）（第四章）とか、「ミロの運命」（'the fate of Milo'）（第九章）などの例に示されている。ブランウェルはグランディーへ送った手紙でもギリシャ語、ラテン語、フランス語などを文中に挿入するのが好きであった。愛とキューピッドへの言及（第一章）、「一糸纏わぬ男の子」（'shameless little boys'）（第一章）、「狂暴な雌犬」（'ruffianly bitch'）（第一章）、「踵やコートの裾」（'heels and coat laps'）（第一章）、「哀れな奴隷根性の雌犬みたいな女」（'pitiful, slavish, mean-minded brach'）（第一四章）、キャサリン・リントンの言う「ああ、いやになっちゃう――わたしは飽きちまったのよ、ヘアトン！」（'Oh! I'm tired —— I'm stalled, Hareton!'）（第三一章）という恥知らずな台詞、盛んに用いられる罵倒の言葉、「家の玄関をヒンドリーの血で塗りたくったりする特権」（'the privilege ...painting the house-front with Hindley's blood'）（第六章）、野獣のように賎しい召使へのイザベラの言及、こういう用語はエミリのようにもの静かで寡黙な若い女性が処女小説にもち込むはずのないものであり、『嵐が丘』は若い女性によって書かれたとするには粗野で乱暴な表現で溢れすぎているのである。

ロックウッドについて言えば、ブランウェルの個人的経験を暗示するものがあり、たとえば、海辺での経験（第一章）、農夫ヒースクリフの描写（第一章）は男性的側面を示している。この海辺での経験はブランウェル自身がメアリ・テイラーに対してもった経験だということが伝記的にわかっている。

さらに『嵐が丘』は死の描写が多く、「キャロラインによせる詩編」（Poems to Caroline）に見られるように、死、病気、衰弱のイメージはエミリよりもブランウェルのほうが特徴的であった。これらの詩編は長姉マリアに対するブランウェルの哀歌だという指摘もある。

『嵐が丘』のもう一つの特徴として極端なメソディストのもったいぶった偽善に対する攻撃が描かれている。ギマデン・スー・チャペル（Gimmerden Sough Chapel）におけるジェイブズ・ブランダラム師の説教（第三章）は宗教者の偽善の最たるものである。ジョウゼフの風刺的描写はすばらしいが、ジョウゼフのこわそうな、むっつりした気分は少なくともエミリのものではなく、冷笑的で嘲笑的な態度をくずさないブランウェルのものである。パロディーやカリカチャーはブランウェルに似つかわしい。たとえば、彼が一八四〇年三月一三日、役僧のジョン・ブラウンに宛てた手紙は、着任したブロートン＝イン＝ファーネスの雇い主、大家、地方の人々、女性たちの情報を伝え、ハワースの人々はどうしているか、と懐かしげに語っている。しかしその文体はスモレット、フィールディング、ディケンズばりの、礼儀作法や不自然な礼儀正しさの見せかけから逃れようとしてわざと荒々しくふざけてはしゃぎ回る精神を例示している。『嵐が丘』の作者は偽善に対する軽蔑の念が強く、憎らしい人物に対する立て板に水の攻撃は痛快千万で、一種の意気揚々たる悪意をもってジョウゼフを描いたらしい。ジョウゼフのモデルは誰か地方にありがちな空念仏の非国教徒であったように思われる。

一八四〇年に書いた手紙の一節で、ヒースクリフのように、誰かハワースの男性の眼から「悪魔が覗いている」[15]と書いたブランウェルの想像力は猛々しく、不機嫌で、陰鬱な性質をもっていた。

他人の妻に対する情熱の焔は半ば人間的、半ば悪鬼的な姿を取った。ソープ・グリーンでの二年間の滞在中に観察したことがヒースクリフの眼の描写に役立てられているということも考えられるであろう。「それに決して大胆に窓を明けたことがないくせに、悪魔のスパイのように、窓の下に潜んできらきら閃めいている黒鬼が二匹見えるでしょ。」（第七章） あるいはイザベラはその同じ眼をこう描き出した。「地獄の雲に覆われた窓が一瞬わたしの方に向かってきらっと光ったの。だけど、いつもは顔を出す悪鬼がとてもかすんで涙におぼれかかっていたものだから、わたしは恐れることもなく思い切ってもう一度嘲笑の声を張りあげてやった。」（第一七章）

ヒンドリーもブランウェル作者説を支える登場人物の一人である。ブランウェルならヒンドリーの絶望に共感もしたことであろう。ブランウェルは性格的にも決意やエネルギーの力においてもヒースクリフと同じであった。[16]ウィームズ・リードはエミリの側に立ちながら、ヒースクリフの情熱の表現とブランウェルの情熱の表現には類似があることを認めている。しかしながらブランウェル自身が、自分の恋物語が『嵐が丘』の恋物語になったと認めることはなかった。相手があまりに有名な女性であったからである。

ブランウェルが『嵐が丘』を書いたと強力に主張するのはアリス・ローである。彼女によると、エミリが書いたとする唯一の論拠は一八五〇年にシャーロットが書いた『嵐が丘』第二版の序文である。ブランウェルは友人[17]グランディーが一八四六年の夏、ハワースを訪問したとき、シャーロットは父親の眼科手術でマンチェスターに行っていて、ブランウェルはエミリ、アンとともに在宅していた。

彼［ブランウェル］が私［グランディー］に述べた非常に重要な一言が、私の見るところ、長い間批評家たちを困惑させてきた問題、つまり『嵐が丘』を誰が書いたかという問題にある光を投げかけている。……その力強さにおいて、また不安な精神のもっとも病的な情熱の解剖において、あのように驚くべき作品がエミリ・ブロンテのような若い娘によってよもや書かれたとはほとんど信じられない。彼女はあまり世界を見たことがなく、あまり人間も知らなかった。人生や性格についての彼女の研究は、それが彼女自身の研究であるとすれば、主として、彼女自身の想像力から来ている。パトリック・ブロンテ〔ブランウェルのこと〕が、『嵐が丘』の大部分は自分が書いたと私にはっきり言いきったし、また彼の妹が言ったことがそういう主張を生み出した。実際あの物語を読むと、彼のペンから出て来たにちがいないと確信できる数多くの節に出会う。彼はラデンデン・フットでの長話でよく私を楽しませてくれた、病んだ天才の不気味な空想が、小説のページにふたたび表れている。であるから私は、プロットそのものは妹というよりむしろ、彼の発明だった、と信じたい気持ちである。[18]

ブランウェルは性格的に暗く、法螺吹きで、嘘吐きで、酔っ払いで、アヘン飲みだったので、そのように堕落した人間の発言は、ショーターは本末転倒と一蹴し、信じることはできないと言いきっている。しかしそのようにこの問題が本末転倒で、彼の文学的才能が無視すべきものであるなら、どうしてブランウェルについての検討が行われたのであろうか。メアリ・ロビンソン、メイ・シンクレア、クレメント・ショーターはこのブランウェル作者説に不安を抱きつつ、なぜ素通りしてしまったのか。

ブランウェルの主張についてシャーロットが何も知らないという情況はどうして起こったのか。

それは不思議に思われることの一つである。どういう根拠に基づいてシャーロットは『嵐が丘』がエミリの作品と確信していたのか。エミリが『嵐が丘』を書いたという証拠は何か。また作品に対するエミリの資格は何なのか。単独の作者なのか。共同作者なのか。単なる一部の寄稿者にすぎないのか。

右の問題点について確実に受け入れられていることは、エミリには『嵐が丘』を書く能力があったということ、シャーロットの役に立つ情報があったこと、すなわち一八四五〜六年にかけての冬、シャーロットは妹たちに小説を出版するための準備をするよう勧めていたこと、シャーロットが書いた作品とともにエミリが出してきた『嵐が丘』をエミリ・ブロンテの作品としてではなく、エリス・ベルの作品として出版社に送ったこと、おそらくエミリの筆跡であったので、シャーロットの眼をエミリの作品として通過させたのであろうということ、以上の諸点である。

しかし批評家たちが主張しているように、エミリが作品を分割して姉妹に見せ、一章一章検討したという証拠はない。シャーロット・ブロンテは「伝記的紹介文」のなかで『嵐が丘』に関して明確な叙述を行っている。それには数年間姉妹が以前には行っていた互いに読み合わせたり互いに批評しあったりする習慣を中断していたという言及がある。シャーロットが『嵐が丘』を読んだとき、あるいはエミリが大声で読んで聞かせたとき、シャーロットは驚くどころか、仰天してしまった。それは雷鳴のごとく彼女の耳を打ったという。それは何よりも姉妹の間のコミュニケーションが途絶えていたという証拠である。

作品が原稿の段階で読まれるのを聞いた者が、あれほど無情で執念ぶかい性質の、道に迷い堕落した精神が与えるきりきりと激しい影響を受けて身顫いしたとしても、生々しく恐ろしい場面を聞くだけでも夜は眠れなくなり昼間は心の平和を乱されたとこぼしたとしても、エリス・ベルは何を言っているのかしらと不思議がり、わざとそんな苦情を言っているのだと思ったことであろう。[19]

シャーロットから見ればもの静かで、控えめな妹がその性質、限られた経験にそぐわない作品を創造することができたとはほとんど信じられないように思われた。シャーロットにとっても『嵐が丘』とエミリの関係は謎であった。それに対してエミリはシャーロットに何の説明もしていない。シャーロットはW・S・ウィリアムズに手紙を書き、エリス・ベルの洗練された詩歌と『嵐が丘』の多くの人々を惹き付けるというよりはショックを与える散文の対照性について語っている。[20]『嵐が丘』に対する読書界の反応はたしかに悪かったし、作者は男性、しかも非常に粗野で残忍な男性だと思われた。

一八四八年七月、ブランウェルの死ぬ二ヵ月前、作品が出版されて六ヵ月後、『ワイルドフェル・ホールの住人』の出版に絡んで、『嵐が丘』が『ジェイン・エア』の前作だと言われ始め、シャーロットは仰天し、問題を解決するために妹の一人を連れて上京した。[21]このときエミリが上京しなかったのはどうしてか。帰宅したシャーロットに対して、三人姉妹だと明かしたことでエミリは激怒した。この点についてメアリ・テイラーは上京したのはエミリだと早合点して、「ほんもののエリス・ベルに会って、ニュービーは何と言ったのですか」[22]と書いた。

『嵐が丘』はエリス・ベルの作品として世に送り出されたのであって、エミリはシャーロットの作品として出版されたのではない。エミリもそういうものとして納得していた。エミリはシャーロットに手紙を書かせた。「わたしたちは三人姉妹ですと言ったのがいけませんでした。エミリは〈ペン・ネーム〉以外で知られるのに耐えられなかったのです。わたしはその身許をあなたとスミス氏に洩らしたことで大きな過ちを犯しました――不注意でした――〈わたしたちは三姉妹です〉という言葉がわたしの気づかないうちに口から出てしまっていました――そう言ってしまった瞬間、わたしは後悔しました。いまは痛烈に後悔しています。それが〈エリス・ベル〉のあらゆる感情と意図に反することがわかったからです。[23]」

エミリはエリス・ベルだと思われたくなかったし、また三人姉妹の一人だとも思われたくなかったのである。このことは別人「ブランウェル」が書き手であることをエミリが隠したがっていたことを暗示してはいないだろうかと考えることもできる。エミリは自分が『嵐が丘』を書いたということを否定していた。彼女は兄とある盟約を結んでいて、真の作者が誰であるかを決して明かさないという決心をしていたのではないであろうか。とすれば、エリス・ベルとは一体誰なのか。ブランウェルではないのか、という意見が出てくるわけである。

ブランウェルが『嵐が丘』の作者であることを知っていたならば、エミリはどうしてブランウェルが作者であることを隠す必要があったのか。この問題を解決するためには、『嵐が丘』を書くエミリの能力について、『嵐が丘』を書いている時期のエミリの文学的活動について、また出版するためにエミリが『嵐が丘』の原稿をシャーロットに提出したことについて、検証してみなければならない。

一八四五年の夏、ブランウェルはソープ・グリーンから解雇され、アンは自分の都合で辞職したばかりであった。「ベッドの劇は秘密の劇のことです」[24]というシャーロットの言葉から、ブロンテ姉妹は彼女たちの創作を秘密にしていたらしいことがわかる。エミリとアンの交換日誌についてもシャーロットは知らなかったであろう。エミリもアンも一八四五年七月三〇日付の日誌ではヨークへの小旅行について言及しているものの、『嵐が丘』については何も語らず、仕立て直し、アイロンかけ、書きものなど、仕事がたくさんあると記しているだけである。この一八四五年の日誌には明朗さと希望の雰囲気が溢れている。ブランウェルに対する愛情もある。こういう気分で『嵐が丘』の陰鬱で、絶望的で、悲劇的な物語が書けるであろうか。アンの同じ日付の日誌にも『嵐が丘』への言及はなく、エミリが「皇帝ジュリアスの生涯」を書いているとある。このころエミリが書いていたのは「ゴンダル」の主題についてであったのはたしかである。

　一八四五年の秋シャーロットがエミリの詩の原稿を発見して、姉妹の気もちが詩集出版の方向へ進んで行ったのはよく知られている。シャーロットとアンは生き生きとした写実主義者で、学生時代、教師時代の自らの経験を基に書いているが、エミリはそうではなかった。彼女は世俗的関心が薄く、荒野に心を惹かれていて、ウィリアム・ブレイクのように幻想家で、ヒースクリフ、ヒンドリー・アーンショー、ネリー・ディーンのような群像よりは別の世界に思いを馳せていたにちがいない。彼女の精神は地上的ではなかった。一八四五〜六年の冬の間、シャーロットやブランウェルのように名を挙げるために書くという気もちはまったくなかった。詩集出版のための説得も困難であった。『嵐が丘』を書くという行為を謎めいた説明不可能なものにしている所以である。

　エミリ・ブロンテの独特な性質は彼女を『嵐が丘』の作者として考えにくくしている。経験なしであのような作品が書けるかどうか。エミリの精神的、幻想的な性格とは調和しにくい物語である。当時、エミリの周囲の者に対する落ち着いた態度から見ると、倫理的欠陥をもった人物について書くことはエミリにはむりではなかったか。ヒースクリフの原型は兄のブランウェルだという説もある。[25] エミリは兄の恥をさらすのを潔しとしなかったはずである。

エミリの『嵐が丘』に対する態度には奇妙なものがある。エミリはシャーロットと『嵐が丘』について話し合おうとすることもなく、質問に答えようともしなかった。シャーロットの態度はW・S・ウィリアムズへの手紙や、一八五〇年の序文にも表れている。シャーロットのエレン・ナッシーへの手紙はエミリの病状について「訊ねてみても無駄なのです——返事をしてくれません——お茶を勧めてみるのはなおさら無駄なのです——服《の》んでくれません」[26]と書いている。事実エミリに小説を書こうと勧めたのはシャーロットであり、その結果としてエミリが『嵐が丘』を持ち出してきた。エミリの死後シャーロットは出版社と話し合い、一八五〇年の序文を書き、『嵐が丘』がエミリの作品であることを自明のこととしたのである。

アリス・ローは『パトリック・ブランウェル・ブロンテ』と題する著書を著し、その第五章に「『嵐が丘』——エミリによってか」、第六章に「『嵐が丘』——ブランウェルによってか」を書き、ブランウェル作者説の歴史を辿っている。ディアデン、スロウン、グランディー、レイランドなど、ブランウェルの周辺にいた人物たちの証言をそのまま受け入れれば、ブランウェル作者説を肯定することになるであろう。アリス・ローは肯定の答えを出し、次のように結論づけている。

> 最後に、グランディー氏の直接的証言がある。これらの主張はすべてブランウェル説を支持し、シャーロットの言葉以外にエミリ説を支持しているものはないのであるから、わたしがも

っとも強調して主張しているように、作者はパトリック・ブランウェル・ブロンテである、と主張しないでおくのはたしかにむずかしいことなのだ。……『嵐が丘』はそれが描いている苦悩を間近に経験していない人の作品だとするには、確率を最大限に拡大する必要があるであろう。それはまるで血によって書かれたかのように書かれている。

そして、かりにエミリが『嵐が丘』を書かなかったとしても、兄を助けてそれを完成させ出版させたのならば、彼女ははるかに偉大なことを成し遂げたことになるのである。そしてそうすることで、彼女はミルトンが書いている永遠の証人が見ているところで、彼女があれほど軽蔑していたあの地上的な拍手喝采のうちでもっとも不滅な名声を勝ち得たのである。[27]

エミリがかりに『嵐が丘』を書いたのではないとして、その場合エミリはどうして、またどのような理由でシャーロットに作品を提出したのであろうか。ブランウェルが書いたという事実にエミリが口を噤んだだけなのであろうか。エミリとブランウェルは互いに特別な愛情があった。シャーロットが見棄ててもエミリは見放さなかった。アンが兄の行状に呆れてしまっても、エミリは変わりなく兄を尊敬し続けた。エミリがブランウェルに対して一方的に抱いた愛情であったのか。エミリが死んだのは兄に対する愛情と絶望のためであったとする意見すらある。[28] エミリが兄を勇気づけ、作品を完成させたという考えがそこから浮かんでくるのである。しかし一方ではエミリはシャーロットに向かってブランウェルは「見込みのない人間」[29]だと言ってもいたのである。

　シャーロットはつねにブランウェルを除け者にし、詩集の出版についてもブランウェルに知らせなかったばかりか、彼を仲間に加えてその作品を載せようという考えすらもたなかった。彼が詩文をものしていることは明らかに承知していた。シャーロットが求めた文学的名声は姉妹だけのもので、ブランウェルは計算外であった。そこでブランウェルは発奮して『嵐が丘』を書き、エミリだけを信用していたので、エミリとこの作品についての秘密を守りあうことにしたのであろうということになるのであろう。

　あるいはブランウェルの酒癖、ロビンソン家での事件がシャーロットに『嵐が丘』の筋に反発を覚えさせ、弟を無視することに決めさせたのかもしれない。シャーロットが憤慨したと考えられる要素は、ヒースクリフの堕落した精神、ブランウェルの賎しい交際が生み出した産物としての『嵐が丘』、それに『嵐が丘』のなかに読み取れるブランウェルの性格である。そのような事情で、ブランウェルはシャーロットに作品を見せることができなかったのではないかと考える可能性もなくはない。あるいはエミリがそのことを予見することができたのであろうという考え方も生じてくるであろう。その場合に考えられるのは、エミリがそのことを予見し、ブランウェルに人生の目的を見出してもらいたいと励まし、シャーロットからの小説出版の計画を渡りに舟とブランウェルに話し、彼が『嵐が丘』を書き上げるのを待った、ということはどうであろうか。

エミリは最初からペン・ネームを使うことを主張し、自分のペン・ネームでブランウェルの作品を発表する計画であって、作品についての質問をシャーロットには許さなかったとすれば、ブランウェルが『嵐が丘』を書いたと主張する根拠を見出すことは可能である。

エミリは「ゴンダル」についてはアンとペアを組み、『嵐が丘』についてはブランウェルと組んで、それぞれ秘密を守った。シャーロットでさえ『ジェイン・エア』の著作を親友のエレンにも秘密にしていたくらいであったから、エミリの秘密主義は家族の間でも相当に厳しく鋭いものであったように思われる。[30] メイ・シンクレアは「彼女は自分の書いたことを証明するいかなる記録も、いなかる覚え書き、言葉も残さなかった」[31]と述べている。

以上述べてきたように『嵐が丘』をブランウェルの作品とする意見は一時流行のように広まった。しかしエミリと『嵐が丘』の謎めいた関係がかえってブランウェル作者説を肯定させるような結果にはならなかった。ミセス・ギャスケルは、シャーロット・ブロンテの『ジェイン・エア』が慎みを欠く点を説明するのにブランウェルの存在を指摘したが、シンクレアはブランウェルは邪悪な人間になったと言い、そのような不良青年は次第に有名になっていく作品に対していかなる権利も認められなくなっていたと主張し、あのような偉大な文学的計画を着想し、遂行する力を無為徒食、放蕩無頼の若者がもてるなどという考えはまったく問題外とした。ディアデンがあえてブランウェル作者説を唱え始めたが、シャーロットの死んだ後、六〇年代、七〇年代までは何の反応も起こらなかった。シャーロットが『嵐が丘』一八五〇年版で、エミリが書いたと権威をもって書いたため、それ以降ずっとエミリ作者説が受け入れられてきたからである。

エミリ作者説に対して異論を唱える批評家は多く、なかには女性に書けるわけがない、あの例外的な本は男性の手でなければ絶対に書けないと断言する者もいた。それはアヘン飲みの夢にも似ている。しかしそうした男性関与の可能性にもかかわらず、シャーロットの一八五〇年のまえがきによって、著作権問題は片付けられた。

詩集がエミリに名声をもたらし始めた。アーノルド、スウィンバーンのような詩人、批評家がエミリ・ブロンテを研究し、彼女の偉大さを立証した。偉大な一九世紀の男性は女性の天才たち、ファニー・バーニー、ジェイン・オースティン、ジョージ・エリオット、ジョルジュ・サンドらに対して騎士道的に同情を示した。そういう情況のなかでブランウェルの友人たちの抗議が現れても、ロンドンまで達することはなかった。達したとしても、一地方人の個人的な戯言として無視された。メアリ・ロビンソンもウィームズ・リードも『嵐が丘』をエミリ・ブロンテの作品として認め、著作権は自明のこととした。真実ブランウェルが『嵐が丘』を書いたとしても、『嵐が丘』の作者と認められるには彼はシャーロットに嫌われすぎ、軽蔑されすぎていたのである。

二　シャーロット作者説

ブロンテが文壇にデビューした当時、ベル兄弟が複数であるとは誰も信じていなかった。そのため、姉妹の文壇登場に絡んで広まっていた誤解に基づく意見の一つがシャーロット作者説である。これには理由がないわけではない。ブロンテ文学はいわば同一の根源から湧き出てきた文学であるので、同じ姿を提示することはあり得る。『嵐が丘』の主人公、ヒースクリフのイメージの淵源を辿っていけば、シャーロット・ブロンテが統括していた「グラス・タウン」にまで遡り、またそれはさらにシャーロットが崇拝していたウェリントン公爵の私生活にまで行き着くはずであるから、『嵐が丘』がシャーロットと切り離せないのは必定なのである。これから派生してくるもう一つのシャーロット作者説はいささか荒唐無稽である。つまりすべてのブロンテ文学はシャーロットの筆に成るというもので、今日真剣に取り上げる者は誰もいない。

まずシャーロットが『嵐が丘』を書いたという説の実態はどうであったかを見てみよう。

歴史的には『嵐が丘』の出版社トマス・コートリー・ニュービーは『ジェイン・エア』の大成功に便乗しようとして、『嵐が丘』はシャーロット・ブロンテの作品だと宣伝し、『嵐が丘』の作者の次の作品は同社から出版するという約束を取り付けた。ところがスミス・エルダー社とは別系列のアメリカ出版社が次のブロンテ作品を出版すると予告した。スミス・エルダー社は慌ててシャーロットに連絡した。シャーロットはニュービー社の怠慢と悪意を恐れていた。

ミス・エリザベス・リグビー(レイディー・イーストレイク)が『クォータリー・レヴュー』の有名な『ジェイン・エア』批評のなかで『嵐が丘』について「エリス・ベルによって書かれたと言われている」が、『ジェイン・エア』『嵐が丘』の二者の間には決定的な家族的類似性がある[32]」と言及している。

エミリ・ブロンテと『嵐が丘』を最初に激賞した痙攣派詩人シドニー・ドウベルは、『ボールダー』を書いた才能ある作家であるが、『パレィディアム』に「カラー・ベル」と題する論文を載せ、シャーロット・ブロンテを激賞し、シャーロット・ブロンテだけがカラー、エリス、アクトンだと述べ、[33]『ジェイン・エア』『シャーリー』を書いた手以外の手が「もっと粗野な、もっと初期の影像を切り出したと信じるにはもっと証拠が必要だ[34]」と述べた。シャーロットはドウベルの誤解を解くために一八五〇年版の『嵐が丘』と手紙を送った。[35]すでにシャーロットは『ジェイン・エア』の第三版(一八四八年四月)の序文で、三人が一人だという説の誤りを訂正していたのである。[36]またアン・ブロンテが『ワイルドフェル・ホールの住人』の再版(一八四八年七月)の序文のなかで、「アクトン・ベルはカラー・ベルでもエリス・ベルでもないことをはっきりと理解していただきたいのです[37]」と主張している。そしてもう一度シャーロットは『嵐が丘』の再版に付けた序文のなかでそれを敷衍《ふえん》して説明した。[38]

シドニー・ドウベルが「カラー・ベル」という批評文を発表したとき、『嵐が丘』の再版はまだ公表されていなかった。そのため彼は一般読書界と同じ認識に立って、三人のベルは一人だという固定観念に捉われていた。そして彼の「カラー・ベル」についての解釈を次のように示したのである。

> カラー・ベルとは誰なのかという疑問は、これまでさまざまに答えられ、また最近では情報筋から満足の行く返答を受けたらしい。一、二年前われわれは心のうちではその問題をこのように解決した。すなわち、カラー・ベルは女性である。彼女が発するあらゆる言葉は女性のものである。女性的ではなくて、女性のものである。そこには、もっとも男性的な衣を纏っているときでも、間違いようのない性別がある。彼女は天使の原稿を——中世的なあらゆる思想、隠花植物的なあらゆる感情——を翻訳したけれども、彼女の声は彼女の本性を曝してしまう。彼女は雷鳴のなかで語り、アキレスの言い回しや慣用句をもっていたけれども、髭面では考えることができない。おそらく彼女のペンが描くいかなるものよりはるかに奇妙なのは、女性の心を彼女自身が知らぬ間に明らかにしていることである。[39]

そしてドウベルはブロンテ作品を、彼が想定した制作順に並べて、『嵐が丘』『ワイルドフェル・ホールの住人』『ジェイン・エア』『シャーリー』の順に書かれた、一人の作家の作品とし、二重のペン・ネームを無視してしまった。そしてもっとも早い時期に書かれた『嵐が丘』を分析してドウベルは、それを若い翼の歓喜そのもののなかに打ち顫えるもどかしげな空想の飛翔と見なした。[40]ドウベルは『嵐が丘』の価値を認めたほとんど最初の批評家であったが、彼がシャーロットを妹の作品の作者と断定したのは、不幸にも情報不足のせいであった。

スミス・エルダー社のウィリアムズはシャーロットに次作をできるだけ急いで送るようにと言って寄越したのに対して、シャーロットはそんなに早くは注文に応じられないと答えた。それでも彼女は次作に取りかかった。最初シャーロットは『教授』を改作してブリュッセル経験をもっと主観的に取り扱おうとしたが、これは断念してしまった。そしてエレンとエミリを主人公にした物語を書き始めたのである。ゆっくり筆を進めて行くうちに『ジェイン・エア』の第三版が一八四八年四月に発行された。シャーロットはこれに『嵐が丘』と『アグネス・グレイ』を自分が書いたとする説を否定する一文を載せたのである。三作が「一人」の作品だと言われていた言い方には、カラー・ベルが必ずしもその「一人」だというのではなく、『嵐が丘』の作者がその「一人」だと言われることもあった。[41]

アンの『ワイルドフェル・ホールの住人』に関して、版元のニュービー社による作為的偽装工作が表沙汰になって、誰が作者かという問題は一層混乱した。アンの初めての上京とその後の展開はブロンテのほとんどすべての伝記に扱われているので、ここでは詳しくは述べない。当時イギリスの出版社はそれぞれ自社系列の出版社をアメリカにもっていて、イギリスで出版されるとすぐに、版権問題もなかったのでほとんど海賊版のように、自動的に出版されていたらしい。そのような出版界の事情が『嵐が丘』の作者問題を一層混乱させたのはたしかである。

一九〇五年、クレメント・ショーターは『シャーロット・ブロンテとその周辺』を書き、『嵐が丘』は、エミリ・ブロンテを仄めかせるものは何もないとして、次のように述べた。

口数の少ないエミリ、彼女の書いたページは自己啓示の断片はたった一つも表してはいない。彼女はシェイクスピアと同じように没個性的であり、全体として人生に対して陰気で異教的な見方をする、幾編かの詩作品のなかにしか顕れていない。その見方では宇宙の謎は解けないものだと思われている。[42]

ショーターの発言は、『嵐が丘』が謎にみちていて、エミリの姿を直接作品のなかに見出すことができないと言っているにすぎない。

またクレアラ・H・ウィットモアも『イギリス小説における女性の作品』を著してエミリについて次のように述べた。

三姉妹のうちでいちばん知られていないのはエミリである。そして彼女のただ一編の小説『嵐が丘』は彼女自身について何も明らかにしていない。作中人物のうち、もの静かで控えめな作家のように考えたり感じたりする者は誰一人としていない。だが彼女のドラマティックなパワーは非常に大きく、その作品は兄のブランウェルのものとされていた。女性がヒースクリフという性格を考え出したとはありえないことだと思われたからである。それでも、この文学の大悪魔は田舎の司祭の娘によって創造されたのである。彼女が唯一自宅から旅に出たのは生徒として、あるいは家庭教師として学校へ行ったときだけであった。[43]

ウィットモアは『嵐が丘』がエミリ自身を顕すものを何も示していないと言っているだけで、エミリが作者であることを否定しているわけではない。

しかしこの問題に関してもっとも馬鹿げた事態を惹き起こしたのは、ジョン・マラム＝デンブルビーで、『ブロンテ作品を解く鍵』と『シャーロット・ブロンテの告白』を公表している。彼の意見は出版事情に絡むものではなく、シャーロットとエミリの文体研究にその基礎を置いていた。彼はまず『サタデイ・レヴュー』[44]や『フォートナイトリー・レヴュー』[45]などでブロンテ作品について奇想天外な論を展開していたが、『ブロンテ作品を解く鍵』においてブロンテ作品の文体の共通性に言及し、『嵐が丘』をシャーロット・ブロンテの作品だと力説した。そしてキャサリンとヒースクリフの関係をジェインとロチェスターの関係と対比させ、あるいは『嵐が丘』と『シャーリー』を比較して両者の類似性を指摘し、すべてシャーロットの筆から生まれ出たものと見なした。[46] 同時にレイランドのブランウェル作者説を一蹴し、シャーロット作者説を強調している。[47]

彼はまた『シャーロット・ブロンテの告白』を書いて、シャーロットの初期作品、たとえば「捨て子」とか「呪文」などと『嵐が丘』の類似点を逐一挙げて、シャーロットがその作者であり、アンの作品もシャーロットが書いたことを証明しようとした。[48]

姉妹の文体を相互に比較研究するのにはデンブルビーの仕事は役立つかもしれないが、彼が真剣に主張したことは単なる空論にすぎない。

第二章　『嵐が丘』はどう読まれてきたか――批評小史――

今日の人気からはとうてい想像もできないことであるが、『嵐が丘』は発表直後には言語に絶する不人気な作品であった。『嵐が丘』は悪魔の書であり、焚書の刑に処すべき悪書とされた。この作品が生き延びてこられたのは、ひとえに『ジェイン・エア』の絶大な人気のお蔭であった。当時の読者たちは文学を芸術として読むことには慣れていず、おもしろい娯楽的な読みものとして楽しみ、人生のための教訓を汲み取る読み方が主流であった。そのような時代の趣向にこの作品が合うはずもなく、シャーロット・ブロンテが一八五〇年版の『嵐が丘』に付けた「伝記的紹介文」や「まえがき」が代表しているような、倫理的な見方を優先する解釈が圧倒的に優勢であった。

それでも同年九月に発表されたシドニー・ドウベルの「カラー・ベル」[1]という評論は、三姉妹を一人の女性と見なす誤解に基づいていたものの、はじめて『嵐が丘』の長所を絶賛し、その詩的すばらしさを力説した。しかしその意見は大勢を占めることはできず、ブロンテの人気はもっぱら『ジェイン・エア』によって支えられていった。その肝腎の『ジェイン・エア』の人気もエリザベス・リグビーの『クォータリー・レヴュー』[2]に掲載された痛烈な非難によってたちまち凋落していった。それによってしばらくの間ブロンテは人気を失ってしまったのである。

しかしエリザベス・ギャスケルが『シャーロット・ブロンテの生涯』を書き、時代の好尚に投じたシャーロット・ブロンテ像を紹介するにおよんで、ふたたびブロンテ人気が回復し、シャーロット・ブロンテの死によってある意味で完結したブロンテ作品の全集が発行されるなどして、標準的な作家の一人として、天才姉妹として読まれるようになった。作品が作品そのものとして読まれるというよりむしろ、ブロンテ姉妹の生い立ちが読書界の強い関心の的となり、その稀有な才能が片田舎のヨークシャーから生まれ出てきたことに伝記的な興味が広がり、人々はブロンテを話題として取り上げたというべきであろう。

真に文学作品としてブロンテが話題となってきたのはようやく一八八〇年代になってからで、時代がフランス文学の影響を受け、象徴主義文学が広まりかけた時期と一致する。『悪の華』のボードレールはあまりにも有名であるが、それをイギリスに翻訳紹介したスウィンバーンがすぐれた詩的洞察力をもって『嵐が丘』のいかなるところが美しいのか解説し、その美を高く評価した。そして彼は「『嵐が丘』のどの章を開いても荒野をたちどころに眼前に展開する非日常的で自然な正確さ」[3]を称揚したのである。

同年、メアリ・ロビンソンも『エミリ・ブロンテ』[4]と題する最初の本を上梓し、エミリのすぐれた才能を讃美した。彼女もまたこの偉大な作家の詩的才能をよく理解し、「ゴンダル」という独特の詩的世界と『嵐が丘』を重ね合わせてその長所を讃美した。時代は明らかに変化していた。文学の読み方がそれ以前とは異なった方向に向かっていたのだ。すなわち、娯楽読み物としてではなく、そしてまた人生の教訓としてでもなく、そこに展開されている「美」なるものを味わう精神が培われていたのである。

一九世紀末になると、長らく詩人として軽視されてきたエミリ・ブロンテは第一流の詩人エリザベス・ブラウニングと比肩されるようになり、アーサー・シモンズも『嵐が丘』が「一つの長い雄叫びだ[5]」と讃美している。

ブロンテは相変わらず伝記的関心を集め、ウィリアム・ライトが『アイルランドにおけるブロンテ姉妹、事実は小説よりも奇なり[6]』を著し、『嵐が丘』の起源をアイルランドの先祖に遡ろうとして、ブロンテの家族のなかにヒースクリフの原型があったという説を唱えた。ケルト民族の血統がブロンテ文学にとって重要な要素として認識され始めた。その傾向はメアリ・ウォードにも影響し、ケルト民族の血筋とヨークシャーの環境を結び合わせて考えるようになった。エミリ・ブロンテは初期ケルト詩歌に見られた「あの不思議で圧倒的な想像力の精神[7]」に従っていると解説され、その後彼女の文学をケルト的想像力に基づいて考察する方向が連綿として続き、その流れがブロンテを、特にエミリ・ブロンテを、そして『嵐が丘』を高く評価する結果を生じさせた。

ブロンテ批評において「突然変異」(sport)[8] という語を初めて用いたのはジョージ・セインツベリーで、「『嵐が丘』がひとり立っていたとすれば、それは大なり小なりひとりであり続けたのであろう――一八世紀後半においてベックフォードの『ヴァセク』がそうであったように、一九世紀において、植物学者が謂う一種の「突然変異」であり、決して胚珠でありそうにない、一派を基に築きそうにない、そしてさらには大変革を起こしそうにない、あるいは少なくとも一般に小説の大変革を先触れしそうにない、すばらしい孤立した力作《トウール・ド・フォルス》であり続けたのであろう」と述べた。彼の主張はブロンテがジェイン・オースティンのリアリズムとスコット のロマンティシズムを統合して新しい伝統を創始したという点に主眼があった。[9]

このようにブロンテの文学的位相を定めようとする見方が流行し、ジェイムズ・フォザリンガムは「ブロンテ問題」は『リア王』のエドマンドの問題、また遺伝の問題だと述べ、『嵐が丘』はケルトの先祖から、ヨークシャー的気質から、さらにはドイツ作家(たとえばティーク)から生まれたと見ている。[10]

一九世紀末に設立されたブロンテ・ソサイエティー(The Brontë Society)はブロンテ文学が世界的文学作品として評価される傾向を確固たるものにするうえで非常に重要な役割を果たした。

各種の全集が編纂され、一九三〇年代にシェイクスピア・ヘッド・プレスから出版された一九巻本は長らく定本としての権威を保持した。これは元来『書誌』を加えた二〇巻本として企画されたものであったが、二〇〇〇年になって『書誌』が出版され、ようやく完結された。またこの定本は小説に関するかぎりオックスフォード版のクラレンドン・プレス（一九六九〜九二年）によって定本としての権威を引き継がれた。ブロンテが書いた原稿をはじめ各種の資料は世界各地に散逸し、それを収集家が追い求める構図が続いているが、アメリカのヘンリ・ヒューストン・ボネルが一九二七年、ハワースのブロンテ・パーソネージ・ミュージアムにボネル・コレクションを永久貸与したのは特筆すべき貢献であった。

『嵐が丘』の圧倒的情熱は二〇世紀に入って永続的評価を受けるようになり、一九一〇年代後半に至って『ジェイン・エア』に代わってブロンテ文学を代表する作品と見なされるに至った。そして「この世ばなれした次元で着想され受け入れられるが、恐ろしい炎のような浄化の清らかさ」[11]をもっている、という評価がごく普通に見られるようになった。

メイ・シンクレアは『嵐が丘』は「この世の人間の、この世ばなれした情熱による死の追求、死の探求である」[12]と観照し、J・C・ポウイスは『嵐が丘』を「女性の魂そのもの」、「個々の人間の意志の……孤立」を表現する小説と称し、「ブロンテ姉妹の全小説のうちでこの作品こそ至高の傑作」と讃美し、「姉のようなやさしい精神には禁じられている、崇高で絶望的な美の領域へ作品をもち込んでいく、ある種のデモニックな暴力がエミリにはある」[13]と分析した。

一九一六年から二〇年にかけてブロンテ姉妹生誕一〇〇周年記念のための著作、論文が多数発表されたが、ほとんどが姉妹の生涯に焦点を当てる伝記的解説であった。このころ『ジェイン・エア』と『嵐が丘』の評価は逆転し、『ジェイン・エア』の情熱的恋愛の激越さに対する評価も『嵐が丘』の評価の高まりに刺戟されて行われるのが実情となった。精神的緊張と芸術的効果を結びつけて同じ高いレベルにまで高めたことにおいて、『嵐が丘』に匹敵するのは『罪と罰』だけだと述べたのはロシア人のマースキーであった。[14]ロウマー・ウィルソンは、エミリが父親の無視と誤解に対する自己防衛手段として父親の前では完全に無関心の仮面をかぶり、カウアン・ブリッジでの生活は彼女に「囚われの意識」[15]（'prison complex'）を与え、自己憐憫と恐ろしい孤独癖に陥ったと述べた。J・K・スノウドン[16]はエミリがブリュッセル留学中にロイスブルークを読んだから、あのようなたしかな筆致で情熱の極端を扱うことができたのであろうと暗示している。ヴァージニア・ウルフ[17]は『嵐が丘』について、それが一層珍しい一層深い感銘を与えるのは、その雰囲気をとおして他の象徴と意味をもった一層大きな男と女が見えてくるように思われるからだと解説した。

第一次世界大戦が終結すると、錚々《そうそう》たる批評家たちがブロンテを取り上げ、華々しい成果を挙げた。一九二〇年代は、世界文学にとってもそうであったが、ブロンテ文学においても世界観を一変させるほどの一大変化を経験した。ハーバート・リードは、エミリが『嵐が丘』において恐怖と憐憫のカタルシス、古典劇の威厳を達成したのは稀に見る事例だと讃美した。[18]またチャールズ・パーシー・サンガーは不滅の業績、『嵐が丘の構造』[19]で家系図の左右対称性と綿密な年代順、かつその時代の財産相続法に関する詳細な知識を示し、E・M・フォースターは『小説の諸相』の「プロット」と「預言」の項で、ヒースクリフとキャサリンの情緒は雷雲のように彼らを取り巻き、小説全体を揺るがす爆発を生じさせたと言い、『嵐が丘』にはオースティンよりも精巧なタイム・チャートがあり、エミリが混乱と混沌と大嵐を作品のなかにもち込んだのは彼女が女預言者であったからで、ヒースクリフとキャサリンは混乱のなかでしか情熱を外に表すことができなかったと主張している。[20]

C・H・グラーボは『小説の技法』で『嵐が丘』の技法的特徴にふれ、視点の未熟さを批判し、そのために多くの困難が出来《しゅったい》しているとしている。[21]E・ミュアによれば『嵐が丘』は基本的に劇的小説であって、人間性の時間的環境のイメージを表現し、みずからの運命も知らない主人公たちはためらうことなく一直線に運命に向かって突き進んでおり、『白鯨』『虚栄の市』『帰郷』『トム・ジョーンズ』などと比較している。[22]

またこの時期にはエミリがアンと共有していた「ゴンダル」という架空の世界についての研究が活発に行われた。L・ブラッドナーは『嵐が丘』は「ゴンダル」から成長してきたものと主張し、『嵐が丘』のプロットと性格を形づくった影響関係を調査し、詩人としてのエミリの想像力がその題材を完全に融合させたと指摘した。[23]

一九三四年、デイヴィッド・セシルは『ヴィクトリア朝初期の小説家たち』を書き、エミリについて一九世紀の主流の外に立っていて、ブレイクと同じように神秘家と見なし、『嵐が丘』を嵐と凪の世界に分けて考察している。[24]

J・B・プリーストリーは『嵐が丘』を小説というよりは、一方で悲劇的散文詩、他方では純然たる悪夢だと評している。[25]

F・S・ドライは[26]『嵐が丘』の源はスコットの『黒い侏儒』、『ミドロジアンの心臓』、『ガイ・マナリング』、シェイクスピアの『じゃじゃ馬馴らし』、『リア王』、『ジュリアス・シーザー』であると述べた。

一九三〇年リュシール・ドゥリーは論文「エミリ・ブロンテの性格と天才に関する精神分析[27]」を発表し、ブロンテ家に特有の孤立性が家族関係の緊張を高め、幼時の空想を保存し、そのことによってエミリの天才の方向を決定づけたと説き、エミリの主要なテーマ、迷子となり見棄てられ何の希望ももてない宿命の子は、母親と姉が死んだときエミリが抱いた遺棄の感情を反映していると述べている。そして自然に対する強い愛と自由への愛は父親に対する反抗の結果と見なされた。この分析は二〇世紀後半に多大の影響を及ぼし、心理学的な研究方法を一層促進させた。

残念ながら第二世界大戦中、ブロンテに対する関心は著しく衰え、見るべきものは驚くほど少ない。ただそのなかでエリザベス・ボウエンが『イギリスの小説家たち』で『嵐が丘』を「火と氷の書[28]」と言い切ったのはさすがにすぐれた作家の一言である。

第二次世界大戦が終わると、イギリス、アメリカ以外の国々でも盛んにブロンテが読まれるようになり、ブロンテ熱はいやがうえにも高まり、世界文学への着実な歩みが始まった。映画化と上映、脚色と上演が相乗的効果を挙げ、ブロンテ文学は世界文学の場で論じられるようになった。一九四六年、ブルース・マカラクは[29]ミュアに倣い、『嵐が丘』をドラマティックな小説と呼び、主観的な解釈をほどこしている。V・S・プリチェットは[30]『嵐が丘』の後半が前半に比べて見劣りするのは出来栄えの問題ではなく、力不足からであり、構成が不注意なためではなく、感情にむらがあるためだと批判している。マーガレット・ウィリーは[31]『嵐が丘』は作者が押韻と韻律を踏んで書いたのと同じくらい抒情的に純粋で、飼いならされていない情緒的力と、霊的経験の強烈さを表す詩だと述べた。J・A・ブラムリーも[32]善悪の葛藤は『嵐が丘』における悪鬼、デーモン、地獄の領域に棲む者としてのヒースクリフの性格づけに鮮明に具体化されていると主張している。

文学史的、ないし比較文学的研究も盛んに行われ、R・V・B・ボイスは[33]、ヴィクトリア朝時代の三大女性詩人としてエリザベス・ブラウニングとクリスティナ・ロセッティと並べてエミリ・ブロンテを讃美し、『嵐が丘』をマーロウ作『タンバレイン大帝』、シェイクスピア作『リチャード三世』、ミルトン作『失楽園』、ダンテ作『神曲』、バルザック作『人間喜劇』などの大作と比較している。

「エミリ・ブロンテ、最初の現代人」を書いたデイヴィッド・ウィルソン[34]は『嵐が丘』のヒースクリフはエミリ・ブロンテが生きた時代の労働者の真の表現であり、目上の者から受けた長い間の苦しみと格下げは主人公を挑戦と破壊と人民憲章のための激しい運動へと向かわせたと言い、一〇〇年前の『嵐が丘』のなかにプロレタリア小説の根と伝統の始まりを見出したと述べている。この意見は後にアーノルド・ケトル、テリー・イーグルトンらへ引き継がれた。フランク・レイモンド・リーヴィスは[35]『偉大な伝統』のなかの脚注で、ブロンテ姉妹はスコットの伝統とも一八世紀以来のリアリズムの伝統とも袂を分かち、小さな伝統を作ったと判断し、セインツベリーとは逆の考え方を示している。

原型批評の新しい批評方法が導入され、リチャード・チェイス[36]がブロンテ姉妹を総合的な神話的イメージとして捉え、原初的社会を人間らしい崇高な文明に変えたと評している。そして『嵐が丘』に関してヒースクリフとキャサリンが自分たちのものと感じている一体性の事実を作らずに死んでしまい、男性的宇宙の精神が制御されて絶滅した後、相対的に穏やかな普通の結婚が行われている、と述べている。またルイス・F・ドイルの意見によると、『嵐が丘』は愛と悪の性質に対する深い洞察をもった預言であった。[37]

マーク・ショーラーの『嵐が丘』論[38]は語りの技法を分析し、エミリは語りの遠近法として非常に原初的なものと慣習的情緒、因習的道徳を選び、それを全編をとおして推し進めていると言う。主人公たちはみごとな壮大さで現実を超越するが、そこに展開されているのは道徳であり、壮大さではなく人間的浪費の荒廃した光景、灰燼だと述べる。

ノースロップ・フライの『嵐が丘』論[39]は、それを小説とは違う散文小説の形式、すなわちロマンスとし、エミリが物語やバラッドと結びついた慣習を用いつつ心理的原型を創造したと述べ、ブロンテ文学はワーズワスやバーンズの詩、あるいはカーライルの哲学を生み出した神秘的なノーサンブリアのルネッサンス、ミッドランドにおける産業主義に対するロマンティックな反応の一部と見なした。

アーノルド・ケトル[40]は『嵐が丘』についてそれが具体的であって一般的、地方的であって普遍的だと言い、作品の中心はヒースクリフとキャサリンの関係で、人間の内的必要と満足を壊してしまうものにはすべて反抗しなければならない必要性、人間がより人間的になる必要性を表現していて、論理的思考を超える象徴的レベルで『オリヴァー・トゥイスト』に似ていると指摘している。

心理学的方法は有益な成果を挙げつつあった。二〇世紀における心理学の発達はブロンテ研究を多方面に向かわせ、近親相姦、サディズム、両性具有、ドッペルゲンガー、幼児殺し、口唇融合幻想、大母原型、性的抑圧、非合理性、自己統合、精神分裂症、エディプス・コンプレックス、原型的女性などをモチーフとする研究が盛んに行われた。

バーバラ・ハンナの『創造的精神の生贄』[41]は、母親と姉二人の死によって姉妹は、無意識のイメージの世界にしか生きられない集団的無意識の世界が圧倒され、外の世界から切り離されたが、シャーロットだけは外の世界に活路を見出そうと努めたこと、シャーロットは無意識が自律的に作用するのを恐れつつ、「アングリア」('Angria')を創造し、妹たちも「ゴンダル」を作ったこと、エミリは集団的無意識の世界で生き、姉妹よりももっと完全な形でその世界のイメージと原型を作品化したことなどを強調した。

ドロシー・ヴァン・ゲント[42]は文明的規範と自然のエネルギーの間に存在する緊張関係を表現する二つの隠喩形式、リントン家の応接間の窓から外を見ている子どもの姿とその窓から内を覗いているヒースクリフとキャサリン、幼児としてのヒースクリフとキャサリンの姿とエミリの詩に表れる二人の子どものイメージを比較検討している。ウォルター・アレン[43]は『嵐が丘』は人間や生命について強く個性的な理解を示しており、英語で書かれたもっともすばらしい小説だと言い、神秘家としてのエミリに言及している。ヒースクリフはエネルギーの原初的姿と見なされ、『嵐が丘』の語りの技法は劇的緊張を高め、小説の開示する光景に読者をのめり込ませるのである。

二〇世紀後半においては無数の文学理論が主張されて、それぞれに刺激的な文学理論を信奉する著書、論文が数多く発表された。新批評、構造主義、脱構造主義、モダニズム、ポスト・モダニズム、フェミニズム、ポスト・コロニアリズムといった主義主張が展開されている。ブロンテ姉妹に関する論文の主題は象徴主義、イメジャリー、形式的構造論、多分に心理学の影響を受けたゴシック・ロマンス的要素の研究、愛と死、葛藤、ロマンティックな要素、神秘主義、神、自然、悪の概念、習作からの成長、文体論、性格の原型探求、性格論、たとえばプロットを牛耳った悪党としてのネリー、ヒースクリフとキャサリンの運命を預言する魔女としてのネリーなど数限りない。

文学史や文化史のなかにブロンテを位置づける批評は作品発表後一〇〇年から一五〇年にかけてかなり定着してきている。インガ＝スティナ・ユーバンク[44]は当時の文学的雰囲気と流行していた態度や憶測に関心を示し、アーノルド・シャピロ[45]はブロンテ姉妹の小説を他の小説と同じ道徳的伝統のなかにあるものと見なした。『嵐が丘』に階級闘争のテーマを読む見方はロシアの研究者たち（たとえば、A・アニクスト、グラズダンスパヤ、I・M・レヴィドーヴァ、タマラ・デニソーヴァなど）から起こり、テリー・イーグルトン[46]らに引き継がれた。時代の子としてブロンテを一八四〇年代から五〇年代のイギリスに収めてしまうのとは違って、時代の慣習や抑制の外側に、あるいはそれを超えたところに見ようとする学者はG・D・クリンゴパロス[47]やサース・イムリ[48]など少数である。

ブロンテの著作活動をフェミニスト的活動と見る動きは二〇世紀前半に起こったが、ユーバンク[49]はそれを継承し、本格的にこの運動を推進したのはK・ミレットの『性の政治学』[50]である。それ以降多数のフェミニスト研究が現れた。H・モグレン[51]はそのなかでもっとも強いフェミニズム的主張を行った。

ゴードン・ウィリアムの「『嵐が丘』における情熱の問題[52]」は作品を女性の情熱を否定するヴィクトリア朝社会に挑戦したものと見なし、キャサリンの苦しみは彼女の必要を敵視する社会そのものによって惹き起こされ、彼女はヴィクトリア朝社会の抑圧的制限のゆえに子ども時代へ退行するが、この退行が現実には不可能であるため結婚一一ヵ月にして死亡すると言う。サンドラ・ギルバートとスーザン・グーバーは共著『屋根裏部屋の狂女[53]』を著わし、エミリがミルトンの『失楽園』を基に物語を造形し、当時の男性支配社会体制を映し出していると主張している。フェミニズムの主張は一九八〇年代で流行を終えたが、基本的にはブロンテ文学の解釈に不可欠の要素を見出している。

ブロンテ研究において書誌的伝記的なものは一割弱で、残りはいわゆる研究書であり、それらは基礎的資料研究、自叙伝的批評、心理学的研究、歴史的分析などに分類されるであろう。基礎的資料の研究は相変わらず根強く、『嵐が丘』に描かれる二軒の家のモデル問題は作品理解の必須の手段のように考えられている。嵐が丘はトップ・ウィズンズの農家跡とハイ・サンダーランド・ホール、スラッシュクロス・グレインジはポンデン・ホールとシブデン・ホールがそれぞれのモデルであると確信されるに至っている。

ブロンテ姉妹の伝記を書いたのはウィニフレッド・ジェラン[54]とエドワード・チタム[55]で、二人ともブロンテ姉妹について書いている。

エミリ・ブロンテの宗教的信条が普通のキリスト教ではなかったという意見はもはや確定的となっているが、その問題を追究してきたのはスティーヴィー・デイヴィス[56]とジル・グナッシア[57]である。デイヴィスは広く古典に眼を馳せ、エジプト、ギリシャに原型を求めている。サイキ、キューピッドを例として挙げ[58]、「子どもは女の母親である[59]」とも言っている。グナッシアは実存思想の体系のなかでエミリ・ブロンテの思想を解明しようとしている。またブロンテ姉妹の宗教問題を扱った著書を書いたのはメアリアン・ソーマーレン[60]である。そこでもエミリの信条が非キリスト教的であったことが示されている。

第三章　『嵐が丘』のモデル

地名

一般に『嵐が丘』についてその風景のモデルとされているのは二種類あって、嵐が丘とスラッシュクロス・グレインジは、トップ・ウィズンズとポンデン・ホールの組み合わせと、もう一つ、ハイ・サンダーランド・ホールとシブデン・ホールの組み合わせとがある。

(一)　トップ・ウィズンズとポンデン・ホール

(a)　トップ・ウィズンズ

トップ・ウィズンズにある農家の廃屋はハワース司祭館の西に広がる荒野の高みに建ってい

て、いかにも吹きさらしの情景を思い浮かべるのに最適の場所である。第二次世界大戦直後まで人が住んでいたが、それ以降無人のまま荒廃するに任されていた。現在は屋根もすっかり落ちて、壁面が残っているだけで、その壁面に小説のモデルとなったというプラークが嵌め込まれている。

ワザリング・ハイツはミスター・ヒースクリフの住まいの名前で、「ワザリング」というのは嵐のときその場所が曝される大気の荒

ハワース・ムア、トップ・ウィズンズにある農家
嵐が丘のモデルの一つ

れ具合を謂う、この地方独特の意味の深い形容詞だ。なるほどあそこは澄んですがすがしい風が吹きまくっているにちがいない。家の端の何本かのいじけた樅の木がひどく傾いているのや、一列にならんでごつごつした茨がみんな太陽のお恵みをほしがっているみたいに手を一方の側にだけ伸ばしているのを見れば、垣根を越えて吹きつける北風の威力もわかろうというものだ。幸いにも建築家は家を堅牢に建てるだけの先見の明があった。狭い窓は壁のなかに深く埋め込まれ、四隅は突き出た大きな石で守られている。（第一章）

嵐が丘のモデルとして周囲の風景にふさわしいイメージを提供してくれるのがハワース・ムアのトップ・ウィズンズである。傍らに立つと、一望の許に嵐が丘の雰囲気を感じ取ることができる。トップ・ウィズンズからキースリーの方角を望み、左前方へ坂を降りて行くと、かつてはミドル・ウィズンズと、さらにその下の細流の傍らにロウ・ウィズンズの廃屋の跡が見られたが、いまでは崩れ落ちた壁面の石だけがその痕跡を留めているにすぎない。その荒涼とした風景という点ではもう一つのモデルとされるハイサンダーランド・ホールよりも『嵐が丘』の雰囲気に一段とふさわしい感じがする。しかしかつての農家の規模は嵐が丘の屋敷の規模とは比較にならないほど小さく、家屋そのものがモデルになったというより、キャサリンが天使を怒らせて、ヒースの真ん中に投げ落とされたという荒涼とした荒野のイメージは作者自身が馴れ親しんだハワース・ムアから写し取られており、彼女の愛したムアがモデルとしてもっともふさわしいものと考えられたというべきであろう。

この地域は言うまでもなくブロンテ姉妹が生涯を過ごした場所であるから、彼女たちはその隅々まで熟知しており、特に荒野を愛したエミリの想像力はハワース・ムアを舞台に自由に飛翔することができたのである。

エミリ・ブロンテの描写の特徴は細部描写と綿密な観察にあって、トップ・ウィズンズとポンデン・ホールの組み合わせがモデルとされるのは外面的事実に配慮した結果であって、表面的な描写によるわけではない。トップ・ウィズンズにあった農家は寒風吹きすさぶ小説冒頭の描写を手に取るように思い描かせてくれる。

（b）ポンデン・ホール

ブロンテ姉妹がしばしば通ったと言われているヒートン家の住居ポンデン・ホールはスラッシュクロス・グレインジのモデルだと言われている。[1] その西側には幼いブロンテ姉妹が散歩をした「ブロンテ・フットパス」があり、それをさらに進むとペニストン・クラッグズやドルイド信仰の跡地ストーン・サークルに達する。

スラッシュクロス・グレインジのモデルとしてポンデン・ホールが有名である。この家はヒートン家（The Heatons）の住居として知られており、一家は地方の有力者であり、パトリック・ブロンテはハワースへの転任話が進行していた間も、また着任以降もこの一族との親密な交際を続けていた。ブロンテ家の子どもたちもしばしばこのホールを訪問し、蔵書を借りたり、音楽を楽しんだりしていた。エミリが『嵐が丘』を書くにあたっては、彼女がポンデン・ホールで得た知識が大いに役立っている。ここに所蔵されていた蔵書から得た知識と、この家の家政婦をと

ポンデン・ホール
スラッシュクロス・グレインジのモデルの一つ

おして得た家族史についての知識は重要であった。

ポンデン・ホールには一、三八五冊もの蔵書があり、そのなかにはシェイクスピアのファースト・フォリオさえあったと伝えられている。エミリはこの家に自由に出入りが許されていて、読書に耽ったようである。物語の語り手ネリー・ディーンもみずからよく本を読んだと公言して憚らないが、それはエミリ自身の経験であったと想定することができる。特に財産相続法に関する知識はこの家の蔵書から得たらしい。『家主と借家人に関する法律』『個人不動産処分に関する法律』などがエミリの眼にふれた可能性がある。『嵐が丘』の物語は財産相続に絡むものであり、ポンデン・ホールに住んでいたヒートン家の財産相続そのものが一家の大問題であったらしく、後述するロバート・ヒートンとヘンリ・キャソンの家族史は『嵐が丘』に深く関係している。またヒースクリフの性格創造についてポンデン・ホールで読んだ『悪魔の書、イギリスにおける最悪の人間に捧ぐ』[2]が土台の一部を構成していたはずである。これらの蔵書と家政婦の洩らす内輪の争いという実話から作者は物語の輪郭を創り上げた可能性は大きい。

ポンデン・ホールは玄関や内部に、グレインジではなく、ハイツのモデルとなったと指摘される部分もある。たとえば、オールド・ホールに刻まれていた入口の銘記や家屋内の各種調度品、欄間の彫刻、アダムズ様式などはむしろハイツに近い。

その家は一六三四年、ロバート・ヒートンによって結婚したばかりの息子マイケルのために建てられた。入口に刻まれた銘記は次のとおりである。「いま建っているオールド・ホールは紀元一六三四年ロバート・ヒートンによって息子マイケルのために建てられた。オールド・ポーチとピート・ハウスは紀元一六八〇年孫ロバート・ヒートンによって建てられた。現在の建物は一八〇一年子孫のR・Hによって改築された。[3]」「R・H」とは「ロバート・ヒートン」のことで、この家の嗣子の名前であり、後にエミリ・ブロンテの恋人であったと噂されるのも「R・H」であった。

オールド・ポーチとピート・ハウスは孫のロバート・ヒートンによって、一六八〇年に建てられ、現在のホールは子孫のロバート・ヒートンによって一八〇一年に建てられた。そしてオールド・ホールは一九五六年に取り壊された。一八〇一年というのは、もちろん、小説が始まった年号である。美しい景観をなすポンデン貯水池は一八七六〜七年に建設されたもので、ブロンテ姉妹は見知らぬ眺めであった。

一七世紀におけるポンデン・ホールはエリザベス朝風の農家で、樫材を用いた梁の剥き出しになった箇所もある大部屋、茶の間、小さな寝室、サン・ルーム、北向きの部屋、台所、ミルク・ハウス、ウール・チェインバー、ウール・ショップなどがあり、ホールの南側の崖には蜜蜂の巣箱を嵌めこむ穴が切り込んであり、現在でも名残りを見ることができる。この一帯では一五世紀からたいていの家が養蜂業を営んでいたらしい。ポンデン・ホールのヒートン家は石灰窯を持っていて、ロザーズデイル産の石を扱っていたようである。またエリザベス朝時代には近くのピッチャー・クラフに水力利用の「コーン・ミル」を持っていて、毛織物製品の製造に従事していた。

(二) ハイ・サンダーランド・ホールとシブデン・ホール

(c) ハイ・サンダーランド・ホール

エミリが勤めていたロー・ヒルのミス・パチェットの学校 (Miss Patchett's Academy for Young Ladies) も嵐が丘のモデルだと言われてきたが[4]、実際は似ていない。T・W・ハンソンは、エミリ・ブロンテがジョン・ホーナー著『ハリファックスの町と教区にある建物』[5]から嵐が丘を描いたと述べている[6]。ミス・パチェットもこの本の予約購入者であったので、エミリが赴任した当時、ミス・パッチェットの学校に置いてあったのはほぼ確実であろう。

ミス・パッチェットの学校から北に一・五マイルの距離にあるハイ・サンダーランド・ホールはハリファックスの北東の高台の上にあった。そのホールは一九五〇年に取り壊されて、いまは見ることができない。

ハイ・サンダーランド・ホールの特徴はドアや窓、その他のところにたくさんのモットーが刻んであったということで、南向きのドアの両側には「天はもっともよき国、もっともよき家」（Patriadomus, Optima caelum[Heaven is the best country : the best home]）と書いてあった。ハイ・サンダーランド・ホールには典型的なジャコビアン派の織物業者が住んでいたので、家屋そのものとしてはそのホールがもっとも嵐が丘に近かったとされている。玄関の飾り文字についてもこのホール以上にこの描写に対応するものはない。ヒースクリフがロックウッドの先に立って案内する、門から玄関までの敷石道もこのホールの敷石道と同じであったと言われている。

ハイ・サンダーランド・ホール
嵐が丘のモデルの一つ

『嵐が丘』冒頭の「一五〇〇年」という年号はたいへんな時代錯誤であって、当時ヨークシャーのウェスト・ライディング地方には教会堂を除いて石造建築物はなかった。約半世紀後木造から石造に変わったとき、所有者名と日付を玄関のうえに刻む習慣が生まれ、エミリ・ブロンテはこれをポンデン・ホールで見たのであった。

もう一つの時代錯誤は「ヘアトン・アーンショー」という名前である。一八五〇年代にはウェスト・ライディング地方の教会の記録簿にはもっと単純な名前が書かれている。エミリ・ブロンテの時代にはクリスチャン・ネームの代わりに苗字を用いるのが流行していて、エミリは一六二二年に洗礼を受けたハイ・サンダーランド・ホールのラングデイル・サンダーランドを念頭に置いていたのであろう。二つの名前を用いるのは例外であった。

そのような時代錯誤を別にすれば、語り手ロックウッドが嵐が丘の屋敷を訪問した際の描写はハイサンダーランド・ホールの外観と完全に一致する。ハイ・サンダーランド・ホールは寒風吹きすさぶ高い丘の上に建っていた。南向きの家で、きびしい北風は背後の小高い丘、つまり『嵐が丘』で羊飼いの少年がヒースクリフとキャサリンの幽霊を見る「山の端」（第三四章）によって遮られていた。南側は広い草地が広がり、さらにその南側は険しい崖となっており、森と石切り場を通ってブルックフットでコールダー川（The Calder River）の肥沃な谷に通じている。右はハリファックスに通じ、左は丘の間をシブデン・ヴァレー（The Shibden Valley）が流れている。

小説中にも嵐の場面がたくさん描かれている。北風は山の端を越えて猛烈に吹きつのり、南西の風、あるいは西風は雨をもたらし、突如として嵐にもなる。南風は「雪融けの風」となり、西風は雨風となる。絶えず降る雨は西方の荒野で起こる東風と西風の鬩合《せめぎ》いの結果であり、こうした風が大気をきれいにし、住民の健康に役立ち、北風は雪を降らせ、道を見えなくし、穴や沼地がどこにあるかわからなくしてしまう。ヒースクリフがロックウッドに与える忠告（第二章）は丘陵地帯の道という道をことごとく知り尽くしているにもかかわらず、雪のなかで道を見失う危険についてその地帯に住む人々の間に昔から伝わっている忠告であった。

　ジョン・ホーナーの著書ではハイ・サンダーランド・ホールは周囲が樹木に囲まれ、潅木も生えているが、実際は吹きさらしの露出した岩地で木は生えない。ロックウッドが泊り込んだ部屋の窓を叩く樅の木（第三章）、キャシーが伝わって逃げ出す樅の木（第二八章）はこのホールにはなかったけれども、建築家が先見の明をもって家を堅牢に建てるだけの風の強さや、イザベラが「まるで古城のなかで暮らしている」（第一三章）ようだと言った嵐が丘の雰囲気はこのハイ・サンダーランド・ホールには感じられたことであろう。

　ハイ・サンダーランド・ホールには尖塔や堡塁があって、「箱型の側面のよう」[7]だと言われている。東の端には「東の煙突」があり、この破風の下には、嵐のときにヒースクリフが羊を追い込んでおいたと同じ大きな納屋（第二章）があった。

ハイ・サンダーランド・ホールは一五世紀に計画されて建築された。大きな中央部が家の本体となり、その上に大きな部屋があった。中央部の東端に廊下が付いていて、台所と食糧貯蔵庫があり、両翼は破風造りになっていた。ロックウッドは「一歩入ったら家族の居間だった。入口になるロビーも廊下もない。ここらではそこをとくに「ハウス」と呼んでいる。普通はそこに台所と客間があるものだが、嵐が丘では台所はもう一方の隅っこにむりやり押し込められているらしい」(第一章)と描き出している。嵐が丘は大きな家で、ハイ・サンダーランド・ホールも居間と台所が隔てられていた。嵐のときには煙突から吹き下ろす風のため部屋じゅうに灰が舞った。ロックウッドもイザベラも「ハウス」を大きな広い部屋と言っている。

『嵐が丘』でイザベラが新婚旅行から帰り着いたとき、ジョウゼフは彼女の入るべき部屋がないと言って、屋敷中を連れまわす(第一三章)。その結果彼女は嵐が丘が重厚な構造の建物であることを知る。エミリ・ブロンテがこのハイ・サンダーランド・ホールを知ったのはロー・ヒル・スクール(Law Hill School)のミス・パチェットからであろう。またこの学校には先に指摘した本のほかにワトソン著『ハリファックスの歴史』[8]という標準的な本が図書室においてあった。

ハイ・サンダーランド・ホールは非常に大きな屋敷で、起源をサクソン時代に遡る。小説のなかでは嵐が丘はネリーによって「農園」と呼ばれ、ジョウゼフは「羊」について語り、キャシーの仔馬は麦畑を踏み荒らしている。エミリがここを普通の農家以上のものとして描き出したのは明白で、玄関の彫刻、格子窓、西洋スグリの茂み、歪んだ樅の木などの細部を用いている。このようにハイツの所有地はムアがあり、農地があり、何もないヒースの原があって、雷鳥がいっぱい巣造りをしている（第二一章）。サンダーランドの所有地はシブデン・ヴァレー上流からオールド・ゴッドリーまで広がっていた。

　ハイ・サンダーランド・ホールは他の家とは離れた場所に建てられていた。これは当時の政治状況が関係していたためかもしれない。丘の下にはサンダーランド・ホールがあって、それより一段高いところに建てられたのでハイ・サンダーランド・ホールと命名された。[9] 一七世紀にはもとの木造家屋に石造りの窓枠が設けられた。[10] それを行ったのはエイブラハム・サンダーランドで、その両親はリチャード・サンダーランドとスーザン・ソールトンストールといい、その妻はエリザベス・ラングデイルであった。サンダーランド家は古い家系で、ハイ・サンダーランド・ホールの所有者の名前は一二七四年、ウェイクフィールドの領地荘園領主名簿（Memorial Roll）に記録されている。サー・マーマデューク・ラングデイル将軍の甥であったラングデイル・サンダーランド隊長が市民戦争で王党派として戦い、負傷し、敗れて、家運が傾き、屋敷を売却せざるをえなくなった。サンダーランド家は議会派ではなかったこともあって、家運は必ずしもよくなかった。所有権はいろいろと移り、エミリがロー・ヒルへ来たころにはヨークシャーの名家プリーストリー家の所有であった。ハイ・サンダーランド・ホールには日曜日の夜、門の前に首のない男の幽霊が出没するという伝説があった。

谷の向こうのコーリー・ホール（Coley Hall）も一五七二年、結婚によってサンダーランド家のものとなっていたが、ハイ・サンダーランド・ホール自体はその後いろいろの人の手に渡り、結局コーリー・ホールを含めて一六五五年、ジョシュア・ホートンが買い取った。

このように屋敷の由緒や構造についてはハイ・サンダーランド・ホールが作者の思い描いたものにもっとも近いと思われる。

ロックウッドがはじめて見る、キャサリンとヒースクリフが隠れていた戸棚について、チャールズ・シンプソンはエミリ・ブロンテがウェルシュ・ドレッサーを考えに入れていたと述べている。[11] この戸棚は通常ポンデン・ホールにあった戸棚だとされている。今日の台所用戸棚で、もっとよくできていた。これは現在、キースリーのイースト・リドルズデン・ホール（East Riddlesden Hall）に所蔵されている。家具についてはその地方で普通に見られるものであったと描写されているが、この戸棚はその時代のものとしては豪華である。

嵐が丘には深い地下室があり、そこに階段が二つ付いていた。一つはハウスからで、他は台所から降りて行けるようになっていた。梯子段、あるいは木製の階段は屋根裏部屋に通じるようになっていた。嵐が丘はロックウッドによると天井が張っていなかったので屋根裏が丸見えになっていた。

天井の方は天板を張った形跡がまったくなく、オートケーキや、ビーフ、マトン、ハムの脚肉の塊が掛けてある木の枠で隠れているところを除いて、天井の骨組み全体が詮索好きな眼に剥き出しになっていた。（第一章）

イザベラもよく部屋の様子を観察していて、第一三章で剥き出しの屋根裏部屋について語っている。しかしハイ・サンダーランド・ホールは天井が張ってあって、屋根裏に部屋が作られていた。

このことはシブデン・ホールも同じで、同様の建て方をされていたが、一八三六年アン・リスターが天井を取り払い、屋根まで見えるようにしてその空間を貯蔵室にした。エミリ・ブロンテは一八三八年秋、ロー・ヒル校に着任したので、この改造を話に聞いて知っていたであろうし、実際にホールを訪れてこれを見ていたのかもしれない。シブデン・ホールはロー・ヒルの近くではもっとも大きな、もっとも重要な館であったので、エミリが知っていても当然のことであった。ハイ・サンダーランド・ホールでも屋根裏は同じ目的で使われていたのであろう。

ハイ・サンダーランド・ホールから南に向かって左手にはシブデン・ヴァレーがアッパー・シ

ブデン（Upper Shibden）からブルックフットへ走り、シブデン・ブルックはコールダー川に合流する。上流のシブデン・デイル（Shibden Dale）は険しく狭い。

シブデン・ホールのすぐ下、古いゴッドリー・レイン（Godley Lane）の南側は鬱蒼と繁った森林地帯で、昔はシャーウッドの森（Sherwood Forest）の北限を記しづけていた。谷の東は小川（beck）が流れ、西は険しい崖が切り立ち、シブデン・ホールから約一マイルのサザラム村（Southowram）のロー・ヒルに達している。

（d）シブデン・ホール

シブデン・ホールは樫材を用いた美しい半木造の家で、現在はフォーク・ミュージアムになっている。ここからはシブデン・ヴァレーやチャペル＝ル＝ブリア（Chapel-le-Breer）の跡地を見渡すことができる。作中ではエドガーがキャサリンといっしょにスラッシュクロス・グレインジに座って見渡す光景として用いられている。

ご夫妻は窓辺に座っていらして、その窓の格子細工は壁に向かってはね明けてあり、庭園の樹木や自然のままの緑の猟園の向こうにギマトン（Gimmerton）の谷間を見せ、霧の長い筋がその頂上近くまでたなびいていました。（といいますのは、チャペルを通り過ぎるとすぐお気づきになったかもしれませんけど、沼地を流れるスーが峡谷の湾曲部にそって流れる谷川と合流しているからです。）嵐が丘はこの銀色の靄のうえにそびえていましたが、わたしたちの昔の家は見えませんでした――それは反対側にちょっとさがったところにありました。

（第一〇章）

ここで霧について述べられているのは重要で、霧は低地のシブデン・ヴァレーの特徴である。たくさんの

シブデン・ホール
スラッシュクロス・グレインジのモデルの一つ

せせらぎや細流が沼地を通って小川となり、その豊かで甘美な川音はシブデン・ホールでもはっきりと聞き取れる。また『嵐が丘』でも細流の音がはっきり聞き取れることになっている。

ギマトン・チャペルの鐘の音が静かに鳴っていました。そして谷川のせせらぎの満ち溢れて柔らかく流れる水音が慰めるように耳に聞こえてきました。それは、まだ聞こえてはこない夏の木の葉のざわめきの心地よい代わりとなっていました。樹々の繁っているところには木の葉のざわめきがグレインジのあたりのそうした音楽をかき消してしまうのでした。嵐が丘では、それはたいへんな雪融けや降り続いた雨季の後の、穏やかな日にはいつも聞こえていたのです。

（第一五章）

嵐が丘ではグレインジからハイツの灯りは見えないが、ハイツからグレインジを見ることはできる。同様にシブデン・ホールからハイ・サンダーランド・ホールは見えないが大きな納屋は見ることができた。グレインジは谷間の霧と冷気に包まれ、ハイツは吹きさらしの場所である。この対比はネリー・ディーンの次の言葉によってもっともよく説明されている。彼女は病弱な少年リントンを父親の許に連れて行こうとしているのである。

「嵐が丘はスラッシュクロス・グレインジと同じくらい楽しい場所なの?」彼は谷間の方を見納めしようとふり向きながら訊ねました。谷間から軽い霧が立ちのぼり、青空の裾に羊毛のようなふわふわした雲をたなびかせていました。（第二〇章）

他のほとんどすべての点でシブデン・ホールはスラッシュクロス・グレインジの起源として考えることができる。小説中、ハイツとグレインジの距離は四マイル（第二章）で、キャシーにグレインジに来るように言われてリントン・ヒースクリフは「ぼくには遠すぎるよ。……四マイルも歩いたら、死んじゃうよ。駄目だよ。ときどきでいいからこっちへ来てよ、ミス・キャサリン」（第二一章）と愚痴り、イザベラは「孤独よりもっとひどい状態で座って、殊のほかわびしい気もちになり、四マイル離れたところにわたしが地上で愛した唯一の人たちがいる楽しいわが家があることを思い出しても、驚きはしないでしょう」（第一三章）とその隔たりを嘆いている。

シブデン・ホールからハイ・サンダーランド・ホールまでは直線で二マイルあるが、ホーリー・グリーンやオールド・ゴッドリーを通って行く険しく迂曲した道では約四マイルになる。一八三〇年、ゴッドリー切通し（Godley Cutting）が建設されたが、小説は一八〇一年に始まることになっているから、その時点では遠回りをしなければならなかった。エミリはもちろん切通しについては知っていた。作中ではギマトンからハイツにもグレインジにも歩いて行ける距離が設定されている（第一〇章）。ハイ・サンダーランド・ホールとシブデン・ホールは相互に歩いて行ける距離にあり、同時にサザラム村からも歩いて行けた。

小説のなかでグレインジの所有地は二マイルの猟園があり、カラマツ、トネリコ、樫が植え込まれ、家の背後には農園が広がっている。シブデン・ホールの所有地は八六エイカーに及び、大地主であった。ハイツからグレインジへのもっとも短いルートはグレインジの裏の農園から荒野を通って行くコースであり、そのコースはイザベラがハイツから脱走したときに通ったルートである（第一七章）。作品のなかでグレインジの出口は二つある。ロックウッドが誰も配置に就いていないのを知っているポーターズ・ロッジのある正門と、ヒースクリフがキャシーを捕まえた、塀のなかの古い門である（第二二章）。シブデン・ホールにも出口は二つあって、ポーターズ・ロッジがあったかどうかはわからない、古い車道から入る入口と、もう一つは一八三〇年に所有者のアン・リスターが作った、新しい車道から入る入口で、エミリはこの新しいほうを知っていた。ただしエミリがシブデン・ホールを訪ねて行ったという証拠はない。彼女は本でホールのことを知り、散歩の途中にでも道路から玄関を眺めた可能性はある。[12] エミリがロー・ヒルに在職している間に、アン・リスターは屋敷の野心的改造を行っていたのである。

シブデン・ホールは作中のグレインジと共通する幾つかの特徴をもっている。小説のなかではグレインジは住居としてハイツよりもすぐれている点が強調されている。

ぼくはミセス・ディーンに、どうしてヒースクリフはT・Gを貸し家に出して、ずっと格の劣った土地と家で暮らすほうがいいのか訊ねた。……「ここよりりっぱなお家に十分住めるほどお金持ちですよ。」（第四章）

グレインジには召使の部屋がたくさんある。ヒースクリフがグレインジを覗いたときの描写は次のとおりである。

きれいだったなあ――深紅の絨毯を敷いたすばらしい部屋だった。……リントンの爺さん夫婦はいなかったよ。エドガーと妹がそこを完全に独占してたね。あの子たちは幸せじゃなかったのかなあ。おれたちだったら天国にいるような気分だっただろうなあ！（第六章）

シブデン・ホールはハイ・サンダーランド・ホールよりもずっと美しかった。このホールは一四二〇年、ウィリアム・オウツによって建てられた。彼は二軒の家屋敷と八六エイカーの土地を所有していた。一五〇四年には結婚によってサヴィル家のものとなり、また結婚によってウォーターハウス家の所有になり、一六〇四年まで住んで、その年売却された。一六〇七年から一六一九年までは所有者が数人代わった。一六一九年、リスター家のものとなった。

一六三〇年、当主はチャールズ一世の戴冠式にナイト爵を拒否して二〇ポンドの罰金を食らった。この家は一五世紀の設計図によって建築され、ヨークシャーで石材の窓枠を嵌めた最初の家の一つであった。一五九〇年にはロバート・ウォーターハウスが新しい食料貯蔵室を作った。これは階段を二つ登った部屋で、エミリ・ブロンテはこれをグレインジの書斎としてイメージしたらしい。ホールの裏庭は塀で囲まれていた。そこに時計台が建っていて、これはロックウッドがハイツから帰って来たとき、時計が一二時を打つ（第三章）のを聞いた時計として用いた。またその庭の小屋には馬車が入れてあった。エミリはこの馬車を見ることができたであろう。リスター家の人々はおそらくこの馬車を使ってロンドン旅行をしたのであろう。現在も同じ馬車を見ることができる。

シブデン・ホールには図書室、ないし書斎がなかったが、リスター家最後のジョン・リスターが食料貯蔵室を書庫に変え、エミリ・ブロンテの時代になると稀覯本のコレクションがあったし、またこの家には財産に関する記録も残されていた。

（二）　ギマトン

ギマトンはエミリが教鞭を取っていたロー・ヒルのあるサザラム村で、ハリファックスの東にある荒涼とした丘の頂きにある教区であり、ギマトン・チャペルのモデルはチャペル＝ル＝ブリアであるといわれている。

シブデン・ホールから下方を見渡すと、サザラムから二マイルのブルックフット・ヒルの頂きに古いチャペルが建っていて、セント・アンズ・チャペル（St. Ann's Chapel）、チャペル＝イン・ザ・グロウヴ（Chapel-in-the Grove）、チャペル＝イン・ザ・ブリアズ（Chapel in the Briears, or Breers）として知られていたが、その後チャペル＝ル＝ブリア（Chapel-le-Breer）となった。これは歴史家キャムデンも記録していて、サザラム荘園領主ジョン・レイシーによって彼自身の家族の礼拝用に建てられた。正式の教会は三マイル離れたハリファックスまで行かなければならなかったからである。彼はリンカン伯爵、クロムウェルボトム・ホール（Cromwellbottom Hall）のレイシー家の一人であった。サザラム村は一八〇一年には人口三、一四八人であった。そのチャペル＝ル＝ブリアが作品中のギマトン・チャペルと同一視されている。ギマトン・チャペルはロックウッドが語るジェイブズ・ブランダラム師の説教の舞台となったところである（第三章）。作中ではその他にもこのチャペルの描写がされている。

このチャペルはその名の示すとおり道路から離れた木々（茨）のなかにあった。『嵐が丘』ではアーンショー家とリントン家の子どもを教育していた助任司祭が土地を耕していたというから、水利もよいため、ここがモデルであったことはほぼ間違いない。このチャペルが礼拝堂として献堂されたという証拠はない。ジョン・レイシーはハリファックスのロバート・ローにこのチャペルを五マルクで抵当に入れたと伝えられている。

一八〇〇年以前には冠婚葬祭に関する記録はここには残されていない。葬儀はハリファックスで行われるのがつねであった。

ぼくは召使をそこに残して、さらに一人で谷を降りて行った。灰色の教会堂は一段と灰色がかって見え、さびしい教会墓地は一層さびしく見えた。ぼくは一頭の荒野の羊が墓のうえの短い芝草を食んでいるのをはっきりと認めた。

（第二三章）

エミリは作品のなかで一八〇二年にはギマトン・チャペルが寂びれてしまい、司祭もいなくなったと描写している。先に述べたチャペル＝ル＝ブリアも朽ちはて、その古いチャペルから少し離れたところにセント・アンズ＝イン＝ザ＝グロウヴが建てられ、一八一九年一〇月七日奉納され、一八七〇年に拡張工事が行なわれた。セント・アンズは古いウェズレー系のメソディスト派チャペルで、チャペルはヘブル川（the Heble）の南堤、サウス・オウラムのチャペル・レイン（Chapel Lane）に建てられた。エミリがロー・ヒルの生徒といっしょに礼拝していたのはこのセント・アンズである。エミリも内部に掛けてあった肖像を見たであろう。ミス・エリザベス・パッチェットは古いチャペルで礼拝していたので、古いチャペルについてもエミリに語ったことであろう。そのミス・パッチェットはこのチャペルで説教していたサザラムのジョン・ホープ師と結婚した。

ギマトンという地名は「雌羊の町」という意味である。「ギマー」(Gimmer) とは雌羊 (ewe) を意味するアイスランドの「ギンブル」(Gymbr) に由来する語で、イングランド北部、スコットランドに地名としてたくさん残っている。たとえば湖水地方のギマー・クラッグ (Gimmer Crag) などがある。『嵐が丘』で述べられている他のチャペルはサザラムにあった非国教会派のチャペルで、バプテスト派のチャペルはなかったし、その他の非国教会派のチャペルも一九世紀後半までは建てられなかった。

作中ではジョウゼフがイースター・マンデイ(復活祭の月曜日)にギマトンの牛市まで牛を連れて行く話が語られている(第三二章)。しかしサザラムで市が開かれたという記録はない。ハワースではイースター・チューズデイ(復活祭の火曜日)に行われていた。[13] 作中でアーンショー氏が少年たちにポニーを買い与える(第四章)のはハリファックスの市で、ここでは年に二度、六月二四日と一一月第一土曜日に、市が立ち、牛馬が売買された。

ギマトン楽団(第七章)に関する言及があるが、サザラム楽団があった。音楽の教師をしていたエミリはロー・ヒル在職中何らかの関わりがあったのであろう。ハワースにも楽団はあった。

エドガーは治安判事の会に出席しているが、当時その種の会議はハリファックスで行われていたので、エミリはそのトピックスをハリファックスから得ていたのであろう。またサンダーランドはこの法的権限の埒外であった。ハワースからリヴァプールまで六〇マイル、ハリファックスからリヴァプールまで約六〇マイルで、エミリは兄ブランウェルが一八三九年友人とともにリヴァプールを訪れたことがあったので、リヴァプールについて相当の関心を抱いていた。

ヒースクリフとイザベラが駈け落ちをしたとき、「ギマトンから二マイル離れた」（第一二章）鍛冶屋で馬を止めて蹄を直してもらうエピソードが語られている。一九三七年六月二五日付の『ブリッグハウス・アンド・エランド・エコー』には百年前（一八三七年）当時の鍛冶屋の絵が載せられていた。場所は「ブリッグハウス本通りのブラッドフォード道路角」（Bradford road corner of the main Brighouse road）にあり、サザラムからちょうど二マイルの距離であった。ネリー・ディーンは逃げて行く二人が乗った馬の蹄の音を聞いている（第一二章）が、彼らが向かった方角は、シブデン・ホール→シブデン・ホール・ロード→チャペル＝ル＝ブリア→林間道路→ブルックフット→コールダー・ヴァレー・ターンパイク→ウェイクフィールド→南部というコースであったであろう。サザラムからハワースまでは北に一四マイル離れており、エミリがはじめてロー・ヒルに赴任したとき辿ったコースはハワース→デノム→ハリファックス→サザラムのコースであった。ロックウッドが一八〇二年に北部を再訪したとき、こう述べている。「一八〇二年——この九月、ぼくは北国のある友人が所有する荒野で狩りをしてみないかと招待を受けた。それでその友人の住まいまで行く旅の途中、思いがけなくギマトンから一五マイル以内のところにやって来た。」（第三二章）実際サザラムからハワースを訪ねるとすればロックウッドが述べたとおりの距離であったのである。

ラデンデン教会はブランウェルが鉄道員をしていたとき勤務に就いていたラデンデン・フットから北に山道を登った中腹に静かに佇んでいる。ブランウェルが飲酒の悪行に耽ったネルソン亭のすぐ上手《かみて》である。ここはハワースの有名な司祭であったウィリアム・グリムショー夫妻が永遠の眠りについているところで、グリムショーの妻への熱愛ぶりは有名で、ヒースクリフの墓暴きを連想させるエピソードが伝えられているが、教会堂の堂々とした姿はギマトン・チャペルとは程遠い。ちなみに、『嵐が丘』の語り手ロックウッドの名はグリムショーの妻セアラ・ロックウッドに由来する。

（四）　ペニストン・クラッグズ

小説のなかでペニストン・クラッグズは次のように描かれている。

ペニストン・クラッグズの絶壁は、夕陽がその絶壁やハイツのてっぺんに照りつけ、そのほかの風景全体が影のなかにおさまっているときには、彼女の注意を引きつけないではいませんでした。

わたしは、それらが剥き出しの岩の塊で、その裂け目にはいじけた樹木を養うほどの土もないくらいだと説明しました。

「それじゃ、ここはもう晩になっているのに、どうしてそんなに長い間明るいの？」彼女はしつっこく訊ねました。

「あそこはね、あたしたちがいるところよりもずっと高いからですよ」とわたしは答えました。「あなたは登ろうとしても登れません。高すぎるし、険しすぎますから。冬になると霜が、ここよりも早く降りるのですよ。南東側にあるあの黒い窪みの下には夏になっても遅くまで雪が残っているのを見たことがありますよ！」

（第一八章）

ペニストン・クラッグズはハイツから一・五マイル、グレインジからは四マイルである。レイモンドによると、それはスタンベリの上手にあるポンデン・カーク[14]のことであり、そこには「妖精の洞穴」（fairy cave）がある。伝説によるとその穴はドロイドの儀式で穿たれたという。その地方には、女性がこの暗い穴を通り抜けるとその年の終わりまでに結婚すると言う伝説がある。「ペニストン・クラッグズ」と「妖精の洞穴」の間には性的暗示があると古くから指摘されている。

作品中、ジョウゼフがペニストン・クラッグズの向う側で石灰を掘っているという部分がある。「ジョウゼフはペニストウ・クラッグの向こうの端で石灰の積み出しをやってるよ。暗くなるまでかかるから、わかりゃしないさ」（第八章）。その石灰岩は氷河時代にポンデン峡谷に沈殿したものである。先に述べたサザラム村にも良質の石灰層があって、シブデン・ホールには石灰の坑口があり、エリザベス一世時代から現在まで石灰が産出されている。ハワースには石炭はなく、近くに石切り場があり、ペニストン・クォリーズと呼ばれていた。サザラム地方産出の石材はテムズ河護岸用に用いられ、ヨーロッパ大陸、アメリカ、その他の各地にも送られた。地方の道路も石材が用いられ、壁や農園の区切りにも多用され、地方の特色となっている。農園の区切りは板石を地下二フィートに埋め、地上は四フィート出して、それに白ペンキを塗って夜でも見えやすいようにしていた。ロックウッドはその石について言及している。

ぼくは道路の片側に六、七ヤードの間隔をおいて一列に並んだ直立した石が、長々と打ち続く不毛の地に連なっているのに気づいていた。これらは直立させてあり、暗闇のなかでも、また現在のように雪が降って両側の深い沼地がもっと足許のしっかりした道と見違えられそうなときでも、道案内として役立つようにわざわざ石灰で塗ってあった。しかしそこここに突き出している黒ずんだところ以外は、石柱の存在を示すすべての痕跡は消えてしまっていた。そしてぼくの道連れは、ぼくがうねうねとした道を正しく辿っていると思ったときでも、しばしば右だとか左だとかぼくに進路を取るよう忠告しなければならなかった。（第三章）

サザラム産出の石材は良質の板石で、ハイ・サンダーランド・ホールの車道はその石で舗装されていた。

人名

ヒースクリフ

ヒースクリフはロマン主義文学が生んだ一大主人公である。エミリ・ブロンテがロマン派詩人たちの影響を深く受けたことは夙に知られている。

バイロンをヒースクリフのモデルと見る意見は幾つも出された。バイロン自身の多情ともいえるロマンティックな伝記が『嵐が丘』の雰囲気を感じさせるし、『ドン・ジュアン』や『マンフレッドなどの作品からエミリに結びつける傾向もあった。ロウマー・ウィルソンの『エミリ・ブロンテ秘史』[15]やヘレン・ブラウン[16]などが熱心にバイロンをエミリに結びつけた。

考え方によって、作者自身がキャサリンとヒースクリフの両主人公に分割されてはいっているのだという意見も根強く存在している。

（イ）ウェルシュ・ブランティー

ブロンテ一族の先祖に関する物語のうち、『嵐が丘』との関連で語られる物語がウィリアム・ライト博士の本に書いてあるので、それに拠って概略を説明してみよう。

ブランティー一族はドログヒーダの上手、ボイン川（The Boyne）の堤の農園に住んでいた、農業を営むかたわら家畜売買業を兼ねていた。牛を売るためにリヴァプールに渡ったこともあった。

あるときリヴァプールから戻る途中船倉の荷のなかに非常に幼く、とても色黒のまったく汚らしい見知らぬ子を発見した。舟に乗っていた者は誰もその子のことは知らず、その子がどうなろうとまったく無関心であった。その舟には医師は乗合わしておらず、女性もそのとき夫に同伴していたブランティー夫人だけであった。その見知らぬ子は甲板に抛り出され、海に投げ込めという者もいたが、その子にさわろうという者もいなかった。子どもの叫び声は悲しそうで、ブランティー夫人がその捨て子を助けなければならなかった。

ドログヒーダに着き、その子を陸に揚げ、食事と衣服を与えた後、ふたたびリヴァプールに送り返そうとしたが、船長がまた自分の舟に乗せるのを嫌がり、拒否した。当時孤児院はダブリンにしかなく、また非嫡出児を孤児院に連れて行くには教区委員会からの課税がかかるため、誰もその子に関心を示さなかったので、ブランティー夫人に委ねられてしまった。彼女も、ダブリンに連れて行ったところで収容してくれるとはかぎらなかったので、家に連れて帰るほうが安上がりと判断した。

その子はブランティー家のなかでも最初は嫌われていたが、憐れみが愛情に変わり、家に置くことにした。肌の色から東洋系の人間であったかもしれないが、この一家ではウェールズ人であろうと思われた。それで呼び名もウェルシュとなった。虚弱な体質であったらしく、苛立ちやすく、肌の色や生まれのため軽蔑され、そのため陰気臭く、僻み根性が強く、ずる賢い子であった。苛められる仕返しにブランティー家の子どものおもちゃを壊したり、花壇を荒らしたり、小鳥を殺したりした。ブランティー家の子どもたちはその悪戯の現場を押さえたわけではなかったが、すべての悪戯をウェルシュがやったものと判断した。ウェルシュは不機嫌に沈黙を守り、ブランティー氏がいるときだけ口を利いたので、ブランティー氏のお気に入りとなった。一つにはウェルシュが虚弱であったので、主人の保護を必要としていたからであり、二つにはブランティー氏の帰宅をいつもうれしそうに出迎え、力の及ぶかぎりブランティー氏の役に立とうとしていたからである。おまけに犬のような忠実さでブランティー氏の後を付いて回り、他の子どもたちの不利になるようなことを告げ口した。ブランティー氏は彼を市やマーケットに連れて行き、その都度彼は役に立った。ウェルシュは牛の仲買業者の間で話されていることをブランティー氏に伝え、主人は苦労しないで商売を続けることができた。仲買業者たちはウェルシュを無視していたので、彼の前で大事なことを平気で話していたらしい。ブランティー氏にとってウェルシュは不可欠の存在となっていき、やがてウェルシュが完全な経営管理を取り仕切るようになった。

ところがブランティー氏が最大の商いをしたリヴァプールからの帰りの船中で急死し、現金や通帳がどうなったかわからなくなった。ブランティー家の子どもたちはよい教育を施されていたが、農業や牧畜に関しては何の知識もなく、土地も放置されていたので、手の施しようがなかった。そこでウェルシュは子どもたちと話し合いをして、失われた財産を取り戻そうと提案した。

ウェルシュは家に入ることを禁じられていたが、ウェルシュがお金を取り戻してやるというので、家に入ることをしぶしぶ承諾した。そこへウェルシュは見たこともないような服装をして現れた。ぴかぴかの広幅織りの黒ラシャを決め込み、てかてかに塗った黒髪をして、白いきらきらとした上等のリンネルを着込み、出歯を出して来たのである。平生の彼を知る人にとっては滑稽千万であったが、彼自身の邪な目付きには満足の笑みが浮んでいたという。

ウェルシュは鷹揚な家畜売買業者らしい態度で一家に対する同情を表して、一つの条件付きでいままでどおりに何ごともなかったように家族の必要は全部ウェルシュが満たしてやると宣言した。そしてウェルシュはいままでどおり仲買業を続けた。

一つの条件というのは、末娘のメアリがウェルシュの妻になるということであった。もちろん激怒を買い、口汚く罵られて拒否された。ウェルシュは出て行こうとするとき、ふりむきざまにこう言い放った。「メアリを俺の女房にしてやる。そしてほかの奴らはこの家から籾殻のようにちりぢりにしてやる。[17]」

ブランティー一家の兄弟姉妹はウェルシュにそうはさせじと対策を練った。友人たちも多く、三人の兄弟は給料取りの職に就いた。二人はイギリスに、一人はアイルランドに職を得た。そのようにして母親や姉妹に仕送りができるようになったのである。

一方、ウェルシュも目的を達成しようと努力した。家畜売買業は、ウェルシュ自身この仕事には自信がなかったので、止めてしまい、別の仕事を始めた。ブランティー家の土地は不在地主であったため、土地管理人に任せきりであった。彼の本職は地代集金で、このような事情のため地主会議は彼に絶大な権力を与えていた。土地管理人は地方の名士で、治安判事、陪審員、地頭を兼ねていた。彼の手下となって働いていたのは弁護士、執行吏、土地管理人代行、不正規兵などであった。ウェルシュはこの土地管理人に賄賂を贈り、土地管理人代行にしてもらった。

土地管理人代行の仕事は小作人と地主の間を取りもつ緩衝役で、無情で、良心がなく、腹のない、もっとも賎しい人々から選ばれ、名目の賃金はあるが、支払われたことはなく、一度も請求したこともないのが常識であった。しかし両者の間で上手に金を手に入れていた。小作人には自分の影響力の大きさを吹聴し、土地管理人には小作人の状態や支払いの能力について割り引いて話し、小作人に会えば立ち退きをほのめかすという手段を講じていた。祝祭日には人々と酒を飲み、人の気が緩んだところで人々の本心を聞き出す方法を用いた。以前の家畜売買業者としての経験もあった。そのような役にはウェルシュは打って付けであった。生まれながらの土地管理人代行であった。そのようにしながらウェルシュは以前の主人の農地と娘メアリ・ブランティーをうまく手に入れる機会を狙っていた。

ウェルシュは管理人にその農地の放置されていた状態を告げ、支払いが滞りそうだと言い、地所からの利益を挙げるために自分が前の主人の責務を肩代わりしたいと言い出した。しかしウェルシュはその主人の一家が立ち退かされるのを見るに忍びなかったので、一つの約束を取り付けるのに成功した。すなわち管理人はブランティー家が地代に支払いができなければ一定額の支払いで農地をウェルシュに譲渡するように、という約束であった。

しかし地代の支払いは滞らなかった。その反対に管理人の要求は規則正しく期日までにきちんと支払われ、おまけにかなりの額が家の装飾と土地の修復に費やされた。そこでウェルシュはブランティー家の兄弟がイギリスでかなりの給料を稼いでいると管理人に告げ口したので、地代が引き上げられた。増額された地代も期限内にきちんと支払われたので、また増額された。

そこでウェルシュは作戦を変えた。その理由は、主人の家庭への近道は失敗したからであり、地代を上げれば、その上がった地代を将来自分が支払わなければならなくなるからであった。彼は狙いをメアリ・ブランティーに絞った。近くにウェルシュと同じように身分が賎しくて節操のないメグという女の土地管理人代行が住んでいた。メグの仕事は庶子をひそかにダブリンの孤児院に送り込むことであった。こういう種類の女は農夫の妻に酒瓶を持って行ってやり酒飲みにしてしまい、農夫の息子や娘を唆して両親から玉子、リンゴ、肉などを盗ませ、その礼として彼らの欲しがる安物の装身具を与えたり、金持ちの身持ちの悪い男の悪巧みを助長したり、召使娘の運命を騙り、破滅の罠をかけたりした。メグやその他の土地管理人の女代行はスパイ女として働き、妖術をあやつり、悪魔に魂を売り渡した女と言われていた。

ウェルシュはメグを使って、メアリとの仲介役をしてもらい、次のようなことを言わせた。すなわち、ウェルシュはメアリを気がふれるほどに愛していること、ウェルシュはメアリに話しかけたくてたまらないこと、ウェルシュはいま金持ちになりつつあるということ、地主に可愛がられているのですぐにも土地管理人の主任になりそうであるということ、やがて地方の治安判事、陪審員にもなるだろうということであった。事実治安判事にも陪臣員にもなった。

　ウェルシュは支払いの遅れている紳士農から、そのときのためにと借りていた馬車に乗り、ブランティー家の前をわざとこれ見よがしに通ったりした。メグは幾度も機会を捉えてはメアリにウェルシュの愛と善意を伝えた。メグは、ウェルシュが何年もの間管理人からブランティー家に命じられる立ち退きを、管理人に懇願して止めさせてきたし、また管理人がその命令を実行させるのを阻止するために多額の金を払ってもきたと話した。無垢な少女は最初は信じられなかったが、メグから地代と同じ書式の領収書を見せられて信じるようになった。ウェルシュはメアリに小作人の庭で摘んだ花を贈り、立ち退き命令を恐れている小作人から巻き上げた装身具などを贈った。そのようにしてとうとうメアリは、わが家を守ってくれたことに感謝のことばを述べるためにある農園でメグといっしょにウェルシュに会うことに同意した。これでメアリの運命は決まった。メアリは上品な男性と結婚することはできないと諦め、恥を隠すためにウェルシュと結婚することに同意した。

　結婚式は、当時の似非牧師《バックル・ベガー》の一人によってひそかに執り行われ、しかる後公表された。ウェルシュはいまや農園のレイディーの夫となった。結局土地管理人もウェルシュを小作人として認めた。ブランティー家の兄弟はこのニュースを聞いて急遽帰国したが、旅足の遅い当時のこととて間には合わなかった。兄弟は管理人に訴えた。先祖が単なる沼地や荒野であった所を埋め立てて作った土地だ、父親は家を建てたり排水溝を掘ったりするのに数千ポンドを費やした、この数年間にも自分たちはこの土地のために多額の金を費やした、地代の数度にわたる値上げにも遅滞することなく応じてきた、こんなに手を入れてきたわが家がわけもなく予告もなく没収され、一家から金を盗み、一家を破滅させた男に譲渡されてしまったのだ、と彼らは訴えた。土地管理人は大層苦しんだが、彼自身もしがない管理人にすぎなかった。地主が望むことはたとえどんなに不当だと思っても、ブランティー一家には気の毒であるが、執行せざるを得なかった。地主が意志の固い人だということは誰でも知っていたので、兄弟は地主に決心を変えてくれとは言えなかった。兄弟は代理人から補償を得ることができなかったばかりか、自分たちが法律の適用を受け、不法侵入と暴力的威嚇行為の廉で逮捕され、管理人の前で裁かれ、管理人は平静な礼儀と同情の態度を装いつつ兄弟に入牢と重労働を言い渡した。管理人は判決のなかで「法と秩序」を擁護しなければならない立場の苦しみについて述べ、放置されていた農地の責務を肩代わりしてくれ、そこを彼らの一文なしの妹のためにわが家としてくれた騎士道的紳士に対する感謝のないことを兄弟に諭したと伝えられている。

このようにしてウェルシュはブランティー姓を名乗り、前の主人の農園と末娘をわがものにするという目的を達成した。ウェルシュはまた脅迫も行い、母親、姉、兄弟たちは海外にちりぢりとなり、その行方は杳としてわからなかった。

以上がウィリアムズ博士によって伝えられたブロンテ家の秘密の歴史である。これに対して全面的に否定する意見も出ている。『ブロンテ家の人々』を著わしたジュリエット・バーカーは、これはイギリス側で期待するような話をウィリアムズが作り上げたのだ、と述べている。[18]

(ロ)　ヘンリ・キャヤソン

ポンデン・ホールに住むヒートン家の歴史は不幸の連続であった。[19] 一六三四年、父親ロバート・ヒートン三世は息子マイケルのためにオールド・ホールを建ててやった。マイケル・ヒートンはグラスバーンのアン・スカーバラと結婚した。マイケル自身は一六四三年、戦争に征って遺言書も残さないまま死んでしまった。後には二六歳の妻と娘メアリと赤ん坊の息子ロバートが残った。誰もこの小さな世継ぎの利益を守ってくれる者はいなかった。そこで未亡人は数年後前夫の雇っていた労働者の一人、ヘンリ・キャヤソンと再婚し、一子ジョン（?－1710）を儲けた。キャヤソンはスコットランド人であったらしく、政治好きで、また横柄でもあり、欲張りであった。彼はまもなくあらゆるものを支配下に収め、財産の所有者のすべての権利を簒奪した。キャヤソンは約二〇年間このホールを支配し、ホールは「スコッチマンズ・アームズ」(Scotchman's Arms)

とか「スコッチマンズ・ファーム」（Scotchman's Farm）と呼ばれ、スコットランド人がよく出入りしたと伝えられている。キャソン家の者は生きていた間ヒートン家に迷惑をかけ続けた。キャソンは謎の死を遂げた。息子のロバートは成人した後、キャソンから家屋敷家財一式を一三ポンドで買い戻して一家の繁栄を取り戻した。そのためヒートン家ではキャソンの血筋を引く者たちは最後の世代までこのエピソードについて話すのを好まず、エミリ・ブロンテがこの話を『嵐が丘』の原話として用いたとき、大いに不快に思ったということである。ヘンリ・キャソンはヒースクリフのモデルとなり、ロバート・ヒートン四世はヘアトン・アーンショーとしてイメージ化されたという。

五世ロバート・ヒートンは妻をエリザベスといい、九人の子宝に恵まれたが、一家の不幸はまだ続いていた。ロバートはコルン近郊のジョン・ホールステッドという男に綿を売り、換わりに蝋燭を買い入れた。当時夜間の作業も続けられていて、一七九五年三月一三日（金）朝、疲れた労働者が蝋燭を綿の上に倒したためポンデン・ミルから出火した。建物、綿の在庫品、織物機械などに五〇〇ポンドを要したが、「王立株式交換所保険局」の保険によって翌年五月には事業を再開することができた。

九人の子どもたちは以下のとおりであった。第一子レベッカ（c.1782-?）、第二子ジョン・マーガトロイド（c.1783-1807.2.6）、第三子メアリ（c.1785-?）、第四子ロバート六世（1787-1846）、第五子セアラ（c.1788-?）、第六子マイケル（c.1790-?）、第七子ハリエット（c.1792-?）、第八子エリザベス（c.1795-1816）、第九子ウィリアム（c.1798-?）であった。長男ジョン・マーガトロイドは、ヨークシャーの習慣によると「クロッグ・アンド・シュー・ウェディング」（'Clog and Shoe Wedding'）と呼ばれる、一種の「グレトナ・グリーン・マリッジ」（'Gretna-Green Marriage' 駆け落ち結婚）をしたらしく、子のないまま、一八〇七年、父親の工場から五〇〇ポンドを着服し、行方不明になってしまった。その性格や行状から作品のなかでヒンドリー・アーンショーの創造に一役買っているのではないかと想像される。ヒートン家の後継者となったのは次男のロバートで、妻はアリスといい、五人の子どもがあった。一家の度重なる不幸で、経営が苦しく、子どもの教育もままならなかった。その息子ロバート（1822.5.2-1898）は無学文盲であったが、噂ではエミリに恋していたという。そしてエミリの死後、彼女を悼んで裏庭に桃の木を植えたと伝えられている。『嵐が丘』のヘアトンは彼がモデルではないかとも言われているが、ヒートン（Heaton）に「r」を補ったアナグラムが「ヘアトン」（Hareton）だというむりな解釈もある。

また五女のエリザベスは一八一二年、一七歳のとき、リーズ近郊出身のジョン・ベイクスという男に凌辱され、父親のロバートは娘が未成年であるため、それを認知する証として二〇〇ポンドをジョン・ベイクスに支払い、一八一三年七月下旬結婚させた。赤子は生まれたが、一八一五年には子連れで実家に戻された。エリザベスは肺結核を患っていて、その年の一一月二六日（日）

に死亡した。小説のなかのフランセス、あるいはイザベラの創造に何かを寄与したかもしれない。ジョン・ベイクスも無心をしたり夜中に外で酒を飲み、深夜に大声を張り上げたりして、妻の実家にたいへんな迷惑をかけたが、赤子についての詳細はわからない。おそらく母親とともに死亡したのであろう。

エミリ・ブロンテはポンデン・ホールによく出入りしていて、そこの女中から家族史をいろいろ聞かされていたらしく、エミリはロックウッドよろしく、その物語に耳を傾けたのであろう。その女中はネリー・ディーンのようによくしゃべる女性であったらしい。

以上のように、ヒートン家は『嵐が丘』に深く関わっている一族であった。

（八）　ジャック・シャープ

ジャック・シャープがヒースクリフの有力なモデルであったことは夙に指摘されている。[20] それはエミリ自身が教師として赴任したミス・パッチェットの女学校校舎そのものがジャック・シャープの建てたものであったからである。エミリはおそらくエリザベス・パッチェットからジャックの話は聞いたであろう。そうでなくても近隣では有名な話であったから、生徒や父母から聞く機会もあったであろう。

「ウォータークラフ・ホール」はハリファックスから一マイル足らずの場所にあり、一六五四年以降ウォーカー家の所有であった。一七世紀半ば手広く商売をしていたこの家族の当主ジョン・ウォーカーには妻と四人の子ども、ジョンとリチャードとメアリともう一人の娘、それに既婚の姉妹アン・シャープ夫人、グレイス・ステッド夫人、未婚の姉妹二人がいた。ジョンは長男ジョンをケンブリッジに送り栄達を夢見ていた。次男リチャードはロンドンに送られ、法律の勉強をしていたが、一七歳で他界してしまったので、家業を継ぐ者として、すでに死亡していたエイブラハム・シャープの息子ジャック・シャープを養子として迎えた。ジャックはなかなか才気に溢れた少年で、たちまちジョン・ウォーカーのすべての仕事を覚えてしまった。ジョンから可愛がられるのは言うまでもなく、未婚の叔母たちからも可愛がられた。ジョンはジャックの助力がなければ仕事を続けていくことができないほどになってしまい、ジョン自身が一七五八年に早々とハリファックスへ、その後ヨークへ隠居してしまい、ウォータークラフ・ホールはほとんど家賃といえるものも取れないで、ジャックの思いのままに使用され、所有主のジョンは一七七一年、五五歳で死んだ。

父親に死なれた息子のジョン・ウォーカーは正当な遺産を相続したいとジャックに申し入れた。それまでジョンはジャック夫妻（妻は旧姓ニコルズ）と友好的な関係であったが、ジョンがサースク出身のエリザベス・ウォディントンに恋をし始めたとき状況が一変した。

エリザベスはヨークやロンドン、ケンジントン・スクウェアにあった高級な寄宿学校で学び、高慢な女性となっていたが、物欲にはすさまじい節約家であった。

エリザベスの母親は寡婦で、娘のために然るべき財産を要求した。新婦はケント州にかなりの財産を持っていたが、婚約した女性はケント州に住まず、ウォータークラフ・ホールに住みたいと言い出した。ジョンは当然ジャックに父親の遺産を返却するよう求めた。ジャックはホールについては何の権利ももたないのに、ホールから立ち去ろうとせず、一マイルとは離れていない丘の頂きにホールを建て、その土地に因んで「ロー・ヒル・ホール」と命名し、やっとのことで引っ越した。婚約者たちはこの引っ越しが終わるまで結婚式を挙げるのを待ち、一七七二年一一月一一日ようやく結婚し、ウォータークラフ・ホールに入った。ジョン夫妻にはキャロラインとジョージアーナと男児が生まれた。ジョージアーナはエドワード・ストレンジウェイと一八三〇年結婚し、ウォータークラフ・ホールに姉とともに住んだ。

ジャックがウォータークラフ・ホールを立ち去るとき、どのような狼藉を働いたかを、ジョンの娘キャロラインが日誌に認めている。家具一切を破壊し、持ち去れるものはことごとく持ち去り、二つの客間しか使用できず、寝室は見るも無残な状態になっていたという。

ジャックはウォーカー家の家業はそっくり受け継ぎ、以前の徒弟であったランドフォードとイエイツという二人の男を仲間に引き入れ、自宅のそばに住居まで構えてやり、その後は賭博と飲酒の悪習に引きずり込んでいった。またジャックはジョン・ウォーカーの未成年の従弟サム・ステッドを年季奉公に迎え、その母親からはその代金として三〇〇ポンドを巻き上げた。しかしサムには飲酒と賭博を教えて堕落させるばかりであった。

ジャック自身の弟リチャード・シャープはアメリカに移民し、ジャックと提携して貿易業に勤しんでいた。やがてジャックはアメリカ戦争の影響を受け、アメリカからの送金停止で行き詰まり、もとの徒弟であったラングフォードやイェイツから借金し、家屋敷とすべての財産が抵当に入り、おまけに長女ナンシーが叔母と住んでいたロンドンから零落して舞い戻って来たので、ジャックは彼女を連れて上京し、そのままヨークシャーには帰って来なかった。家族もその後を追って上京し、ジャックは一七九八年までに死亡したと伝えられている。妻はピパーロムに住む従姉妹メアリ・シンプソンの余産相続人となり、ロー・ヒルでの営業は終焉した。

サムはジョン・ウォーカーによって更正し、ウォーカー家の子どもたちの教育係となった。サムはヘアトン・アーンショーのモデルと言われる。またこのホールに雇われていた乳母「ワーズワス」は長年この家族のために働き、ネリー・ディーンのモデルになったとも言われている。ジャックが雇っていた男性召使はジョウゼフという名であったと伝えられている。

エミリがロー・ヒルに赴任したころ、キャロライン・ウォーカーはウォータークラフ・ホールで暮らしており、ロー・ヒルに住むエミリも彼女の姿を見かけることもあったであろう。

ミス・エリザベス・パッチェットは妹とともに、一八二二年、ソイランドに学校を創立し、一八二五年にロー・ヒルへ移転してきた。パッチェット姉妹のうち妹のマリアは一八三七年九月二一日、ウラー先生の親戚タイタス・シーニア・ブルックと結婚し、姉エリザベスは一八四二年一二月二七日、セント・アンズ＝イン＝ザ＝グロウヴの司祭ジョン・ホープ師と結婚して、学校は廃校となった。エミリの同校就任はマリアの結婚で空席となっていた教員の補充であった。しかしウラー先生の紹介によるのではなく、エミリは新聞広告でこの職を得たのであった。このことは『アグネス・グレイ』や『ジェイン・エア』にもモチーフとして用いられている。またミス・パッチェットはシブデン・ホールのアン・リスター、ホウルズワース・ホール(Holdsworth Hall)のエリザベス・ホウルズワース、ウォータークラフ・ホールのキャロライン・ウォーカーの友人であった。そのような関係からエミリがシブデン・ホールに接近する機会は十分あったと考えられ、ウォータークラフ・ホールのキャロラインと面識を得る可能性も十分あったものと考えられる。

（二）　ジョナサン・ウォルシュ

エミリ・ブロンテが助教師として働いていたロー・ヒルからあまり遠くないところにコール

ドウェル・ホールがあって、そこに住んでいたジョナサン・ウォルシュは悲劇を巻き起こしそうな恐ろしい性格的特徴を幾つか示している。ミス・ウォーカーはウォルシュのことを「彼自身にとっても、他のすべての人にとっても苦しみの種」であったと言っている。彼の言葉遣いはとても粗暴で不愉快なものであったので、ハリファックスの司祭コウルサースト博士は彼の毒舌を避けるために彼の通って来る道から走って逃げたというほどであった。彼は一八二三年二月一五日(土曜日)午前四時に死んだ。そして彼が所有していた畠の一つの角に埋葬された。彼の妻はその畠の別の角に埋められた。というのは彼の遺言によって、自分は妻と同じ畠で、できるだけ妻から離して埋めてもらいたいと要求されていたからである。古い荷馬車道が彼の畠の真ん中を通っていて、機織職人やその他の連中が道路を通らずにその馬車道に踏み込むのでしばしば腹を立てていた。伝説によると、彼の幽霊がその馬車道に踏み込む者たちに出没しやすいように道路のすぐ近くに埋めてもらったという。

その他の人物たちについてもいろいろなモデルを探してくることもできるであろうが、特にキャサリン・アーンショーが誰をモデルとして描かれているかは最大の問題であるけれども、解答するのは容易なことではないであろう。この女性像は作者の胸のなかから創造されてきたというのが一般的で、ヒースクリフにしても同じことがいえるが、周囲には似かよった話題が幾つかに見出されたので、あえてモデルとしてあげた次第である。

ヒートン家について言及した際に、ヘアトン、ヒンドリー、イザベラ、フランセス、あるいはネリー・ディーンなどの人物の源を暗示したが、ジャック・シャープの従兄弟ジョン・ウォーカーもヒンドリーのモデルと考えることができる。サム・ステッドもヘアトン・アーンショーのモデル、女中「ワーズワス」もネリー・ディーンのモデルということはできる。しかしあまりモデル探しに夢中になると、肝腎の作品鑑賞が疎かになる危険性があることはいうまでもないであろう。

第四章　「ゴンダル」から『嵐が丘』へ

『嵐が丘』のキャサリンやヒースクリフはどこから来たのであろうか。何がエミリ・ブロンテの心のなかに主人公たちのイメージを着想させたのであろうか。あのような激烈な情念を抱いた主人公たちがどのようにしてエミリ・ブロンテの心に浮かび上がってきたのか。彼女が彼らの最初のイメージを胸に抱いてから、彼女はそれをどのようにしてはぐくみ育ててきたのであろうか。

ブロンテ姉妹がおもちゃの兵隊を道具にして「グラス・タウン」「アングリア」「ゴンダル」のゲームを創造して遊び、それが彼女たち独自の文学的ファンタジーの世界を構成していったことはよく知られている。[1]このときから一八三一年まで「若者たち」（'Young Men'）「われらの仲間」（'Our Fellow'）「島の人々」（'Islanders'）らを経て「グラス・タウン」の世界が出来上がり、一八三一年以降はシャーロットとブランウェルの「アングリア」、エミリとアンの「ゴンダル」に分かれていった。

ヒースクリフやキャサリンのイメージはシャーロットが主導的に書き綴っていた「グラス・タ

ウン」や「アングリア」のなかにさえ求めることができるほどで、彼女たちの文学的想像の世界は自己同一的であり、相互に深く関わりあっている。たとえば、『嵐が丘』では二度の墓暴きが行われているが、そのようなゴシック・ロマンスめいたエピソードはブロンテ姉妹が早くから馴れ親しんでいたものらしく、シャーロットの作品「わがアングリアとアングリアの人々」のなかにも現れている。[2] ここでは『嵐が丘』の登場人物たち、特にヒースクリフやキャサリンがどれほど深く「ゴンダル」と関わっているかを明らかにしていこう。

エミリ・ブロンテの詩集としてもっとも重要な二冊の本は彼女が生存中に出版した『カラー、エリス、アクトン・ベル詩集』とチャールズ・ウィリアム・ハットフィールド編『エミリ・ジェイン・ブロンテ全詩集』である。エミリが最初に詩を書いたのはおそらく一七歳のころで、それまではもっぱらシャーロットが写字生を務めた。その成果である「グラス・タウン」などの世界でも、ところどころにエミリの言葉と思しきものが含まれているので、エミリもかなり早い段階から創作に参加してはいたのはたしかであろう。エミリが自らの詩に最初に日付を打ったのは一八三六年七月一二日（No.2）[3] で、エミリが最後の「ゴンダル・ポエム」を書いたのは『嵐が丘』出版の後、一八四八年五月一三日のことであった。このことによってエミリの生涯は最初から最後まで「ゴンダル」の世界に支配され、その空気に覆われていたといえる。『嵐が丘』は一八四五年秋以降、一八四六年七月一五日以前までの間に書かれた。[4]

「ゴンダル」と『嵐が丘』の対応関係は非常に複雑な執筆方法によって難解なものになっている。これは『嵐が丘』の語りの方法にも関わりのあることで、エミリの頭脳のなかでは時間軸はほとんど崩れていて、過去、現在、未来が自由に行き来できるようになっていたらしいことを暗示している。空間軸は幼稚なものであったとはいえ、比較的確立していて、北と南の対称は「ゴンダル」においても『嵐が丘』においてもきちんと整備されている。すなわち「ゴンダル」では北太平洋のゴンダル島と南太平洋のガールダイン島の両極があり、『嵐が丘』のなかでは山の上で北の方角にあるハイツと南の麓の肥沃な土地グレインジが両極をなすように設定されている。エミリの三次元世界はいわば安定した土台をもち、四次元的世界はエミリ自身の自由な飛翔を許すような宇宙になっていた。このことは『嵐が丘』の時間操作の特徴ともなっている。

ところで「ゴンダル」とはどのような物語であろうか。「ゴンダル」のテクストとはちがって「ゴンダル」の物語を語るのはなかなか困難である。しかしどうして困難な課題が果たせるのかについてはここでは簡単に触れておくだけにしよう。エミリは一八四四年二月に詩の原稿を整理してノートブックを作り、その一冊を「ゴンダル・ポエムズ」と名付けた。そのノートブックのなかで詩を整理し清書したが、その順番にかすかではあるが、ストーリーの展開が見えるということ、もう一つは詩作品のなかに「ゴンダル・デイト」と思われる日付が記されているということによって、「ゴンダル」を再構成していくことが可能なのである。それによると「ゴンダル」

は大体次のような展開になっていたものと思われる。

「ゴンダル」は一見して古代における英雄物語のように感じ取られるかもしれないが、実際は作者自身が生きていたより一時代だけ過去の物語で、一八二五年ころから三〇年くらいの間に物語の大部分が語られている。「ゴンダル」サーガはそこで展開される恋愛と政治の種々相である。愛と背信、政略と陰謀が渦巻き、まるで中世時代の王位継承闘争と見紛うばかりの凄絶な物語が展開される。

主たる登場人物はアンゴラの王子ジュリアス・ブレンザイダ、アルコウナの王女ロウジーナ、ゴンダルの王、シドウニア家のジェラルド、その弟アルフレッド・シドウニア、その妹ジェラルディーン、アルメダ王国の王女オーガスタ・ジェラルディーン・アルメダ、それにガールダイン島出身のギター弾きフェルナンドウ・ド・サマラなどである。彼らの繰り広げる「ゴンダル」の物語[5]はほぼ完全な形で再構成されているが、多少の相違点は存在する。

一九世紀のはじめ、北太平洋に浮ぶゴンダルという島にリジャイイナを首都とする連合王国があった。その連合王国はアンゴラ王国、アルコウナ王国、エグジナ王国、ゴンダル王国の四ヵ国から成り立っていた。ゴンダルにはエルノア湖（Elnore）、エルダーノ湖（Elderno）、ワーナ湖（Werna）などがあり、また北部大学と南部大学が設立されていた。これらの大学は後に「教育宮殿」に統合されてゆく。大学には地下牢があり、学生の懲戒処分のために使用されていたが、その後、政治犯のために用いられるようになった。

同じころ、南太平洋にはガールダインという島があって、アルメドア王国、ザロナ王国、ゼドラ王国など、その他の属領地があったが、ゴンダルからの侵略で政情は不安定であった。ガールダインではゴンダルの軍勢が一挙に攻め込んでくるという噂が広がり、人々は不安にかられていた。その一人、ギター弾きのフェルナンドウ・ド・サマラは恋しい一四歳の少女を置き去りにして、逆にゴンダルへと避難した。それは一八二五年の秋のことであった。

一方、ゴンダルではアンゴラ王国の王子ジュリアス・ブレンザイダがアルコウナ王国の王女ロウジーナに夢中になり、学業を怠けたので、大学は懲戒処分に処し、ゴンダル島南部にある南部大学の地下牢に彼を閉じ込めていた。しかしガールダインの政情が不安定になったので、有能な青年ジュリアスを釈放し、ガールダイン平定のために送り出した。また同様の目的のために若い貴族たちが大勢ガールダインに渡った。ジュリアスはたちまちアルメドアを鎮圧し、ガールダインに平和をもたらしたが、血気盛んなジュリアスは、敵方シドウニア家の娘ジェラルディーンと恋におちた。ジュリアスは大勢の人々を牢に繋ぎ、悲しみを広げた。囚われの身のアレグザンダー・ハイバーニアは恋人を想い、またもう一人のアレグザンダーも黒い瞳の娘マリアを恋しく思った。

ジュリアスがジェラルディーンとの恋に夢中になっている間に、今度はゴンダルの政情が怪しくなった。彼は一軍を率いてゴンダルへ帰還し、敵軍大将アレグザンダー・ロード・オヴ・エルベをエルノア湖のほとりで打ち破り、彼を死に至らしめた。アレグザンダーとともにいた恋人オーガスタ・ジェラルディーン・アルメダを牢に繋ぐと、ゴンダルの王ジェラルドとの間に合同君主としての戴冠式を強要し、そしてついにジェラルドを裏切って牢獄に幽閉し、反対勢力に次々と弾圧を加えていった。ジェラルドにつながる青年貴族たちは失意のうちに教育宮殿へ復学していった。

ジュリアスは絶対的な独裁政治を行い、ブレンザイダ（アンゴラ）王国の支配を揺るぎないものとし、栄耀栄華をきわめ、新宮殿を造営した。アルメダ王国の姫オーガスタも許されて鎖を解かれたが、傷心は癒えず、フェルナンドウの奏でる楽の音に慰められるのであった。二人の間にやがて恋が芽生え、ジュリアス独裁のかげで静かな恋の花を咲かせていった。しかし王家の姫として誇り高いオーガスタは、ジュリアスの専制政治を終わらせようと隠密のうちに各地へ命令を下した。いまは亡きゴンダルの王ジェラルドの弟アルフレッド・シドウニアにも馳せ参じるよう要請し、アルフレッドは妃とともに太平洋を渡ろうとしたが、途中難破し、妃は海の藻屑と消えた。

ジュリアス打倒の命令に勝敗をかけて勇ましく戦ったのは、アルメダ軍のロドリック・レスリーであった。ジュリアスは反撃しようと南部に向かい、ロドリックたちに致命傷を負わせ、王宮に引き上げようとしたが、不覚にも暗殺の短剣に命を落としてしまった。后ロウジーナは精神錯乱に陥り、目覚めたとき国王崩御の報せを聞かされる。ブレンザイダ王朝はついに倒れ、オーガスタは女王として君臨することになる。女王はギター弾きフェルナンドウとの恋に終止符を打ち、彼をガールダインの地下牢に繋ぎ、王政を不動のものにする。フェルナンドウは後ゴンダルの荒野で激しい呪いの言葉を吐きながら自殺を遂げるのである。

女王オーガスタは、そのころアスピン城主として落ち着いたロード・アルフレッドと恋におちていた。ジェラルド、ジュリアス亡き後、誰も恐れる者のいない世界で、女王は自分の意のままに生きていた。アルメダ王朝は一八三一年から四一年にかけて繁栄し、オーガスタも恋の行方をほしいままにしていた。やがて彼女はロード・アルフレッドに飽きてしまい、イングランドへ追放する。女王の横暴ぶりに反撥したアルザーノは妻を残して出征し、内乱を起こすが、捕らえられて獄中の人となり、同胞の女性アレグザンドリーナ・ゼノウビアの膝を枕に牢死する。

フェルナンドウの自殺の噂ははるか遠くのガールダインにいる幼な友だちの耳にも達し、一〇年の年月を待ち侘びた娘は憔悴して死に果てる。また、アルザーノの妻イライザも同じように恋しい夫の帰還を待ち侘びたが、三年を経て友アレグザンドリーナから夫の誠実な愛を証言されて、涙を流す。

人々の不幸の原因であるオーガスタは今度は若いアメディーアスを愛し、彼を夢中にさせてしまう。アメディーアスは、ロード・アルフレッドの娘、可憐なアンジェリカの愛も忘れ、女王との愛を無上のものと思うようになるが、オーガスタの身勝手な心に弄ばれて、ついにアンジェリカとともに追放されてしまう。

アメディーアスは傷心のあまりに死に果て、アンジェリカは地下にもぐって、オーガスタ暗殺計画の秘密結社を結成する。計画は慎重に進められ、アンジェリカ指導のもとに準備は整えられ、そして暗殺実行者として、アンジェリカを恋い慕うダグラス・グレネデンが選ばれる。

一八四一年、ゴンダルの女王オーガスタは従臣のロード・レスリーとサリー姫とともにエルモアの丘で暗殺される。その暗殺者ダグラスは山深い渓谷まで逃げて行くが、追っ手が彼を追い詰める。

オーガスタ崩御で、ふたたびアルコウナ家のロウジーナが王位に返り咲く。彼女は誠実な人柄で、平和を愛し、恋人であり夫であったジュリアスの亡き後一〇年余りして、ゴンダル国の政治を司る。穏健な政策に人々は心安らかに暮らし、アルコウナ王朝は繁栄する。そしてロウジーナはジュリアスが亡くなって一五年経ったある日、彼の墓前に額づき、彼女の誠実な愛を示すのであった。

「ゴンダル」の始まりは一八二五年ころで、おそらくフェルナンドウというギター弾きがガールダイン島から脱出してゴンダル島にやって来るところから始まっている。そのエピソードを扱った詩はハットフィールド・ナンバーでいえば、第四二番であり、一八三七年一二月一四日に書かれている。このときエミリは一二年以上前の時代を回想して書いている。「ゴンダル」の脇役フェルナンドウの話は幼い恋人を置き去りにしてゴンダルへ渡り、昔の恋人を忘れて女王オーガスタへの恋に夢中になり、その後棄てられて自殺するという話である。

「ゴンダル・ポエム」として最初に書かれた詩は「冷え冷えと　冴え冴えと　青々と　朝の天は」で、ワーナ湖の朝景色を描いている。「ゴンダル」には特有の風景で物語のなかにその場所を特定することはむずかしいが、これこそエミリが湖水の畔に佇む姿を彷彿とさせる。

「ゴンダル」のなかに『嵐が丘』に直結するイメージを求めるのは容易である。たとえば、第六一番「A・G・A、A・Sによせて」は女王オーガスタが夫アルフレッド・シドウニアに向かって心境を語る詩であるが、そのなかで彼女は「死を呼んでください——そうです　死　それがあなたのものです！／墓がその手足を　閉じこめなければなりません／そして　地上のあらゆる音にもまして　わたしが愛したあの声を／永久に閉ざしてしまわなければなりません」(ll.17-20)と言っている。これは『嵐が丘』第一三章で長い病気の後キャサリンが夫エドガーに向かって言う次の言葉を予表している。エドガーはキャサリンを丘の上に連れて行きたいと語っている。

「あたしはあそこへは、あと一度しか行かれないでしょうね！」と病人は言いました。「そうしたら、あなたはまたあたしを置いて帰って来て、あたしは残ることになるでしょう、永久に。来年の春になったら、あなたはまたあたしをこの屋根の下へ連れて来たいと思うでしょう。あなたは今日を振り返って、幸福だったと思うでしょう。」（第一三章）

先に述べたフェルナンドウはオーガスタに棄てられて自殺を遂げるが、その激情はそのまま『嵐が丘』に受け継がれている。フェルナンドウは第八五番「F・ド・サマラ　A・G・Aによせて」（一八三八年一一月一日作）のなかで次のような呪いを吐く。「荒々しい風よ　おまえはどこをさまようのか／さまよう風よ　ぼくらはここで　ふるさとを遠く離れて　何をするのか／／ぼくは　死のように冷たくなった額を冷やすのに　おまえの息吹はいらない／あのはるかな国へ吹いて行け　そこでは彼女が　いま光り輝いている／彼女にぼくの最後の願いを伝えてくれ　彼女にぼくの悲しい運命を語ってくれ／ぼくの苦痛は過ぎ去ったが　彼女のはまだこれからだというのだ」（II.31-6）病み呆けたキャサリンは言っている。

「ああ、昔のお家のあたし自身のベッドに入っていさえすれば！」彼女は両手を握り締めながら、苦しそうに続けました。「そして格子窓のそばの樅の木にざわめいているあの風。あたしにそれを感じさせて――荒野をまっすぐに吹き降りてくるのよ――あたしに一息吸わせて！」
（第一二章）

フェルナンドウもキャサリンも同じように「風」に魂を運ばせようと願う。これは作者の内奥の叫びだといってもよい。彼女はつねにハワース・ムアで神秘のメッセージを運んでくる風に吹かれることで至福に浸っていたのである。

同じような狂乱に苦しむのはキャサリンを失った直後のヒースクリフである。

「拷問のうちに目覚めますように！」彼はぞっとするような激しさで叫び、地団駄を踏み、突然起こった抑えきれない激情の発作に呻きました。「なんだ、彼女は最期まで嘘つきだったんだ！　彼女はどこにいるんだ？　あそこじゃない――天国なんかじゃないぞ――死んだんじゃない――どこだ？　おまえはおれの苦しみなんかなんとも思わないと言ったな！　それなら、一つお祈りをしてやろう――舌が強ばるまでそれを繰り返してやる――キャサリン・アーンショー、どうかおれが生きているかぎり休まらないでくれ！　おまえはおれがおまえを殺したと言ったな――じゃあ、おれのところに化けて出て来い！　殺された奴は殺した奴のところに化けて出るものなんだ。おれは信じるぞ――おれは知っているんだ。幽霊は地上をさまよったためしがあるってな。いつもおれといっしょにいてくれ――どんな姿をしていてもいい――おれを狂わせてくれ！　ただおれをこの奈落に置いて行かないでくれ。ここじゃあおまえを見つけることができないんだ！　おお、神さま！　これじゃあ話にならない！　おれはいのちなしじゃ生きられない！　おれは魂なしじゃ生きられない！」（第一六章）

同じフェルナンドウについて次のような描写もある。彼がオーガスタによって追放され、ガールダインの牢穴に閉じ込められて書いた詩（No.133）「F・ド・サマラ　ガールダイン牢穴にてものす　A・G・Aによせて」である。これは七六行のエミリとしては長詩に属する作品であるが、自殺を前にしたフェルナンドウの激情が半ば狂乱状態で吐露されている。「さあ　ぼくの思い出に　恥辱を積むがよい／呪うためにのみ　ぼくの憎むべき名を呼ぶがよい／拷問にかけられたぼくの手足を　牢獄に繋ぎ／ぼくのこころを殺すために　ぼくのいのちをとっておくがよい／いまぼくを鎖に繋ぎ　暗闇のなかに放置するがよい／ほかならぬぼくの魂が　疲れはて／理性の光が　ぼくの額から消えさり／狂気がおまえの軽蔑を　感じなくなるとき」（II.37-44）

これは『嵐が丘』第二九章の次の部分に対応している。キャサリンの魂についてヒースクリフはネリーにこのように告白している。

彼女を騒がせたって？　とんでもない！　彼女のほうこそおれを騒がせてきたんだ、一八年の間夜も昼もだ——絶え間なく——無慈悲に——きのうの晩までな——きのうの晩おれは落ち着いたよ。おれはあそこで眠っている女のそばで、おれの心臓も止まり、頬っぺたも彼女の頬っぺたにくっつけたまま凍りついて、最後の眠りを眠っている夢を見たんだ……彼女と溶け合って、もっと幸せになる夢さ！　……おれがそういう類の変わり方を恐れているとでも思っているのか？　おれは蓋を明けたとたんにそういう変化が見えるものと思ってたよ。だがそういうことはおれがいっしょになるまで始まらないほうがうれしいね。おまけに彼女の情熱も消えた顔かたちのはっきりした印象を受けなかったら、あの不思議な感情はほとんどなくならなかっただろうよ。それは妙な具合に始まったんだ。おまえは知っているだろう、おれは彼女が死んだ後荒れてたよ、そしていつまでも、夜明けまで、彼女に——彼女の魂に——おれのところへ戻って来てくれって、祈ってたよ——おれは幽霊ってものを固く信じているんだ。幽霊ってものはおれたちの間に存在することができる、存在していると信じているんだ！

（第二九章）

あるいは、

ハイツに着くと、おれは一目散にドアへ突進した。ドアはしっかり閉まっていたよ。それでおれは憶えているんだ、あの忌々しい奴とおれの女房がおれが入るのに反対しやがったんだ。おれは立ち止まってあいつの息の根が止まるほど蹴って、二階のおれの、そして彼女の部屋に駆け上がったのを憶えているよ――もどかしい気もちで見まわしたよ――おれは彼女をおれのすぐそばに感じていたんだ――彼女を見ることができたといってもいいくらいなんだが、それでも見ることはできなかった！　おれはそのとき切ない苦しみのため、たった一目でもいいから姿を見せてほしいという真剣な願いのため、血の汗を流していたはずだ！　そしてそれからというものは、もっと多いときもあれば、もっと少ないときもあったのだが、おれはその耐えられない拷問の慰みものだったんだ！　地獄みたいだった――おれの神経をそんなにむりに引っ張り伸ばしていたもんだから、弦に似たからだでもなかったら、おれの神経はとうの昔に、リントンの神経みたいに緩んで弱々しくなっていたことだろう。

（第二九章）

「A・G・A、A・Sによせて」（No.137. 一八四〇年五月六日作）はオーガスタとアルフレッドの仲睦まじい生活を映し出している。「わたしは　アルフレッドよ　悲しみの翳を／投げかけ

るものなど　夢にも思い出すことができません／あの天がわたしのこころに　君臨しているのです／森や海や大地が　溢れ流れる／大空から　捕らえておいたあの天が」（II.5-9）　二人の幸福を遮るようなものは何もない。キャサリンがエドガーと窓辺に座り夕景色を楽しんでいる姿はこう描かれる。

ご夫妻は窓辺に座っていらして、その窓の格子細工は壁に向かってはね明けてあり、庭園の樹木や自然のままの緑の猟園の向こうにギマトンの谷間を見せ、霧の長い筋がその頂上近くまでたなびいていました。……嵐が丘はこの銀色の靄のうえにそびえていましたが、わたしたちの昔の家は見えませんでした――それは反対側にちょっとさがったところにありました。お部屋もそこにいる方たちも両方とも、それに彼らが眺めている風景も、不思議なほど安らかに見えました。　（第一〇章）

一八四一年九月一日、エミリは「ロウジーナ」（No.151）を書いて、ヒロインの重病を描き出した。「彼女は　休息を求めるかのように／蒼ざめた顔を　そむけた／しかし　暗い野心の　挫かれた自尊心は／彼女に瞼を閉じるのを　許さなかった」（II.41-4）　これは精神錯乱を起したキャサリンの表情を予表している。

彼女の現在の顔つきはその白い額と血の気のない唇と、火花を散らす眼に、激しい復讐心を表わしていました。（第一五章）

これに類する表現は小説の随所に見出すことができる。

エミリが小説の最後を書き終わったのは一八四六年七月四日以前で、ロックウッドが最後に三人の墓参りをする場面は美しい牧歌的情景として描き出されている。その原風景は、オーガスタの死を悲しむロード・エルドレッド・Wの言葉として一八四四年五月一日に書かれていた。エミリが着々と『嵐が丘』のためのイメージを積み重ねていったことがわかる。

もし彼らが　悲しみの泉の　涸れるまで
寝もやらず　眼を泣きはらしたとて
彼女は　静かな眠りのなかで
溜息ひとつ　返してくれはしないだろう
吹け　西風よ　さびしい塚のほとりに

ささやき流れよ　夏のせせらぎ
わが姫君の　夢を鎮めるには
ほかの物音は　何もいらないのだ（No.173, ll.21-8）

もう一つ『嵐が丘』と詩作品との対応関係に注目するとすれば、やはり第九章のキャサリンの告白についてであろう。これは「ゴンダル」に属する詩ではないが、まさしくエミリの作品として不滅のものである。特に第六連はキャサリンの台詞そのものとして書かれている。

大地と月が　消えはて
太陽と宇宙が　存在しなくなっても
あなただけが　ひとり残っていれば
あらゆる存在は　あなたのなかに存在するだろう（No.191, ll.21-4）

もしほかのものが全部消えてしまっても、あの人が残っていれば、あたしはやっぱり存在し続けるのよ。そしてもしほかのものが全部残っていても、彼が消滅してしまったら、この宇宙はまったくよそよそしい存在になってしまって、あたしがその一部だなんて思えなくなるでしょう。

エミリが第一九一番を書いたのは一八四六年一月二日のことであるから、小説の執筆期間と照らし合わせてみると、おそらくこの両者は同じ時期に書き上げられたものと思われる。このように詩作品と小説の関係は、ずっと前に書かれた詩のイメージが小説執筆時に彼女の脳裏に浮かび上がり、小説のなかに組み込まれていった場合もあり、また小説を書いている際に思いついたイメージが詩作品の中核として固まった場合もあるであろう。エミリにおいては「ゴンダル」と『嵐が丘』は明確に区別されていなかったものと思われる。

物語の特徴は政治と恋愛を主題とし、家族の悲運、憂鬱な少年、金髪に輝く美少女、牢獄のなかで故郷を懐かしむ人々が描かれていることである。この雰囲気は『嵐が丘』よりも多少明るい性質のものとはいえ、同じ色調を見せている。シャーロットの指導のもとで一連の遊びを経験し、約一〇年の実作経験を踏んで、エミリ・ブロンテは彼女独自の空想の世界、創造的宇宙を創り上げていた。エミリ・ブロンテにおいては「ゴンダル」も『嵐が丘』も同じ世界、同じ宇宙を写し取ったにすぎない。そこに登場する人物たちはみなエミリ・ブロンテの馴染みの顔であり、彼女の心を住処とする架空の存在たちであった。それゆえ他の場所には捜しても見つかるはずのない独特の性格であり、醸し出す雰囲気はヨークシャー、ハワースの荒野に息づく風に魂を育まれた人々であったと言える。

エミリ・ブロンテが生涯にわたって「ゴンダル」の世界に生きていたのは、そこが彼女の魂の住処であったからである。詩集の出版から『嵐が丘』の執筆まで急激な変化を要求されたエミリの精神は一種の劇的メタモルフォーゼを経験したであろう。それは、メグ・ハリス・ウィリアムズに言わせれば、エミリの「最後の跳躍」(No.190, l. 84) なのである。

エミリ・ブロンテが詩人として成長してきた過程には幾つかの転換点が見出せるであろう。ここでは「ゴンダル」から『嵐が丘』へという視点から見ると、自然のなかに啓示を読み取る手法によって「内部の幻視的神秘家が保護的な白昼夢の蛹から脱皮する」[6]過程が当然見えてくる。たとえばヒースクリフは、潜在的に愛によって贖われる「ゴンダル」の暗い「憂鬱な少年」、守護の天使に見守られた「呪われた男」、「怪蛇の魔力」が普通の「灰色のマント」の下から「まったくこの世のものとも思えぬ稲妻」(No.107, l. 39) を光らせ、幽霊の眼を隠してしまう見知らぬ男から、「青春そのものを何度も繰り返し描いてきた絵巻のなかで、黄金の子ども時代のうえに投げかけられた影、無垢な意識の識域に入ってきた異質な幽霊として一般化された」[7]ものだとウィリアムズは言っている。さらに彼女は「小説においては、ゴンダルに属するよく知られたテーマや表現様式は作り事というよりはむしろ、精神的リアリティーを探求するドラマの基礎となっている」[8]とも述べている。それがウィリアムズの謂うエミリ・ブロンテの創造的精神の発展である。凪と凪、光と影という自然への直接反応と未熟ながらアレゴリーのための基礎としてさまざまな性格の間のさまざまな声の対話は、やがて統合されて想像力の先入主となっていく。夜風は「精霊にみたされている」(No.140,l. 16) 大地に対する感覚を目覚めさせ、こうして自然を詠う詩と、ヒロイックで、ロマンティックで、半アレゴリカルな「ゴンダル」の物語が結びついていく。後期にいたると一段と幻視的想像力が強まり、第一九〇番において最高に達する。

一八四五年の秋、エミリは『嵐が丘』を書き始めたが、そのころ彼女のなかに住む逃避主義的白昼夢想家と幻想的神秘家との間で戦いが戦われ、彼女は「ゴンダル」から『嵐が丘』へ向けて最後の跳躍を行った、とウィリアムズは主張している。そしてシャーロットがエミリの詩の原稿を見たというあの一大事件の真相は、実はエミリが仕掛けた計略だったという新しい考え方を提示している。

「このエピソードはブロンテ学者たちによって一般に、額面どおりの〈偶発事件〉として受け取られている。しかし発見の全体的状況《コンテクスト》——家族関係、履歴構成《キャリアー・ストラクチャー》、なかんずく内面的発達の面から——そうではないことを示している。ブロンテ姉妹の作家経歴だけでなく、エミリの想像力の最前線《フロンティアーズ》は決定的な推進を待っていた。エミリの精神の一つの面がこの二重の必要に応えた。もう一つの面は、必然的に、怒りと嫌悪のうちに引き退いていった。そして彼女はたしかにビジネスの責任を取る用意はなかったのだ。幾年もの間、彼女はアンを除いて自分の詩作品をみんなから秘密にしていた。それからある日、彼女は原稿を開いたまま放置し、シャーロットがそれを全部読んでしまうに十分長い間無防備にしておいた。」[9] エミリはプライヴェートな夢を公のものとし、新しい種類の書きものにみずから専念することがいかにたいへんな犠牲を要することであるかを知った。彼女は『嵐が丘』を書いて、ゴンダル・ファンタジーの終焉を告げられた。

しかしエミリは「ゴンダル」に固執して、『嵐が丘』の後も、第一九二一〜三番を書いて、「ゴンダル」を放棄していなかったことを示したのである。

「ゴンダル」から『嵐が丘』への行程はエミリにとっては苦しく険しい坂道であったが、詩集の出版に勢いづけられて、「外なる世界」(No.174, l. 7) へ挑戦し始めたエミリは、極度の内向性にもかかわらず、「敢行」しなければならない宿命的な「最後の跳躍」を試みたのであった。

第一九〇番における神秘的経験の表現は、現実離れしているように見えて実は彼女にとって現実感にあふれる「まぼろしの神」への信仰告白であった。ロマンティックな「ゴンダル」の魂に現実の衣裳を着せることはヒースクリフとキャサリンの魂を一八世紀後半の空気のなかに晒すことであった。そしてヨークシャーの農家を借りてエミリ・ブロンテはそれをみごとに達成したのである。

第五章　『嵐が丘』におけるキリスト教

一、はじめに

『嵐が丘』は、反キリスト教的、あるいは異教的な作品である、としばしば批評家たちに指摘されている。[1] この小説が出版当初まったく評価されなかったのも、キリスト教に基づく道徳観や倫理観が支配していたヴィクトリア朝社会においては当然の結果であった。

しかし、『嵐が丘』にはキリスト教や聖書に関する言及や引用が数多く散りばめられている。デレク・スタンフォードも、エミリ・ブロンテの詩作品の思想的特徴としてキリスト教を挙げている。[2] また「嵐が丘」のキャサリンの蔵書として唯一書名が明らかにされているのが聖書である。そして、キャサリンとヒースクリフをはじめとする登場人物たちが頻繁に口にする天と地獄、神と悪魔の二律背反する概念は、たとえそれが反キリスト教的なものであっても、キリスト教思想を基盤にしたものである。そこで、『嵐が丘』のなかでキリスト教がどのように描かれているか述べてみたい。

二、『嵐が丘』における教会の描写

『嵐が丘』のなかで、「教会」に関する単語が出てくる回数は、付属する墓地なども含めると三九回にのぼる。[3]

ロックウッドがはじめて「嵐が丘」にやって来てから、完全に退去するまでの全編にわたって使用されている。さらに「教会」という単語を細かく調べていくと、'chapel'（一二回）、'chapel-roof'（一回）、'church'（一二回）、'churchyard'（四回）、'kirk'（五回）、'kirkyard'（五回）である。それゆえ教会は小説『嵐が丘』の展開と少なからぬ関係をもっているように思われる。

幼いキャサリンが「教会へは行かなかった」と日誌に書いた教会は'church'で、キャサリンとエドガーが結婚したのは'chapel'、そして最後にヒースクリフを入れた三人が永久の眠りにつくのが'kirk'、という具合に、エミリ・ブロンテはこれらの単語を使い分けている。

『嵐が丘』のなかで具体的に教会の様子を描写している箇所はたった二箇所しかない。それは、いずれもよそ者のロックウッドによって報告されている。ロックウッドは教会内部の様子を伝えているが、これは彼が夢のなかで見た教会であり、実際に彼が教会に足を踏み入れたことはないので、次の二つの外観描写から教会の様子を推量するしかない。

チャペルにやって来た――ぼくは散歩のとき実際そこを二、三度通り過ぎたことがある。それは二つの丘の間の窪地――ピートの湿気がそこに埋葬された幾つかの亡骸をミイラにする目的にぴったりだといわれている沼地の近くの――高くなった窪地――に位置している。屋根はこれまでのところ全部残っているには残っていたが、牧師の給料は年俸二〇ポンドにすぎず、家にしたところで、二部屋あるものの、いまにも一部屋だけになりそうなので、牧師の勤め

ソーントンのオールド・チャーチ

パトリック・ブロンテが勤めていた教会　屋根が落ち壁だけが残っている

を引き受ける聖職者は一人も現れて来ないだろう。（第三章）

ぼくの帰り道は教会の方へ道草をして長くなった。教会の壁の下に来たとき、七ヵ月の間にさえ崩壊が進んでいたことがわかった――多くの窓はガラスもなくなって黒々とした隙間を見せていた。瓦は、そこここで、屋根のきちんとした列からはみ出し、来るべき秋の嵐にじわじわ外れそうになっていた。（第三四章）

前者は、ロックウッドがはじめて教会を目にしたときの様子であり、後者はその約九ヵ月後の姿である。

ロックウッドが七ヵ月間留守にしていた間に、嵐が丘ではキャサリン二世とヘアトンとの仲が急速に深まって結婚まで決まり、そして強靭な肉体を誇っていたヒースクリフは墓の住人となっていた。教会の崩壊は物語の大団円を予兆しており、そこに両者の相関関係が窺える。これら二つの描写はロックウッドが嵐が丘にやって来てからのもので、肝心の物語における教会の様子は伝えていない。しかし、時間の経過とともに移り変わる登場人物たちと教会との関係は教会の変遷を間接的に浮かび上がらせるであろう。

アーンショー氏が亡くなる以前（一八世紀中葉）には、一家が教会へ通う姿は一切描かれていないけれども、副牧師が子どもたちに勉強を教え、ヒンドリーを大学に推薦したり、一介の使用人にすぎないジョウゼフが聖書を振りかざして、主人への影響力を誇っていたりするところから、この一家はキリスト教に篤い信仰を捧げていた家族であったことがわかる。それは、リントン家も同様で、副牧師はリントン家の子どもたちにも教育を授けて、牧師の俸給の不足を補っていた。両家はともに教会へ通い、そこで互いの顔を見知っていたことは次のヒースクリフの言葉から明らかである。

エドガー・リントンはじろじろ見つめていたあとで、十分な分別を取り戻して、彼女が誰だかわかったんだ。あいつら、教会でおれたちを見かけるんだよね、ほかのところじゃ、めったにあいつらには会わないけど。（第六章）

悪魔と呼ばれるヒースクリフ自身もかつてはアーンショー一家とともに教会へ通っていた。教会は、立派な家柄の人々からジプシーの浮浪児までを信者として抱え、地域の重要な社交の場となっていたのである。

しかし、アーンショー氏の死後（一七七七年）、事情は一変する。後を継いで家に帰ってきたヒンドリーは、ヒースクリフから副牧師による教育を取り上げ、日曜日に妹たちを教会へ通わすことにさえ注意を払わなくなる。特に彼の妻フランセスが亡くなると（一七七八年）、家主ヒンドリーの生活は荒れすさんで嵐が丘は変わり果て、牧師が訪ねることを躊躇する家庭となり、教会とのつながりを完全に失ってしまう。

一方、エドガーとキャサリンの親密さは教会で会ううちに一層深まり、とうとうその教会から結婚の認証を受けるに至る（一七八三年）。しかしのちに死を意識したキャサリンは、教会内のリントン家の納骨所や墓地内のアーンショー家の墓へ入ることを拒否し、荒野とは塀を一つ隔てただけの墓地の隅を死後の住処に選ぶ（一七八四年）。そして、妻に先立たれたエドガーは教会へ通わなくなるのである。

第二世代は、第一世代よりも、教会との関係がさらに希薄になっている。そのなかで、「彼女自身の家を除いて、彼女が近づいたり入ったりしたことのある唯一の建物はチャペルだけでした」（第一八章）（一七九七年当時）と述べられているキャサリン二世でさえ、実際に教会へ通う姿は一度も描かれておらず、ヘアトンやリントンに至っては教会へ通った経験があるのかどうかさえ不明である。特に、前者は幼いころ、ヒースクリフに唆されて家庭教師をしていた副牧師を家から追い払っているほどで、キリスト教的倫理観や道徳観とは無縁に育てられている。ジョウゼフと女中のジラーだけが日曜日に教会へ行く習慣を守っている（一八〇一年）。

そして、ロックウッドが嵐が丘をはじめて訪問するときには（一八〇一年）、教会から司祭の姿は消え、建物は荒れ果て、再訪時には（一八〇二年）やがて建物が崩れ落ちるであろうことが予言されている。

このように第一世代から第二世代へ時代が移るにつれ、人々は教会から遠のいていく。そして教会が衰退する一方で、第二世のヘアトンとキャシーは結ばれ、嵐が丘に平和が訪れて物語は幕を閉じるのである。

三、英国国教会の衰退

これまで『嵐が丘』には教会の衰退が描かれていると述べてきたが、これは現実のイギリスにおける教会の衰退の歴史が投影されている。そこで実際イギリスの一八世紀から一九世紀における教会がどのような状態であったか概観してみよう。

理神論がもてはやされた一八世紀前半は国教会も非国教徒もその活動がいちじるしく衰退した時期であった。国教会の側では教区司祭のいない教区教会が全体の約三分の一に達し、そのうちかなりのところは代行司祭をもっていたものの、一、〇〇〇以上の教会がまったく司祭不在であり、イースターの聖餐を受ける者の数は半分近くに減ってしまったといわれる。下級聖職者の待遇も悪く、教区司祭の年俸は二〇ポンドから六〇ポンド程度で、当時の労働者の年収が三〇ポンド前後であるから、それ以下の者も少なくなかったわけで、聖職者の質も低下していた。[4] 教会の行・財政面にはほとんど改革、改善の手がつけられることもなく、一九世紀を迎えるのであった。そこには、大主教から司祭に至る階層《ヒエラルキー》制度の組織とその職制については、複数聖職禄（二つの聖職を兼ねて両方から報酬を受けること）、不在聖職（ある教区の聖職に任命されながら、その教区に居住しないで掛け持ちすること）、名儀聖職（異教徒の侵略その他で信徒のいなくなった教区に、名儀的に主教に任ぜられて禄を与えられる制度。名誉職的ないし特別職的な意味をもった）など、中世時代からの悪い慣行による弊害はなお顕著に残っていた。

　時代の進展、ことに一八世紀から一九世紀にかけての、農業革命から産業革命に至る激変は、信徒たちの関心を教会から社会生活・経済生活へと転換させたこともあって、革新の気分とは縁遠く、教会諸制度の弊害は募るばかりであった。もちろん、聖職者たちも既存の体制の変化を好まず、いわば檀家の上にあぐらをかいて、太平と貪欲をほしいままにしていたといってよい。一九世紀の初頭、国教会は崩壊するという声が聞かれるほどであった。[5]

　興味ぶかいことに、このような英国国教会の衰退ぶりが『嵐が丘』に細かく描かれている。例えば『嵐が丘』に登場する牧師も、キャサリンやヒースクリフの子ども時代は年俸二〇ポンドで「リントン家とアーンショー家の子どもたちを教えたり、自分でちょっとした土地を耕したりして聖職禄に見合うだけのことを」（第五章）し、第二世代の頃には「教会員たちは自分たちのポケットから一ペニーでも出して牧師の聖職禄を増やしてやるくらいなら、牧師を飢え死にさせてしまうほうがまし」（第三章）と言われるほどに教区民の信仰心は低下し、とうとう司祭は生活することができなくなって教会を去っている。

ところで、アーンショー家やリントン家に経済的支援を受けていた牧師は、その厚意に応えるだけのことをしていたであろうか。アーンショー氏が死亡したとき、そして長男ヒンドリーが妻を亡くして自暴自棄に陥ったときの牧師の対応を見てみよう。

彼〔ジョウゼフ〕はわたし〔ネリー〕に、外套を着てギマトンまでお医者さまと司祭さまを迎えに走るようにいいました。そのときどちらに用があるのかわたしは推し量ることができませんでした。そうはいいながらも、雨と風をついて出かけて行き、一人だけ、つまりお医者さまだけ連れて戻って来ました。もう一人は朝になったら行くと言ったのです。（第五章）

わが家がなんという地獄のような家庭になってしまったのか、半分だってお話しすることはできません。牧師さまは訪ねて来られるのも止めておしまいになり、とうとうちゃんとした人はどなたもわたしたちには寄りつかなくなり、エドガー・リントンがミス・キャシーを訪ねて来るのが例外となってしまったのです。（第八章）

前者の引用に描き出されているのは、最低限の年俸に見合うだけの最低限の勤めしかしない司祭の姿である。合理的に考えれば、死んでしまった人に牧師が必要となるのは葬式のときではあるが、アーンショー氏はまだ幼いキャサリンとヒースクリフを残して逝ったのだから、この二人を励まし元気づけることは思いつかなかったのであろうか。また、後者の引用からは、かつて世話になった家であろうと危険で有害な場所からは真っ先に逃げようとする、忘恩と保身を具体化した牧師の姿が浮かび上がる。メアリアン・ソーマーレンは、前者を引用して、このような職務怠慢の牧師では、教区民がお金を払ってまでいてもらいたいと願うはずはない、と教会から牧師が消えた理由を指摘している。[6]

怠慢と偽善を露呈した牧師は教区民から尊敬と信頼を得られるはずもなく、嵐が丘の三代目へアトン少年から「くそくらえだい、副牧師なんか」（第一一章）と罵られている。分別のつかない五歳児がヒースクリフに唆されて言っているとはいえ、この子どもの言葉には一片の真実が含まれている。ヒースクリフ自身、死に臨むにあたって牧師の必要性を説くネリーに向かい、「牧師は誰も来る必要はない」（第三四章）と強く拒否している。『嵐が丘』の教会が牧師不在となり、荒廃し始めるのはこのころのことであり、人々の不信と教会の衰退は連動して描かれている。教会制度の疲弊と腐敗、牧師の堕落、民衆の不信によって国教会が崩壊するのではという危惧の念が高まったのは一九世紀初頭のことであるが、『嵐が丘』の最後の場面で、ロックウッドがまもなく崩壊するであろう教会を目にするのも同じ時期のことなのである。

四、メソディズム——隆盛と分裂の予兆——

ブロンテ家に大きな影響を与えたメソディスト運動は、国教会の沈滞を突き破るような形で起こったので、信仰復興のさきがけとして高く評価されている。一七三八年五月二四日にジョン・ウェスレーが回心体験をしたことがこの運動のきっかけとなったといわれており、彼と弟チャールズやホワイトフィールドがその中心人物となった。ホワイトフィールドも同じような覚醒体験をしているのであるが、メソディストたちの回心体験は理性によるものではなく情熱によるものであった。彼らが信仰のために世界各地を旺盛に巡回して野外説教を繰り広げながら多くの熱心な信者を獲得していったのは、ひとえにこの情熱がなせる業であった。メソディスト運動は、他の宗派にも飛び火して、国教会内に福音主義運動（Evangelism）、俗にいう「エヴァンジェリカル・リヴァイヴァル」（Evangelical Revival）を巻き起こした。メソディズムの主な特徴は、次のようなものである。

一八世紀半ば以後のメソディストの運動は、特に独立派、すなわち、その流れを汲む会衆派のピューリタンおよびバプティスト派の信仰覚醒を促し、国教会福音派の活動とともに、組織的にというのではないが、いわば霊的に競合する形で、一八世紀末から盛り上がる。説教が熱を帯びるようになり、回心の重要性が力説され、祈祷会が盛んになり、それが各家庭にも浸透して、聖日を厳守する風潮が鼓吹された。また、信仰書や聖書注解書の出版が盛んとなり、聖書の権威が重んじられて批判的研究は退けられ、伝統的なプロテスタントの教理が、強く人々の心に訴えられ植え付けられたのであった。

その一つの現われが、創作讃美歌の豊かな泉となって湧き出たことは特筆されてよいであろう。これは単なる詩人のなし得るところではない。盛り上がる環境なしに起こる現象ではないのである。[7]

讃美歌以外の特徴は、『嵐が丘』においてはすべてジョウゼフという一人の登場人物に集約されている。ジョウゼフは主人に向かって回心の必要性を説き、アーンショー氏が亡くなると「嵐が丘」の屋根裏部屋で集会を行い、安息日に子どもたちから遊びや楽しみを奪っている。また、彼が聖書やさまざまな宗教書を蔵し、ことあるごとに聖書を振りかざす姿が、物語のなかに描かれている。

……彼〔ジョウゼフ〕は聖書を隅々まで調べ、自分にだけ都合のいいいろいろな聖句をかき集めてきて、周囲の者たちには呪いを投げかけるパリサイ人のなかでもいちばんたちの悪い独善的な男でした。（第五章）

一般的にカルヴィニズムを体現しているといわれているジョウゼフは、実はメソディズムの体現者ともなっている。そもそもメソディズムを創設したウェスレーとホワイトフィールドは、プロテスタント勢力を二分したカルヴィニズムとアルミニウス説[8]をそれぞれ奉じていた。後者ホワイトフィールドは厳格なカルヴィニストであった。それゆえ、ジョウゼフがカルヴィニストでありながら同時に、メソディストであることは何の矛盾も孕まないのである。

小説『嵐が丘』には、メソディズムのもう一つの特徴である讃美歌も登場する。嵐が丘ではクリスマスに楽団を呼んで聖歌などの曲が演奏され、家族全員で楽しむ習慣があった。そのなかでひとりジョウゼフだけは眉をひそめている。

彼女〔キャサリン〕が出て来たとき、ヒースクリフもいっしょでした。わたしの仲間の召使〔ジョウゼフ〕はわたしたちが歌ってもらう歌は騒々しい「悪魔の讃美歌」だと呼んでくださっていたのですが、そんな歌など聞きたくないといって、ある隣人の家に出かけていましたので、彼女はわたしにヒースクリフを台所に連れて行ってくれとしきりに頼みました。（第七章）

これは陰気で気難しいジョウゼフの性格の一端を伝える日常的描写に見えるけれども、実はジョウゼフが逃げ出したのには宗教的背景があった。讃美歌はメソディストの信仰復興のすぐれた産物であり、この宗教運動を通じて多くの有名な讃美歌が作られたのであるが、その流れをつくったのが、ジョン・ウェスレーの弟チャールズであった。

チャールズ・ウェスレーは、この運動に加わった卓越した詩人であり讃美歌作者だった。彼が作った讃美歌は、兄の説教に勝るとは言わないまでも、同等の働きをしたのである。彼の讃美歌は、キリストはすべての人のために死に、神はすべての人が救済の知識を持つように望んでおられるという、アルミニウス派の教義を広める役割を果たした。[9]

つまり、カルヴィニストのジョウゼフがアルミニウス的要素の濃い讃美歌を好むはずはなかったのである。

『嵐が丘』に描かれたメソディズムは、カルヴィニズム的傾向が強い。幼くして母親と姉たちを失ったエミリ・ブロンテは運命について厳しい考え方をもっていた。それゆえ、『嵐が丘』のなかにはジョン・ウェスレーの寛大な恩寵主義は見られず、ホワイトフィールドの、つまりはカルヴァンの、予定説が支配している。「もしあたしが間違ったことをしたとしても、あたしはそのために死んでいこうとしてるんじゃないの」（第一五章）というキャサリンの言葉にその一端が表れている。

けれども、その教義を擬人化したジョウゼフが滑稽な人物に描かれていることから、これはエミリ・ブロンテによる痛烈な宗教批判であるといわれている。そして、それはメソディズムに感化されていた父親パトリックへの反逆にもつながると指摘する向きもあるが、パトリックはウェスレーに共感していて、行き過ぎたカルヴィニズムには危険を感じていたのであるから、父親批判には当らないであろう。

信仰復興と讃えられ、人々を情熱の渦に巻き込んだメソディスト運動はやがて分裂を繰り返していく。[10] その原因はカルヴィニズムとアルミニウス説の決定的な齟齬にほかならないが、パトリックが崇拝したウェスレーの宗派内での独裁的立場も災いしていた。「ウェスレーがメソディストのなかで専制者であったこと……に反発する動きが一八世紀末から一九世紀はじめにかけてメソディストの分裂を生みだした」のであった。[11]

『嵐が丘』において宗教的専制者として描かれているのは、ジョウゼフよりも、ロックウッドが夢のなかで出会うジェイブズ・ブランダラム師のほうである。この人物には実在のモデルが存在した。一八三三年、パトリックとマリアの出会いの地ウッドハウス・グローヴのウェズリアン・アカデミーにおいて新築チャペル献堂式が行われ、その込み合う教会内で信者同士が押し合う騒動があった。そのとき説教壇を叩きつけながら大声で信者を叱りつけたのが、ジェイブズ・バンティング師[12]であった。この出来事に着想を得たエミリは、『嵐が丘』において彼の名前をもじったジェイブズ・ブランダラム師を創造したといわれている。この実在のバンティング師こそウェスレーの専制主義を受け継ぎ、偽教皇と呼ばれるほど権力を握り、一般信者の不信と反感を買って、争いと分裂に一層の拍車をかけた人物だったのである。

『嵐が丘』第三章におけるブランダラム師のエピソードは、多くの信者を集めたメソディズムの隆盛時代を象徴しているばかりでなく、行き過ぎた専制主義のうちにやがては分裂を迎えることを予兆していたのである。

メソディスト運動は、先に述べた国教会の沈滞を打ち破る画期的な出来事であったにもかかわらず、結果的には教会軽視の風潮を生むことになった。

……国教会内部における一八世紀末から一九世紀初頭にかけての、前記福音主義運動が個人の救いを一方的に強調したことや、いわゆる自由主義思想の影響などによって、教会観が稀薄となり、教会軽視の気風が生じたことによると考えられる。[13]

神と個人の直接的な関係を重視することは、すなわち教会軽視につながる。小説『嵐が丘』の最後の場面が嵐が丘でもスラシュクロス・グレインジでもなく、寂れた教会で終わっているのは、神と自分との間に何者も介在させないエミリ・ブロンテの宗教的信念が反映されているからであろう。

五、おわりに

『嵐が丘』におけるキリスト教は、物語が設定された時代の宗教界を正確に反映している。エミリ・ブロンテは、国教会を縦糸に新興のメソディズムを横糸に交錯させる複雑な宗教的模様を織り上げている。キャサリンとヒースクリフが繰り広げる激しい情熱の物語は、その緻密に織られた時代背景の上に描かれている。このように『嵐が丘』に描かれている宗教的場面が、エミリの想像力から生まれたものではなかったということは驚きである。エミリは、イギリスの片田舎の司祭館で衰退する英国国教会とメソディズムの台頭という時代の潮流を敏感に感じ取り、現実にイギリスが抱えていた宗教問題を小説に取り入れていたのである。

第六章　『嵐が丘』の起源——伝統のなかの『嵐が丘』——

一、伝統のなかの『嵐が丘』

F・R・リーヴィスが『嵐が丘』をイギリス文学における「突然変異」[1]と呼んだことはよく知られている。彼は、ブロンテ姉妹がサー・ウォルター・スコットの伝統とも、また一八世紀以降のリアリズムの伝統とも異なる存在と捉えていた。しかし、ブロンテ批評において初めて「突然変異」（sport）という語を用いたのはリーヴィスではなく、ジョージ・セインツベリであった。[2]セインツベリの主張はリーヴィスとは異なり、ブロンテがジェイン・オースティンのリアリズムと、サー・ウォルター・スコットのロマンティシズムを統合したというものであった。それぞれ批評の主眼は異なっているものの、どちらも『嵐が丘』やブロンテ姉妹をイギリス文学の正統な伝統の枠組から逸脱した存在と考えていたことはたしかである。

リーヴィスとほぼ同時代を生きた詩人でありまた批評家でもあったT・S・エリオット

（1888-1965）は「伝統と個人の才能」（1919）という論文のなかで、芸術家と過去の伝統について興味ぶかい指摘をしている。

どんな詩人にしても、またどのような芸術に携わる芸術家にしても、単独でその完全な意味をもつということはありえない。その者の意義、その者に対する鑑賞は、彼が過去の詩人や芸術家とどんな関係にあったかということの鑑賞に他ならない。その者を一人他から切り離して評価することはできない。対照し比較するためには、われわれは彼を過去の人々の間においてみなければならない。私はそのことを、単なる歴史的批評の原理としてでなく、美的批評の原理として、言っているのである。彼が過去の者たちと順応し結合しなければならない必然性があるといっても、それはけっして一方的なものではない。一つの新しい芸術作品が創造された時に生ずるものは、その作品創造以前に存在していたすべての芸術作品に、同時に生ずる何ものかなのである。[3]

T・S・エリオットは、どのような芸術作品も、過去の伝統から切り離されて独立して存在することはありえないとしている。実際、詩人や作家が自分の内に沸きおこった感興を言葉によって表現しようとするとき、その言葉や言い回し、比喩表現などは無論彼らが単独で新たに作り出した言語活動ではありえず、そこにはその言語が誕生して以来の歴史や、その言語を使用してきた人々、文化といった背景が当然存在する。歴史や伝統からまったく独立して芸術作品が存在することは不可能なのである。

そのように考えると、『嵐が丘』もまた、他からまったく独立して存在する小説と捉えることは、当然ながらあり得なくなる。『嵐が丘』は「突然変異」などではなく、この作品が生まれる背景には、それまでの文学の伝統が確実に存在している。エミリ・ブロンテもまた、エリオットの言うように、過去の詩人や芸術家との関わりのなかから自分自身の作品を作り上げていったのである。

では、一体どのような作家や作品を通して、エミリは自分の世界を築き上げていったのであろうか。この点を明らかにすることは非常に困難である。なぜなら、姉シャーロットが、亡き妹の生活を批評家たちによって詮索されるのを恐れてエミリの手紙を処分してしまったために、彼女が生前どのような作家や作品に親しんでいたかを示す直接的な資料が存在していないからである。また、L・ガードラーも指摘しているように、エミリは自分が他の文学作品から取り入れた要素を、それとは判別しがたいまでに形を変えて『嵐が丘』のなかに書き込んでいるため、元になった先行作品を特定しがたいという問題もある。[4]姉シャーロットでさえ、ヒースクリフやキャサリンの創造に関して、近所に住む農夫に聞いた話を元にしたと述べているほどである。[5]

しかし、まったく手がかりがないわけではない。エミリ自身の手紙は残っていないが、シャーロットが少女時代に親しんだ文学作品について記した手紙が残っているからである。ブロンテ家の子どもたちは文学的な興味を共有していたし、また経済的な理由から読み物として入手できるものがかなり限られていたため、読み物も共有していたと思われる。そのため、シャーロットが読んだとされるものから、エミリが読んだであろうものも推測できる。後にジョン・マラム＝デンプルビーというブロンテ愛好者が、『嵐が丘』や『アグネス・グレイ』など、一般にブロンテ姉妹の作品といわれているものは、実はすべてシャーロット一人が執筆した作品であるという荒唐無稽な論文を発表したことがあった[6]。彼は、シャーロットの作品と妹たちの作品が、その用いている語句や描いている場面などが非常に似通っている部分があることからこのような主張をした。これは見方を変えれば、それだけ姉妹が共通した文学的素養を身につけていたということの証である。

そこで、シャーロットが残した手紙などの資料を基にしながら、『嵐が丘』が決して伝統の枠外に位置する作品ではないということを確認しつつ、また同時にエミリがどのような文学作品を読むことによって『嵐が丘』の世界を築いていったのかを跡づけてみたい。

二、シェイクスピア作品と『嵐が丘』

姉シャーロットと異なり、エミリは作中で他の先行作品からの引用や、そうした作品のタイトルに触れることがほとんどない。これもまた、彼女がどのような作品に親しんでいたかを測りがたくしている要因の一つであるが、若干の例外もある。それが、シェイクスピア作品である。『嵐が丘』のなかにはシェイクスピア劇に関する直接的な言及が二つある。一つはロックウッドが海辺での恋を思い出している場面で、『十二夜』の第二幕第五場から「決して恋を打ち明けたりしなかった」という一節を引用している（第一章）。また、もう一箇所は、やはりロックウッドがジョウゼフに犬をけしかけられて、憤りのあまり「リア王ばりの、辻褄の合わない脅かしをいくつか浴びせかけた」（第二章）という箇所である。これらの言及はいずれもロックウッドによってなされており、嵐が丘に住む人々がこの文豪について語ることは一度もない。これらは知識人としてのロックウッドの人物創造に一役買っているともいえよう。しかしいずれにしても、『嵐が丘』のなかで、宗教書を除く文学作品について直接触れられているのはこの二つだけであり、そこからもエミリが特にシェイクスピア作品に親しんでいたことが窺える。

シャーロットが親友エレン・ナッシーに送った一八三四年七月四日付の手紙は、彼女の読書指南となっており、シャーロットをはじめブロンテ家の子どもたちがどのような書物を読んでいたかを知る貴重な資料となっている。そのなかで、シェイクスピアについては一流の詩人の一人としてその名を挙げ、喜劇は止めておいたほうがよいとしながらも、「『ヘンリ八世』『リチャード三世』『マクベス』『ハムレット』『ジュリアス・シーザー』から害を受けるというのだったら、それはきっと堕落した心の持ち主ですね」とシェイクスピアの悲劇を大いに薦めている。エミリがどの程度までシャーロットと同意見であったかを知ることはできないが、少なくとも姉が手紙のなかで挙げたシェイクスピア作品は、エミリもまた読んでいたと充分推測される。

『嵐が丘』とシェイクスピア作品との関連を指摘する批評家のなかでは、例えばF・S・ドライが、『嵐が丘』執筆に当ってエミリがシェイクスピアから非常に多くを学んでいると主張している。[7]ドライは主に『マクベス』や『リア王』との類似を指摘し、他にも『じゃじゃ馬馴らし』や『ジュリアス・シーザー』との共通点を挙げている。他には、先に挙げたL・ガードラーがやはりシェイクスピア作品と『嵐が丘』の共通点に注目し、『リア王』、『リチャード三世』、『ハムレット』、『マクベス』といった作品との比較対照を行なっている。[8]

これらシェイクスピア作品を読むと、それぞれに『嵐が丘』に影響を与えたと思われるさまざまなエピソードが登場する。他所から拾われてきたヒースクリフが嵐が丘の家屋敷を手中に収めるというストーリーはカッコウの托卵に喩えられるが、そうしたカッコウの巣についての言及は『リア王』にも『リチャード三世』にも見られる。『ハムレット』の劇中劇は『嵐が丘』のなかに登場するもう一つの物語ともいえるキャサリンの日記や、あるいは入れ子細工のような語りの構造をも連想させる。ロックウッドがもらした「リア王」の名は、激しい怒りや混乱を表わすための比喩として用いられたものであるが、これはおそらく、クライマックスの一つ、第三幕でリアが嵐吹きすさぶ荒野をさまよう場面からイメージされたものであろう。すさまじい風雨のなか荒野をさすらう姿は、『嵐が丘』第九章で、雷雨のなか半狂乱でヒースクリフを探し続けるキャサリンの先行イメージとして読むことができる。

しかし、こうした細部に留まらず、『嵐が丘』執筆にあたってエミリがシェイクスピア作品から学んだ特徴的なものは、悲劇の構造ではないかとわたしは思う。『嵐が丘』では、キャサリンと引き離され、彼女を失ってしまったヒースクリフの激しい悲しみや憎悪が、ストーリーを展開していくエネルギーとなっている。そのヒースクリフの激情を描く枠組として、エミリはシェイクスピア悲劇に共通する様式を取り入れているのではないであろうか。

その様式とは、まず、激しい怒りがその捌け口として復讐に向かうという点である。ハムレットは父親である先王を叔父に殺され、またその叔父が母親をも娶ったことから、父親や貞淑な妻としての母親の理想像を失った憎しみと悲しみを、そのまま復讐のエネルギーへと変化させる。『嵐が丘』でもキャサリンと引き離されたヒースクリフは、それによって生じた苦しみや憎しみをヒンドリーやヘアトン、エドガー・リントンへの復讐という形で表現している。復讐は何かを奪われた者、不当に虐げられた者が、同等の、あるいはそれ以上の報復を相手に果たすことである。教訓小説のように、自分の内に生じた激情を何か他の形で昇華させたり、あるいは克服したりするということはあり得ない。憎しみは復讐という形でこそ表現される――これがシェイクスピア悲劇と『嵐が丘』に共通している。

また、悲劇の鉄則として、登場人物が次々と死んでいくのも共通した点である。シェイクスピア悲劇においては登場人物のほとんどが劇中で死んでしまう。『リア王』一つを例にとってみても、主人公リア王はいうまでもなく、ゴネリル、リーガン、グロスター伯爵、コーディリア、コーンウオール公爵、オズワルド、エドマンドなど、主要な登場人物はみな死んでしまう。これは、『嵐が丘』でも同じである。ミスター・アーンショーにはじまって、ヒースクリフに至るまで多くの登場人物の死が描かれている。しかし、シェイクスピア悲劇の死が殺戮や陰謀、絶望によってもたらされるのがほとんどであるのに対して、『嵐が丘』の死がむしろ穏やかな安らぎに満ちたものとして描かれているのは注目に値する。例えば、キャサリンの死について語っているネリーの言葉を見てみよう。

　彼女の額は穏やかで、瞼は閉じ、唇はほほ笑みの表情をたたえ、天国のどんな天使も彼女以上に美しく見えるはずはありませんでした。そしてわたしも彼女が横たわっている無限の静寂を分かち合っていました。わたしの心が、その「神々しい」憩いの、悩みから解放された姿を眺めていた間ほど神聖な精神状態になったためしはありませんでした。わたしは本能的に、奥さまが数時間前におっしゃったことばを繰り返していました。〈わたしたちみんなの、比べものにならないほど向こうに、高いところに！　相変わらず地上にいようと、もう天国に行っていようと、奥さまの魂は神さまとくつろいでいらっしゃるのだ！〉（第一六章）

このように、『嵐が丘』で死が祝福された安らぎとして描かれているのは、エミリが独特の死生観をもっていたからであろう。ハムレットの「ああ、このあまりにも硬い肉体が／崩れ溶けて露と消えてはくれぬものか！／おれにはこの世のいとなみのいっさいが／わずらわしい、退屈な、むだなこととしか見えぬ」（第一幕第二場）[9]という台詞は、死を目前にしてヒースクリフと一緒にいたキャサリンが言う次の言葉を思い出させる。

あたしをいちばんいらいらさせるものは、結局、この肉体というがたがたの牢獄なのよ。あたしはここに閉じ込められているのがいやになっちゃった、飽き飽きしちゃったのよ。あたしはあの輝かしい世界に逃げ込んで、そこにいつまでもいたくてたまらないの。涙をとおしてぼんやりその世界を眺めていたり、疼く心臓の壁をとおしてその世界に憧れていたりするのではなくて、実際にそこに行って、そのなかにいたいの。（第一五章）

同じ死への憧れを述べても、ハムレットの場合は厭世観が嵩じたためで、死はこの世を厭うがゆえの次善の選択であるのに対し、キャサリンの場合は死後の世界、肉体から解放された世界を「あの輝かしい世界」と呼び、現世とはまったく異なった生がある世界として積極的にそこに到達することを望んでいる。こうした主人公たちの死生観、ひいては作者シェイクスピアとエミリ・ブロンテとの死生観の違いが、同じく作中に数々の死を描きながらもその表現に大きな違いをもたらしているのであろう。

シェイクスピア悲劇と『嵐が丘』の共通点として、幽霊や亡霊がストーリーの展開に大きく関わってくることを付け加えておこう。『ハムレット』では先王の幽霊が登場しハムレットに死の真相を語り彼を復讐に駆り立てる。『マクベス』や『リチャード三世』では殺された犠牲者たちが亡霊となって現れ、彼らを殺した者たちを狂気に駆り立てたりその未来を予言したりする。

一方、『嵐が丘』でも幽霊は大きな役割を果たしている。小説の冒頭、ロックウッドが樫の小部屋のベッドで休んでいる時に夢うつつに見た子どもの姿をしたキャサリンの幽霊は、これがきっかけとなってヒースクリフの異常な反応を引き起こし、またその反応に対する好奇心から、今度はネリーが語る『嵐が丘』の物語そのものが始まることになるからである。さらに物語の最後ではヒースクリフまでもが幽霊となり、彼とキャサリンの幽霊が荒野で目撃されている。

以上のように、『嵐が丘』にはさまざまな点からシェイクスピアの悲劇の枠組を見ることができる。ガードラーによると、「復讐」をテーマにした作品は、シェイクスピア劇をはじめ、エリザベス朝の文学作品に共通してしばしば見られるものであった。[10] しかしこのテーマはエミリが生きた一九世紀にはすでに一般的なものではなくなり、むしろ道徳観念の厳しかったヴィクトリア朝の風潮のなかでは、キリスト教的精神に欠けるものと見なされていたようである。そのため『嵐が丘』がヴィクトリア朝の読者にはきわめて不評であったのは当然で、また当時の文学作品のなかではまったく異質なものとみなされた原因の一つをここに求めることができるかもしれない。

三、『アラビアン・ナイト』と『嵐が丘』

エミリ・ブロンテが『アラビアン・ナイト』を読んだことを直接示す記録は残っていない。しかしブロンテ家の子どもたちがこの物語の世界に親しんでいたことは明らかである。きょうだいが子どものころ書き記した空想の物語「グラス・タウン」には、死者をも蘇らせる超自然の能力をもった魔神が登場する。イーニド・L・ダシーは、初期の「グラス・タウン」における異国情緒豊かな色彩は、明らかに『アラビアン・ナイト』に由来するものだとしている。[11]

『アラビアン・ナイト』は九世紀から一六世紀の間にエジプトで集成されたアラビア語による東方物語集である。イギリスで『アラビアン・ナイト』が英訳されたのは一八世紀の最初の一〇年間であった。ピーター・L・カラッチオーロによると、イギリスでは多くの詩人、作家たちがアラビアン・ナイトの影響を受けていた。ウィリアム・ワーズワスやロバート・サウジー、サー・ウォルター・スコットら、ロマン派の詩人、作家たちは『アラビアン・ナイト』の影響を受けてこれに類似した作品を作っ

『アラビアン・ナイト』
ブーラーク版 (1835)

たり、作中で言及するなど、さまざまな形で『アラビアン・ナイト』の影響を示しているという。[12]ここでカラッチオーロが挙げている詩人や作家の作品はいずれも、ブロンテ家の人々にとっては非常に馴染みぶかいものであった。[13]

また、シャーロットの小説『ジェイン・エア』の第四章には、主人公のジェインが『アラビアン・ナイト』を手に取って読もうとする場面があるし、後にジェインが結ばれるロチェスターの愛馬は「メスルア」（'Mesrour'）と『アラビアン・ナイト』の登場人物から命名されている。すでに述べたように、入手できる本や雑誌が限られていたブロンテ家で、家族は読み物を共有していたはずであり、シャーロットのこうした『アラビアン・ナイト』に関する知識は、そのままきょうだいも共有していた知識と考えることができる。

『ジェイン・エア』ほど直接的ではないが、『嵐が丘』のなかにも『アラビアン・ナイト』を連想させる記述がいくつかある。例えば、ネリーがヒースクリフに彼の出生について次のような空想を持ちかける場面、

あんたは変装した王子さまにぴったりだわ。お父さんが中国の皇帝で、お母さんがインドの女王さまでないなんて、誰がいえるの？　お二人はそれぞれ、一週間の収入で嵐が丘とスラッシュクロス・グレインジをまとめて一遍に買えるのよ。そしてあんたは悪い船乗りに拐

かされて、イギリスに連れて来られたのよ。わたしがあんただったら、自分は高貴な生まれなんだと考えるわね。（第七章）

ここには中国やインドなど、『アラビアン・ナイト』が象徴していた東方世界や、皇帝や女王、また彼らが所有する巨万の富といった、物語世界特有の現実離れした要素がちりばめられている。船乗りによる誘拐もイギリス本国と海によって遠く隔てられた異国を連想させるし、ヒースクリフが先代のミスター・アーンショーに拾われたのも当時大きな奴隷港であったリヴァプールであった。初めてアーンショー家に連れて来られたとき、ヒースクリフは「悪魔のところからやって来たみたいに色黒」で「誰にもわからないちんぷんかんぷんなことばを何度も繰り返すだけ」（第四章）だったという。彼はまたしばしば「グール」（食屍鬼）というイスラム圏の伝説で人肉を喰らう悪鬼に喩えられており、こうしたヒースクリフの描写にも、伝統的なイギリス文化とは異なる、異国的な要素が感じ取れる。

また、娘のキャサリン（キャシー）が館の外へ出かけようとネリーに支度を頼む場面がある。

キャサリンはある朝八時にわたしのところにやって来て、あたし今日はアラビアの商人になって、キャラヴァン隊といっしょに砂漠を越えて行くつもりよ、といいました。それでわたしは彼女に彼女と動物のためにたっぷりと食料を与えなければなりませんでした。一頭の馬と、それに一頭の大きな猟犬と二匹のポインターを見立てた、三頭の駱駝から成り立っていました。（第一八章）

ここにも砂漠を渡っていくアラビア商人のキャラヴァンや（犬を見立てた）駱駝など、『アラビアン・ナイト』を髣髴させる言葉が並んでいる。

しかし、異国趣味を伝える文物への言及だけでなく、『嵐が丘』には『アラビアン・ナイト』と共通する点が他にもある。それは、語りの構造である。『嵐が丘』はロックウッドとネリーという二人の語り手によって語られる、二重の語りの構造をもつ作品である。さらに研究者によっては、その構造のなかにイザベラの手紙やジラーの話などさらなる「語り」の存在を指摘し、『嵐が丘』を入れ子細工のような複雑な語りの多重構造をもった作品と位置づけている。[14]

『アラビアン・ナイト』にも、構造上こうした多重の語りを用いている部分がある。『アラビアン・ナイト』は大臣の娘シェヘラザードが語り手としてシャーリアール王にさまざまな物語を千一夜にわたって語り聞かせるという形式になっている。基本的には語り手はシェヘラザード一人ということになっているが、しばしば彼女が語る物語は、そのなかにさらにまた別の語り手が登場して新たな物語を語る場合があり、物語によってはそのなかにさらにまたもう一つ別の物語が、といった具合にいくつもの話が入れ子細工になって語られている。例えば「漁師と魔神との物語」において、シェヘラザードは王に「漁師と魔神の物語」を語っているのであるが、その物語のなかでは漁師が魔神に「イウナーヌ王の大臣と医師ルウイアーヌの物語」を聞かせている。そしてそのなかではさらにイウナーヌ王が「サンダバド王の鷹」の逸話を大臣に話してやっているのである。図示すると、次のようになる。（**ゴシック**が語り手）

イウナーヌ王→大臣

漁師→魔神

シェヘラザード→王

このように「漁師と魔神との物語」は多重の語りの構造をもっているが、しかしこれを単純に『嵐が丘』の語りの構造と同列におくことはできない。なぜなら『アラビアン・ナイト』は独立した多くの民話を羅列した民話集であり、全編を通して実質的な登場人物としては王とシェヘラザードの二人しかおらず、この二人を配してさまざまな、しかも関連のない多くの物語を千一夜にもわたって語り続けなければならない。意図的にこの語りの構造が選択されたというよりは、次々に話を継ぎ合わせて行くうちに結果的に入れ子細工の語りとなっていたというのが実際であろう。[15]そのため『アラビアン・ナイト』の語りの構造と『嵐が丘』の語りを単純に同一視することはできない。しかし、シャーロットやアンの一人称小説、また他の作家に多く見られる三人称小説に触れながらも、エミリが敢えて『嵐が丘』で複雑な語りの構造を採用した背景には、『アラビアン・ナイト』の影響を考えることができるであろう。

『嵐が丘』と『アラビアン・ナイト』の語りについては、もう一つ、異なった見方をすることも可能である。カラッチオーロは、『嵐が丘』のネリーとロックウッドをそれぞれシェヘラザードとシャーリアール王になぞらえている。[16]すなわち、『嵐が丘』には『アラビアン・ナイト』と同じように、語り手と聞き手の両方が同時に存在しているのである。よく知られているように、シェヘラザードが王に千一夜にもわたって物語を語り聞かせるのは、単なる娯楽のためではない。妻の裏切りから女を信じられなくなった王は、それ以後自分の夜伽をつとめた女は皆その夜限りで首を刎ねていた。しかしシェヘラザードは、面白い物語を語ることでその恐ろしい運命を免れていた。彼女の物語の続きが聞きたい王は、首を刎ねるのを一夜、また一夜と先延ばしにしていたからである。物語が相手の興味を惹き続けることは、すなわち彼女の命が永らえることであった。『アラビアン・ナイト』とは、そうした生死をかけて語られた物語であり、面白いこと、相手の関心を惹きつけることを絶対条件として語り続けられる物語であった。

『嵐が丘』にも、これと類似した構図を読み取ることができる。家政婦であるネリーにとって、ロックウッドは自分の主人に当たる。新しい雇い主に対して、ネリーは家政婦としての実力とともに、嵐が丘とスラッシュクロス・グレインジの物語を語る語り手としての実力も認めてほしかったにちがいない。しかも彼は、この辺りの土地ではめったに出会うことのない、よその土地からの新来者であった。決して話すのが嫌いではなく、催促されるのを待つまでもなく話を始める様子からも、ネリーがかなり話好きであることは容易に想像がつく。貴重な聞き手を得た彼女が、その聞き手の興味をそらすまいと嵐が丘の物語を語り聞かせている様子が目に浮かぶ。

そしてもう一つ、ネリーにはこの物語をぜひロックウッドに気に入ってもらわなければならない理由があった。彼女は、後に彼女自身も述べているように、ロックウッドがキャシーと結婚し、彼女を現在の境遇から救い出してほしいと考えていたのである。自分が母親代わりともなって育ててきたキャシーは、ヒースクリフの謀略によって嵐が丘で不幸な生活を強いられていた。彼女の置かれた状況を説明し、ロックウッドの同情と関心を取り付けることは、そのままキャシーを救い出す手立てともなり得た。シェヘラザードが自分の命をかけて面白い話を語り続けたように、ネリーは娘とも慈しむキャシーの身の上を救うことを賭けて、『嵐が丘』の物語を語っていたのではないであろうか。『嵐が丘』には、こうした『アラビアン・ナイト』との相関関係を読み取ることも可能なのである。

四、『黒い侏儒』と『嵐が丘』

ブロンテ家の子どもたちが、サー・ウォルター・スコットをすぐれた詩人、小説家として崇拝していたことは有名である。先に挙げたシャーロットによる手紙のなかでも、スコットは読むべき一流の詩人たちのリストに名を連ね、「スコットの甘美な、激しい、ロマンティックな詩が害を与えるはずはありません」と詩人として高く評価されているばかりでなく、「小説ではスコットだけをお読みなさい。彼の作品以後の小説はみな無価値です」と最大級の賛辞を捧げられている。

また、エミリ自身がスコットに心酔していたのはいうまでもない。子どものころ、きょうだい四人でそれぞれ自分の島を選びそこに誰を住まわせるかを決めるという遊びをしていたところ、彼女が選んだのはサー・ウォルター・スコットと彼の伝記作者J・G・ロックハートとその息子であった。ほかのきょうだいが医者や文人などさまざまな分野から住人を選んだのに対し、エミリは三人ともスコットやスコットゆかりの人物を選んでいた。こうしたエピソードからも、スコットを尊敬していたブロンテ家のなかでも、エミリの心酔ぶりが突出していたことが窺える。

エミリは崇拝していたスコットの作品を、入手できるものであればどれでも貪欲に読んだであろう。しかし、そのいずれに関してもエミリが読んだことを明確に示す記録は存在しない。そこで、ここでは彼女が読んだ確率が高い作品、『黒い侏儒』を取り上げてみたい。この小説をエミリが読んだことを直接示す資料が残されているわけではないが、シャーロットが初期作品のなかで、題名と一部内容が類似した「みどりの侏儒」という短編を執筆していることから、おそらくブロンテ家の子どもたちがこのスコット作品を読んでいたであろうことが推測されるのである。

『黒い侏儒』は、スコットランド南部の荒野が舞台となっている。主人公の「黒い侏儒」ことエドワード・マンレイ（エルシー）は生まれつき身長が充分に伸びず、その怪異な外貌のために人々の目につくことを好まなかった。醜く生まれついたために、誰からも同情も援助も得られなかった彼は、許嫁と一人の友人だけを近しい仲間として暮していた。しかしその友人が彼の許嫁と財産をともに奪ったことから、彼の人間不信はさらに嵩じることとなる。しかし荒野に一人住む彼は盗賊にさらわれた娘の救出のために助言を与えたり、父親に結婚を強制される別の娘を救うなど、いかつい容貌の下に潜む人間的な情けの深さを垣間見せる。娘に結婚を強いていた父親こそ彼のかつての友人であり、すでに他界したその娘の母親は、彼の許を去った許嫁であった。エルシーは自分の財産を取り戻し、それを改めて徳の高いその娘に贈ると、自分自身は誰にも知られぬ場所へと姿を消してしまう。

この『黒い侏儒』と『嵐が丘』の類似性を強く主張したのは、F・S・ドライであった。彼女はこの作品を「荒野を舞台とした復讐小説」と捉え、『嵐が丘』の状況設定や登場人物、プロットの基礎はここから採られたものだと主張している。[17] また、エルシーについては、身長こそ足りないものの筋骨たくましい体躯、人間嫌いのため他人に対して無礼で非社交的、極力口をきこうとしない姿など、外見も性格もそのままヒースクリフの人物創造に活かされていると述べている。[18] その他にも、両作品のさまざまな登場人物を比較したり、また人物の名前の類似（"Earnscliff" と "Heathcliff" など）を指摘するなどして、エミリが『嵐が丘』執筆に際してこの『黒い侏儒』を無意識にではなく、むしろ意識して利用したと述べている。スコットを尊敬していたエミリが、この小説からも何らかの刺激を受けたことは確かであろう。しかし、作中シェイクスピア劇についての直接的な言及が二つあるだけで、他作品の明確な影響の痕跡を留めない『嵐が丘』において、はたしてドライが主張するほどに『黒い侏儒』を意識的に用いていたかどうかは疑問である。[19]

『黒い侏儒』と『嵐が丘』の共通点としてむしろ注目したいのは、その空間意識である。『黒い侏儒』では、物語はスコットランドの荒野という辺境の地が舞台となっている。しかし、実際にストーリーが展開するのはその荒野のなかでも、さらに限られた場所である。すなわち、エルシーの小屋のあるムア、娘を誘拐した無頼漢の住むウェストバーンフラットの塔、その娘が許婚でもある従兄と暮らすヒュー・フット、そして昔エルシーを裏切った友人とその娘の居城の四か所である。物語に関わる事件は、すべてこのいずれかで起こっている。ロンドンやパリといった、外の世界の存在を仄めかす地名も登場はするが、しかしそこで何か物語の筋に直接関わることが起こるということはない。物語はすべて、スコットランドの荒野という一種閉鎖された空間で展開している。辺りにはひたすら荒野が広がり、中央の法制度など届かず、略奪行為をはたらく無法者もいれば、スコットランドの方言丸出しで話す朴訥な青年もいる。『黒い侏儒』には、華やかな中央文壇の気取りや流行とは無縁の、北国の荒野に根ざした独立した物語世界が形成されているのである。

一方、『嵐が丘』はどうであろうか。芦澤久江氏は、先にも触れた子どものころの「島」の遊びがエミリの空間の意識に大きな影響を与えたとしている。

彼女の想い描く世界が島に限定されたのは、こうした幼時における意識の固着が強烈であったからである。「島」という海によって隔てられた孤絶の世界は、後に分裂して「ゴンダル」を結成したときにもそのまま引き継がれることになった。……隔絶された狭い空間、識別され聖別された広がりは、限りはあるけれども濃密な空間である。エミリはそうした他とは区別された場所、他に邪魔されない、自分独自の固有の世界を大切にしていた。[20]

そして、こうした「島」の意識が、「陸の孤島」ともいえる嵐が丘を作り出したという。確かに、『嵐が丘』には舞台となる二つの屋敷とその周辺の荒野を除くと、それらを取り巻くさらに外の世界の存在がほとんど感じられない。小説のなかには、ミスター・アーンショーがヒースクリフを拾ってきたリヴァプールや、ヒンドリーが送られた大学、イザベラが逃れていったロンドンなどが言及されてはいる。しかし、それらは荒野に住む人々にとってはどこか遠い土地を示す名前にすぎず、それ以上は何の意味ももっていない。物語の重要な出来事はすべて嵐が丘とスラッシュクロス・グレインジがある荒野の一帯で起こるのであって、それ以外の土地についての関心は一切払われていない。主人公の一人であるヒースクリフでさえ、嵐が丘を出奔してこの土地を離れていた三年間については明確なことは何一つ語られていない。『嵐が丘』は、一歩その島を離れてしまうと周囲にはただ茫漠たる海が広がるばかりという、まさに絶海の孤島のような空間を成しているのである。

周囲から隔絶した、独立した空間での物語の展開には、『黒い侏儒』と『嵐が丘』が共通してもつ空間意識の表れを見ることができるであろう。シャーロットが華やかなロンドンや大陸などの「中央」を志向したのとは対照的に、エミリはハワースの荒野を何ものにもまして愛した。彼女の愛着の激しさは、家を離れると必ずホームシックにかかり、それもシャーロットが「家に帰らなければ彼女は死んでしまう」[21]と確信するほどであったという。

ヒースが咲き花崗岩の大きな塊が横たわり――スコットが描いたスコットランドの荒野と、エミリの愛したハワースの荒野はよく似ている。しかしそれだけではなく、一つの空間に意識を集中させ、荒れた景色は荒れたままに、粗暴な人々やその言葉もそのままに、その土地をあるがままに描いた『黒い侏儒』の世界に、エミリは強い共感を覚えたのではないであろうか。そして彼女自身が築いた、他とは隔絶したまったく独自の世界、それこそが『嵐が丘』だったのではないであろうか。

五、『ドン・ジュアン』と『嵐が丘』

ブロンテ文学がロード・バイロンの影響を受けていることはさまざまな研究者によって指摘されている。シャーロットがエレンに推薦した文学者のなかにも、もちろん彼の名前を見ることができる。

詩がお好きなら一流のものになさい。すなわちミルトン、シェイクスピア、トムソン、ゴールドスミス、ポープ（わたしは彼には感心しませんが、もしあなたがお望みなら）、スコット、バイロン、キャンベル、ワーズワス、サウジーです。ところでシェイクスピアとバイロンの名を見てびっくりしないでください。この二人はともに偉人です。そして彼らの作品は彼ら自身に似ています。……シェイクスピアの喜劇とバイロンの『ドン・ジュアン』、おそらく『カイン』も止めておいたほうがいいでしょう。[22]

シャーロットはミルトンをはじめとする大詩人たちとともにバイロンを推薦しているが、しかし淑やかでまだ年若い友人の性質に配慮して、シェイクスピアの喜劇とバイロンの二つの作品を敢えて推薦書のリストから外している。『ドン・ジュアン』はこうして外された作品の一つであるが、これは同時にシャーロットが確実にこの叙事詩を読んだ経験があり、その内容を詳しく知っていたということの証

ジョージ・ヘンリ・ハーロウ画
マイヤーの版画によるバイロン像(1816)

左ともなっている。そして繰り返せば、シャーロットが読んでいたということは、エミリをはじめとする他のブロンテきょうだいたちもまた、この作品を読んでいた可能性が非常に高いということになる。特に、シャーロットとブランウェルが共作した初期作品の一つ「捨て子」は、この『ドン・ジュアン』から明らかにインスピレーションを受けて作り出されたとされており、彼らきょうだいがこの作品に親しんでいたことは間違いないであろう。[23]

スペインの名家に生まれた若者ドン・ジュアンは、ギリシャの島やトルコ、ロシア、イギリスと、あるときは嵐で船が難破し、またあるときは奴隷としてトルコの後宮に売り飛ばされ、その後軍隊で武勲をたてるなどしながら、同時に美しい女性たちと次々と恋におちていく。異国情緒豊かで、恋と冒険に溢れたその内容は、ブロンテたちの初期作品、特にシャーロットとブランウェルの「アングリア物語」の世界にその影響を色濃く見て取ることができる。一方、『嵐が丘』と比較した場合、「ヒースクリフこそは真のバイロニック・ヒーローである。彼はその主な特徴をすべて具えている」[24]と、たしかにバイロンの影響があったことは指摘されてはいるものの、『ドン・ジュアン』の華やかで、そして滑稽味を伴ったシニカルな雰囲気は、これらの二作品を単純に比較することを許さないほどにかけ離れているように思わせる。

しかし、こうして一見まったく異なった作風を見せる『ドン・ジュアン』からも、エミリは吸収するものがあった。例えば『ドン・ジュアン』では、語り手がジュアンの恋や冒険について語

りながらも、次々と脇道に逸れ、物語は何度も脱線を繰り返す。これは語り手自身も認めていることで、

しかし物語にもどるとしよう。
正直に申し上げるが、もしわたしに
欠点があるとすれば、それは
脇道にそれるということだ。
むやみにわたしが独り言を
つづけているうち、読者諸君は
一人歩きをする始末に
おかれるという次第である。[25]

他にも「だが主題にかえるとして――ええと、／――あれはいったい何だっけかな?」（第三歌）といった調子で、語り手はジュアンの身の変転を知りたい読者をはぐらかし、われわれの視線をあちらへこちらへと翻弄する。

『嵐が丘』では、時間のカット・バックが多用されることで、読者はこれと類似した体験をす

ることになる。『嵐が丘』は「一八〇一年」という、まさにこの物語のなかでの「現在」を表す年代表記から始まっている。こうして読者に現在の時間を強く印象づけておきながら、物語は四半世紀も前のキャサリンの日記を紹介したり、ネリーの三〇年前の回想が始まったりする。また、ネリーの語り自体も、ヒースクリフの少年時代を語っているかと思うと、突然「しかし、ロックウッドさん、こんなお話じゃあなたの気晴らしにはならないことを忘れていましたよ」といって、聞き手のロックウッドや読者をいきなり一八〇一年に引き戻したり、「三年ほど飛び越すのをお許しいただきましょうか」と勝手に時間を飛び越えようとしたりする。読者は、次々変化する時代設定に、物語が一体いつのことを語っているのか戸惑ってしまう。こうした『嵐が丘』の語りの特徴は、物語が単調に堕することなく、読者を翻弄することによって逆に作品世界に惹きつける効果がある。

その他にも、語り手が主人公とは異質な人間に設定されている点も共通している。『ドン・ジュアン』では、「わたし」なる語り手があちこち脱線を繰り返しながら、ふざけたり、皮肉を言ったりして物語を進めていく。その関心は芸術から政治、人間性への洞察に至るまで多岐にわたり、それらを斜に構えて次々批判していくのである。これに対して主人公のドン・ジュアンは、その年齢ゆえかいまだに純情な若者で、性格に複雑さや深みは感じられず、むしろ単純といってもいいくらいである。彼の悲恋や絶望さえ、語り手は茶化す対象にしてしまう。

一方『嵐が丘』では、ロックウッドとネリーの二人が語り手をつとめるが、自称「人間嫌い」のロックウッドは時間をもて余した有産階級の出身で、主人公たちはおろか、舞台となるイングランド北部の荒野とも相容れず、長く留まることすらできない。彼は物語のなかでは終始「よそ者」として描かれている。もう一人の語り手ネリー・ディーンは、主人公となるキャサリンやヒースクリフとともに育った土地の者であるが、彼女のもつ健全な常識は、決してキャサリンとヒースクリフの関係を理解しない。死の間際のキャサリンとヒースクリフの人間離れした抱擁、そして死んだキャサリンに対して、天国で安らうことなく幽霊に化けて出て来いと叫ぶヒースクリフなどは、通常の道徳観や宗教観を備えた彼女には是認できるものでも、理解しようと努めるべきものでもなかった。彼女が言っているとおり、それらは「冷静な傍観者にとっては、不思議な恐ろしい場面」（第一五章）でしかなかった。

しかし、こうして主人公とは異質な人物が語り手をつとめることにより、『ドン・ジュアン』にも『嵐が丘』にも、物語の基調となる部分にもう一つ異なった要素が加えられることとなり、作品世界がより厚みを増すことになる。『ドン・ジュアン』の場合、むしろ語り手の調子のほうが主調をなしているが、もしこれが主人公ドン・ジュアン本人によって語られたとしたら、純情な世間知らずの若者の語り口は、この作品をまったく異なったものとしていたことであろう。『嵐が丘』の場合も、ロックウッドやネリーといった語り手が存在しなかったなら、物語を支配する陰惨な雰囲気が一層強調され、その圧倒的な重さ、暗さがともすれば作品を単調なものとしてしまったかもしれない。その意味で、あえて主人公と語り手が異質な人物として設定されていることが重要な働きをしているといえよう。

そしてもう一点、『ドン・ジュアン』がエミリに与えた影響として考えられるのは、宗教やモラルや社会規範といった、当時社会において絶対視されていたものからバイロンが自由であったことである。『ドン・ジュアン』の語り手は、キリスト教であろうと偉大な詩人であろうと、何であろうと大胆に挑戦し揶揄する。そうしたバイロンの詩風について門田守氏は、「宗教的かつ社会的な事柄には、個人的感情や人間関係が優先するということだ。……バイロンはキリスト教的制約からは自由だ。プロット重視の純粋な芸術作品として、詩を展開していくことが彼には可能だった」と述べている。[26]

エミリの場合は、バイロンのように権威あるものにあえて挑戦することで自己を主張しようとするのではなく、むしろそうした権威の存在を無視し、気に留めないというのが基本姿勢であろう。よく指摘されるように、“immoral”（不道徳）ではなくて“amoral”（道徳観念の不在）なのである。取る立場こそ異なるが、バイロンが『ドン・ジュアン』で見せた自由闊達な大胆さは、そうした権威に縛られることもなく生きた人間の、かけがえのない実例であったにちがいない。

以上のように、エミリ・ブロンテはさまざまな文学作品をとおして、そこから彼女が『嵐が丘』を執筆する土台を形成するものを吸収していった。それらは直接イギリス文学の作品であることもあれば、またそれらに多大な影響を与えた外国文学であったこともあるであろう。T・S・エリオットも述べているように、芸術家が単独でその完全な意味をもつということはありえない。その意味でエミリもまた、イギリス文学の伝統の紛れもない継承者の一人なのである。そして彼女の作り出した世界はまた、新たなる伝統の一部を成し、世紀末の耽美派詩人たちを通して二〇世紀のミュリエル・スパーク、アイリス・マードック、マーガレット・ドラブル、ドリス・レッシングといった作家たちにも強い影響を与え、イギリス文学の伝統を支え刺激する偉大な存在となっているのである。

第七章　『嵐が丘』の語り手

『嵐が丘』はシンメトリカルな系譜をもち、事件の発生時期に関する正確な計算もある。非現実の世界を写し出すために作者が形づくった構図は、視点の移動、すなわち語り手の多重構造であった。[1] まずこの点について論を進めて行きたいと思う。

この語り手の多重構造は物語が非現実的であればあるほど必要であった。召使ネリー・ディーン一人では物語を十分に語り尽くすことはできなかったであろう。彼女は物語の登場人物でもあり、ハイツに住んだり、スラッシュクロス・グレインジへ移ったりしているので、全知の語り手とはなり得ない。あるいは、ヒースクリフ自身が自伝的にあの恐ろしい生涯を語ったとしても、われわれは彼の誇大妄想を喜劇的にしか受け取らないであろう。またさまざまな登場人物がそれぞれの立場で独立して独白を行ったとしても、物語に一貫性と統一性を与えることはできなかったであろう。読者に物語の信憑性、緊張や普遍的解釈を提供することは、物語の性質上、全知であろうとも単独の語り手には不可能である。ほとんど全知に近いネリーでさえ、ロックウッドの客観性を必要としているし、イザベラの手紙や物語、ヒースクリフの告白がなければ、物語を展開することはできなかったであろう。物語を読者に信じさせる力は、全知の語り手であっても、単独ではもつことはできない。物語の核心に直接ふれたイザベラやネリーの体験、それを外側から客観的に観察するロックウッドの眼がなければ、読者が『嵐が丘』の事件を覗き込むことは不可能である。それは、前景にロックウッド、後景にネリーを配置して、非常に有効な工夫となっている。「エミリ・ブロンテは一人の架空の語り手には満足しなかった[2]」ので、非現実的世界を現実的読者の前に展開するため視点の多重構造を考案した。作者が思いついた語り手の多重構造は物語が読者に浸透していくことを可能にしているのである。

一、ロックウッド

『嵐が丘』の語りの問題が取り上げられるようになってからまだ一〇〇年は経っていない。複数の語り手の問題はかなり早くから指摘されていたが、それは語り手の人物論に終始し、芸術論的に分析されてきたわけではない。ここではどのような人物が語り手の役割を果たしているのか、まずそれを見てみることにしよう。

劇のなかの劇、物語のなかの物語という手法は古くからあった。エミリ・ブロンテが愛読したシェイクスピアをはじめ、「ゴシック・ロマンス」や『ブラックウッズ・マガジン』に掲載された物語にも語り手の二重構造があり、『嵐が丘』においてはそれが彼女なりに変形されて、特にネリーとロックウッドという対称的な語り手が用いられたところにエミリ・ブロンテの工夫があった。作者の創意は冴え、独自の工夫を実現したのである。

語り手はいわば読者への窓であり、また作者の窓でもあって、『嵐が丘』の場合、そこに張られているガラスは単に平板なガラスではない。そこに施された工夫は、それぞれの語り手が物語の核心から発せられる光をそのまま伝えるガラスではなく、光を屈折させる異質なレンズである点にある。顕微鏡に譬えれば、ネリーは対物レンズ、ロックウッドは接眼レンズの役割を果たし、それぞれ屈折度の違うレンズとなっている。

読者と作品をつなぐ役割はまずロックウッドというロンドン子が果たしている。つまり作品の外縁に位置するのは『嵐が丘』の世界とは何の関係もない他人である。ロックウッドがはじめてハイツに出かけて行くのは、『嵐が丘』の物語が時間的には半ばに達し、すでにヒースクリフはキャシーやヘアトンを隷属させ、復讐もほぼ完成して勝利を味わっているときであった。ロックウッドの接する情況は自然に煮詰められて、超自然的雰囲気に巧妙に滑り込んで行く。ロックウッドがヒースクリフの屋敷を訪問した後、吹雪に閉ざされて帰れなくなり、ヒースクリフには内証で女中のジラーに小部屋に案内され、キャサリンの日記を読み、悪夢にうなされ、ヒースクリフの異常な動揺を目の当たりに見るまでの過程は非常に必然的で自然なコースを辿っている。デイヴィッド・セシルが指摘したように、この自然さ、必然性はこのような事件を語る作者の技法がいかにすぐれていたかを証明する。

ロックウッドからネリーへ、ネリーからロックウッドへ、ふたたびそれが繰り返される語り手の巧みな交替は、現実から非現実へ、ふたたび非現実から現実へと移って行き、最後には現実の世界に戻って物語を終えるという、すばらしい均整を達成しており、読者を現実から非現実へ、内側から外側へと快く揺する。読者はそれにつれて揺られながら、物語に耳を傾ける。読者は外側の語り手ロックウッドと内側の語り手ネリーを通して嵐が丘を覗き見るのである。

ロックウッドとネリーの関係はコールリッジ作『老水夫行』の老水夫と結婚式に招かれた客の関係に似ている。老水夫の物語が発展するにつれて客は影が薄れ、老水夫のうちに吸収されていくように、ロックウッドはいつの間にかネリーに同化していく。そして「ロックウッドの罪のなさはエレンの意地悪さの共鳴版として新しい次元を提示する」[3]のである。

しかしながら彼が語り手としてネリーより客観的な立場に立っていることも否定できない。彼がそのような立場に立つことができる理由の一つは、彼だけにしか見えない場面があるという事実である。ネリーがスラッシュクロス・グレインジにいる間にハイツで起きた出来事はロックウッドによって伝える以外に方法はない。第一章から第三章までの異常な経験、特に彼の悪夢と、キャサリンを求めるヒースクリフの悲痛な叫びはロックウッドだけが接した事件であった。またキャサリンの娘がヘアトンに文字を教えている光景や、その他の家庭的雰囲気の場面を読者に伝えてくれるのは、ネリーを含めてあらゆる人物のうちで、まさにこのロックウッドだけであった。

　またネリーは経験のある眼で事件を判断しているけれども、客観的物語としては彼女の記憶がまったく正確であったと保証することはできない。ネリーと比べて、詳しい事情は何も知らないロックウッドの眼のほうが偏見をもっていないため、彼は外側の語り手としてふさわしく描かれている。死んだ人があの世に行ってほんとうに幸せであると思うかというネリーの質問（第一六章）に対してロックウッドは異端の気配を感じている。

　ロックウッドのこうした信仰心の篤いキリスト教徒としての態度が、異端的な瞑想に耽るネリーよりも、かえって読者の信頼を獲得することができるであろう。ネリーも土地の人々も、ヒースクリフとキャサリンの幽霊が出没すると信じているけれども、ロックウッドの眼を通して読者は「この大地に眠る人の夢が安らかでないと想像することができない。」（第三四章）このようにロックウッドの視点は物語を自然な外枠のなかに定着させるのに役立っている。

　ロックウッドがネリーよりも客観的立場に立っている理由として、両者の語る時間を挙げなければならない。ネリーがつねにハイツとグレインジの過去を、ロックウッドはその現在を語っている。

「こういうことは去年の冬起こったのでございますよ」ミセス・ディーンは言った。「ほとんど一年と昔のことではございません。去年の冬には、もう一二ヵ月もしたら、家族とは関係のないお方に彼らのお話をし、お気持ちを紛らわしてさしあげているなんて、思ってもみませんでした！」

（第二五章）

ネリーが回想の話を語るにはつねにロックウッドの提供する現在[4]を起点としてである。ロックウッドはネリーの物語の外側にいて、時に応じて、現在における自分の病状や気分に立ち返り、周囲の情況を写し取ろうとする。ロックウッドはつねに自分が現実にそこに存在していることを読者に知らせ、そしてそのことを通じてネリーの物語に現実性を与える。読者は現在時制で写し出されるロックウッドの病状や、ネリー・ディーンの孤独な姿にはあまり興味を示さないけれども、その現在の平和な家庭的雰囲気が悲劇的な事件を過去に押し込み、読者に恐怖と憐憫の後の安堵感を約束してくれる。

ミスター・ヒースクリフがちょうどいまぼくを見舞ってくれたところ。七日ほど前には一つがいの雷鳥を贈ってくれた——シーズン最後のものだった。悪党めが！　ぼくの今度の病気に対してだって、まったく無罪だというわけではないのだ。だからそのことを言ってやろうかと思っていた。ところが、悲しいかな！　ゆうに一時間ぼくの病床の枕許に座って、錠剤や水薬、水膨れやヒル以外の話題についてしゃべってくれるような慈悲ぶかい男の気もちを逆撫ですることなど、どうしてできよう。
（第一〇章）

読者に恐怖感をもたせるような事件をすべて回想形式で描き出すのは、この作者の工夫であった。読者の心のなかでロックウッドの提供する現在時制がいくぶん恐怖感を薄め鎮める働きをする。「トマス・ハーディーと同様、エミリ・ブロンテは人間の情熱の悲惨な光景を和らげ、この世でそこまで迷ってしまった人々に対する慈悲心を読者に与えるために、時間を用いている。[5]」

ロックウッドとネリーの交替は現在、過去、現在というふうに美しい均整のうちに行われている。ロックウッドが直接の語り手となる部分は、物語の中心的な出来事が始まる一七七五年からは約四半世紀後の時間についてであり、『嵐が丘』の過去時制で語られる部分と現在時制で語られる部分との時間的ずれは、ロンドンとヨークシャーの空間的距離はいうまでもなく、現実と非現実の精神的距離を意味している。つまり主人公たちの精神と語り手の精神の隔たりを意味している。「あたしがヒースクリフなのよ」（第九章）という『嵐が丘』の中核からその読者までの半径は、ハワースとロンドンの距離と違って、その時間的ずれによっても計ることはできない。中心と円周は物理的空間においても、それらの本質においても異なるものであり、ロックウッドはその円周上をぐるぐる巡って行くにすぎない。彼は中心に達する運命にはなく、ハイツの世界に入ることのできないロンドンの人間として現われ、消えて行く。

『嵐が丘』の物語全体に統一と安定を与えているという点でも、ロックウッドはネリーよりも重要な働きをしている。ロックウッドという語り手の存在は作品の最初から最後まで必要である。しかしエミリ・ブロンテの工夫は実に巧妙であって、読者は彼の存在を忘れて読み進んでいくことができる。この物語は全体としてロックウッドが書いた日誌の体裁になっているが、それが日誌だという意識をもち続ける読者はほとんどいない。読者はロックウッドの存在そのものを忘れてしまうのである。あらゆる言葉は、表面上、ロックウッドから発せられたものであるけれども、ネリー、イザベラ、ジラー、ジョウゼフ、その他の登場人物の言葉は、あたかも彼ら自身の口から直接発せられた直接話法として認識されるように書かれている。このような書き方は作者が一人称小説の価値とその限界を認識していた事実をみごとに証明している。なぜならば、二人の一人称の語り手を配し、さらにあらゆる言葉が第一の語り手の筆から出たにもかかわらず、それらはあたかも直接の発言者の声として響いてくるように工夫されているからである。われわれはネリー自身の地の語り言葉や、ジョウゼフの方言などは決してロックウッドの言葉として認めることはできない。キャサリンの譫言《うわごと》もヒースクリフの絶叫も語り手の言葉とはまったく異質なものである。第一の語り手が彼らの言葉を正確に記憶していなかったとしても、もとの話者の権威はきちんと保たれている。語り手の義務としてロックウッド自身はできるかぎり彼らの言葉をそのまま伝えようとしている。

家政婦がもっと大事な仕事から解放されて時間を割くことができたときに何回か座ってもらい、隣人の身の上話をもうすっかり聞いてしまった。ただちょっと縮めるだけで、彼女自身のことばで話を続けていこう。彼女は全体としてなかなか公正な語り手だ。ぼくごとき人間が彼女の話しぶりをもっと気の利いたものにすることができるとは思わない。（第一五章）

厳密な意味では近似の言葉であるけれども、そこに書かれた言葉を読者はもとの話者の言葉として受け取ることが可能であり、また受け取ってよいであろう。『嵐が丘』の言葉はネリーを通り、ロックウッドを経て読者に伝わってくる。したがって読者ともっとも近い位置に立つロックウッドは、エミリ・ブロンテが読者として得ようとした人間たちの最大公約数的な性格に仕上げられる必要があった。この物語がもっともよく読者に伝えられるために、語り手のいちばん外側を受けもつ人間としてロックウッドのような人物を配したのはみごとな工夫であった。エミリ・ブロンテが予想した読者層はロンドンの真面目ではあるが甘やかされ、感傷的であるくせに図々しく、顰め面に似合わず小心で、浅薄な知識を振りかざす人間であったであろう。そうした読者の代表であるロックウッドをハイツに呼び出して、壮大な情熱の価値を教えようとしたのであった。ロックウッドは物語のどの段階においても普通の懐疑的な心をもった読者の典型であった。エミリがロックウッドを登場させたのは社会的、道徳的、もしくは倫理的次元において不安定きわまりないこの物語に一つの支柱を与えるためであった。社会的意識が欠如していたと言われるエミリ・ブロンテにしては期待される以上にみごとな芸術的創意であった。

このような意味で作者はロックウッドの性格を正確に作り上げたといえる。ロックウッドについてはいろいろな性格分析が行われている。「無能な、ほとんど男であるか女であるかわからないようなロックウッド[6]」は因習的な情緒を象徴する「感傷的なダンディー[7]」であり、「外側の世界からやって来た普通の人間[8]」にすぎない。「ロックウッドはいささか不明確であるかもしれないが、彼がそうであるのも当然である。というのは、彼は登場人物ではなく、単なる没個性的な傍観者にすぎないからである[9]」と決めつけられている。たしかに彼には「青年らしい自意識があり、多少気障で、おどけたところがあり、非現実的な皮肉の気質をもっている[10]」けれども、作者は彼を「浅薄な都会育ちのつまらぬ人間[11]」として描こうと意図していたわけではない。「甲斐性のない、教養もあり愛すべき点もあるが、若気の至りの人間嫌いであるロックウッドの存在感はわれわれが彼の物語る事実を追って行くにしたがって、後退して行く[12]」のではなく、薄れて行く。

彼の気取った冷笑的態度、彼の皮肉な気質は物語がクライマックスに近づくにつれて熟し、ついには溶解してしまう。

ジョージ・J・ワースはロックウッドの際立った性格として人間嫌い、恋愛好き、話し好きの三点を挙げている。[13] 彼の人間嫌いは表面的な性格づけであって、本質的に恋愛や身の上話に対する関心が深く、語り手としての必要条件を備えている。彼の性格として挙げられた三点のうち、人間嫌いという第一点はその他の二点と矛盾するものであるが、それがかえってロックウッドという人物を現実味のあるものにする。

ロックウッドは自らを人間嫌いと信じ込んでハイツに現れる。彼はハイツについて次のような感想をもらす。

ここはたしかにすばらしい地方だ！　イギリスじゅうでこれほど完全に社会の喧騒から隔てられた場所に身を落ち着けることができたなんて信じられない。完璧な人間嫌いの天国だ。（第一章）

事実、彼はスラッシュクロス・グレインジに借家をし、人間嫌いとしての性格の一部を明らかにしている。ロックウッドには見せかけにせよ人間社会に対する軽蔑と孤独への憧憬が窺われる。

彼は人間に対する社会ずれした横柄な態度をもっていながら、都会育ちで、人口の希薄な地方に憧れている。それにもかかわらず、彼は借家に到着するやいなや家主を表敬訪問して律儀なところを示す。これから近所づきあいをしていかなければならないヒースクリフを訪ねて、「ロックウッドと申します。今度あなたの家をお借りした者です——できるだけ早くお訪ねして、どうしてもスラッシュクロス・グレインジをお借りしたいなどと申しまして、ご迷惑をおかけしたのではないかと、ご挨拶に参上した次第です。なんでもあなたには何かお考えがあったとか、きのうお聞きしまして——」（第一章）と挨拶する。これは決して人間嫌いの言葉とは思えない。他人への圧倒的関心がその口吻のうちに窺われる。第一回の訪問で冷遇されたにもかかわらず、引き上げるときにはもう翌日にもまた訪ねて来たい気もちに駆られている。彼はやはり人間好きなのである。

彼は——おそらくちゃんとした借家人の感情を逆撫でするのは得策でないという打算的な配慮に動かされたのであろう——代名詞や助動詞を削除するぶっきらぼうな言い方を少々改めて、ぼくにとって興味ぶかいだろうと思ったこと、ぼくの現在の隠遁所の長所や短所について話を始めた。……彼は明らかにぼくがまたやって来ることを望んでいなかった。それでも行ってみよう。彼に比べるとこっちのほうがよっぽど社交的だと感じられるなんて驚きだ。

（第一章）

ロックウッドは特に社交家であるわけでもなく、まったくの非社交家でもなかった。ほんものの人間嫌いであるヒースクリフと比べると名ばかりの人間嫌いで、本質的には社交家の印象を与える。「なんであなたがここに来られたのか、不思議に思ったのは一度や二度ではありませんけど」というヒースクリフの疑問に、ロックウッド自身は「『つまらない気紛れですよ』というのがぼくの返事だった。『さもなければ、つまらない気紛れがわたしを神隠しにしようとしているんです』」（第三一章）という答えを与えている。本人のいう言葉だから必ずしもそのとおりだともいえない。単なる気紛れに動かされて知人の誰もいない田舎へやって来るのは、青年のロマンティシズムであろう。彼が人との交際を求めていることはすでに明らかである。ヒースクリフの頭のよいことが気に入ったというういかにもペダンティックな言葉もロックウッドの凡俗な性格を表している。

情けない哀れな男のこのぼくが、夕暮れ時まで意気消沈と孤独との取っ組み合いを続けたあげく、ついに旗を降ろさざるを得なくなった。そして住まいの必需品に関して情報を得るという口実で、ミセス・ディーンが夕食をもって来たとき、彼女が並みのおしゃべり女であることを心から期待しつつ、食事をしている間座っていて、彼女の話でぼくを元気づかせてくれるか、あるいはうとうと眠らせてくれるかしてほしいと願った（第四章）

彼が完全な人間嫌いならば、自分自身の外側にあるものは一切軽蔑し、何の関心ももたなかったことであろう。そしてキャサリンの聖書に見向きもせず、超自然的な悪夢の世界をわれわれに展開して見せてくれることもなかったであろう。彼がネリーにハイツの歴史を聞きたいと言ったのは読者の代表として当然で、『嵐が丘』の物語が成り立つためには彼が人間嫌いであってはならないのである。エミリが彼を人間嫌いとして描いたのはただ見せかけにすぎず、ほんものの人間嫌いであるヒースクリフを観察できる立場に立たせ、ヒースクリフがどれほど根深く救いがたい人間嫌いであるかを、両者の相互照射を通して、理解できるようにするためであった。

彼の哀れな恋愛経験も決して彼の自称する人間嫌いのせいではない。彼は、真実、「恋愛」したことがない。彼は異性を愛することができない。征服することによって女性の愛を得たと錯覚するドン・ファンがヴィクトリア朝的固陋《ころう》な因習のなかで萎縮してしまった姿である。この点で彼はヒースクリフと鋭く対立する。これはロックウッドの本性の一部を暗示しており、「心安まる家庭などもてないだろう」（第一章）と母親から言われたように、異性への関心も萎縮していじけ、自らの胸のうちを告白するだけの勇気すらもち合わせない男である。

海岸で快晴続きの楽しいひと月の間に、彼はとても可愛い娘をまるで女神のように想い慕うようになった。口に出して恋を告白することができず、口ほどにものを言う眼の力を借りて彼女に恋心を伝えようとした。そしてその結果彼女のほうからも愛情をこめて、譬えようもないやさしい眼差しで彼を見返すようになった。ところが、その途端にロックウッドはまるで蝸牛のように冷たく自分の殻のなかに引っ込んでしまい、彼女に見られるたびに急によそよそしく、さらに冷たく、ずっと遠くに身を引いて行った。その初心な娘はとうとう自分の勘違いだったと思い、母親を説得して海辺を去って行ってしまった。完全な人間嫌いではないにしても、彼には沈黙しがちな性格があって、この少女の愛を失わせたのである。このような男性の情緒の反響は当時のキャサリン・ヒースクリフとの空想上の恋愛を楽しむ姿のうちに見出すことができる。「この私が彼女を愛することはひょっとするとあるかもしれないけれども、彼女の方が私を愛してくれるでしょうかねえ。いい気になって誘惑に乗っていいかどうか大いに疑問ですよ」（第二五章）と述べていることからも明らかである。キャサリン・ヒースクリフの美しい目に潜んでいる魅力を彼がいくら警戒しても、その警戒は何の役にも立たない。彼は彼女の炎のような熱愛にめらめらと燃え尽きてしまうであろう。

ロックウッドの恋愛態度には不毛な点がある。彼には不毛な恋愛しかできないのではないか。愛の深淵を知らず、表面的な現象にだけ囚われて、ヒースクリフとキャサリンのように、新鮮な感覚で愛の核心に突き進むことができないのである。あまりにも人間的であるため、かえって超人間的なヒースクリフとキャサリンの恋愛に対してロックウッドはただ茫然として立ち尽くす局外者にすぎず、その聖なる驚異の領域には一歩も足を踏み入れることができない。始末に負えないほど平凡きわまりないこのセンティメンタリストの眼には主人公たちの恋愛は不可思議千万なものに映っていたであろう。彼は日常性のよごれた衣をぬくぬくと纏い、馴れ合いの恋愛観から脱却することのできない凡俗の人間であった。ロックウッドの恋愛は物語の中心をなす主人公たちの恋愛を際立たせるために書き足された、いわば小道具であり、鮮明な対称を成している。

　作者がロックウッドをヘアトンの身代わりにしようとした[14]、としばしば論じられ、事実その論拠ともなりえる箇所も多く見出すことができる。ほっそりとしてまだ娘気分も抜け気っていない美少女キャシーの姿、可憐な白い顔立ち、金色に近い巻き毛が細い首筋にぱらりと垂れ下がっている風情をロックウッドはこう述べている。

　うれしいことには、この前はこんな人がいようとはゆめにも思わなかった「奥さん」の姿が見えた。

　ぼくはお辞儀をし、席に着くようにといってくれるだろうと思って、待っていた。（第二章）

そして彼はその若いキャシーに対して抑え切れない関心を抱くようになっていく。

〈手始めにはよい話題だ――それにあの美人の娘みたいな未亡人、彼女の身の上を、彼女がこの地方の生まれなのか、それとも、おそらくそうだと思うが、あの無愛想な土地っ子が親族だとは認めようとしないよそ者なのか、知りたいものだ〉（第四章）

若い未亡人に対する津々たる興味から、ついに彼はネリーに次のように言われてしまう。

「あなただってお若いんですから、いつまでもお一人で暮らしていけるといって満足しているわけにはいきませんよ。わたしはちょっと空想するのですけど、誰にしたってキャサリン・リントンを見て、彼女を愛さないでいることはできないでしょう。にやにや笑っておいでですけどね。でも彼女のことをお話しすると、どうしてそんなに生き生きと興味ぶかそうになさるのですか――そしてどうして暖炉の上に彼女の絵を掛けてくれって、わたしなんかにお頼みになったのですか。それにどうして――」（第二五章）

ネリーに言わせれば「ミセス・ヒースクリフの心を捉えるなんて実にやさしかった」（第三二

章）かもしれないけれども、現実にロックウッドはそうすることができなかった。J・C・ウィリスも「エミリ・ブロンテは最初ロックウッドの冒険を物語の主要な部分にすることを考えていたが、これはよくないことがわかって、ロックウッドを次第に薄れさせ、わざわざ原《もと》の計画の足場を取り払うようなまねはしなかったのかもしれない」[15]と述べているが、作者がそのような計画を途中で断念したと考えるのは不可能であろう。そのような思惑を変更したことの影響は作品に現れていないからである。あれほど緻密な計算のうえに構成された物語が、ウィリスの指摘するように途中で方針を変更してもなお、物語があのような精密な均整を保っているはずはないであろう。

いま検討した恋愛関係は二重演出の効果を失わせるもので、エミリ・ブロンテが計画したとは考えられない。ロックウッドとキャシーの心の触れ合いは作者が故意に彼らに取らせたポーズにすぎない。このポーズはロックウッドを単なる外来の観察者として終わらせない工夫であったと思われる。彼はわれわれが想像する以上に鋭く物語に食い込んでいるのである。

ロックウッドはヒースクリフとその家族の世界を直接われわれに開いて見せる窓である。『嵐が丘』のもっとも重要な語り手ネリーの言葉さえ、ふたたびロックウッドを介してでなければ、その世界を読者に伝えることができない。ロックウッドは語り手として要求される他人への関心も十分に深く、非常に穿鑿《せんさく》好きで、好奇心も強い。聞き上手は話し上手でもあるわけで、彼の話しぶり、糸口の掴み方、聞き出し方は申し分ない。しかもネリーから物語を引き出す手管も上手である。

「あのう、ディーンさん、隣人のことを何か話して下さるとありがたいですがね――ベッドに入っても眠れそうもないものですから。よかったら一時間ばかり座っておしゃべりしていただけませんか」　　（第四章）

あるいは、一八〇二年九月、ふたたびハイツを訪れて、ネリーにその後日談を聞くときの彼の言葉もその好例といえるであろう。

「何もいりません。家で夕食を作らせてますから。あなたも座って下さい。彼が死ぬなんて夢にも思いませんでしたねえ！　どんなふうにして事が起こったのか聞かせて下さい。しばらくは戻って来ないとあなたは言いましたね――若い人たちは？」　　（第三二章）

これらはロックウッドがネリーに物語を話させようとして用いた言葉の一部にすぎない。またネリーが物語る途中で、ときどきロックウッドが吐く寸見は観察者の適宜な注釈であり、その一つが物語を現実の世界に定着させる効果をもっている。その巧みな誘導ぶりや観察態度はたしかにゴシップ好きの素質がある。ゴシップ好きは決して人間嫌いではない。ゴシップ好きを支えるのは人間に対する圧倒的な関心だからである。

そのいかにも世慣れした常套的な見解や図々しい社交性はロックウッドの性格の大半を支えているのではなかろうか。エミリ・ブロンテはロックウッドに彼自身の性格づけを行わせ、実際に彼がそんなものではないことを読者に理解させようとするアイロニーを用いている。このようなアイロニー、すなわち、登場人物が彼自身に関して認識している性格と、読者が登場人物に関して認識する性格との乖離は喜劇の基本的特質の一つであるけれども、ロックウッドは、G・J・ワースの指摘するように「『嵐が丘』における唯一の純然たる喜劇的人物[16]」だ、という指摘は正確ではない。

人間嫌いや話し好きという性格づけは、物語を外側から包み、それを成り立たせ、際立たせるための工夫であったし、恋愛好きなところはこの恋愛物語をより鮮やかに映し出し、ロックウッド自身を物語から遊離させず、できるかぎりそれに密着させるためになされた性格づけであった。ロックウッドはあの異常な情況を、普通人の眼で普通に見てくれる。彼は明らかに作者が期待したとおり、観察力のある読者の普通の代表であった。しかし彼は在り来たりな語り手として物語を語ったわけではない。一連の事件について有益な知識を提供し、無意識ながらに注釈を施してくれるだけではなく、語り手として許されるかぎり物語のなかに食い込んで行き、そのリアリティーを保とうとしているのである。ロックウッドの登場はある程度まで成功している。エミリ・ブロンテが物語を伝えようとしたロンドンの読者はその代表者であるロックウッドを通して『嵐が丘』に参加することができた。しかしその物語を理解することができるのは、決してロックウッドのような人間ではないのである。

二、ネリー・ディーン

非現実を現実に結びつける手段として、ロックウッドは作者の凝らした工夫であったが、ネリー・ディーンは単なる手法上の工夫にとどまらない。物語の語り手が必ずしも作者自身ではないが、『嵐が丘』の語り手の場合にはそれが非常に明確な形で示されているように思われる。マーティン・ターネルは、ネリーは「主人公たちに対する、あるいは主人公たちが代表するものに対する作者自身の態度を示すために用いられている」[17]と述べているが、ネリーは明らかに作者の態度とは正反対の態度を示している。ネリー・ディーンはジョウゼフ・コンラッドの語り手マーロウによく譬えられる。マーロウは語り手であり、傍観者であり、作者の分身とさえ考えられるが、ネリーは作者の分身ではない。『嵐が丘』はネリー一人が物語るだけで完全に語りおおせるものではない。作者の抱いたネリーのイメージはかなり明確なものであり、語り手としての是非はしばらく措くとして、一つの性格にまで高められており、作者はそれを彼女の語り口によって表現させている。

ロックウッドによって読者を代表させ、ネリーに物語の中核とその外枠を結びつける綱としての役割を担わせようと考え出したのはたしかに作者の工夫であった。そしてさらに物語の渦中にあっては主要人物や脇役たちに対話や独白によって物語の本質を暴き出させるという仕組みを採っているが、この物語の三段構えには入念な幾何学的均整の美しささえ感じられる。語り手の枠組についていえば、読者は激烈な物語の中心に直接入っていくのではなく、最初はロックウッドに案内され、のんびりとして気楽な傍観者の地帯を通り、次いでネリーの立場に身を置いて直接事件の体験者となり、最後にはヒースクリフ、キャサリン、イザベラなどの中心人物の叫び声を耳にし、実際に自分自身も心の深奥に同じ叫びの共鳴を感じるという段取りになる。

中心と外縁を結ぶ半径は、この物語の場合、無限である。物語の核心と読者を結びつけ、その読者をふり回すネリーという糸の伸度はこれ以上期待できないほど強い伸縮力をもっていると言ってよいであろう。彼女は語り手として期待されるほどの余裕のある立場にいるのではない。したがってネリーが語り手として要求される第一条件である客観性を十分にもつことができないのは当然である。臆することなく意見を述べる彼女の言葉はつねに彼女なりの価値観、善悪の判断を含み、物語の細部はこのような色調で彩り尽くされている。このことは語り手としてのネリーを考察するうえで第一に注目しなければならない点であろう。彼女の受けた教育や、読書その他の経験が生得の性質と結びついて田舎の道学者のような意見を組み立て、独善的な結論へと読者を誘導していく。読者としてはまずこの点を警戒しなければならない。彼女の述べるとおり内容、それに付随している道徳的判断、倫理的説明を全部鵜呑みにして受け入れるのは危険である。読者は彼女の視点がこうした道徳性に強く影響されていることを認めておかなければならない。人生や人間についての理解の不十分さ、不適切さによって解釈された主要人物たちの行動や心理の説明を聞く前に、読者はまず自分自身の人生観を用意する必要に迫られる。彼女は何が善であり、何が悪であり、何が賞賛される行為であり、何が拒否されるべき心理であるかを語るけれども、実際は読者のほとんどが彼女の意見とは反対の立場に立つことになるのである。そこにはエミリ・ブロンテの巧みな工夫、緻密な計算がある。

ネリー・ディーンの姿を同じ脇役を演じているジョウゼフの戯画と比較してみるのは、興味ぶかい。ジョウゼフには人間に関する深い理解は期待できないけれども、彼の偽善的な言動は彼の信仰心によって償うことはできない。ネリーの道徳的言説にも多少偽善めいたところはあるにせよ、ジョウゼフのそれに比べればそれほどひどいものとは思われない。彼女を敬虔ぶかいが愚鈍で単純な女にしないために、作者はジョウゼフのような頑固爺を描き出す必要があった。彼女の倫理観に基づく厳格な行動規範は、頑迷な因習によって作り上げられたものではない。ジョウゼフに比べると、彼女の心はある程度柔軟であり、善良で実際的であり、常識的な健全さをもっているとさえ言える。彼女は普通の田舎女とは違って相当高い教養もあり、かなり知的な女性で、ジョウゼフの似非キリスト教を否定しているのである。

ところでネリーはこのような観点に立ちながら、主要人物たちの情熱を理解することができなかった。彼女の洞察力が万全のものでなかったばかりか、一見健全らしく見える彼女の道徳観も実は底の浅いものにすぎなかった。ヒースクリフとキャサリンの激越な情熱は平和な家庭生活を破壊したが、何よりも常識的に日々の安全を守ろうとするネリーの人生観によって観照されるとき、それは一層際立った鮮明さをもって輝いている。またネリーが道徳的な判断を下し、拒否と否定を続けながら、この物語全体を語っていったという事実には、彼女の青春、無垢、興奮の潜在意識が裏返しに示されている。

このような対照的人物の描出はエミリ・ブロンテの成功であった。ネリー・ディーンは図らずも自分が否定し拒否しているはずの情熱の唱導者となっていたのである。このアイロニーはネリーの常識に大きな犠牲を求めることもなく、作品の精神的枠組を堅固なものにしている。ネリーが前面に押し出してくる道徳律は、たとえ底の浅いものであるにしても、それなりに一つに纏まった価値体系をもっており、それがヒースクリフやキャサリンの超絶的情熱の価値と相互に照射しあい、互いの真実の相をより鮮やかに見せてくれるのである。

ネリーの人生観を固陋《ころう》なヴィクトリアニズムとして簡単に片付けてしまうのは危険であろう。すでに述べたように、彼女の意識はヴィクトリアニズムとはかなりかけ離れたものであった。「ロックウッドさん、向こうさまから先にわたしたちのことを好きにならないかぎり、よその人を好きになったりはしないのです」（第六章）という閉鎖的な空気を醸しているにもかかわらず、彼女は実際近づきになって間もないロックウッドに内輪の話を長々と物語って聞かせたというのは、彼女が本質的にある特定の固定した型に嵌め込められる人間ではないことを示している。それには彼女の意識の代償がある。因習化したヴィクトリアニズムを代弁する者としてロックウッドがすでに登場している以上、同じタイプの人物を二重に重ね合わせる必要はなかった。ネリーはロックウッドより嵐が丘の世界にじかに触れていて、それによって深く影響を蒙っており、ある程度は主人公たちの心に共感することができる。それにもかかわらず、それを完全に理解し得ているというわけにはいかない。したがってこの点においても彼女はヴィクトリア朝的道徳律の外枠と嵐が丘の中心を結ぶ線として存在し、それ以上のものではなかったのである。

嵐が丘の生活者としてネリーが身を置いていた立場は乳兄弟であり、召使であり、家政婦であった。母親がヒンドリーの乳母であり、主人アーンショーによって寝床をヒースクリフと分かち合わなければならず、それを拒否したため家から追い出され、キャサリンのように強く深く愛されたことがなかったことで彼女の心に不満が鬱積し、嫉妬の気もちを起させ、心に微妙な歪みを与え、真実を見る眼を曇らせている。彼女はつねに召使の眼をとおして主人公たちの行動や心理を見るよりほかに仕方がなかった。彼女の身分から物語に一つの規制が加えられており、またそこに語り手としての彼女の限界がある。しかしその規制は彼女の特異性によりかなり緩やかなものとなっている。ネリーは単なる召使ではなく、情熱と野心をもち、教育によって歪められた道徳律があり、プライドも高く、主人に対して盲目的な絶対服従をする召使ではなかった。ときには主人に対して真正面から反抗し抵抗する。またときにはよりよい結果を期待して主人の言うままになる。このような召使の語る物語にはある程度の歪曲が予想される。彼女が物語のなかで決定的とも思われる行動に出ることも見受けられ、語り手の一人であると同時に、登場人物の一人として数えなければならないであろう。その結果彼女はあくまでも客観的な語り手であるというわけにはいかない。いや、彼女の直接的体験の生々しさが彼女に語り手としての地位を与え、また彼女の主観的な注釈が彼女を語り手として失格させる。彼女の視点はまったく彼女自身の眼である。それは彼女の性格によって完全に決定づけられているのである。

エミリ・ブロンテがこのように、本来コンラッドのマーロウよりも強い自我をもった人物を語り手として配したことは大胆な工夫であり、『嵐が丘』の語り手としてたしかに大きな成功であった。作者が読者に伝えたかった内容は、かえってネリーのような語り手であったからこそ、伝え得たともいえよう。

ネリーの性格は語り手としての視点にどのように影響しているであろうか。すでに述べたように、ネリーは独特の性格をもった語り手である。ネリー・ディーンの人間像はある程度はっきり浮き彫りにすることができる。彼女の性格解剖をもっとも早く試みたのは作者の姉シャーロット・ブロンテであった。彼女は「真の慈愛と素朴な忠誠の見本としてネリー・ディーンの性格を見てみよう[18]」といって、その性格を人間性の称賛すべき鑑として前面に押し出した。そして「人間の姿をしているが悪魔の生命によって生かされたもの——グール——アフリート[19]」であるヒースクリフでさえ、ネリー・ディーンに対してはそれとなく尊敬の念を抱いていたというのである。ネリーについてのシャーロット・ブロンテの見解はそれ自体としてそれほど的外れのものではなかったが、非常に大雑把なもので、それ以後の批評に、ネリーは家政婦の鑑とすべききりっぱで上品な女性であるという見方を吹き込み、植付けてしまった。そうしたステレオタイプ化した見方は修正されなければならない。エミリ・ブロンテが描いたままのネリー・ディーンはそのような見解では理解できない部分を有している。「歌曲が終わりかけ、歌手が何か飲み物を飲むだろうと思うところまで、わたしは邪魔をしないで、かわいそうな二人に話をさせておきました」（第七章）と語っている箇所は、彼女が語るとおりには受け取れない。ましてこれがハフリーのいうように単に物語の細工であったということはできないであろう。明らかにネリーはキャサリンとヒースクリフの会話に聞き耳を立てており、ネリー自身が語るように、キャサリンに注意してやるためにだけ登って行ったのではない。彼女は屋根裏部屋の様子を語っており、彼女が梯子を登って行ったのはかなり前のことであったはずである。同じようなことはキャサリン、エドガー、ヒースクリフの会話を盗み聞こうとする場面（第一一章）やロックウッドが樫の木のベッドがある部屋から出て、戸口でヒースクリフの悲痛な叫びを聞いてしまう場面（第三章）にも用いられている。

語り手としてはなるべく多くの機会を捉えて主人公たちの言葉を聞き、行動を見るべきであり、エミリ・ブロンテがそのような立場にネリーを置くよう心がけたのは、物語を語って行くうえでの当然の配慮であったが、それは作品を創造するプロセスでの作者の手法であり、それによってそこに描き出されたネリーの姿を斟酌してはならない。そのようなことをすれば、作品化された次元と創造過程の次元とを混同してしまうことになる。キャサリンやヒースクリフの苦悩の場面を伝えるネリー・ディーンの絵画的描写は彼女が言葉を巧みに操ることのできる人物であることを示している。作者は広範囲な語彙と複雑な構文を必要としたため、ネリーに読書熱の旺盛さと教養の高さを与えなければならなかった。しかし作品化された世界のなかでネリーが述べる言葉は、ネリーその人の性格や動機を示しているものと見なさなければならない。『嵐が丘』の暴虐と不正に関して、その原因がネリーにあるという見解は一応納得できるとしても、その真の原因はエミリ・ブロンテの超人的、非人間的な想像力にあったという無責任きわまりない意見を吐いたのはG・K・チェスタートンであった。「『嵐が丘』は鶩によって書かれたのかもしれない」[21]という言葉はユニークさを説明しようとする焦燥から出たのであろう。そしてこれも同じような誤謬《ごびゅう》を犯していることになる。問題なのはエミリ・ブロンテの創作過程ではなく、ネリー・ディーンの性格についてであるからである。

ネリーの性格についていえば、彼女には油断がなく、注意ぶかいところがあるであろう。観察力も鋭く、穿鑿好きである。またゴシップ好きでもある。こうした特性は語り手としての条件に適うものである。彼女がロックウッドを相手に話し続けられたのは、両者がともに呼吸のあったゴシップ好きであったからである。彼女にはまた大胆なところがあって、人が近寄ることができなかったり、近寄ろうともしなかったりする所へも平気で近づき、物語に必要な情報、知識を得ることに成功している。生意気なところがあって、どちらが主人であるか判断に苦しむような命令を主人に向かって下すこともできる。彼女の野心は彼女を単なる召使の地位に留まらせておきはしない。その野心はかなり強いもので、我慢強さが彼女を支えている。彼女は人間らしい自然な感情をもつこともでき、幼い者に対しては母親のような気もちさえ抱いている。宗教的にはいささか異端めいたところもあり、ロックウッドを慌てさせる箇所も見受けられ（第一五章）、ヒースクリフとキャサリンの幽霊が出没することも信じているらしい（第三四章）。

主人公たちに対してネリーはあるときは召使であり、あるときは腹心の友であり、またあるときは敵対者でもある。ネリー・ディーンは主人公たちの審判者でもあり、注釈者でもあり、またその共犯者の役割も果たさなければならず、彼らの代弁者にもならなければならない。このように多くの役割が語り手としての視点を決定し、その性格づけも行っている。彼女はただ一つ語り手の役割を果たすだけではない。語り手と登場人物と注釈者という三重の仕事を遂行しなければならない。それらの仕事が相互にネリー・ディーンのなかで微妙に浸透しあいながら、彼女の特徴を作り上げている。彼女はヒースクリフに「今朝またあんたが出かけたといったら、あの娘、泣いていたわよ」（第七章）とか、「あんたならあっという間に彼のことを殴り倒せるわよ。殴り倒せるって思わない？」（第七章）といってけしかけ、恋心を抱き始めたばかりのエドガー・リントンの前でキャサリンに暴力を奮わせ（第七章）、ヒースクリフと喧嘩しているヒンドリーのピストルから弾丸を抜き（第八章）、キャサリンにはヒースクリフの無礼な行為について

「奥さまのろくでもないお友だちですよ……あそこにいるこそこそした悪党ですよ――あっ、わたしたちのこと、見ましたわ――入って来ますよ！　奥さまには憎いといっておきながら、お嬢さんに恋をしかけるなんて、もっともらしい口実を見つける手があるのかしら？」（第一一章）

とまるで実況放送をしているような言葉を吐いている。これらはほんのわずかな例にすぎないが、そうした行為にもかかわらず、作者はネリーが中心的な人物に見えないよう工夫を凝らしている。結局ネリーは作中で重要な事件を惹き起こすにもかかわらず、それは彼女の責任とはならず、彼女の性格の大きさを作ることにはならない。「味方になってくれる者のいない子どもたちに対して自分がまだもっていたわずかな力を失いたくないばかりに、一言だって告げ口をしようとはしなかったのです」（第六章）とネリーは告白している。

麻疹に罹ったヒースクリフを看病してやったネリーは、彼が危篤状態にあったときでも「かつてわたしが看病した子どものなかで彼ほどおとなしい子どもはいませんでした」（第四章）と言い、その間ヒースクリフが「ずっとわたしを枕許から離そうとしませんでした」（第四章）と甘えるほど信頼されている召使であることを強調している。たしかにネリーは個人的な打ち明け話を聞いてもその秘密を守りとおすという点で信頼に値する人物であった。彼女は「叩かれたり命令されたりするのには我慢しているつもりはありませんでした」（第五章）と言うように、召使の地位にあって主人に仕えて働くということは彼女の気性には適していなかった。彼女にはどこか親分肌とでもいうべきものがあって、何ごとも権威をもって臨もうとする点が見受けられる。子どもの恋文を取り上げたり、机の抽斗《ひきだし》を探したりして、子どもを叱りつけ、愛の犠牲を捧げることを強要すること（第二一章）もできる。現在もっているわずかな権威ですら失いたくないという考えの底には彼女の地位についての野心が潜んでいる。これはあるいは主婦でもなく、不確かな身分のままハワースで一生を終わった伯母エリザベス・ブランウェルをモデルとして描かれたのかもしれない。ネリーはヒースクリフに対して次のように言うとき、図らずも本心を告白している。

「あんたは変装した王子さまにぴったりだわ。お父さんが中国の皇帝で、お母さんがインドの女王さまでないなんて、誰が言えるの？　お二人はそれぞれ一週間の収入で嵐が丘とスラッシュクロス・グレインジをまとめて一遍に買えるのよ。そしてあんたは悪い船乗りに拐かされて、イギリスに連れて来られたのよ。わたしがあんただったら、自分は高貴な身分の生まれなんだと考えるわね。ほんとうの自分のことを思えば、取るに足りない農夫にいじめられたくらいなんとも思わないだけの勇気と威厳が出てくるでしょうよ！」（第七章）

ネリー・ディーンの母親は「ミスター・ヒンドリー・アーンショーをお育てしていた」（第四章）、つまり「ヘアトン・アーンショーさんのお父さん」（第四章）の乳母であったので、その娘のネリーも使い走りや干草作りの手伝いをし、農園で頼まれる仕事をしたりするという少女時代を過ごしていた。彼女の身分は召使に生まれついていた。いっしょに遊ぶ習慣になっていた子どもたちの間にも成長するにしたがって主従の関係が成立し、主人たちは権威をもって彼女の頭上にかぶさってくる。彼女はそれに反発を覚える。その一方でヒンドリーはヒースクリフに復讐され、「ますます自暴自棄になっていき、その悲しみようは嘆き悲しんだりするような種類のものではなく、泣きもしなければ祈りもしませんでした——神さまや人間を呪ったり、公然と無視したり——毒づいたりしていました。そのうえ向こう見ずな放蕩に耽ったりしたのです。」（第八章）このようなヒンドリーに対して乳兄妹のネリーは彼に対するほのかな恋心と彼を許す心情が見られるけれども、その裏側には何か小気味よい復讐心がちらりと見える。リントン家との交際を続け、野心によって知らず知らずのうちに二重人格になっていくキャサリンを、ネリーはひどく嫌うようになる。エドガー・リントンが訪ねて来るたびに、尊大なキャサリンはネリーを召使だからと言って部屋から追い出す。

ふてぶてしいネリーはキャサリンの暴力を誘発し、恋人たちの間に喧嘩を惹き起こす。侮辱されたリントンが青くなり、肩を震わせて、帰ろうとするが、中庭でためらっているところをネリーはここぞとばかりにけしかける。

「お嬢さんは恐ろしく片意地なんですよ」とわたしは声をかけました。「甘やかされた子どもでもあんなひどい子はいませんからねえ――馬に乗ってお家に帰ったほうがいいですよ。そうでないと、彼女は病気になって、わたしたちに心配をかけるだけなんですから」（第八章）

その結果ネリーは期待に反して若者の恋の告白場面を見ることになる。

彼女はこうしてつねにアーンショー家の人々に対立するような動きを示していく。結果は主人の権威によって彼女の意図とは反対のものに決着する。彼女は家のなかに揉め事を惹き起こして、それに聞き耳を立て、それを楽しむ。ネリーは「暴力に均衡をもたせ、それにリアリティーを与えるときには、彼女の言葉によってそれに対して都合のよい反応を醸し出しさえする」[22]のである。そして暴力と気違い沙汰のなかで彼女は自分だけが正気な人間だと思い込んで悦に入っている。

「その間わたしといったら、グレインジの壁のなかには分別のある魂はたった一つしかない、そしてその魂は自分の肉体のなかに宿っているのだと確信して、せっせと家事に励んでおりました。」（第一二章）

ジャック・ブロンデルは「エミリ・ブロンテ」は彼女〔ネリー・ディーン〕に存在の軋轢《あつれき》を支配することを可能にする超脱の能力を伝えた」[23]と述べているが、このように自惚れたネリーの悪意に、病床で半ば錯乱したキャサリンでさえ注意を向けるのである。

キャサリンは混乱してはいましたが、意識は油断なくわたしたちの会話に集中していました。「さあ、ネリーは裏切りを働いたのね?」彼女はかっとなって絶叫しました。「ネリーはあたしの隠れた敵なんだわ——この魔女め!」　（第一二章）

「隠れた敵」。これはネリーの本性を言い当てている。ネリー自身はこれを譫妄《せんもう》状態で発せられた言葉だと思っているけれども、作者は読者にキャサリンの言葉を信じさせるような描き方をしている。主人のためを思ってヒースクリフが家のなかに侵入しないように抵抗しているのだと勝手に思い込んでいるネリーではあるが、結局それも失敗し、かえって裏切りの行為と見なされるのである。立身出世を熱望する者には大なり小なり裏切り者の性格が見られる。ネリーはキャサリンのところに通って来るヒースクリフを「ユダ！ 裏切り者！」（第一一章）と喚きたてているけれども、ネリー自身はみごとにキャサリンを裏切っている。そのほか、主人の知らぬ間に娘キャシーを嵐が丘へ通わせたり、自分もアーンショー家とリントン家の間を行ったり来たりしている。ネリーがイアーゴウの役を演じているというハフリーの[24]意見は確かに根拠のある主張である。『嵐が丘』でオセロウの役割に匹敵する人物はやはりキャサリンであろう。リントンはオセロウほどの悲劇的壮大さがない。イアーゴウが『オセロウ』の悲劇を作り上げたように、ネリー・ディーンは『嵐が丘』の悲劇の創り主である。キャサリンの死後、ヒースクリフの髪の毛とエドガー・リントンの髪の毛を絡ませて、ロケットの中に入れるという彼女の行為（第一六章）は、悪の張本人として、彼女が彼らの悲劇を作為的に作ったと受け取られる象徴的行為である。

ブレア・G・ケニーはネリー悪党説を超えて、彼女のなかに潜む魔女について言及している。ヒースクリフとキャサリンの運命を預言し、つねに彼らの愛を打ち明け相手として情報を収集しながら、決して関わりあおうとはしない魔法使いとして捉えている。[25]

そしてキャサリンがネリーに向かってヒースクリフに対する愛を告白する場面はこれらのことがらよりもっと重大な意義をもつものと見なされてよい。この場面はネリーが語り手としてだけでなく、重要な登場人物として、彼女の性格づけが明らかにされている節である。キャサリンは天国へ行って不幸な目に遭ったという夢の話をした後で、エドガー・リントンと結婚する必要はないのだ、兄のヒンドリーがヒースクリフをあんな賤しい者にしなかったらエドガーとの結婚を思いつかなかったはずだ、それでもいまヒースクリフと結婚すると自分の格が下がる、だから愛していることを彼に知らせないでおくのだ、という告白をネリーにするのである。

この言葉が終わるか終わらないうちに、わたしはヒースクリフがいることに気づきました。

ちょっとした動きに気づいていたので、わたしが頭を向けますと、彼がベンチから立ち上がって音もなくそっと出て行くのが見えました。彼は、キャサリンが彼と結婚したら彼女の格が下がるでしょう、というところまでじっと聞いていたのです。そしてそれからそれ以上は留まって聞いてはいませんでした。

わたしの話し相手は地べたに座っていて、セトルの背に妨げられて、彼がいたことも出て行ったことも気づきませんでした。わたしははっとして、彼女に、しっ、といいました。

「どうして？」彼女は神経質にあたりを見まわしながら、訊ねました。

「ジョウゼフが来ますよ」とわたしは、折りよく彼の手押し車が道路をごろごろ登って来る音を聞きつけて、答えました。「そしてヒースクリフもいっしょに来るでしょう。いまこの瞬間に彼が戸口のところにいないともかぎりませんから」（第九章）

この場面ほどネリー・ディーンの言動が主人公たちの状況に対して直接決定的影響を及ぼしているものはない。ネリーは決してプロットをリードして行く主人公ではないが、この場面でのネリーの振る舞いはプロットを逆の方向に進ませることも可能であった。ヒースクリフが聞いたのは彼との結婚によってキャサリンの格が下がるというところまでであって、肝腎の彼女の本心（「あたしがヒースクリフなのよ」）を聞いていないという状況にあって、それを彼に知らせてやらなければならないのはネリーであった。ネリーはキャサリンの言葉を聞き終わるやいなや自分の意見を述べている。

「そしてもしあなたが彼の選んだ人なら、彼こそいままで生まれた人間のうちでいちばん不運な人間ってことになるでしょう！　あなたがミセス・リントンになるやいなや、彼は友だちも恋人も、すべてを失ってしまうんですよ！　そうやって離れ離れになってどうやって耐えていくか、この世でまったく打ち棄てられてどうやって耐えていくか、考えたことがおありですか。だって、キャサリンお嬢さま――」（第九章）

しかしネリーはキャサリンを説得するのに失敗する。言葉ではたしかに彼女を阻止しようとしたが、それ以上のことはしていない。彼女がキャサリンから相談をもちかけられたとき、キャサリンの心はすでに決まっていた。キャサリンはエドガーの求婚を受け入れてからネリーに相談したのである。そしてネリーも言うべきことは言ってやった。したがってネリーにはキャサリンの不幸について責任はないのである。これはつねにネリーの取る態度である。その場その場での激突さえ避ければ不幸は避けられるというその場しのぎのご都合主義を実践するネリーは、ヒースクリフの不幸に対して償いきれない責任を負うことになる。ネリーは内心キャサリンの不幸を願っていた。その願望はヒースクリフの不幸を避けさせてやらなければならないという気もちを圧倒させるものであったので、ネリーはヒースクリフがキャサリンの本心を聞かないで忍び出て行くのをそのまま放置することができたのである。子どものころからどうしても好きになれなかったキャサリンに対して彼女は拷問の苦しみを加える。「帰って来るとすぐキャサリンに、彼はあなたの言ったことをかなり聞いてしまったと思いますよ、と小声で教えました。そしてちょうど彼に対するお兄さんの仕打ちについて不平を言っていたとき、彼が台所から出て行くのを見たと話してやりました。」（第九章）

ヒースクリフはその嵐の夜から消息を断ってしまい、「彼と話がしたい」というキャサリンの願いは潰され、キャサリンは譫妄《せんもう》状態に陥ってしまう。たまたま看病をしなければならなくなったネリーは、ある日ひどく腹を立てて「彼がいなくなったのはあなたのせいだ」（第九章）とキャサリンに言ってしまう。このため彼女たちは数ヵ月の間口も利かないほどの仲違いをしてしまう。ここでネリーがキャサリンに真実の愛が見せかけの身分をはるかに超えたものであり、キャサリンが本能的に偽りと感じているような結婚が償いがたい不幸をもたらすということをもっと強く教えて聞かせたなら、そしてまたヒースクリフを呼び止め、キャサリンの本心を伝えたならば、彼らの悲劇は起こらなかったであろう。ここは物語の転換点であった。そしてこの場におけるネリーの失敗は作者の達成した成功であった。明らかにネリー・ディーンが『嵐が丘』の悲劇を組み立てたのである。

ネリーのキャサリンに対する敵意はヒースクリフが帰って来てキャサリンが病床に伏すようになったとき、〈奥さまは気絶したか、死んだ……ほうがよっぽどいいわ。まわりのみんなにとっていつまで経っても重荷で、不幸の種であり続けるより、死んでもらったほうがずっとましだわ〉（第一五章）という気もちにまで高まって行く。ここまで敵意が昂じてくると、はたしてネリーはキャサリンの不幸について責任がないといい得るであろうか。ハフリーが主張しているネリー・ディーン悪党説にはかなり確実な根拠がある。彼女自身も消極的な形であるが、そのことを告白している。

わたしは椅子に座って前後に揺すりながら、自分が犯したたくさんの職務怠慢に対してきびしい判断を下していました。そのときふとわたしの雇い主一家の不運はすべてわたしの職務怠慢から起こってきたのだ、と思い当ったのです。現実においてそうではなかったのは承知しておりますが、気の滅入りそうなあの夜、わたしの想像のなかではそうだったのです。そしてヒースクリフ自身でさえ、わたしに比べたら、罪は軽いほうだと思ったのです。（第二七章）

たしかにネリーはアーンショー家の人々を好んではいない。彼女はヒンドリー、フランセス、キャサリン、ヒースクリフに対して敵意を抱いている。前に述べたように、彼女の置かれた地位に由来する嫉妬の結果であった。彼女が優雅で穏やかなリントン家の人々に惹かれているのはその反動であり、エドガーの性格づけにおいても、彼女の気に入りそうなキリスト教的道徳心がエドガーの属性として描かれているのは当然であった。ネリーは最初はエドガーを人形扱いしていたが、後には仕えるべきやさしい主人と見なすに至っている。ネリーのエドガーに対する態度の変化は彼女のような、どちらかに味方しなければならない立場にある人間にとっては当然というべきであろう。エドガーがヒースクリフを「なんだと、ジプシーか――作男の」（第一〇章）と思っているのに気を強くして、「わたしの心は変わりなく、キャサリンの側よりはむしろご主人さまの側にぴったり寄り添っていました」（第一〇章）と語っているほどである。召使は恩のある主人に対して悪感情を抱くことができない。後になって、彼女はヒースクリフですら主人として呼ぶようになる。召使は偏見をもちがちであるが、彼女の他人に対する好悪の感情はそのような偏見の間隙から吹き出したものであった。ネリーはそのような感情がかなりはっきりした形で表れ、意見もその感情によって左右され、客観性を欠き、妥当性を失い、損なわれたものになっている。どうしても好きになれなかったキャサリンに対するネリーの悪感情は作品全体を覆っている。別に何をしてくれるわけでもないのに、主人の娘、主人の妻というだけで主人面をされる同性で年下のキャサリンに対しては、同性ゆえに異常に強い嫉妬を掻き立てられたのであろう。

ネリーは強い者に対しては卑下する賎しい召使根性をもっている。キャサリンに対する感情はその根性の歪みと見なしてよいであろう。彼女のヒンドリー、ヒースクリフ、エドガーに対する絶対的ともいうべき服従は、キャサリンに対する執拗な憎悪と好対照をなしている。リチャード・チェイスはブロンテの小説は「男の社会における女のノイローゼ」[26]を表していると述べ、ギルバートとグーバーは「家父長制の典型的な家政婦」[27]だと定義づけた。これはこの作品における唯一の社会意識といってもよいであろう。ロチェスター、ヒースクリフ、ハンティンドンなどの主人公を描いた女性作家たちはつねに彼らの存在価値について繰り返し繰り返し主張しなければならなかった。[28]この「女のノイローゼ」は召使女が男の主人に気に入られ、自分の身分を確保し地位を向上させようとする一方、女主人に対して生じる意識の倒錯である。

ロックウッドはネリーを「ミセス・ディーン」と呼んでいるけれども、ネリー自身は彼女の結婚については一度も語っていない。一般に年配の女性に対して「ミセス」を付けて呼びかけるのは一種の敬称として習慣化されている。相手が年配の女性なら結婚していようとしていまいと、信頼を寄せて敬称を用いるのが普通である。ネリーの場合はどうであろうか。

ロックウッドやジラーは「ミセス」という敬称を用いているが、ネリー自身が結婚していたというたしかな証拠は与えられていない。結婚後、夫と死別、あるいは生別したという不幸な経験をネリーのような「ゴシップ」が一言も語らないということは考えられない。「あの女みてえな年ごろで色男がいるたぁよぉ、見っともねえ恥さらしな話でねえか」（第三二章）というジョウゼフの言葉から推測すると、ネリーには男性から愛された経験もなさそうである。同年生まれのヒンドリーに対するはかない恋と、ヒンドリーがフランセスを連れて戻って来てからの失望と敵意はネリーの心の底に沈んでいき、ヘアトンとキャシーを自分の子どものように思う感情には彼女の満たされなかった夢が多分に含まれている。そこには男性支配社会における未婚女性のノイローゼが窺われ、一種の願望充足と解釈することもできる。こうした女性が自己の地位を安定させることによって愛されない代償を得ようとする。エミリ・ブロンテはネリーにおいて女性の現実的な性を主張することになったが、作者はそのようなネリーによって小説が著しく損なわれることがないよう注意しなければならなかった。ネリーの描き方如何によっては作品に致命的な影響を与えかねないからであった。

ネリー・ディーンが他の召使よりも高い地位に就いているのは彼女が他の連中より知的にも道徳的にもすぐれていたからである。慈悲ぶかさという面では一段とすぐれている女中ジラーでさえネリーを尊敬している。しかもネリーはどの召使よりも深く可愛がられ信頼されている。そうした証拠は随所に見られる。彼女が他の連中を抑えて頭角を表すだけの才覚をもっていたことは明らかであるが、先代からアーンショー家に仕え、代々の信頼が盤石のものになっていたのもたしかであろう。しかしながら、彼女が一家のなかで主人に次ぐ実権を握っていることには注意を払わなければならない。支配権を掌握したいと思う彼女の欲求は、イアーゴウと同じ動機によって衝き動かされていたのではあるまいか。ヒースクリフがヒンドリーから仔馬を取り上げたのを見て、「ほしいものが手に入ったのですから、どんな作り話をされたところで、彼はあまり気にはしませんでした」（第四章）といって、ヒースクリフの貪欲さを指摘しているが、彼女もそれに負けないくらいの貪欲さをもち、高い地位を得ようとする執拗な意志をもち続けている。こうした言葉が彼女の標準性、偽りのない善良さを示す道徳的価値判断であるとすれば、小説のおもしろさは半減したであろう。

召使の子は召使になる。彼女は幼かったころはアーンショー家の子どもたちと同様に扱われていたが、ヒースクリフが舞い込んで来ると（第四章）、まずその地位から転落し、一時は家から追い出されさえする。ヒースクリフに対する敵意がここで固定化する。また長男ヒンドリーがロンドンから妻フランセスを連れて戻って来ると（第六章）、彼女はせっかく昇りかけた地位からふたたび転落し、ジョウゼフと同じ召使部屋へ追いやられてしまう。こうした嵐が丘での失望が彼女の心をスラッシュクロス・グレインジへと向かわせることにもなるのである。キャサリンがエドガーと結婚して、スラッシュクロス・グレインジへ移り住むとき、彼女がリントン家の召使として移って行ったのは、彼女がロックウッドに向かって何と語ろうとも、明らかに彼女の願望の表れと見なすことができる。そのようなネリーの言動に対してキャサリンは次のように言う。

「おまえが言っているのを聞くと、人はおまえが奥さまだと思うかもしれませんよ！」彼女は叫びました。「おまえは自分の正当な立場に落ち着いていることが必要なんです！」

（第一一章）

ネリーの無礼な口の利き方に立腹したキャサリンは、ネリーを台所からお払い箱にするといって脅かしている。キャサリンが娘を産んで死んだ後、ネリーは召使頭から歴とした家政婦となり、事実上リントン家の女主人となった。ネリーは着々とその野望を達成し、彼女自身ジョウゼフに負けないくらいのパリサイ人であることを証明している。誰ひとり彼女を愛する者もいないネリーの孤独な魂が、ヒースクリフについて「この世に身寄りが一人もいないのに、人間がああも貪欲になれるものかと不思議なくらいですよ！」（第四章）と語っているのは不思議なアイロニーである。そしてまたこの物語の主人公ヒースクリフがネリーに向かって自分の内奥の秘密を告白する（第三三章）ほどに、ネリーは一家の実権を完全に掌握しきっている。ネリーがふたたび嵐が丘に戻って、キャシーがまだ女主人の役を果たすことができないので、その後見として代役を勤めるが、ヒースクリフが復讐する力を失ってしまった後は、彼女が嵐が丘とスラッシュクロス・グレインジの女主人となりおおせている。そしてロックウッドに長々と物語を聞かせ、彼をキャシーの婿にと念ずるに至っている。ロックウッドに物語って聞かせる言葉のなかにもすでに少なくともロックウッドと対等の立場に立つ人間になっているという自負が窺われるのである。

これは常識的な見解であるが、ジョン・K・マシスンは健康がネリーの性格の一部であることを強調している。[29] 彼女の精力的な活動を見れば、その強健さがわかる。約四〇年間で彼女が病床に伏したのはただ一度で、しかもそれは風邪をこじらせた程度にすぎなかった。その間にキャシーは馬を飛ばして嵐が丘のリントン・ヒースクリフに会いに行っていた。ネリーには珍しい発病で、ショックもかなり大きかったが、彼女は平生健康であったので、周囲の者たちの死への恐怖や病気の苦しみを理解しにくかった。幼いヒースクリフを看病したのも気の進まぬ仕事（第四章）であったし、死の床に横たわったキャサリンの譫妄状態（第一二章）を迷惑千万な気もちで見守っていた。ロックウッドが風邪で発熱したときも、一〇時まで寝ていると朝のいちばんよい時間を失ってしまうという考え（第七章）で看病している。ヒンドリー、その妻フランセス、ヒースクリフの息子リントンのような病弱な体質に対しても彼らの肉体的条件を理解することができず、死の恐怖も身体のけだるさも徹底的に軽蔑している。彼女は自分が死んだり病気をしたりするとは考えていなかったので、他人のそのような状態には非常に冷淡であった。ネリーのこうした判断の誤りは彼女の健康と無関係ではなく、体力に対する過剰な自信は判断への過信となり、作品中一貫した自己満足的態度となって表れている。作者がそのアイロニーまで計算に入れてネリー・ディーンの性格づけを行ったかどうかはしばらく措くとしても、みごとな創造であったと言わなければならない。

ネリー・ディーンの健康は彼女の常識性の母胎であったが、彼女の判断の健全性までは保証していない。常識性は健康の尺度で計量することはできない。健康にはつねに精力の横溢するものがあり、常識性は力の消極的均衡状態にすぎない。ネリーには主人公たちの強烈な個性や、彼女自身の気質とは無縁の非常に歪んだ性格について正確な判断を下すことができない。そして彼女の自己満足的自己正当化はかえって語り手に対する読者の信頼を殺いでしまう。読者は次第に彼女の常識的判断を軽視するようになる。物語のほとんどすべての細部についてネリーは彼女の人生哲学を披瀝しているけれども、それらが読者の心の傾向を刺激し、主人公たちの行為と心理のほうへ急速に傾斜させることになる。ネリーは絶えず親子間の自然な愛情を鼓吹しているけれども、恋人の間の激しい愛情を否定し避けようとする。所用のため嵐が丘の近くまで出向いたネリーが路傍で見る幼いヘアトンに抱く感情（第一一章）や、キャシーとヘアトンの恋愛の芽生えがすくすく育っていく（第三二章）のを見守っている愛情豊かな母親のような気もちは、彼女の愛情の穏やかさを示している。彼女には愛情の執拗さが見られない。芽生えるものは芽生え、実を結ぶものは実を結ぶという自然の理に則して彼らを見る。ロックウッドに対してキャシーに対する愛情を目覚めさせようとしたけれども、それを強力に推し進めようと努力もしないし、意欲ももたない。芽生えないものは仕方がないという彼女の諦観は冷淡さとも容易に結びつく。そのなかで少なくとも自分だけは守っていかなければならないという利己心の必要性を意識するだけである。彼女は家政婦として、他の召使たちが嵐が丘を去っていくなかで、ジョウゼフとともに留まっている。

エドガーとキャサリンの結婚（一七八三年三月）のなかにも、近い将来に期待されるヘアトンとキャシーの結婚（一八〇三年一月）のなかにも、ネリーは少なくとも家政婦としての確乎たる地位の約束を見込んでいる。ネリーは、キャサリンがヒースクリフを忘れることができさえすれば、彼ら夫婦の幸福を盤石だと信じている。キャサリンとヒースクリフの不変の情熱はネリーには許すことができない。ネリーは人には敵を許すことを説く（第七章）けれども、自分の考えと他人の関心が一致しないのを許そうとしない。彼女は平和な家庭生活だけがあらゆるものの原動力となると信じ込んでいて、人間にそれ以上に崇高で純粋な感情があり、それがなければ生きていけない人々もいるということを認めようとしない。彼女のこうした頑迷な常識性が読者にヒースクリフとキャサリンの運命に対する共感を覚えさせている。ネリーの愚鈍な頑迷さは彼女が好きになれないキャサリンの味方を増やすばかりである。ネリーは血色がよく、健康で身体も忙しく立ち働き、その情緒も平板なものにすぎないので、主人公たちの愛の苦悩を理解することができない。ネリーがスラッシュクロス・グレインジには正気な人間は自分以外にはいないと意識する（第一二章）とき、たしかに情況はそうであるけれども、彼女の正気さは彼女自身が判断しているほど尊いものではない。ネリーは嵐が丘とスラッシュクロス・グレインジ両家の人々を常識的な現実感のうえに立たせようと努めているが、それも失敗に終わっている。彼女の努力は本来見当違いの方向に向けられており、主人公たちの超現実的現実と、ネリーの現実的非現実とはとうてい折り合いがつかない。ネリーは常識をもってすべてを解釈しようとしているので、常識を超えた現実については理解できないのである。

こうして、ネリー・ディーンは、ジョウゼフとともに、喜劇的な役割を演じることになる。自分に都合のよい聖句ばかりを引用して他人を困らせて得意がっているジョウゼフ（第五章）と同じように、ネリーは彼女が意図する結論とは逆の方向に読者を誘導してしまう。ジョウゼフと同じように、ネリーは独善的な意見を押しつけることによって、作者が意図する結論を差動的に前面に引き出してくる。

ミリセント・コラードはネリー・ディーンのモデルはエミリの伯母エリザベス・ブランウェルであることを示唆した。[30] デリク・スタンフォードは「エミリ・ブロンテは人物を倫理的に描くことに失敗した。パーソナリティーの成長における形式的、決定的要素として、善悪の観念をあまりもっていない」[31]と指摘しているけれども、エミリ・ブロンテはこのような倫理観をもって作品を創造したのではない。超道徳的世界の描出はネリーのような道徳的意識の過剰な人物を描き出すことによって可能なのである。エミリ・ブロンテが「永久に悪の問題に悩まされている」[32]というハーバート・リードの言葉は、善悪の意識の枠内にあったネリー・ディーンよりも、その埒外にあったヒースクリフによって一層強く正当化される。善悪を超えた世界からの照射によって善悪はより鮮明に映し出されるものなのである。

「エレン・ディーンは、結局、悲劇の合唱隊のように、彼女が聞いたことを繰り返し、注釈を加える声である。彼女はその乏しい知恵と神秘を知りたがる願望によって彼女の忘れることのできない道徳的価値のうえに二通りの意味を創造するよう運命づけられている。だが、人間性についての彼女の経験は、ずっと昔から嵐が丘の荒野に限られているものの、天地創造のなかには多くの神秘が存在することを暗示している。」[33] ネリー・ディーンは現実と非現実の間にあって、神秘的な世界に畏れを抱きながら、知らず知らずのうちに、それに魅せられていった。『嵐が丘』の物語を語り終わった彼女は慈悲ぶかい母親の身代わりとして、平和な家庭的雰囲気のなかに静かにたゆたいながら、暮らしていくのである。

三、イザベラ・リントン

物語の真の語り手はその主人公自身である。ヒースクリフやキャサリンの告白をどの程度まで語り手の言葉として受け入れるかという問題はなかなかむずかしい。語り手が登場人物としての役割を受けもつとき、両者の区別をつけるのもむずかしい。

ここで取り上げるイザベラ・リントンも、ロックウッドやネリー・ディーンと同じように作者の視点を預けられていて、語りを担当する部分は前二者とは比較にならないほど少ないけれども、その半面登場人物として物語の核心へ鋭く食い込んでいるので、非現実の核心部分を直視することになる。

イザベラがはじめて登場するのは主人公たちの天衣無縫のパラダイスが崩壊し始める時と一致する。（第六章）ヒースクリフはキャサリンといっしょにスラッシュクロス・グレインジを覗き込み、天国のような幸福の世界で甘やかされたイザベラを見る。「魔女が赤く焼けた針を突き刺しているみたいな悲鳴をあげていた」（第六章）イザベラは「キャシーよりひとつ年下で」一一歳である。幸福のなかにあって、甘ったれて不幸ぶっているイザベラをヒースクリフは軽蔑する。ヒースクリフのこの軽蔑は彼女の一生に烙印を捺す。文明の波を被って心変わりするキャサリンは数週間グレインジに滞在しただけで垢抜けし、イザベラとは比べものにならないほど美しくなる。イザベラの教養も美貌も底の浅いものでしかない。グレインジから帰って来たキャサリンを見て「まったくの美人になったね！　おまえだとは見違えるほどだったよ――もう一人前のレディーのように見えるじゃないか――イザベラ・リントンなんか、妹とは比べ物にならないな、フランセス」（第七章）と兄のヒンドリーは言う。そして妻のフランセスも「イザベラにはキャシーのような生まれつきの長所が備わっていないわよ」（第七章）とグレインジの令嬢を見下げている。キャサリンとの比較に耐えられないイザベラはこのように決してヒロインの地位をキャサリンと競い合うことができないほど見劣りした人物として描き出され、存在感の薄い人物として登場する。これは被害者意識の底流となり、後には決定的に不幸な結婚に陥っていく。

リントン家の子どもたちの手を取って案内し、二人を暖炉の前に座らせたとき、キャサリンは彼らとの交際に有頂天になっていた。洗練された教養の雰囲気を漂わせているように思われたエドガーとイザベラを晴れ着を着てもてなすキャサリンは、エドガーに対するヒースクリフの一撃によって彼らへの軽蔑を感じさせられる。もう帰るといって泣き出すイザベラを、キャサリンは「まあ、イザベラ！　だれがあなたに怪我をさせたというの？」（第七章）と蔑んで冷ややかな顔をする。その夕方ダンスをするとき、「イザベラ・リントンのお相手がないからヒースクリフを出してください」（第七章）と頼むキャサリンの気もちは、イザベラに対する軽蔑――キャサリンの生きているかぎり続く軽蔑――と絡み合って不思議なアイロニーを構成することになる。作品のそれ以降における展開に、このアイロニーは微妙な影を投げ、もっとも深く愛するヒースクリフともっとも強く軽蔑するイザベラとの結婚はキャサリンに無意識のうちに悲劇を仕組んでしまう。

イザベラ・リントンが物語のなかにその存在の色を濃くするのは、いずこへとも知れず三年間も姿を消していたヒースクリフが帰郷し、スラッシュクロス・グレインジにキャサリンを訪問したときからである。イザベラのヒースクリフ恋慕をはずみに物語は加速度的な展開を示していく。

艶やかな金髪をして、色白で、華奢で、みんなに好かれているイザベラは「まるで悪魔のところからやって来たみたいに色黒だけどね」（第四章）とみんなに嫌われているヒースクリフと似ても似つかない。「世界は自分たちの都合がいいように作られていると思いこんでいる」「甘やかされた子ども」（第一〇章）のイザベラにとっては、ヒースクリフはあまりにも厳しい自己否定のなかで生きてきたように思われる。奴隷の身分に引き下げられて、彼は人生の苦汁を呑みほした。イザベラ自身はグレインジの平和な孤立した世界のなかでロマンスを夢見て過ごしてきたのである。

デイヴィッド・セシルが指摘しているように、ハイツとグレインジの関係は嵐と凪の関係である。[34] それは一方を他方から鋭く切り離し、互いに相手を拒否させる。戻って来たヒースクリフを迎えるキャサリンが部屋に設える二つのテーブルは彼の帰郷に対するエドガー・リントンの反応によって作り出された偶然ではない。紳士淑女のためのテーブルと身分の低い者のためのテーブルを設えたのは、グレインジ対嵐が丘、文明対自然、教養対粗野、凪対嵐、死滅対生命、枯渇対充溢という対立関係を象徴的に表現している。イザベラ・リントンが登場人物として興味を惹くのは文明社会の住人が自然の世界に住むヒースクリフの妻になることによって凪から嵐へ変身するところ、すなわちワザリング・ハイツの外縁からその核心へ肉体的にも精神的にも転位するところにある。

イザベラはヒースクリフを急にたまらなく好きになり、リントン家に新しい悩みの種を蒔く。一八歳になったイザベラについて、ネリーは「鋭いウィット、鋭い感情をもっているため、いらいらさせられた場合にはきつい癇癪を起す」（第一〇章）と語っているが、将来の変身の素地があったとはいえ、それは甘やかされた結果現れてくるわがままな癇癪にすぎない。それはまだ彼女の胸底に眠っている本性が目覚めて発する叫びとはなっていない。

恋愛は人を目覚めさせる。ある意味ではエドガーの目覚めよりイザベラの目覚めのほうが爽やかなものであった。エドガーはキャサリンに目覚めることもなく、一生盲目であった。兄に比べて妹は、後に語り手の重大な役割を背負わされているだけに、厳しい目覚めと変身を遂げている。彼女は盲目的に愛することによって、それまで決して経験したことのない自己主張を始めるからである。この態度は『嵐が丘』の主人公たちに顕著に表れているものであり、この態度をもつからこそ、イザベラは語り手としての役割に耐え得るのである。周囲の人々は、彼女がいらいらと恋い焦れ、不機嫌になり、うるさくなり、目に見えて痩せ細るのに気づいている。

ある日のこと、彼女が特別わがままをいって、朝食を拒絶し、召使たちが自分のいいつけたことをしてくれないとか、奥さまが自分のことを家のなかにいてもいなくてもいい人間にしてしまうつもりだとか、エドガーが自分のことを無視しているのだとか、ドアを明けっ放しにしておくものだから、風邪を引いちゃったじゃないとか、わたしたちが彼女をわざと困らせようとして居間の暖炉の火を消してしまったとか、百もそれ以上も取るに足りない理由をあげてこぼしていました。（第一〇章）

イザベラは芽生えたばかりの恋心に駆り立てられ、かまってもらえないと駄々をこね、傍目にも正気を失った言動を取るようになる。家族に対する愚痴はヒースクリフへの恋慕の告白に移っていく。イザベラはキャサリンにあんまりひどすぎると叫ぶ。

「わたしたちが荒野をお散歩していたときだわ。わたしに好きな所をぶらついていらっしゃいといったわ。その間お姉さまはミスター・ヒースクリフとお散歩を続けてたじゃないの！　……お姉さまはわたしを追っ払いたかったのよ、わたしがそばにいたがっていることを知っていたものだから！　……わたしがいっしょにいたかったのは……あの人なの。だからわたし、いつでも追っ払われたくないの！」（第一〇章）

彼女の言葉は次第に熱っぽい告白と非難へ高まっていく。「わたしはお姉さまがかつてエドガーを愛したのよりももっとふかくあの人のことを愛しているわ。もしお姉さまがあの人にわたしのことを愛させようとすれば、あの人だって愛してくれるかもしれないわ!」(第一〇章)

キャサリンからこのように邪魔者扱いされているというイザベラの被害者意識は、「教えてやってちょうだい。ヒースクリフがどんな人間なのか。言ってあげてちょうだい! 洗練されてもいない——教養もない——改心もしていない人間だって、ハリエニシダと玄武岩だらけの不毛の荒野だって……彼はダイアモンドの原石なんかじゃない——真珠をだいている牡蠣のような野人なんかじゃないの。彼は獰猛な、情け知らずの、狼みたいな男なの」(第一〇章)というキャサリンの言葉も忠告とはならず、決定的な傷を受けてしまう。このときのキャサリンはヒースクリフの恋人ではなく、客観的な常識人として義妹に忠告しているのであるが、それはかえってイザベラの行く手に立ちはだかる強力なライヴァルとして受け取られ、ますます彼女の敵意を剥き出しにさせる。怒りに燃えた眼のイザベラは言う。

「恥を知るがいいわ! 恥を知るがいいわ! ……あなたは二〇人の敵より手強い、底意地の悪い味方だわ! ……だから、彼女の自己中心主義のために苦しまなければならないわけよ！　……みんな、みんな、わたしに反対しているんだわ。彼女がわたしの唯一の慰めを駄目にしてしまったのよ。でも彼女は嘘を吐いたんでしょう、ねえ？　ミスター・ヒースクリフは鬼ではないわ。りっぱな魂を、真実な魂をもっているわ。でなきゃ、どうして彼女のことを忘れないでいられるの？」　（第一〇章）

ネリー・ディーンが語るようにイザベラが「ひとりで置かれたら、こんな思いつきを克服したか、それともそれをずっといだきとおしたかはわかりません」（第一〇章）が、この物語の登場人物たちは彼女をひとりで放っておきもしなければ、彼女のほうでも諦めたりはしなかった。いまや物語はイザベラをめぐって展開し、イザベラはその渦中に呑み込まれていく。ネリーはジョウゼフを間接的な方法で語り手に仕立て上げ、ハイツにおける恋人の悪行を細かく語って聞かせるけれども、そしてまた義姉が意地悪く彼女の前でヒースクリフに彼女の恋慕を暴露してイザベラに恥をかかせるけれども、彼女のヒースクリフへの想いは募っていくばかりである。

ヒースクリフはイザベラを愛していない。彼は「おれがあの雌ギツネのむかむかするような顔と二人きりで暮らすようなこと」（第一〇章）は決して望んでいない。もしそうなったら、奇怪な噂、その「いちばん普通のことでも、毎日か一日おきに、その白い肌に虹色の色をつけたり、青い眼を黒く変えたりする」（第一〇章）というようなことになりかねないくらい、ヒースクリフは彼女を嫌っている。

ヒースクリフはイザベラが自分に恋い焦れているのを知り、「忌々しいくらいリントンの眼に似ている」（第一〇章）イザベラの眼を吐き気がするほど嫌っているけれども、「ユダ！　裏切り者！」（第一一章）となって彼女に恋をしかけ、すばやく駆け寄り彼女を抱擁する。主人公と女主人公との恋愛に微妙に絡まりながら、この恋愛はますます深まっていく。主人公と女主人公は互いに愛しあっているので、キャサリンはイザベラを結婚させたくもあり、させたくもない。ヒースクリフはそれに文句をつけながらも、この脇役の恋心をうまく抱き込む。エドガーとヒースクリフの争いもこれを一層困難な事態に発展させ、エドガー夫妻の間にも喧嘩が絶えなくなる。イザベラが夢見たはかない幸福もヒースクリフの義姉との熱愛によって無残に打ち砕かれる。

ヒースクリフとイザベラの結婚は、男性側が巧みに計画を進めていくけれども、形式的には両性合意の原則に基づいている。リントン家ではみんながこれに反対しているなかで、イザベラ自身が進んで恋人の腕の中にわが身を投げ、キャサリンが精神に異常をきたし重病に陥っているさなかに、彼ら二人は駈け落ちをするのである。キャサリンと結婚できて三国一の花婿と有頂天になったエドガーと違って、自分自身の意志で知らないとはいえ悪鬼とまごう男性の腕に身を捧げたイザベラもその後は変身して、生き生きとした活動をするようになる。

イザベラの被害者意識は自ら進んでヒースクリフと手を取り合うことによって、彼女をほんものの犠牲者にしてしまう。いずこへとも行方の知れぬ二人は二ヵ月の間姿を見せない。その間にキャサリンはもっとも重病の脳膜炎に罹り、しかも一命を取り留める。イザベラは家出後六週間経って兄に侘びやら願いやらを鉛筆書きの手紙で書いてくる。それから二週間してネリーの許へ長い手紙を書いて寄越す（第一三章）。これがイザベラを語り手の一人として考えさせる重要な一部となってくるのである。またキャサリンの葬式があった金曜日[35]の夜、ハイツから逃げ出して来て、ネリーに物語って聞かせる部分（第一七章）はイザベラがこの物語に登場する最後で最大の場面である。

まず第一三章の手紙の部分について考察してみよう。被害者意識に悩まされた初心な少女から夫に虐げられて逃げ出す女性に変身していく過程は以上のような登場を通して明らかにされていく。兄エドガーへの素っ気ない手紙（第一三章）とネリーへの長い手紙を比較してみれば、イザベラという人物がよく理解できるであろう。「ミスター・ヒースクリフは人間ですか。もしそうなら、気違いですか。もしそうでないなら、悪魔ですか」（第一三章）という言葉は花嫁にしては奇怪な質問である。その手紙は新婚生活を語るものではなく、狂おしい後悔と不吉な予想に彩られ、家族の冷淡さと暴力沙汰が支配的となっている。両刃のナイフをバネ仕掛けで取り付けてあるピストルがほしいと思う生活は、リントン家の穏やかな雰囲気のなかで何不自由なく育ったイザベラを知っているネリーにとって、言いようのない恐怖感を与えるものであった。愛しているヒースクリフに駈け落ちまでしようと言われて感じた幸福感に酔ったイザベラと、駈け落ちして二四時間後にはもう後悔していたイザベラとを分けたものは、ヒースクリフの豹変であり、軽率な行動をした彼女自身の後悔である。新婚の夢から覚めた翌朝、夢想だにしなかった悪魔的生活に直面したイザベラは傷つきやすい乙女から魔女にも似た冷酷な女へと異常な変身を遂げ、主人公たちの情熱的緊張をより効果的なものにしている。彼女の徹底的な変身は作品の凄惨な雰囲気をより濃厚にし、イザベラを作品の中心に据え、その結果彼女を語り手の立場に立たせ、生々しい嵐の光景を開示することになる。

虐げられた女性のイメージは『マンク』その他多くのゴシック・ロマンス、それにドイツ恐怖小説において取り上げられている。美女が虐げられる主題は一九世紀にはますます悪魔性を加え、流行した。ルイスに限らず、マチュリン、スコット、バイロン、シェリー、ホフマン、グリルパルツァー、ユーゴー、サンドらには同じ傾向があった。虐待された女性の典型的イメージはサド公爵の倒錯的異常性愛によって描かれた。女性作家でもラドクリフ、ミセス・シェリーなどは高名な恐怖小説を書いている。『嵐が丘』はこのような系列に属する小説として記憶される一面を含んでいる。サディスティックな悪魔的人物ヒースクリフだけでなく、彼の恋愛の犠牲となることによって変身してしまったイザベラのイメージはこのような意味で見逃すことができない。

イザベラが果たした語り手としての役割は、難破船が嵐の激しさを無残な姿のうちに示すように、非現実的世界の核心を読者に伝達するところにある。作者の視点はイザベラの眼を通して暴力的な事件に焦点が合わされ、イザベラの厚顔な視線は、ネリーが顔を背けるようなことがらに対して冷静に据えられている。彼女の眼はもはや処女の羞らいを含んでいない。

兄エドガーに宛てた冷ややかな結婚通知の短信はともかくとして、ネリーに宛てた長い手紙は彼女の形見として保存されている。これは全体としてハイツの近況とイザベラの悲惨な新婚生活を知らせるもので、必然的に説明的調子になっているが、一つの目的をしっかり達成している。たしかに長年ハイツに住んでいたネリーに部屋を一つ一つ説明していくのは愚かなことであるが、藍色の掛け布団、絨毯、真っ赤なカーテン、樫材の寝台、窪んだ羽目板、壊れた椅子、これらを覆ううず高い埃などはゴシック・ロマンスふうの雰囲気を醸し出すのにいささか貢献している。イザベラはこうした雰囲気のなかでは囚われた姫のようなものであり、その姿は誰も味方のいない絶望的孤独のなかで捉えられている。

エレン、おまえは、わたしがそんなもてなしのわるい暖炉に、孤独よりももっとひどい状態で座って、殊のほかわびしい気もちになり、四マイル離れたところにわたしが地上で愛した唯一の人たちがいる楽しいわが家があることを思い出しても、驚きはしないでしょう。渡ることもできずに引き離されているのだったら、四マイルだって、大西洋が横たわっているのと変わりはないのです！

わたしは自問してみました――わたしはどこに慰めを求めればよいのだろう？　そして――お願いだからエドガーにもキャサリンにも話さないでね――ほかのどんな悲しみよりもこれがいちばんひどかったの――ヒースクリフに対抗してわたしの味方になることのできる、あるいはなろうとする人を一人も見出せないという絶望がね！

（第一三章）

分詞構文を用いたり、ダッシュ、コンマ、コロン、セミコロンを用いて長い構文となり、そのなかに疑問文を絡ませ、グレインジまでの距離を大西洋と比較し、エドガーやキャサリンに言わないでほしいという気遣いまでして、イザベラは心を千々に砕いている。

わたしは家のなかに女の人の声はしないかと聞き耳を立てて、その合間は激しい後悔と気の滅入りそうな予想に耽っていました。そしてそれからとうとう抑えきれない溜め息と涙声になって、人に聞こえるような声を出したのです。

（第一三章）

イザベラの心許なさはほとんど極点に達している。この文章も切れようとして切れず、どこまでも続いていく。これは彼女の宙ぶらりんの心理状態の表れと見るべきで、やさしい女の声でも聞こえればほっと救われるような心地になったであろう。アーンショーに、ヒースクリフといっしょに閉じ籠もっているように言われて、イザベラは答える。

「いいですとも！」とわたしは言いました。「でもどうしてですの、アーンショーさん？」わたしはわざわざ錠をおろして、ヒースクリフと閉じ籠もるなんて考えるのはいやでした。

（第一三章）

新婚の妻が夫と二人きりで閉じ籠もるのを恐れ、誰か味方になってくれる人を求める心境はゴシック・ロマンスばりの雰囲気をたたえ、いつかは救い出されるだろうと期待する姫を連想させるけれども、イザベラのこの心境には精神的な救いはいうまでもなく、肉体的な救い、すなわち救出の可能性すらない。

この絶望的な孤独感はハイツの悪魔的雰囲気を一層凄惨に仕上げている。意地悪いジョウゼフの態度、悪党みたいな汚い着物を着たヘアトン、飢えた狼のように脅かしの文句ばかり吐くヒンドリーなどの直接話法による描出は地獄絵を描くための統一された効果を発揮している。

「これ（銃身にバネ仕掛けで両刃のナイフが取り付けてあるピストル）を見てくれ」彼はチ

ヨッキから妙な組み立て式のピストルを引っ張りだし、両刃の飛び出しナイフを酒樽に突き立てて、答えました。「あれはやけくそになった男にはたいへんな誘惑だ。そうだろう？ わしは毎晩それを持ってあいつのドアのところに行き、ドアを試してみないではいられないんだ。もし明いているのがわかったら、あいつはお陀仏だ！ 一分前に自制する理由を百も思い出していたって、わしはいつでもやるんだ――ある悪魔が取り憑いて、あいつを殺して自分自身の計画を台無しにさえするようにしているんだ――あんたは愛のためにできるだけ長くその悪魔と戦ってくれよ。時が来れば、天国の天使だってみんながみんなあいつを救えるわけじゃないんだから！」

わたしは武器を好奇心いっぱいで調べてみました。恐ろしい考えがふと浮びました。そのような武器を所持していたら、どんなに強力になれるだろう！ わたしはそれを彼の手から取って、その刃に触ってみました。ほんのちょっとした間に表れたわたしの表情を見て、彼は驚いた様子でした。それは恐怖というものではありませんでした。貪欲さだったのです。彼はピストルを取られてなるものかというふうにひったくるように奪い返し、ナイフをしまい込み、隠していた場所へ戻しました。

（第一三章）

口角泡を飛ばしまくし立てるヒンドリーの口吻は血腥い復讐の悪鬼さながらである。文章は復讐のはやる心に導かれて次々と口から飛び出し、一気に敵を叩き潰そうという勢いで続いていく。感嘆符は語気の鋭さを表わし、片手のピストルはこれに合わせて高く低く振り回され、全身が凶器の黒光りする興奮に顫えている様子がわかる。

ヒンドリーの言葉は直接話法で伝えられているとはいえ、一度はイザベラの筆を通して表現されているものであり、そこにヒンドリーの心だけでなく、イザベラ自身の悪魔的心理状態をも読み取ることができる。ヒンドリーの長い台詞を直接話法で伝達することは事実上不可能であり、自己の孤独を訴えるイザベラの地の文に混じって書かれたこのような復讐の鬼の言葉は、第一七章のイザベラ自身の告白の悪魔性を予表している。ヒンドリーの言葉は実はイザベラの言葉であり、イザベラの魔女的性格への変身の証拠と見て取ることができるのである。イザベラ自身がそのことを告白している。

わたしの運命を彼らの運命と結びつけた日に、世界じゅうの狂気の濃縮エキスがわたしの脳に住み着いたんだと思いますよ！
（第一三章）

犬をけしかけるヘアトンの罵倒や冷酷なジョウゼフの悪態がヒンドリーの脅迫と重なり合って場面を一層暗くし、凄惨な雰囲気を醸し出している。

長い前置きや説明過剰の部分があって、この手紙は必ずしも一般に期待されるような要領を得た手紙ではない。しかしそれらの説明的な部分ですら、イザベラの不安な心許ない視線を感じさせるように、意図的に設定されている。作者のスタンスは完全にイザベラの側に寄り、イザベラの主体的存在を印象づける。古い屋敷のなかに囚われの身となって暗闇をまさぐり、頼るべき者を求めるイザベラの孤独感が周囲の悪魔的雰囲気のために一層切なく感じられ、彼女の眼がさぐっていく部屋部屋の描写はそれだけ迫真の効果を挙げているように思われる。この手紙は小説全体の構想のなかでも十分に役割を果たし、イザベラという登場人物兼語り手による臨場感あふれる告白へと繋がっていくのである。

次にイザベラの主要な二つ目の語りの部分を見てみよう。ここに至ってようやくイザベラが嵐が丘から逃げ出し、一時グレインジに立ち寄ってじかに彼女の体験を語る。彼女の語りはさらにイザベラの存在感を重くしている。ヒースクリフに対する憎悪は完全な発展を遂げ、夫によって滅ぼされてもかまわないという諦観から、夫を怒らせたいという欲望に喜びを感じるようになっている。グレインジに入って来たときのイザベラの姿をネリーは次のように写し出す。

髪の毛はだらりと肩のうえにかかり、雪と水を滴らせていました。彼女はいつも着ていた、立場よりは年齢にもっとふさわしい少女みたいなドレス、短い袖のついた、襟刳りの深い洋服を着ていました。頭にかぶるものも首に巻くものも何もつけていませんでした。その洋服は軽い絹地で、濡れてぐっしょりからだにまつわりつき、足は薄い室内靴《スリッパ》を履いているだけでした。そのうえ片方の耳の下に深い切り傷があり、寒さのために多量の出血はしていないものの、色白の顔には引っ掻き傷や打撲傷がつき、からだは疲労のためにほとんど自力で立っていることもできないほどでした。（第一七章）

これは命からがら逃げ出した元令嬢の姿である。「笑わずにはいられない」という彼女の声には魔女のヒステリックな響きがある。「鬼みたいな畜生を」怒らせ、首尾よくハイツから逃げ出した痛快さから自然に洩れてくる笑いであり、ネリーに「そんなに早口でしゃべらないでください」と注意されるほど語り方は速く、常軌を逸した生命の躍動感がある。彼女はこのとき実にみごとな原初的生命の充溢を経験している。この充溢感こそこの小説の神髄を示し、彼女の告白を小説になくてはならないものにしているのである。

実家に留まるべきであり、留まりたいけれども、そうできない理由を述べるイザベラは、もって回った説明的構文ではあるが、「わたしの記憶から抹消されることができたらいい」と蛇蝎《だかつ》のように嫌っているヒースクリフに対して猛烈な憎悪を投げつける。「わたしの心をぼろぼろにしてしまった」男に対して彼女自身も悪魔的報復を行っているのである。

あいつの激怒を、激しい憎悪よりも高くかき立てるのに成功したからよ。赤く焼けたペンチで神経を引っ張り出すのは、頭をぶつよりずっと冷静さが要るものよ。あいつ、ご自慢の悪魔みたいな用心ぶかさを忘れるほどかっとしてしまって、殺人的暴力に訴えようとしていたわ。わたし、あの人を激怒させることができて、楽しかったわ。その楽しい感じがわたしの自己保存本能を目覚めさせたのね。それでわたし、堂々と逃げ出して来ちゃったの。（第一七章）

ネリーへの手紙にヒースクリフは人間か、悪魔か、と書いた質問（第一三章）に対して、イザベラ自身が「人間じゃないわ」（第一七章）と答えている。「キャサリンはあいつのことをあんなによく知ってるくせに、あんなに大事に思うほどものすごく歪んだ趣味をもっていたのかしら——化けものだわ！　あいつが世界から、わたしの記憶から、抹消されることができたらいいんだけど！」（第一七章）と、キャサリンをも魔性の存在と認識するに至っている。

そこにじっとしていて、メソディストみたいにお祈りしてたわ。ただ祈っていたのは何をいってもわからなくなった塵と灰になったキャサリンなんだけど。そしてその神さまだって、呼びかけられると、妙にあいつ自身の黒い父親、つまり悪魔とごっちゃになってしまってたわよ！　こういうありがたいご祈祷を終えた後で――しかもそれはたいていあいつの声が嗄れるまで続いて、声だって喉でからまっちゃってたけど――あいつ、また出かけて行っちゃったの。いつもまっすぐグレインジに向かってね！　（第一七章）

神性と魔性とが結びついたヒースクリフの祈りはこの物語を象徴していて、キャサリンへの崇高な愛は暴力と死へ向かって狂気の突進を続けて行く。この愛が浄化されて不滅の光をもつのは地獄の劫火に焼かれて、人間性の彼岸に達したときである。灼熱する愛は悪魔の口から吐き出される焔で燃え尽きるどころか、それによってかえって「カタルシス」を受けるのである。イザベラの眼はそれを見誤ってはいない。神と悪魔がごっちゃになっている姿はヒースクリフの愛をみごとに表現したものである。

キャサリンの死によって夫の卑劣な圧迫から逃れ、「休日と思わないでなんていられなかった」気もちになったイザベラはもはや神を畏れない魔女である。恋人の死によって半狂乱になったヒースクリフの生活は人間の苦悩のどん底を示している。キャサリンが死んだ直後のヒースクリフの嘆きはネリーによって語られている。「頭を瘤だらけの幹にぶつけ」、「眼をつりあげ」、「ナイフや槍で突き殺される野獣のように吼え猛っていました。」（第一六章）この夫の生活を痛烈に皮肉って、若妻は「お休み」をもらうのである。

「それにあなたの愛も情けないわねえ、吹雪にも耐えられないなんて！　わたしたちのこと、夏の月が照っている間はベッドで安らかに寝かせてくれたのに、冬の突風が戻ってきたとたんに、あなたはあわてて塒を捜さなきゃならないなんて！　ヒースクリフ、わたしがあなたなら、彼女のお墓にひれ伏して忠犬のように死んでゆくんだけど……この世は確かにもう生きる値打ちはないわよね？　あなたはキャサリンがあなたの生涯のすべての喜びだったとはっきりわたしに印象づけてたんだから——あなたがキャサリンを失ってからどうやって生き延びようと考えてるのか、わたしには想像もつかないわ」（第一七章）

無力であった妻がヒンドリーに向かっていう痛烈な皮肉はヒースクリフの肺腑を抉る。

「ミスター・ヒースクリフがいなかったら、あなたの妹さんはまだ生きていただろうって、グレインジの誰もが知っていますよ。結局のところあいつには愛されるより憎まれるほうがいいのよね。わたしたちがどんなに幸せだったか——あいつがやって来る前はキャサリンがどんなに幸せだったか——思い出すと、その日を呪いたくなるわ。」

おそらくヒースクリフも、それを言ったわたしっていう人の気もちよりも、言われた内容が真実だということのほうに気を取られていたのでしょう。あいつの注意が目覚めさせられるのはわかったわ。だって、眼から涙が灰のなかにぼたぼた雨のようにこぼれ落ち、息も絶え絶えな溜め息に、喉をつまらせたのだから。

わたしはまともにあいつを睨みつけて、軽蔑したように笑ってやった。地獄の雲に覆われた窓が一瞬わたしの方に向かってきらりと光ったの。だけど、いつもは顔を出す悪鬼がとてもかすんで涙におぼれかかっていたものだから、わたしは恐れることもなく思い切ってもう一度嘲笑の声を張りあげてやった。（第一七章）

愛する人の死を嘆くヒースクリフは普段の冷静さを失ってはらはらと涙をこぼす。悪魔のなかに住む人間の心が悲嘆の淵に沈んでゆくありさまはミルトンが『失楽園』のなかで描いたセイタンの姿ではないか。「かく背信の天使は語った、痛みながら／誇らかに、しかも絶望に悩みて[36]」と詠われたセイタンの姿こそ、いまヒースクリフが悩む絶望の姿ではないであろうか。セイタンが「外なる色は変わるとも、かたき心／傷つきし功ゆえの高き侮蔑を／私は変えない[37]」と高言した自尊心はこの悪鬼のごとき心のうちにも見出すことができるのである。「立て、そしておれの見えないところへ失せやがれ」（第一七章）と嘆き悲しみながら怒鳴るヒースクリフはキャサリンに対する「かたき心」をもちながら、愛人を失った心の傷を隠すこともできない。彼が敵と見なすヒンドリーの眼に義姉の眼が見えるというイザベラの挑発的な言葉は、まるでイアーゴウのような悪の象徴ではないか。崇高な姿を見せるヒースクリフに比べて、むしろイザベラのほうが悪魔的性格が濃い。「あいつを許してもいいと思う条件は、たった一つしかないの。それはねえ、わたしが眼には眼を、歯には歯をいう流儀でやらせてもらうこと。苦しみの一捻りごとに一捻り返し、あいつをわたしと対等の地位にまで引き下ろしてやりたいからよ。あいつの方が先に痛めつけたのだから、あいつに先に許しを乞わせてやるのよ。」（第一七章）イザベラはみごとにヒースクリフの悲痛を描き出した。これはオセロウ将軍を嫉妬に狂わせ、愛妻を絞殺させたイアーゴウの悪魔的精神と同類であり、イザベラは夫よりも卑劣な悪党となり、純粋悪を具現化している。悪の貸借関係を清算する妻の怒りは「眼には眼を、歯には歯を」というユダヤ教的原理に基づき、小説の本質を暗示するものである。それは次々と暴力行為を誘発する。イアーゴウの言葉がデズデモウナの死へ向かって進んだように、イザベラは破壊の証人となるために憎悪を直接ヒースクリフにぶつける。そしてヒンドリーとの格闘が魔女の言葉によってアクション・ドラマのように展開される。一つの例を挙げると次のような場面である。

弾丸はバーンと飛び出すし、ナイフはパチンと撥ね返って、持ってる人の手首にブスリと突き刺さったの。ヒースクリフはそれを力まかせに引き抜いたものだから、その拍子に肉を切り裂いたわ。そして血がぽたぽた垂れてるのにそれをポケットに突っ込んだの。あいつはそれから石を取って二つの窓の間の仕切りを打ち落として、跳び込んで来ちゃったの。相手はあまりの痛さと、動脈か大静脈かから噴き出る血の流れに、気を失って倒れていたわ。

　悪党は彼を踏んだり蹴ったり、頭を何度も敷石に叩きつけたわ。その間片方の手でわたしを掴んでいて、ジョウゼフを呼びに行かせまいとしているのよ。（第一七章）

暴力場面の描写をもう一つ例示してみよう。


　セトルの背もたれとアーンショーのからだがわたしとあいつを隔てていたの。それで手を延ばしてわたしを捕まえようとするかわりに、あいつったらテーブルからディナー・ナイフを引っ掴み、わたしの頭めがけて投げつけたの。それはわたしの耳の下に当って、わたしが口に出そうとしていた文句を途中で出なくさせてしまったわ。でも、わたしはナイフを引き抜いて、ドアのところへ跳んで行き、もう一言文句を言ってやったの、あいつの飛び道具よりももっと深く突き刺さったと思うわ。

　わたしが最後にちらっと見ると、あいつはほんとうに猛然と突進してくるところだったけれども、その家の主人にしがみつかれ通せんぼされちゃった。それで二人とも取っ組み合ったまま暖炉のうえに倒れたの。

台所を通って逃げるとき、わたしはジョウゼフに急いで旦那さまのところへ行くように命令したの。わたしはヘアトンにぶつかって突き飛ばしちゃった。（第一七章）

物騒な小道具、血腥い格闘、飛び交う罵声、スピードのある暴力場面が飾り気のないスタイルで展開されている。形容詞はほとんど用いられておらず、主として動詞と名詞によるスピード感のあるドライな文章が次々と後を追い、イザベラの逃亡の目覚しい速度を一層速いものにしている。これらの文章からヒースクリフ、ヒンドリー、イザベラのヒステリックな罵声が聞こえ、ジョウゼフの慌てふためいた驚き、ヘアトンの泣き声がそれに混じり合って響いてくるように感じられる。速度をもった一つの動作が一つの動詞によって十分表現され、名詞はそれが指示する事物に一〇〇パーセントの意味を充填している。動詞を主な要素とした構文は乱闘場面には最適の表現方法であり、テンポが速く、活気に溢れている。しかしそれは同時にイザベラのせかせかとした焦燥感、危機感を表現するものでもあり、息苦しいゆとりのない表現にもなっている。イザベラが嵐が丘からグレインジに逃亡し、嵐が丘の様子をネリーに語ったすべての言葉からいわゆる機能語を省いて（一一四二語の）頻度を調べてみると、イザベラがいかに言葉を自由に駆使して凄惨な暴力場面を描出したかがわかる。すなわち固有名詞キャサリン（一一回）、アーンショー（一三回）、エドガー（五回）、エレン（四回）、ギマトン（一回）、グレインジ（五回）、ヘアトン（四回）、ハイツ（二回）、ヒンドリー（一〇回）、ジョウゼフ（一〇回）、リントン（一回）、などを除いて、ほとんどが一回かぎりで、もっとも頻度の高い「眼」（eyes）でも八回にすぎない。[38]これは小説全体を通して見ると、ネリー、ロックウッドの語りとイザベラの語りには語彙数の相違がある。作者が小説全体で一回しか使用しなかった語は四四・四六％もある。いかに語彙の豊富な作家であったかがわかるのである。

しかしこのような表現は、感情の嵐に巻き込まれ、精神のバランスを失ったイザベラの、生きとしてはいるが獰猛な獣のような言葉の羅列であり、狂気した女性がそこにいる。イザベラはこのとき作者の分身であったのであろうか。いや、エミリ・ブロンテは決してそのように作中に自ら乗り込んで自己を語りはしない。これはエミリではない。彼女は冷静に作中人物を制御し、イザベラという作中人物をより生き生きさせることに腐心していただけである。「賢明な書き方をすべきところを、愚かな書き方をするであろう。作中人物のことを書くべきであるのに、自分自身のことを書くであろう」[39]とヴァージニア・ウルフがシャーロットについて述べたが、これはエミリについては当て嵌まらない。

司祭館のなかで書かれたこれらの文が作者のフラストレイションを表現しているのであろうか。作者の内面がこれらと無関係だと言いえるであろうか。これは次元の異なるむずかしい問題である。しかしイザベラが置かれた状況のなかでイザベラが書き、口にする言葉は十分な現実感を伴っており、十分な必然性がある。小説の文章としてイザベラが口にする言葉はみごとな臨場感があり、強い説得力をもっている。作者は想像力ゆたかで、バランス感覚もよく、語り手であると同時に、登場人物としてイザベラを鮮明に性格づけしている。脇役として登場した後事件の渦中に呑み込まれ、事件の核心部分を生々しく語る脇役兼主役という立場は彼女が中心人物へと移行された後も彼女の語りに客観性を保証し説得力を与えている。何も知らない無垢な娘として現れ、ネリーも唖然と驚くような罵詈雑言とともに消えて行ったイザベラは女性であることを止め、普通の人間であることすら止めて、激越な言葉を残しロンドン方面へと消え去った。そこには人間の内奥、あるいは根底にある原初的意識が赤裸々に表現されているように思われる。

ネリーの不在期間、ハイツの生活についての観察を、視点をネリーからイザベラに移して進めていこうとした作者の工夫はすばらしい成功を収めている。これは単なるレポートには終わっていない。視点はイザベラに移されているにもかかわらず、ネリー自身の視点は微動だにせず、イザベラの語りはネリーの視点のうえにきちんと据えられている。イザベラが語る部分はきわめて少なく、その部分を削除してもプロットにはほとんど影響はあるまい。ネリーとイザベラは同質の人間でありながら、彼女たちの語りは異質である。ネリーが立つ基盤はヴィクトリア朝の道徳律であり、イザベラが主として語っているのは新妻として裏切られた怨念を彼女個人の感情を基盤にした語りである。ネリーはイザベラに第一三章の手紙と第一七章の直接的語りを通して読者に情報を提供する手段とし、物語を一層豊かで説得力のあるものにした。ネリーのような人間にはとうてい語ることのできない灼熱の物語のもっとも激越な情熱的部分が、イザベラを通して、あるいはまたヒースクリフやキャサリンという真の主人公たちを通して、語られているのである。

現実から非現実の核心へ迫って行こうとする視点の移動はこのようにして成功している。エミリ・ブロンテはもっとも現実的なロックウッドを物語の外枠として配置し、現実と非現実を結ぶ架け橋としてネリーを置き、イザベラをハイツに送り込むことによって激烈無類の核心を暴露させている。ヒースクリフとキャサリンの愛は語り手たちを巻き込みながら渦の中心に吸い寄せ、その結果、イザベラのみならずヒースクリフやキャサリンまでも独白や告白を通して内奥の真実を読者に伝えるため、整然とした語り手の連絡をつけさせている。この視点のスムースな移動は綿密な計画に基づいて実にすばらしい効果を挙げているのである。

第八章　『嵐が丘』における語りの技法

物語の語りの技法には考察すべき多くの側面があり、語り手の問題をはじめ幾多の側面が述べられてきた。ほかにには空間軸、時間軸の問題も重要であり、言説の各種の問題が浮かび上がってこよう。語彙、話法、独白、フラッシュ・フォーワード、フラッシュ・バック、予示、回想、語り手のコメント、内的独白、構文など、多岐にわたる問題が検討されなければならない。またこれまでに研究されなかった新しい分野も見えてくるかもしれない。

『嵐が丘』の読み方のむずかしさは出版当初から指摘されていたが、語りの方法が混乱し、その方法が確立しておらず、そのため無秩序な世界が展開している、と評されていた。小説の読み方のむずかしさはその時代時代によって異なることを『嵐が丘』は実に明瞭に教えてくれる。

それも時代性を考慮に入れなければ大きな読み違いをすることになるであろう。たとえば第二次世界大戦後になってもサマセット・モームのような作家でも次のように評している。

『嵐が丘』は不器用に構築されている。これは驚くほどのことではない。というのはエミリ・ブロンテは以前に小説を書いたことがなかったし、二つの世代を扱いながら、複雑な物語を語らなければならなかったからである。これは、作家が二組の性格に、二組の出来事にある種の統一性を与えねばならず、また一方の興味が他方の興味を翳らせないように注意しなければならないので、なかなかできないことである。これをエミリは首尾よく行うことができなかった。[1]

語り手に関しては前章で考察したが、技法的な側面でも『嵐が丘』は時代に先んじていた。ネリー・ディーンがジョウゼフ・コンラッドが幾多の小説で用いた語り手マーロウに似ていることは夙に指摘されているけれども、コンラッドが筆を揮っていた時代より五〇年以上前にネリー・ディーンは登場していた。

一九二〇年代は各分野において文学理論が急速な発展を遂げた時代であったが、『嵐が丘』批評はその発展の先頭を切るというわけではなかった。『嵐が丘』を取り扱うに十分な理論が整っていなかった。そのなかでも比較的「技法」の問題に着眼していたカール・グラーボの意見を見てみよう。

グラーボは『小説の技法』のなかで『嵐が丘』に言及し、次のように批判した。「作品の未熟さは本来全体的に見て視点に固有のものである。それはほとんどありとあらゆる困難を含んでおり、あまり利点はもっていない。」[2]二〇世紀の初めにおいても『嵐が丘』の技法は劣ったものだと考えられていた。技法に関する文学理論は第一次世界大戦後まで発展していなかったのである。ロックウッドが主人公ヒースクリフと出会い、家政婦ネリー・ディーンから二〇年余の出来事を語ってもらう事情を紹介した後、グラーボは次の指摘を行う。

この物語はときおり聞き手の取るに足りない事情で分断されるが、それは物語のイリュージョンが失われるからである。聞き手は作品にとって何の価値もなく、闖入してきては混乱を起こすだけである。幸いわれわれはたいていの時間は聞き手のことを忘れている。われわれが同化するのはエレン・ディーンであって、彼女の眼を通して物語の出来事を見るのである。[3]

グラーボが興味を示すのは家政婦ネリー・ディーンのドラマティックな語り、彼女の存在感に対する読者の忘却、イザベラの語りの工夫などである。「これらの工夫が手際の悪いものであることは明白であり、もっと劣った作品ならば大きなハンディキャップとなったであろう」[4]と述べる一方で、グラーボはこの作品が生き延びてきたのは中心人物たちの行動の表現力だと見ている。エミリ・ブロンテの工夫は登場人物たちにしか感じられないことを語らせていることだと言い、その例として「彼はあたし以上にあたしなの。あたしたちの魂が何でできていようと、彼のとあたしのとは同じものなの」（第九章）を中心とする部分を挙げている。そこに作品のパワーの大きさをグラーボは見ているのである。

彼はまた視点の不適切さ、出来事の歪曲を別にして、作品の最大の欠点はむりな筋立てから生じていると指摘している。[5] グラーボにはイザベラのヒースクリフに対するのぼせ上がりと、駈け落ちは受け入れにくいものと感じられたが、その一方では構造的な不適切さや作成の粗っぽさにもかかわらず、エミリ・ブロンテが先例もなく追従することもできない隘路、「イギリス小説の本道から逸れた新しい隘路を踏み固めている[6]」と賞賛している。

環境が登場人物たちの運命においてこれほど重大で決定的な力となっている小説は『嵐が丘』以前には思い出すことができない。彼らはまことに土壌のなかに根付いている。彼らの情熱はヘザーと同じように活気にあふれ、野性的である。アカライチョウもキャリン・リントン、アーンショー、ヒースクリフと同様、このごつごつとした景色から生まれ出たものである。[7]

グラーボが「技法」という語で示すのは「語り」ではなく「情熱を語る精神」である。いまここで問題としているのは「語り」であり、一九二〇年代においてさえ、文学理論がそこまで進展していなかったことに留意しておこう。

これに対して第二次世界大戦後の文学理論の発達はめざましく、まさしく現代性を明瞭に示している。マーク・ショーラーは論文「発見としての技法」を発表し、次のように概説している。

技法とはT・S・エリオットが謂う仕来り《コンヴェンション》――選択、構造、あるいは歪曲、行動の世界に負わされた形式、ないしリズムのことであり、それによって――付け加えて言えば――行動の世界に対するわれわれの理解は豊かにされ、新しくされる。この意味において、一塊の経験と違うものはすべて技法であり、ある作家が技法をもたないと言うことは適切ではないし、作家が技法を避けているとは言えない。というのは作家である以上、彼はそうすることができないからである。[8]

たとえば『モル・フランダース』のモルの視点は明らかに作者の視点とは区別されており、小説の意味をデフォーにはかかわりなく発見する。ショーラーは『嵐が丘』にも「同じ、だが非常に異なった状況」を見ている。「おそらくは作者が密かにもっていた価値の世界」を評価しえる利点と見ているが、

技法の偶発的事件であるかもしれないものをとおして、意味深長な啓示が達成されている。

エミリ・ブロンテは作品の形式、あるいはテーマに偶然出くわしただけかもしれない。自分が何をしているのか彼女が最初からわかっていたのか、最後までわからなかったのか、疑わしく思われるけれども、彼女が何をやったのかを、しかもそれをものの見ごとにやってのけたということをわれわれは理解することができる。[9]

エミリ・ブロンテは、情熱がどのようにして生まれ、そのまわりの世界とそれに続く生活を支配するありさまを示すために、時間における広大な範囲を彼女の題材に与え、実際、それを三世代に亘らせている。そしてそれほど広い題材を扱うために、その題材を包み込むことができる語りの方法、視点を見出さなければならず、彼女のいささか未熟な動機から生まれた概念において、その語りを正当化しなければならない。そこで彼女は気障なロックウッドを選び、情熱的暴力の世界に転がり込ませて、もっとも慎ましい道徳家のネリー・ディーンを相手に物語を聞きださせているのである。[10]

『嵐が丘』の技法と道徳性の関係についてショーラーの意見は次のようなものであった。

起こったことは、まず、彼女〔エミリ・ブロンテ〕は語りのパースペクティヴとしてあの要素そのもの、すなわち慣習的情緒、慣習的道徳を選んだこと、それらを彼女の描く主人公と女主人公はあのような人目を引きつけて離さない壮大さをもって超越させようとしていたこと、第二に、彼女がこのパースペクティヴに長い期間作用することを許したことである。そしてこれら二つの要素が小説家に超道徳的な情熱が何に到達するかを見させている。道徳的壮大さであろうか。決してそうではない。むしろ人間的浪費の破壊的な壮観、すなわち灰燼《かいじん》である。[11]

マーク・ショーラーがここで「技法」と称しているのは要するに「語り手」の二重構造である。この方法に対する注目は特に目新しいわけではない。なぜなら出版当初から物語はロックウッドとネリーという二人の人物によって語られる未熟な手法だと評されていたからである。実はこの複数の視点による語り、すなわち複眼の視点こそエミリ・ブロンテの新しくすばらしい工夫であったのである。

複眼の観察は思考の多層化を実現し、物語に厚みを与え、複雑化と同時に神秘化をも達成している。たとえば、墓暴きの場面についてヒースクリフ、イザベラ、ネリー、ジョウゼフらがそれぞれ語っている。この語りそのものも、語りのなかの語りという体裁を取り、物語の深奥が直接暴露される形式となりえている。キャサリンの墓は「チャペルのなかのリントン家の彫刻を施した記念碑の下ではなく」、「教会墓地の隅の、塀が低くなっていて、ヒースやコケモモの草木が荒野から塀を越えてはびこり、ピートの地面がほとんどそれを埋れさせている緑の斜面」（第一六章)に掘られた。キャサリンの埋葬があったのは一七八四年三月二四日(金)であった。一七年後ヒースクリフは自分の行動についてネリーに対し次のように語っている。

彼女が埋められた日、雪が降ってきたよな。夕方、おれは教会墓地へ行ってみたんだ。風が冬みたいにひゅうひゅう吹きまくっていたよ――あたりには人っ子一人いなかった。おれは彼女の亭主のばか野郎がそんなに遅く隠れ家からさまよい出て来るなんて気にもならなかったよ――ほかに誰もそんなところまでのこのこやって来る用はないからな。

たった一人だったし、おれたちの間を隔てている唯一の障壁は二ヤードのさらさらとした土だということを知っていたので、おれは独り言を言ったよ――

「もう一度彼女をこの腕に抱こう! 彼女が冷たかったら、このおれをひんやりさせるのはこの北風だと考えよう、彼女が動かなければ、それは眠っているからだとな」 (第二九章)

この後ヒースクリフの直接話法が、キャサリンが地上にいて、彼女の温かい息が霙《みぞれ》混じりの風に取って代わり、彼をハイツまで連れて帰ったことを語る。ハイツに帰ってから一目散にドアへ突進したが、ドアは閉まっていた。

あの忌々しいアーンショーの奴とおれの女房がおれが入るのに反対しやがったんだ。おれは立ち止まってあいつを息の根が止まるほど蹴って、二階のおれの、そして彼女の部屋に駆け上がったのを憶えているよ――もどかしい気もちで見回したよ――おれは彼女をおれのすぐそばに感じていたんだ――彼女を見ることができたと言ってもいいくらいなんだが、それでも見ることはできなかった！　おれはそのとき切ない苦しみのため、たった一目でもいいから姿を見せてくれと真剣に願い、血の汗を流していたはずだ！　……　（第二九章）

おまえは知っているだろう、おれは彼女が死んだ後荒れてたよ、そしていつまでも、夜明けまで、彼女に――彼女の魂に――おれのところへ戻って来てくれって、祈ってたよ――おれは幽霊ってものを固く信じているんだ。幽霊ってものはおれたちの間に存在することができる、存在していると確信しているんだ！　（第二九章）

キャサリンの埋葬の日、ハイツではどういうことが起こっていたのであろうか。イザベラはその翌日逃げ出してグレインジに立ち寄り、ネリーにその夜のことを直接語ってからロンドンへ向かう。

きのうだって、ねぇ、ミスター・アーンショーはお葬式に来なきゃいけなかったの。……ヒースクリはね――あいつの名前を言うだけで虫唾《むしず》が走るわ――先週の日曜日から今日まで家には寄りつかなかったの――あの人に食べさせていたのは天使なのか、地獄の仲間なのかわからないけど、一週間近くわたしたちといっしょに食事したことがないの――夜明けになってやっと戻って来て、二階の自分の部屋にあがって行ったきり、鍵をかけて閉じ籠もってしまうの――まるで誰かがあいつといっしょにいたいと思っているみたいにね！　そこにじっとしていて、メソディストみたいにお祈りしてたわ。……こういうありがたいご祈祷を終えた後で――しかもそれはたいていあいつの声が嗄《か》れるまで続いて、声だって喉でからまっちゃってたけど――あいつ、また出かけて行ったの。いつもまっすぐグレインジに向かってね！

（第一七章）

このイザベラの証言によって、キャサリンが死ぬ前の一週間、ヒースクリフがどのような行動をしていたかがほぼ把握できる。そして埋葬の日の晩の様子をイザベラはネリーに語って聞かせるのである。

きのうの晩も、わたしは自分専用の隅っこに遅くまで座って、一二時近くまで何冊か古い本を読んでいたの。外は激しい雪が吹雪いていて、二階にあがって行くのはとても鬱陶しく思えたの。わたしの想いは絶えず教会墓地と新しくできたお墓のほうへ戻っていくものだから！…

悲しみに沈んだ静寂もとうとう台所の掛け金の音で破られたわ――ヒースクリフがいつもより早く寝ずの番から戻ってきたの、わたしが思うには、突然の嵐のせいよ。（第一七章）

「あいつを五分ほど閉め出してやろう」というヒンドリーの声に促されてイザベラは共同戦線を張る。そして一時間以上、いやヒースクリフ自身が「今朝」と言っているから、夜明けまでずっと、ヒースクリフは寒い外に閉め出されたまま、ヒンドリーとイザベラの二人を敵に戦い、「石を取って二つの窓の間の仕切りを叩き落して、跳び込んで」来ることになる。酔っ払ったヒンドリーはヒースクリフの敵ではなく、踏まれたり蹴られたり、頭を何度も敷石に叩きつけられ、血を流してセトルのうえに載せられる。そしてヒースクリフはイザベラを、歯ががたがたいうまで揺すって、ジョウゼフのそばに投げ飛ばす。作品中もっとも激しく乱暴で野蛮な暴力場面がここで展開されるのである。イザベラは翌日の朝一一時半ころ階下に降りて来て、ヒンドリーの惨状を見、また自分自身も耳の下にディナー・ナイフを投げつけられながら、グレインジ目指して一目散に逃げ出すのである。

イザベラが嵐が丘から脱け出し、ネリーにハイツの荒れすさんだ様子を語ったとき、イザベラもネリーもヒースクリフが墓を暴いた事実を知らない。ネリーがそのことを知るのはそれから一七年半後、ヒースクリフ自身の告白によってであり、イザベラの語りはそれを補足する伏線の役割を担っている。

ヒースクリフが二度目の墓暴きをしたのは一八〇一年九月六日(水)にエドガー・リントンが死亡し埋葬のために墓が掘られていたときのことである。

きのうおれが何をしたか言ってやろうか！　リントンの墓を掘っていたんだが、おれは寺男に言って彼女の棺の蓋から土を除けさせたんだ。そしてそれを明けてみた。かつては思ったもんだ、彼女の顔をまた見たらそこに留まっていよう、とな——それはまだ彼女の顔だよ——寺男はおれをどかせるのに一苦労したよ。だけど風が当ると顔が変わると言うもんだから、それでおれは棺の片側を叩いてはずし——それに土をかけたんだ——リントンの側じゃないよ、忌々しい野郎だ！　あいつなんか鉛でハンダづけしてやればよかったんだ——おれは寺男に金を握らせて、おれがそこに入ったらリントンのを引き離し、おれのも滑り出るようにさせたんだ——おれはそういうふうに作らせるつもりだ。そうすればリントンがおれたちのところにやって来る時までに、どっちがどっちだかわからなくなっているだろう！

(第二九章)

ヒースクリフは「一八年の間夜も昼も――絶え間なく――無慈悲に――きのうの晩まで」（第二九章）彼女に会いたくて苦しんできたが、やっと念願叶って彼女の顔を見る。このときこれを彼から聞いているネリーはグレインジの家政婦をしている。このころハイツの女中をしていたのはジラーで、ネリーはヒースクリフの行動を観察できる立場ではなかった。ヒースクリフの告白を通してでなければ知り得ない墓暴きのありさまである。

多重の思考、複眼による観察はエミリ・ブロンテの文学的工夫として注目すべき手法である。これはこの作品がすぐれた技法の産物であることを証明する証拠の一つと言うべきである。

エミリ・ブロンテが『嵐が丘』を語っていくうえで行った工夫の一つは、姉シャーロットの『ジェイン・エア』と違って、時間軸を崩壊させることであった。「ストーリー＝タイム」と「テクスト＝タイム」の縦横無尽な操作は『嵐が丘』が一層難解な小説だという印象を与えているが、同時に複雑な建築学を必要とする高度な技法の証明ともなっている。

『嵐が丘』の時間操作についてエドウィン・ミュアは『小説の構造』において、もっとも強烈な場面の対話がほとんど詩の表現と区別しがたい、劇的小説の典型として『嵐が丘』と『白鯨』を挙げ[12]、「時間と空間」の章で、『白鯨』『虚栄の市』『帰郷』『トム・ジョーンズ』などと比較しながら、エミリの「人間の時間的環境のイメージ」の表現について次のような指摘を行っている。『虚栄の市』のような「性格小説」と『嵐が丘のような「劇的小説」を区別して、「劇的小説の想像的世界は時間のうちにあり、性格小説の世界は空間のうちにある」[13]と述べ、飛ぶように過ぎ去る時間、「時間の緊迫感は劇的小説の本質的な特徴の一つである」[14]と書いた。「キャサリンとヒースクリフは自分たちの運命を意識することもなく、ためらいもせず一足飛びに運命めがけて飛んで行く。[15]」「劇的小説の時間はたえず動いており、そこで終局まで動き続けて消え尽きてしまう。[16]」そして「劇的小説というものは〈運命〉という抽象的観念を離れては考えられない[17]」のである。

しかしミュアの時間の分析は時間の性質に気づきながら、『嵐が丘』の分析には十分ではなかった。「運命」に向かってまっしぐらに突進していく主人公たちの姿は、すでにシャーロット・ブロンテが一八五〇年の『嵐が丘』第二版において述べたことの繰り返しにすぎない。ロバート・F・グレックナーが『クリティシズム』に掲載した論文「『嵐が丘』における時間[18]」でさらに深い作品理解へと進んでいる。小説の構造はヒースクリフの心における過去（キャシー二世、ヘアトン、キャサリンの幽霊）の次第に増大していく現在性と同じように、過去（キャサリンといっしょに幼少時代を過ごしたというヒースクリフの記憶）が現在（ヒースクリフのキャサリン・リントン、エドガー、ヒンドリーとの関係）に対して次第に増大していく圧力を図示している。

グレックナーの時間に対する意識は「タイム＝テーマ」の「キー・イメージ」は窓と鏡に焦点を合わせ、両者とも「年代順的時間上の出来事に対する心理的時間上の位置」を確立するために用いられていると考えている。ヒースクリフもキャサリンも「ある種の時間なき経験」に対する恒久的欲求によって動機づけられている。そして主人公たちは小説の最後において「時間なき荒野での静かな眠り」のなかでその経験を達成しているのである。

エミリ・ブロンテがいかに回想の技法にすぐれていたかという、現代では容易に容認できる問題が文学的技法の問題として認識されるまでにかなり長い時間を要した。語りの手法が混乱しているという批判は長い間普通に見られたし、情熱性の高い内容がかえって読者の反発を買ったという経緯がそれに絡んでいたのである。

語りの技法を考察するうえでよく比較されるのが『ジェイン・エア』で、『嵐が丘』と同じように一人称の語り手を用いながら、その方法は後者とはまったく異なっている。「ジェイン」は彼女自身の身の上話を語る。ロックウッドやネリー・ディーンは決してそのようなことはしない。語り手たちは話の内容に対して自分たち自身の身の上話をする優先権を決してもたず、話の筋を歪曲するほど話に割り込んでくることもない。「ジェイン」が彼女自身の恣意性をもちうるのに対して、ロックウッドもネリーも他人の身の上話をするため、話の内容に対する決定権をもたない。このことは大きな相違点である。『ジェイン・エア』は「ジェイン」という孤児がいわゆる「シンデレラ」的栄達を遂げて、恋人との幸福な結婚生活に入っていくという物語であり、主人公自身がほかならぬ「語り手」だという点に大きな「語り」の特徴がある。一方『嵐が丘』の物語は語り手とは何の関係もないところで成立しており、主人公たちと語り手たちは別々に存在している。前者の作品においては主人公と語り手は同一人物であり、後者においては別の人物たちなのである。

その語り手たち、ロックウッドとネリー・ディーン、それにイザベラ・リントンらは巧みに「バトン・タッチ」を行いながら、キャサリン・アーンショーとヒースクリフの情熱的物語を語り繋ぐ。語り手たち相互のリレーは、すでに述べたように、有効適切に行なわれており、実に効果的な語りとなっている。ロックウッドは外円を担当し、ネリー・ディーンは内円を語り、イザベラ・リントンは中核を暴露する。もちろん主人公たち自身の告白は直接話法によるリアリティーを見せつけながら、物語の精髄そのものを形成し、すべての語り手たちと無駄なく結び合い、一つの完全な全体に溶け合っているのである。

『嵐が丘』において空間的世界は嵐が丘とグレインジの二軒の家によって構成され、それにギマトン村やギマトン・チャペルと、いちばん高いペニストン・クラッグズを象徴的に配置して宇宙が成立している。一方、クロノス的時間の世界はほぼ完全に破壊され、時間軸は崩落している。すなわち、『嵐が丘』においては時間の観念は自由そのものであり、作者は抑制を受けることなく時間的自由を獲得できる。エミリ・ブロンテは時間を過去へ、未来へと自由に往き来しており、クロノスに支配された現実的世界からの解放を達成しているといえる。作品のなかでエミリは現在から過去へ、過去から現在へ、さらに未来へ、あるいはそこから過去へと思いのままに往来し、読者は注意ぶかく語り手の前後する話を追って行かなければならない。それができなければ、話の筋の行方を見失うことになる。その一方でエミリは読者が筋を追いやすくすることも忘れない。それは彼女の巧みな「回想」による時間軸の突き崩しである。『嵐が丘』はほとんどすべてが「回想」によって構築されていると言っても過言ではない。テクストをストーリー＝タイムに読み替えた「年譜」[19]を『ジェイン・エア』のそれと比べてみると、『嵐が丘』の構成の緻密さがよく理解できるであろう。『ジェイン・エア』においてはテクスト＝タイムとストーリー＝タイムのずれはほとんどない。

一方『嵐が丘』においてはまず、テクスト＝タイムの基点として「一八〇一年」が設定されている。ロックウッドは大家のヒースクリフを表敬訪問する。自称「人間嫌い」のロックウッドがそのようなことをするため、読者は彼の語りに警戒心を抱く。彼は大家の一家に興味を抱き、招かれざる客としてハイツを再訪し、雪に閉じ込められ、仕方なくハイツに泊まる。

第三章で読者はロックウッドとともにいきなり幽霊の場面に出くわす。彼はすでに秘密の、樫の木のベッドがある部屋に入り込んでいる。読者の興味を刺戟しておいたうえで、キャサリンの昔の日誌を覗き見る。みごとな過去へのスリップが行われている。やがてロックウッドは眠りに落ちていき、夢を見ることになる。

その夢は三部から構成されており、最初は「ぎらぎらするような白い文字が暗闇から幽霊のように鮮やかに跳びだしてきて——あたりはキャサリンという文字でいっぱいに」（第三章）なる夢、次いで「七の七〇倍と七一倍回目の最初の罪。ギマデン・スー・チャペルで行われたブランダラム師の敬虔なる講話」（第三章）によって誘発された夢、最後に「吹き荒ぶ風や吹きつける雪の音」（第三章）、繰り返す「樅の大枝のうるさい音」（第三章）、キャサリン・リントンの「二〇年も宿無しだった」（第三章）という声にぞっとして彼女の手を割れた窓ガラスに押し付けて血を流させる夢を見て、思わずあげた悲鳴がヒースクリフをたたき起こしてしまう。これらの夢の間にもロックウッドの意識は現実に引き戻されはするが、また夢の世界に呑み込まれていって、非現実的な経験を語ることになる。これらの夢について各種各様の解釈が行われているが、ここではそれにはふれない。

このような超越的現象を物語の早い段階で導入する方法は物語の効果を一気に高めている。これについてデイヴィッド・セシルは的確な指摘を行っている。すなわち第一にこの手法はその光景や登場人物へ読者を誘導することができる方法のうちでもっともすぐれた方法であり、第二にそれは読者が最初から物語を正しいパースペクティヴのなかで見ることを可能にし、第三にその始めは、読者にこの物語が、われわれの日常的経験からほとんど絶縁された超自然な世界に属するものであることを教え、それがクライマックスに達したときに読者の想像力がもっとも感動的な事件を難なく受け入れることができるようにしている、と述べている。[20]この圧倒的な導入部分に読者は過去と現在の区別を見失ってしまう。

エミリの主たるストーリー＝タイムに対する回想的導入は説明をするよりもむしろショックを与えようとしている。それが物語る出来事は、いかなる物語順序の工夫もそこまでは達せず、あるいはその方法も準備していないので、テクスト＝タイムにおける唐突な中断を強調し、階層的物語そのものに対して準備ができていない読者を捕らえる。読者がこの回想的出来事との突然の対決にもかかわらず、おそらくはそのために、緊張感が生まれ、多くの疑問が提出される。幾つかの名前のうち過去を現在に結びつける名前もあれば、そうしない名前もあるので、読者はどのようにして過去が嵐が丘における現在の状態の謎を解く助けになるのかわからない。このようにして、ロックウッドがハイツの住人たちについてもっと知りたいと思う気もちは、この導入によって創り出された緊張の論理的結果であり、読者によって共有される願望となるのである。[21]

この物語のなかで回想によって物語られる部分の例を幾つか挙げながら、テクスト＝タイムの現在へ立ち戻る時間軸移動の技法を調べてみよう。

(1) ここで行われている「回想」はまずキャサリンの日誌による二五年の遡行である。ロックウッドは第一章から第三章までの間に家政婦のネリー・ディーンをはじめ、ヒースクリフ、ジョウゼフ、キャサリン・ヒースクリフ、ヘアトン、それに女中のジラーに出会っている。二人のキャサリン、すなわち目の前にいる若いキャサリンと日誌のなかに現れ、日誌を書いているキャサリンとが同一人物でありえないことを承知しながら、ロックウッドは知らぬ間に二人を混同しそうになる。

この日誌にもキャサリン、ヒースクリフ、ジョウゼフ、ヒンドリー、フランセスという名前が記されている。これらの名前の混乱、混同がロックウッドの頭のなかですでに起こっている。日誌のなかのキャサリン・アーンショー、キャサリン・ヒースクリフ、キャサリン・リントンという一連の名前と、それを逆回りにしたキャサリン・リントン、キャサリン・ヒースクリフ、キャサリン・アーンショーという一連の名前との関係がどのようなものであるのかという疑問を、ロックウッドと読者は共有することになる。

『嵐が丘』においてはこういう謎がただちに解かれることはない。この導入部分は読者に謎を押しつけ、解答の手がかりさえ与えてくれない。語られている出来事はただ読者の好奇心を掻き立てるだけで、しかもその出来事は二度と言及されることがない。スフィンクスのように、謎を与えるにすぎない。

このように『嵐が丘』の核心的出来事にふれた後、ロックウッドは第三章の半ば（クラレンドン版ではp.32 以下同版を用いる）で自分の驚愕の声によって目を覚まし、それを聞きつけたヒースクリフによって部屋の外に追い出される。こうして彼はテクスト＝タイムの現在に引き戻されるのである。そしてその現在は第四章のネリー・ディーンの語りが始まるまで（p.43）続いてゆく。

（2）ネリー・ディーンの回想は一七七一年ヒースクリフがハイツに連れて来られたときから第七章の後半（p.76）一七七七年クリスマスまで続いてゆく。ネリーは「時計が一一時を打つところですわ」と言って、一旦話を打ち切ろうとするが、「一〇時まで寝ている人間にとっては一時、二時はまだ宵の口ですよ」（第七章）というロックウッドの言葉に乗って、また語り始める。

（3）この部分はテクスト＝タイムからいえば、二三年前の一七七八年夏から一七八〇年夏までの約二年間であるが、フランセスが死に、ハイツが地獄のような家庭となり、エドガー・リントンがキャサリンのところに通って来ても、キャサリンはヒースクリフに対して心変わりをしなかったと語るところで、蝋燭をもちあげ、エドガー・リントンの肖像画をロックウッドに見せる現在時点が挿入される（p.82）。

（4）さらにネリーは言葉を繋いでキャサリンとエドガーの密かな交際を語り、彼女のエドガー・リントンとの結婚によってネリー自身がスラッシュクロス・グレインジへ引っ越しする（第九章の終わり）までの三年間を語る。時計は一時半を指しているので、二人は就寝する。（p.111）

（5）第一〇章の始まりは、一週間前ヒースクリフがひと番《つが》いの雷鳥を持ってロックウッドを見舞ってくれたことを記した後、ネリー・ディーンを呼んで一七八三年三月のキャサリンの結婚直後から語らせる（p.113）この語りは第一四章でケネス医師の往診で途切れる（p.188）。このとき立ち返った現在時点ではそれまでに何度かの語りの時間があったとロックウッドが言っているように、ロックウッドが「ただちょっと縮めるだけで、彼女自身のことばで話を続けていこう」（p.191. 第一五章）という注釈つきで続けられる。

（6）第一五章はネリーがヒースクリフから預かった手紙をキャサリンに渡しかねて、家族が教会へ出かけて行くのを待っているところから始められ、第一六章でネリーがロックウッドにキャサリン「のような人々があの世に行ってもほんとうに幸せであると、お信じになりますか」と訊いて、「ぼくはミセス・ディーンの質問に答えるのは止めた。何か異端じみたものに思えたからだ」（p.202）と記して、一瞬現在に戻っている。

（7）引き続き語りは第二四章最後（p.311）、キャシーのリントン・ヒースクリフとの交際をエドガーが禁じ、手紙を書くことさえ許さなかったところまでを語っている。第二五章の始まり（p.312）でネリーは現在時点に帰り、ネリーはロックウッドにキャシーとの恋愛を勧めるような口吻で彼の気をそそり、彼もキャシーの絵を暖炉のうえにかけてくれとネリーに頼み、若い二人のロマンティックな気分に臨場感を与えている。ロックウッドは「この私が彼女を愛することはひょっとするとあるかもしれないけれども、彼女のほうが私を愛してくれるでしょうかねえ」(p.312)と言って、キャシーへの気もちがないわけではないことを告白している。

(8)ネリー・ディーンはキャシーが父親の言い付けを守ってリントン・ヒースクリフとの交際を断ったことと、エドガーの悩みを語り続ける(p.312)。この語りは第三〇章の終わりで(一八〇一年一〇月)リントン・ヒースクリフが死亡し、ヘアトンがキャシーを慰めようとするところまで続く。そして現在時点に戻り、ロックウッドは風邪も回復し、第二週以降はロンドンで過ごすとヒースクリフに伝える決心を固める。第三一章に入ってロックウッドはハイツへ出かけて行き、ミセス・ディーンからキャシーへの手紙を手渡そうとするが、ヘアトンに先を越されてしまう。こうしてヘアトンとキャシーとの愛と憎しみのわびしい関係が語られ、一八〇二年一月の現在が第三一章の終わりまで続いていく。

これから一一ヵ月のブランクがあって、一八〇二年九月にロックウッドははるばるヨークシャーまでやって来て、ふたたびハイツを訪れる。この一八〇二年九月の現在時点は第三二章の最初(p.369)から章の半ば(p.374)まで続き、ロックウッドはヒースクリフが「妙な」最期を遂げたことを知る。

（9）ネリーの話は、一八〇二年一月、ロックウッドがロンドンへ発った二週間後、二月初旬嵐が丘に呼び寄せられたこと（p.374）から始まり、第三四章の終わり（p.413）でネリーが、一八〇三年元旦に若い二人が結婚し、グレインジに移り住む予定だというところまで続く。その後はロックウッドがキャサリン、エドガー、ヒースクリフ、三人の墓を訪れる記事が記されているだけである。

以上のように『嵐が丘』では、語り手ロックウッドは一八〇一年一一月スラッシュクロス・グレインジを借りて、翌年一月にはもうロンドンへ帰ってしまい、九月にふたたびハイツを訪れるだけで、長期間北部に逗留していたわけではない。その短期間に語りそのものはわずかに現在時点への意識が働くことはあるが、その間にほぼ九回の回想が行われている。テクスト＝タイムの現在を基点にして縦横無尽に時間を入れ替え、テクスト＝タイムとストーリー＝タイムを操作して過去と現在を融け合わせている。過去への遡行は『嵐が丘』の語りについて考察するうえで、中心的な問題である。

回想の分析はエミリ・ブロンテの小説を解く鍵となるかもしれない問題点を強調する。回想的物語は主たるストーリーを補足するように、事件が事件の後を追うにつれて、行動のある種の密度を生み出していく。それぞれの事件はそれ自体において一つの単位を表わしているのであるから、読者は、担当する話者次第で、さまざまな説明的システムと向かい合う。一つの事件についてのそれぞれの説明はそれ自体で完全な意味をなすであろうけれども、事件を追加していくことは読者に全体の物語にとって有効であるものよりももっとグローバルな説明を自動的に与えることにはならない。目まぐるしく続いていく事件と説明は、エミリ・ブロンテが読者に思い返してみる休止時間を与えるつもりがないことを表わしている。……『嵐が丘』はそれ自体を、全体としてではなく、より小さな単位としてしか規定していないのである。[22]

エミリ・ブロンテは作品のなかで時間的自由を獲得して個々のエピソードを彼女の意のままに語り、それで一回かぎりの語りを書き終えると、創作を中止して筆を置き、また改めて筆を取るというふうに創作していったように思われる。そしてその例は、フラッシュ・バックとフラッシュ・フォーワードを小刻みに使用しながら随所に示されている。

以上の過去への回想、視点の移動に対して、未来に言及する予示的言説は施されていないであろうか。この点については「ネリー・ディーン悪党説」[23]でよく示されているように、彼女の言動が物語を作ったという主張があって、大きな示唆を与えてくれる。ネリー・ディーンの視線が未来に向けられることはあまり多くない。伏線とも呼ばれるべき予示の箇所は数ヵ所にすぎない。

（A）キャサリンとヒースクリフが荒野を駆け回り、リントン家の窓から中を覗き見て、ヒースクリフが一人だけハイツに戻されとき、ネリー・ディーンが彼に向かっていう言葉である。ネリーは「このことは、あんたが思っているよりも面倒なことになるわよ。……ミスター・ヒンドリーは最後の手段に訴えなければならなくなるでしょう。いまに見ていらっしゃい」（第六章）とヒースクリフを叱り、次のように語っている。

わたしの言葉は自分で望んでいる以上に的中しました。運の悪いことにその冒険はアーンショーを激怒させました――そしてそれからミスター・リントンが事態を善処するために翌朝みずからこちらに足を運んで来られたのです。そして家族を指導して行くやり方について若主人にひどい説教をしましたので、彼は真剣に自分のまわりを見まわす気もちになったのです。（第六章）

ヒースクリフはキャサリンと一言でも口を利いたら即刻絶対に追い出す、と宣告され、キャサリンはミセス・アーンショーによってきびしく取り締まられることになる。

（B）もう一ヵ所の予示こそ、『嵐が丘』はネリー・ディーンが創ったといわれる問題の箇所である。すなわちキャサリンがヒースクリフと結婚すると格が下がると言ったところまでをヒースクリフが聞いていて、その後のキャサリンの熱烈な愛の告白とエドガーとの結婚の不必要性についての言葉を聞かないまま出て行ってしまう、作中最高のクライマックスである。ヒースクリフが盗み聞きしていたことを隠して事を先送りにしてしまったネリーの判断について、ネリーの措置の善し悪しが問題とされているのである。このときのネリーが読者に提供する情報は不正確なものだと言わざるを得ない。ネリー自身はヒースクリフは納屋で仕事をしているものと思い込んでいた。ところが彼女はヒースクリフがセトルの向こう側から立ち上がって音もなく立ち去るのをはっきり見てしまう。キャサリンは「あたしたちの魂がなんでできていようと、彼のとあたしのとは同じもので、リントンのは月光が稲妻と、霜が火と違うほどに違っているのよ」（第九章）と言う。

このことばが終わるか終わらないうちに、わたしはヒースクリフがいることに気づきました。ちょっとした動きに気づいていたので、わたしが頭を向けますと、彼がベンチから立ちあがって音もなくそっと出て行くのが見えました。彼は、キャサリンが彼と結婚したら彼女の格が下がるでしょう、というところまでじっと聞いていたのです。そしてそれ以上は留まって聞いてはいませんでした。（第九章）

キャサリンの秘密はヒースクリフだけでなく、ロックウッドも読者もネリーとともに共有することになる。身分を落とされ無教養な状態に置かれているといえども、ヒースクリフには彼なりのプライドがあり、そのプライドを傷つけられた以上ハイツに留まっていることはできない（一七八〇年夏）。ネリーは遅蒔きながらキャサリンの言葉をヒースクリフが聞いてしまったことをキャサリンに告げる。ネリーはキャサリンに「彼はあなたの言ったことをかなり聞いてしまったと思いますよ」（第九章）と教える。キャサリンの狂乱ぶりはすさまじく、雷雨のなかに「帽子もかぶらずショールもかけず、髪の毛も衣服もたっぷり水をかぶった状態で突っ立ったまま意地を張り通し」（第九章）、ずぶ濡れになってしまう。夜の一二時半に家のなかに入って来たキャサリンは濡れている服を脱ぐように言われても聞き入れず、翌朝まで居間に留まった。それから彼女の精神錯乱が始まった。その結果リントン家の両親は彼女の熱病がうつり、互いに数日のうちに死んでしまう（一七八〇年晩夏）。ヒースクリフの失踪は三年間続き、キャサリンとエドガーは一七八三年三月結婚する。そしてヒースクリフが戻って来るのはその年の九月、収穫期の満月が皓々と照り渡っている夜のことであった（第一〇章）。ネリーの機転の悪さで三人の主要人物の運命は大きく狂わされてしまったのである。

（C）ネリー・ディーンは過去の出来事を語りながら、主人公たちの直接話法を用い、しかも彼らの未来に対する意識も表現している。第一五章においてキャサリンはまさに死のうとしている。主人公たちの最後の逢瀬における激しい抱擁の間にキャサリンは自分の死後二〇年経ったときのヒースクリフの台詞を想像して次のように言う。

「あたし、あんたを捕まえておくことができたらいいんだけど」と彼女はつらそうに続けました。「あたしたちが二人とも死んでしまうまで！　あたしはあんたがどんな苦しみを嘗めたって、いっこう平気だわ。あんたの苦しみなんかなんとも思わない。どうしてあんたは苦しまないのよ？　このあたしが苦しんでいるというのに！　あんたはあたしのことを忘れるんでしょう――あたしが地中に入ったら、幸せになるんでしょう？　あんたはいまから二〇年経ったら言うんでしょうねぇ、『あれがキャサリン・アーンショーの墓だよ。おれはずっと前彼女を愛して、彼女を失ったときは惨めだった。でもそれも過去のことだ。おれはそれ以来ほかの人をたくさん愛してきた――いまじゃおれにとっちゃ子どもたちのほうが昔の彼女よりも愛《いと》しいんだ。そして死ぬときには彼女のところへ行こうとしているのを喜んだりはしないだろう、子どもたちを置いて行かなきゃならないのが悲しいだろう！』あんたはそう言うんでしょう、ねぇ、ヒースクリフ？」

（第一五章）

ネリーは回想し、回想されたキャサリンは未来に向かって予言している。このような縦横無尽の時間操作をエミリ・ブロンテはごく簡単にやってのける。

（D）過去の出来事を語りながら、まだ訪れていない過去、つまり過去未来を予示する例は、過去においてはまだ生きているはずのエドガーの墓について言及する部分にも見られる。

彼女の夫もいま同じ場所に眠っています。そして二つのお墓のうえにはそれぞれ飾りのない墓石が載っています。そして足許にはお墓の印として簡素な灰色の角石が置いてあるだけなのです。（第一六章）

これはエドガーがテクスト＝タイムの現在においては死亡していることを明らかにしている。

（E）語り手の視線が未来に向けられる他の例はイザベラがハイツを逃げ出し、グレインジに立ち寄って、ロンドン方面に逃亡するさいの描写にもある。ネリーはイザベラがこれからどうなるかということを予告しているのである。

イザベラは走り去って、もう二度とこの近くに戻ってくることはありませんでした。しかし事態が落ち着くと、彼女とご主人さまとの間には定期的なお手紙のやり取りがきちんと行われるようになったのです。

彼女の新しい住まいは南のほう、ロンドンの近くだったようです。そこで彼女は逃走後数ヵ月して息子を出産しました。その子はリントンと命名されました。そして彼女が知らせてきたところによりますと、最初からその子は病気がちの、気むずかしい子でした。（第一七章）

（F）ヒースクリフは息子の名前がリントンであることを知って、余計に息子が嫌いになるが、リントン・ヒースクリフをまるで所有物であるかのように取り扱い、エドガー・リントンが甥を連れて帰って来たその晩にジョウゼフを遣いに出して息子を引き取ろうとする（第一九章）。

「あの方たちがあなたにお子さんのことを何か知ってもらいたがっているとは思いませんけど」わたしは答えました。

「しかしおれは餓鬼を引き取るぞ」彼は言いました。「ほしくなったときにはな。あいつら、そのつもりでいるといい！」

幸いにしてその子の母親が死んだのは、その時がやってくる前のことで、キャサリンの死後一三年ほど経って、リントンが一二歳か、もう少し大きくなったときでした。（第一七章）

（G）キャシーは父親がリントン・ヒースクリフをロンドンの近くまで連れに言っている間にペニストン・クラッグズに登ってみようと思い立ち、結局ハイツに立ち寄ることとなる。そこの女中からむさくるしいヘアトンが従兄だと知らされ、父親が引き取りに行っているはずのリントンこそ真の従弟と固く信じていることから、キャシーは泣き喚く。ネリー・ディーンは次のように語っている。

「あの人は違うわ、あたしの従兄なんかじゃないわ、エレン！」彼女は続け、思い出しては新たな悲しみをこみあがらせ、そういう考えから逃れようとわたしの腕に身を投げました。

わたしは彼女と女中がお互いにばらしあったのにとても当惑してしまいました。キャシーが言ってしまったリントンが近々到着するという話は、ミスター・ヒースクリフに報告されるのは間違いのないことですし、それと同じように父親が戻って来たらキャサリンがまず粗野な育ちの親戚について女中が言ったことの説明を求めようと思うだろうということも確信していました。

（第一八章）

これに対応する部分は第二一章にある。キャシーは強引に雷鳥の巣を探しに行って、ヒースクリフに現行犯で捕まってしまい、ハイツまで連れて行かれる。キャシーはハイツでヒースクリフに訊ねる。

「ああ、あなたにお訊きしたいんですけど、叔父さま」　ミス・キャシーは家政婦の言ったことを思い出して叫びました。「あたしの従兄じゃないんですよねぇ、その人?」

「従兄だよ」　彼は答えました。「あんたの母さんの甥っ子だよ。こいつが好きじゃないのかい?」

キャサリンは変な顔をしました。　（第二一章）

(H)　またネリー・ディーンはエドガーの死も予告している。現在エドガーはまだ生きていて、ロンドンの近くにリントン・ヒースクリフを引き取りに行かなければならない。

ミセス・ヒースクリフは夫の許を去ってから一二年以上生きていた、とわたしは申しました。彼女の家族は病弱な体質でした。彼女とエドガーは二人とも、この地方ではいつもお会いになるような血色のよい健康がかけていました。彼女の最後の病気が何であったか、わたしは知りません。わたしが推測しますのに、彼らは同じ病気、つまり一種の熱病で死んだのでしょう。始まりはゆっくりしているのですが、治りにくく、終わりに近づくにつれて急速にいのちを消

耗してしまうのです。（第一八章）

ネリーはエドガーが死んだこと、そしてその病気が妹と同じものであったことをロックウッドと読者に知らせている。読者たちはエドガーがやがて死ぬべき運命にあることを予知し、リントン家の滅亡を予感する。

（I）ヒースクリフはエドガーの死を予知しており、その場合娘キャシーが無一文にならないようにという配慮からキャシーと息子を結婚させようと努める。ヒースクリフの将来計画はエドガーの死を見越してのことである。ヒースクリフは彼の「魂胆」をすっかり話して聞かせるのである。

おれの魂胆は可能なかぎり正直なもんさ。なんなら全部教えてやってもいいよ」彼は言いました。「二人の従姉弟は恋に落ちて結婚するかもしれない。おれはおまえのご主人さまに寛大に振る舞っているんだぞ。あいつの生意気な小娘にはなんの遺産相続権もないんだ。おれの願いを支持すれば、あの小娘にリントンとの連帯相続人としてただちに遺産相続権を提供してやってもいい」

「もしリントンさんが死んだら」とわたしは答えました。「そして坊ちゃんが実際いつまで生きるかまったく当てにならないのなら、キャサリンが相続人になりますよ」
「そうはいかないね、彼女はそうはならないんだ」と彼が言いました。「遺言にはそれを確かなものにする条項は入ってないんだ。あいつの財産はおれのところに来ることになるだろう。ただ、言い争いを避けるために、おれは彼らの縁組を望んでいるんだ。そしてそうしようと決心したんだ」
（第二一章）

この予示には母親キャサリンが愛を告白したとき、ヒースクリフが盗み聞きしていた緊張感とほぼ同じものがある。みずからあからさまに暴露したヒースクリフの目的が達成されるかどうか、読者は未来に向けて十分なサスペンスを味わうことになる。それが達成されるためには、リントン・ヒースクリフがキャシーと結婚する前にエドガーに死なれたり、リントン・ヒースクリフに死なれたりするといけないのである。読者はヒースクリフの願いを叶えさせてやりたいのかどうか、物語そのものが緊迫感をもって迫ってくる。ヒースクリフがネリーとキャシーをハイツに閉じ込めて、グレインジに帰れなくさせているが、キャシーが父親の死期に間に合うように帰って、その最期を看取ることができるのかどうか、読者ははらはらしながら緊迫したサスペンスを経験する。

『嵐が丘』において独白は四ヵ所に用いられている。（イ）最初は主人に二種類の仕事を言いつけられて「主よ、お助けを！」と言うジョウゼフの言葉（第一章）である。そして（ロ）ヒースクリフがキャサリンの幽霊に対してあげる悲痛な叫び（第三章）も独白と見なしてよいであろう。

「入っておいで！　入っておいで！」彼はすすり泣いた。「キャシー、入っておいで、ねえ、お願いだから――もう一度！　おお！　おれの心の恋人よ、今度こそおれの言うことを聞いてくれ――キャサリン、やっとなんだよ！」（第三章）

（ハ）ヒースクリフがキャサリンが埋められた日、墓を暴き、独り言を言う。「もう一度彼女をこの腕に抱こう！　彼女が冷たかったら、このおれをひんやりさせるのはこの北風だと考えよう、彼女が動かなければ、それは眠っているからだ」（第二九章）この後にも独り言は続く。ヒースクリフはキャサリンの存在を身近に感じながら家まで帰って行く。さらに（ニ）ハイツの女中がキャシーの必死の訴えも無視してリントン・ヒースクリフを死に至らしめている場面がある。女中は一五分ほど聞き耳を立てていて、こう独白する。

〈あの人、勘違いしてたんだ〉わたし、自分自身にそう言い聞かせました。〈峠を越えたんだ。みんなを騒がす必要なんかなかったんだ〉（第三〇章）

これに関連して、この小説のなかに用いられた内的独白がどのようなものであったかを見てみよう。（a）ネリー・ディーンは、エドガーがキャサリンと喧嘩して殴られ、腹を立てるものの帰って行くこともできないのを見て胸のうちで「ああ、彼は救いがたい——運命は決まっている、そしてその宿命に向かってまっしぐらに飛んで行くしかないのだ！」（第八章）と思うのである。また（b）ネリーは夢について迷信を抱いており、キャサリンがいきなり始めた夢の話に素っ気ない態度を取る。例の有名な、天使を怒らせてキャサリンがヒースの真ん中に投げ落とされたという話であるが、ネリーは「夢の話なんか聞いてあげるつもりはないんですから、キャサリンお嬢さま！　わたし、もう寝ますよ」（第九章）と言うが、キャサリンはかまわず語り始める。これは一方的にキャサリンが語る内的独白と見てもよいであろう。

（c）イザベラは手紙でネリーに新婚家庭のありさまを切々と訴え、「もてなしの悪い暖炉に、孤独よりももっとひどい状態で座って、殊のほかわびしい気もちになり、四マイル離れたところにわたしが地上で愛した唯一の人たちがいる楽しいわが家があることを思い出して」抑えきれない溜息と涙声を出し、絶望の胸のうちをさらけ出す。「わたしは自問してみました——わたしがどこに慰めを求めればよいのだろう？」（第一三章）これは孤独のなかで呻吟するイザベラの内心の告白である。

次に（d）ネリーが嫌がるリントン・ヒースクリフを騙し騙しハイツに連れて行く途中でいろいろと考え込む。父親の髪の毛と眼の色が黒いと聞いたリントン・ヒースクリフは「それじゃあ、ぼくはお父さんに似ていないいんだね？」（第二〇章）と言うのに対して、ネリーはつぶやく。

「あんまりね」わたしは答えました……少しも、とわたしは思いました。道連れの白い顔色やほっそりとしたからだつきを、そして大きなけだるそうな眼を見て残念に思ったのです…病的な気短さが一瞬眼を燃え立たせるのでなければ、母親のもっていた生き生きとした精神がほんの少しもないということを除けば、母親の眼そっくりでした。

（第二〇章）

（e）ヒースクリフがひょっこり戻って来た緊張の一瞬に、勉強に夢中になっているキャシーとヘアトンを楽しそうに見つめる幸福感をネリーはこう伝えている。

そうですね、いま思い返しましても、あれほど楽しそうな、あれほど罪のない光景は決してなかったでしょう。そして彼らを叱りとばしでもしたら、かえってひりひりするような恥辱となったことでしょう。

（第三三章）

そしてネリーはヒースクリフの戦意を奪ったのは若い二人の目がよく似ていることだと言って、ヒースクリフの胸中まで推測している。

（f）いよいよ末期を迎えたヒースクリフが睡眠も食事も取らずに戸外をうろつきまわっているのを心配してネリーが一人でつぶやく場面がある。彼女はそばを通り過ぎるときに、ヒースクリフが猫のように早い息遣いをしているのに気づき、こう思う。

〈そうですとも！〉わたしは自分自身で一人思いました。〈病気で一騒ぎ起こるわ。何をしているのか見当もつかない！〉（第三四章）

これらの例で推察されるように、『嵐が丘』において内的独白の手法は場合によっては主人公の内奥の秘密を赤裸々に語るものもあるが、それらのすべてが物語の展開に大きく影響するような技法として用いられたわけではない。これらは語り手、ないし主要人物が洩らす一瞬の感想にすぎず、物語の質的充実を図るための手段とはなり得ていない。

『嵐が丘』の技法について考えるには語彙の問題も重要であろう。この作品では語数総計は一一八、三三七語、語彙数は五、三六一語（私算）であり、総語数のうち使用頻度が一回かぎりのものは四、二八一語、二回以下のものは五、八一八語である。多重の語り手構造がもつ特徴は、直接話法が全体の三九・五％を占めることによっても明らかである。ロックウッド、ネリー・ディーンという主たる語り手は中心人物たちの言葉をそのまま写し取る方法で、物語のリアリティーを確保している。それに対して残りの部分は描出話法で描き出され、六〇・五％を占めている。そのうち間接話法は一・八％しか用いられていない。[24]

文学研究が科学的方法によって実証的になっていく過程で、『嵐が丘』に関する研究もありとあらゆる方法論が試され、可能なかぎりのデータが示されてきた。これで完全ということはできないが、発想の転換によって新しい批評論が試されたり、新しいデータが示されたりする日をつねに期待できるといえそうである。

第九章　『嵐が丘』における二つの時間

一、はじめに

小説には時間への言及が随所に見られる。どのような種類の小説でも、「時間」についてまったく言及せずに、完全な小説を創作することはできないであろう。自伝小説や社会小説など現実的世界に根ざした内容を扱っている場合については言うまでもなく、『嵐が丘』のような虚構的世界を描いた作品においても、「時間」は物語に奥行きを与え、読者の共感を誘うのに大いに役立っている。

『嵐が丘』ではどのような「時間」が存在しているのであろうか。またエミリ・ブロンテは作中においてどのように「時間」を扱っているのであろうか。

二、物語の時間

『嵐が丘』における時間について最初に注目したのがチャールズ・パーシー・サンガーである。サンガーは不滅の業績『嵐が丘の構造』[1]において『嵐が丘』における時間の構造を解明し、作中における地形学や植物学、さらに財産法の正確さを人々に伝えた。サンガー自身が弁護士であったこともあり、彼の意識は財産法についてより多く向けられているように見られるが[2]、これらのなかでも特に重要であるのは、時間構造の解明であり、彼が論末に付した「嵐が丘年代記」はこれ以降の『嵐が丘』批評史に甚大な影響を与えていくこととなった。

サンガーが作成した年譜も細かく見ていけば、イザベラの生年に誤りがあることや、曖昧な日時の羅列が多いことに気づく。しかしながら『嵐が丘』が時間的に矛盾のない「虚構の歴史」を内在しているというサンガーの主張は非常に重要な意味をもっており、批評界に与えた影響ははかりしれない。

サンガーは『嵐が丘』の時間的構造を探るために、まず第一章の冒頭部分に挙げられている「一八〇一年」、次いで第三二章の「一八〇二年」と第七章の「一七七八年」に注目している。作中においてこれらの三つの年代はいずれも明示されているものであり、キャサリン・アーンショーの生年である一七六五年とこれら三つの年代とを基準とし、さらにネリーの語りに見られる時間を考慮することで、そのほかのできごとを時系列的に把握することが可能である。

フランク・グドリッジもサンガーと同じく『嵐が丘』における時間について注目した。ところ

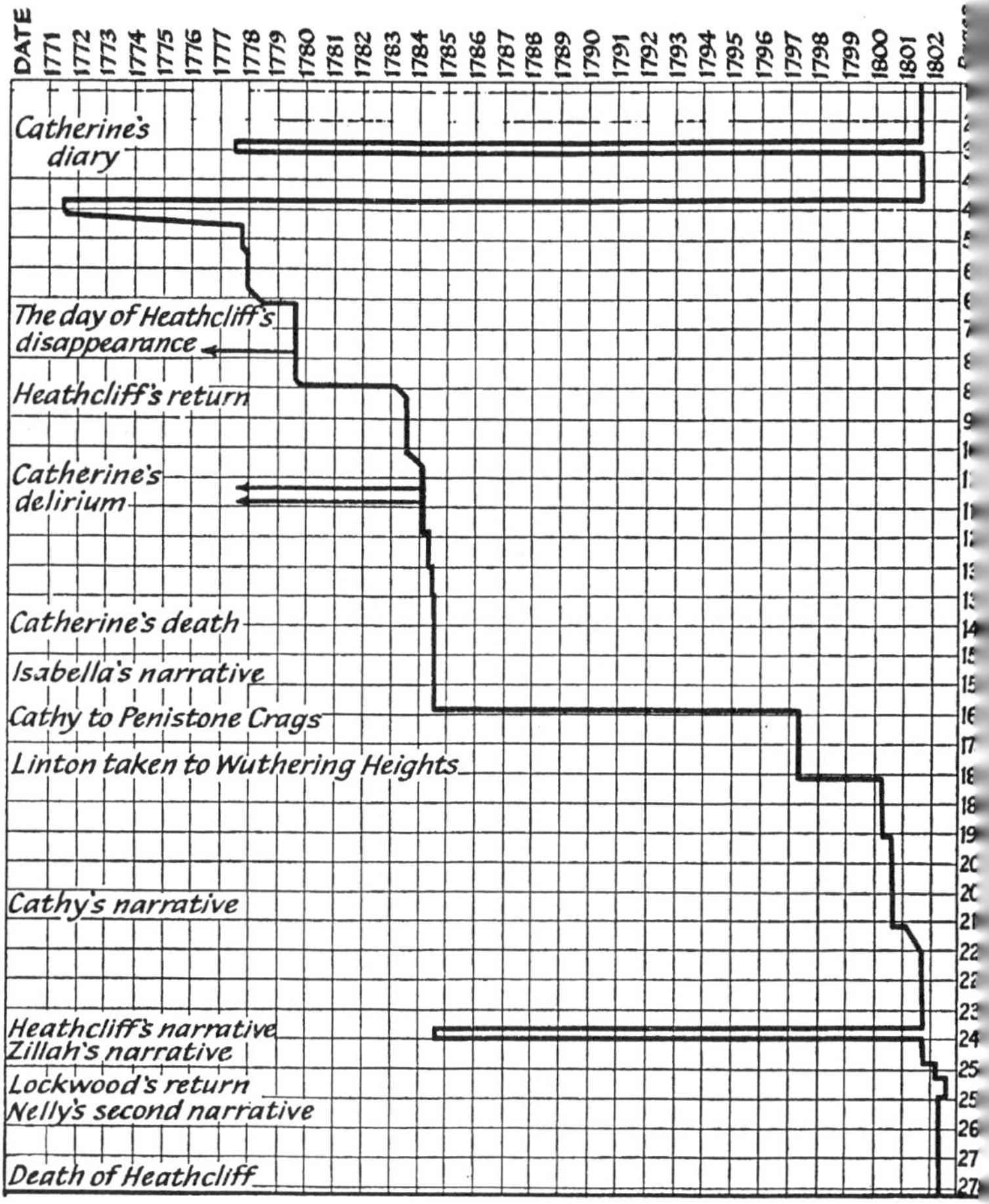
DATE
1771
1772
1773
1774
1775
1776
1777
1778
1779
1780
1781
1782
1783
1784
1785
1786
1787
1788
1789
1790
1791
1792
1793
1794
1795
1796
1797
1798
1799
1800
1801
1802
Catherine's diary
The day of Heathcliff's disappearance
Heathcliff's return
Catherine's delirium
Catherine's death
Isabella's narrative
Cathy to Penistone Crags
Linton taken to Wuthering Heights
Cathy's narrative
Heathcliff's narrative
Zillah's narrative
Lockwood's return
Nelly's second narrative
Death of Heathcliff

フランク・グドリッジ 著

『エミリ・ブロンテ嵐が丘』(1964) p.49 から

が両者はともに『嵐が丘』における時間を扱いながらも、着眼点の相違によってその主張が大きく異なっている。

『嵐が丘』に著されている日付がすべてエミリの創作であるのか、あるいは実際のカレンダーを参照したのか、ということがサンガーにとって最大の疑問であった。それゆえにサンガーが『嵐が丘』の歴史を年代順に再構成したことは上述したとおりである。これに対しグドリッジは、『嵐が丘』には日付を著すようなことばが少ないにもかかわらず、読者に時間の経過を感じさせるのはなぜか、という問題に強い興味を感じていた。そこで『嵐が丘』の物語構造を語りの側面から解き明かし、詳細な「『嵐が丘』の時間構造」を作成した（図参照）[3]。この図からも明らかなように、『嵐が丘』では時間が過去から現在、現在から過去へと頻繁に移行しており、できごとが起こった順序で物語が語られていないことがわかる。過去と現在が入り乱れることでかえって作品の面白さが増している、とグドリッジは結論づけている。

サンガーもグドリッジもともに『嵐が丘』における時間という主観によって変化することのない客観的事実を解明した点で評価に値するが、いずれも物語の時間を解明してそこに大幅な矛盾のないことを指摘し、エミリの表現力を賞賛するようなことばによって結論を濁してしまっている感を拭えない。サンガーの場合は特に年代を算出する際、作中において矛盾をきたすと思われるようなデータはすべて排除してしまっており、意図的に都合のよいものを選び取って論じているように思われる。グドリッジもまた時間のずれが生み出す作品への効果について一切触れようとはしていない。

サンガーやグドリッジが追究を避けた『嵐が丘』における「時間」の矛盾とは、一体何を意味しているのであろうか。またキャサリンやヒースクリフのことばに時間的な矛盾がとりわけ多く見られるのはどうしてであろうか。

三、『嵐が丘』における時間の種類

人間を「時間的存在」であると定義したマイヤーホフは時間には二つの概念、すなわち自然界に見られる動きと結びつけて考えられる「自然的時間」と、個人経験による主観的な時間秩序である「経験的時間」があると考えている。[4]

「自然的時間」とはいかなる「時間」を言うのであろうか。「公的で客観的な時間」である「自然的時間」は、太陽や月などの自然界における客観物に時間測定の基準が設けられている。それは時計やカレンダーに代表されるような公的同時性を確保するものであり、個人の都合とは関係なく存在している。われわれの日常生活は実際にこのような「自然的時間」を基盤としており、このことからも「自然的時間」とは、すなわち、人間が自分自身の存在を確実なものとして受け入れることができるようにするために、われわれが便宜上生み出したものであることがわかる。

サンガーやグドリッジが注目したのがまさに『嵐が丘』における「自然的時間」の分析であった。作中にはネリーの語りを中心とする一定した時間の流れが存在している。ネリーの語りはいうまでもなく「自然的時間」に準拠している。ロックウッドにグレインジでの居住年数を聞かれてネリーは「一八年ですよ、旦那さま」（第四章）と答えているが、ここでの「一八年」は『嵐が丘』に存在する「虚構の歴史」に完全に当て嵌まっていることがわかる。このほかにもネリーの「キャシーはスラッシュクロス・グレインジに五週間、クリスマスまで滞在していました」（第七章）ということばや、エドガーの出張期間について「彼は三週間留守にしました」（第一八章）ということばに表れている数字は客観性をもっており、作品世界における「虚構の歴史」においてまったく矛盾していない。

しかしながら『嵐が丘』にはもう一つ別の時間が存在している。それはマイヤーホフの指摘する「経験的時間」に当たるものであり、キャサリンとヒースクリフの関係について考える際に重要な意味をもつ。「経験的時間」とはいかなるものであろうか。「経験的時間」は「私的で主観的な時間」であり、「自然的時間」に見られるような、公的な時間指標はいっさい存在していない。「経験的時間」はいわば「経験の観点から規定される時間」であり、それゆえに人間心理が大いに影響してくる。たとえばヴァージニア・ウルフは『オーランドー』（*Orlando*, 1928）において

「人間の心は時間の機構に不思議な作用を及ぼす。一時間は、一度人間の奇妙な領域に宿れば、時計ではかる長さの五〇倍、一〇〇倍に伸びることも可能であり、また一方それは、心の時間によっては、正確に一秒で表されることも可能である」[5]と時間と人間心理との密接な関係について述べている。ウルフのことばからも明らかであるように「経験的時間」は非常に個人的な時間であり、そのために「自然的時間」に見られるような規則性や一貫性を「経験的時間」から同じように見出すことはできない。

ところが「経験的時間」の有用性はむしろ別に存在している。「自然的時間」において「一時間」として定義された時間を実際に過ごした人が、それを「経験的時間」の相においてどう感じたかがわかれば、その人のその時点での心理を知ることができるからである。

したがって『嵐が丘』における時間について考えるとき、「自然的時間」と「経験的時間」の区別が重要になってくる。キャサリンやヒースクリフの「時間」に対する意識には、「自然的時間」や「経験的時間」の混在が多く見られ、これらの判断を誤ってしまうと、サンガーやグドリッジのように、重要な情報を見落とすことになりかねないのである。

四、計測される時間――経験的時間の喪失と自然的時間の獲得の意味

（一）　キャサリン

キャサリンの時間意識の萌芽は彼女の日記にはっきりと見出すことができる。そこにはジョウゼフの礼拝が「かっきり三時間」（第三章）であったことや、キャサリンが日記を書くに際して「二〇分近く書く時間ができた」（同章）ことなどが几帳面に記されている。しかしながらキャサリンのこのときの正確な年齢をわれわれが知ることはできない。というのもキャサリンの日記自体、作中においてどの場面に該当するかわれわれには判断できないからである。[6] それゆえにキャサリンが時間意識をはっきりもったのは、むしろリントン家を訪れた直後であったといったほうがより適切であろう。このときに至るまで彼女の意識に時間という概念はまったく存在しておらず、リヴァプールに出かけていった父親の帰りを待ちわびていたときでさえ、彼女が時間について具体的な言及をしている様子は見られない。彼女にとって重要なことは父親の帰宅であって、「どのくらい待たなければならないのか」という過程には興味がなかったのである。

グレインジで五週間を過ごした後キャサリンは肉体的にも精神的にも劇的な変化を遂げることになる。華美な服装を身にまとい、淑女としての嗜みを身に付けたキャサリンの精神にはどのような変化が生じたのであろうか。

リントン家に代表される特徴は「功利主義」、「物質主義」、「現世主義」であり、そこでは時間との巧みな関わりが展開されている。たとえば「盗人」と勘違いされて捕えられたキャサリンとヒースリフを見たときにリントン氏が発した次のことばは非常に興味深い。

『悪党どもはきのうがうちの小作料の集金日だと知っていたんだね。連中は私をうまくやっつけようと思ったんだ。お入り。彼らにたっぷりもてなしをしてやろう。ほら、ジョン、鎖をちゃんと締めて。スカルカーに少し水をおやり、ジェニー。要塞のなかの行政宮殿に刃向かうなどと、しかも聖日にだ！　連中の無礼な態度はどこまで行ったら止まるのだろう。』

（第六章）

リントン氏のことばには「小作料の集金日」、「聖日」など、暦に基づくものが多く見られ、ここからも彼の生活が「自然的時間」に支配されていることがわかる。「自然的時間」の有効利用を目標とする人物はほかにもおり、病床のキャサリンを気遣うことなく読書に耽るエドガーや、キリスト教に心酔するジョウゼフなどにも見ることができる。また語り手として存在するロックウッドやネリーにとって公的な時間意識は非常に重要な意味をもっており、見たものを正確に語り直すためには、客観的な時間構造である「自然的時間」の意識が欠くことのできないものとなっている。そしてキャサリンもまたグレインジを初めて訪問して以来「自然的時間」に強い関心をもつようになってしまったのである。

グレインジ訪問前のキャサリンの時間意識は「経験的時間」によるものであった。さらにここで重要なことは、キャサリンとヒースクリフが「経験的時間」を共有していたということである。「朝荒野に駆け出して、そこに一日中留まっているのが彼らのおもな楽しみの一つでした」（第六章）とネリーが述べているように、この当時のヒースクリフやキャサリンの意識に公的な時間はほとんど影響力をもっていない。彼らにとって一日は一瞬であり、永遠でもあった。

ところがグレインジの世界を垣間見たことでキャサリンは「自然的時間」の重要性に気づかされてしまう。後にキャサリンが子ども時代を回想している場面で、ヒースクリフと寝所を分けられたときに彼女の七年間にわたる不幸が始まったと述べているが、このときを境に両者の時間の共有は完全に解消されてしまったのである。

以上のことからも明らかなように、最初に「自然的時間」の存在を強く意識したのはキャサリンであった。第八章における彼女の言動から、時間に対する意識の変化を克明に読み取ることができる。

エドガーとヒースクリフの鉢合わせを何よりも恐れていたキャサリンは、必然的に時間を意識した生活を送らざるをえなくなってしまっていた。そのような状況のなかで、なかなか仕事に出ようとしないヒースクリフに対しキャサリンは苛立ちを隠せず、「でもいま、あんたは畑に出てることになっているんでしょう、ヒースクリフ。食事時間から一時間も経っているわよ」（同章）と言ってしまう。キャサリンのこのことばに、「自然的時間」の意識を垣間見ることができる。キャサリンは時間を支配しようと考えていた。しかしながら彼女のこのような願望に反して、実際は彼女のほうが時間に支配されてしまっていたのである。

（二）　ヒースクリフ

ヒースクリフが嵐が丘に連れられて来たときの年齢はおおよそ七歳であったと推定されるが、[7] ネリーが述べているように、「だれにもわからないちんぷんかんぷんなことばを何度も繰り返すだけ」（第四章）であった。それゆえに出自を含めてすべてが曖昧であったヒースクリフに、時間についての意識がいつ芽生えたかについて見ることは、容易なことではない。しかしながらこの当時のヒースクリフは多くの時間をキャサリンと過ごしていたという事実からも、グレンジを訪問するまでヒースクリフの意識に「時間」という概念はむしろ皆無であったということができるであろう。そのように考えれば、日曜日にヒースクリフとキャサリンが教会に行かなかったのも、キリスト教に反抗しているということ以前に、時間の意識が欠如していたためであったことがわかる。[8] したがってヒンドリーに叱られてもヒースクリフはまったく意に介さずに、その直後に、ましてや夜半であるにもかかわらず、キャサリンとともにグレインジへと駆け出していくことができたのである。

グレンジ訪問後のキャサリンの劇的な変化については上述したとおりであり、それはヒースクリフにも直接影響を与えることになった。ヒースクリフは以前よりもいっしょに過ごす時間が少なくなったキャサリンの態度に疑念を抱き、思わず次のような言動に出てしまう。

「……でもちょっとあの壁の暦を見てくれよ」彼は窓の近くにかかっている枠のついた一枚の紙を指差して、続けました。

「バツ印がついてるのはおまえがリントンきょうだいと過ごした晩で、テンを打ったのがおれと過ごした晩だよ――わかったかい？　おれは毎日しるしをつけてるんだ」

「ええ――とてもばかげているわね。まるであたしがそんなことを気にしてるみたいに！」とキャサリンは怒りっぽい口調で答えました。「そんなことして、なんの意味があるのよ」

「おれが気づいていることを見せるためだよ」とヒースクリフはいいました。（第八章）

キャサリンとの共有時間の急速な喪失に対して恐怖心を抱いたヒースクリフが、公的な時間によってキャサリンとの絆を再確認しようとしている様子が伺える。けれども彼が求めるような答えを見出すことは結局できなかった。なぜならば「自然的時間」の追求がもたらすものは、時間の量的な側面に限られてしまい、質的な側面についてはいっさい無視されてしまうことになるからである。キャサリンといっしょに過ごす時間を作り出すことはできても、それは個人対個人という単なる肉体的な「接触」にすぎず、以前のように精神的に時間を共有することはできなくなってしまったのである。このことにまったく気がつかないヒースクリフは、キャサリンとどのような時間を過ごしたか、ということではなく、どのくらいの時間を過ごしたのかということによりいっそう意識が傾けられていくのである。こうしてキャサリンとヒースクリフは「自然的時間」を獲得したことで、いっしょの時間を共有していた、輝かしい「子ども時代」という楽園から追放されてしまったのである。

五、体感される時間——自然的時間の喪失と経験的時間の再獲得の意味

(一) キャサリン

「自然的時間」にとらわれてしまったキャサリンではあったが、ヒースクリフとエドガーとの狭間で心を引き裂かれ、精神錯乱を起こしてしまうと、彼女の意識に奇妙な時間の混在が見られ

るようになってくる。「自然的時間」の支配する世界に身をおきながらも、「経験的時間」を強く意識するようになってしまっていたからである。ハンガーストライキを実行したキャサリンと彼女の行為を窘《たしな》めるネリーとの間に次のような興味ぶかい会話が交わされている。

「あたしがここに閉じ籠ってからどれくらいになる?」彼女は突然元気を取り戻して訊ねました。

「あれは月曜日の晩でしたね」わたしは答えました。「それでいま木曜日の夜、もっと正確にいえば金曜日の朝ですから」

「なんですって! 同じ週の?」彼女は叫びました。「たったそれだけしか経っていないの?」

「冷たい水と不機嫌以外は何も召し上がっていらっしゃらないのですから、十分長いですよ」とわたしは意見をいいました。

「ふーん、退屈で長い時間のように思えるわ」彼女は疑わしそうにつぶやきました。「もっと長かったはずよ……」

(第一二章)

この会話に先立ちネリーは「ミセス・リントンは三日目に彼女のドアの閂をはずしました。そしてピッチャーとデカンターのお水を使いきったので、新しいお水とお椀一杯のお粥がほしいといいました」（同章）と述べており、ネリーがここでは「自然的時間」に則ってキャサリンに時間を伝えていることがわかる。これに対し、キャサリンは自分の感覚に基づいた時間意識を強く感じており、これがマイヤーホフの謂う「経験的時間」ということになる。「自然的時間」においては四日にすぎないが、キャサリンの意識においてはそれ以上に長く、一週間以上にも、十日にも感じられており、召使として日々の決まりきった仕事を当たり前にこなしていたネリーと、肉体的精神的苦痛に苛まれながら辛い時間をたった一人で過ごしてきたキャサリンとでは、このように時間の認識方法が異なっているのである。

キャサリンの時間意識の混在は死後もなお続いていて、第三章におけるキャサリンのことばからも見て取ることができる。幽霊となって現れたキャサリンに腕をつかまれ、気が動転したロックウッドは「失せろ！」と怒鳴り、「絶対にいれてやりゃしないぞ、たとえ二〇年頼んだって駄目だ」と息を巻く。これに対してキャサリンは「二〇年よ、あたし二〇年も宿無しだったの！」と述べており、ここでの「二〇」という数字が今なお作品解釈をするうえでの大きな謎となっている。死後「一八年」しか経過していないにもかかわらず、「二〇年」と主張するキャサリンのことばは実際謎に満ちている。このような時間のずれは、とりわけヒースクリフやキャサリンのことばに多く見られている。それらはいずれも『嵐が丘』批評を行ううえで批評家の興味を引きつけながらも、取り付く島もないように、容易には解釈を許さない。

キャサリンの最期の場面について見てみると、「あなたは何て元気なんでしょう！　あたしが死んだ後、何年生きるつもり？」（第一五章）や、「あんたはいまから二〇年経ったらいうんでしょうね」（同章）というヒースクリフに対するキャサリンの問いかけのことばから、彼女の痛ましいまでの「自然的時間」による束縛に気がつくであろう。「ああ、行かないで、行かないで。最後なんだから！　エドガーはあたしたちを傷つけやしないわよ。ヒースクリフ、あたし死ぬのよ！　あたし死ぬのよ！」（同章）という悲痛な叫びを最後に、キャサリンは意識を失ったまま死ぬことになる。それゆえに受動的ではあるにせよ「自然的時間」から解放されたということができるが、「経験的時間」の回復には至らないままの死であった。そのために彼女は死してなお「二〇年よ、あたし二〇年も宿無しだったの！」という、「自然的時間」か「経験的時間」かの判断がつかないようなことばを発してしまうことになってしまっているのである。キャサリンのことばを「自然的時間」として捉える批評家は、「二〇年」の起点を探ったり、あるいはキャサリンの誤解やエミリの確信犯的な作為として結論づけたりすることで、何とかその説明をつけようとする。しかし「経験的時間」としてとらえると、そこでのずれがむしろ重要な意味をもつことになり、キャサリンの言い間違いとして退けることができないことがわかる。なぜならば物語における「自然的時間」ではその長さが一八年であったとしても、キャサリンの「経験的時間」においては二〇年として感じられていたことになるからである。ここにキャサリンの心理を読み取ることができる。キャサリンが実際の時間よりも長く時間を感じているのは、（彼女の今際《いまわ》の場面でもそうであったが）、キャサリンが苦痛に苛まれながら時間の経過を感じていたからである。

このように『嵐が丘』には時間を表すさまざまな数字が存在しており、それらは読者を惑わす奇妙な魅力を併せもっている。そのうえ「自然的時間」と「経験的時間」が混在することで作品解釈をよりいっそう困難なものにしているのである。

（二）ヒースクリフ

三年にわたる失踪の後ヒースクリフが身に付けたものは、財産や教養に留まらず、「自然的時間」の意識をさらに強化させて戻ってくる。そのために帰郷直後のヒースクリフがネリーに対して最初に発したことばは、「おれはここで一時間も待ってたんだよ」（第一〇章）というものであった。「自然的時間」に基づく自己の存在確認がもたらすものは、数字の羅列であり、「ゆうべおれはグレンジの庭に三時間いた」（同章）ということばや、キャサリンの死後の苦しみについて「彼女を騒がせたって？　とんでもない！　彼女のほうこそおれを騒がせてきたんだ、一八年の間夜も昼もだ」（第二九章）というヒースクリフのことばからも窺い知ることができる。

失われてしまった「経験的時間」を取り戻すことが、楽園の回復を意味することだと最初に気づいたのはヒースクリフであった。ヒースクリフはどのようにして「経験的時間」を回復していったのであろうか。ヒースクリフの変化は二度目の墓暴きから始まっている。一度目の墓暴きはキャサリンの埋葬直後に行ったのであるが、「経験的時間」を取り戻すには至らなかった。キャサリンの死を「自然的時間」において捉えようとしたヒースクリフは、結局キャサリンの死と対峙することができなかったのである。これは、『もういちど彼女をこの腕に抱こう！　彼女が冷たかったら、このおれをひんやりさせるのはこの北風だと考えよう、彼女が動かなければ、それは眠っているからだとな』（第三三章）というヒースクリフのことばからも明らかである。

ところが二度目の墓暴きでは彼女の死を「経験的時間」の相のもとで捉えることができた。「そしてもし彼女が土に溶けてしまっていたら、あるいはもっとひどくなっていたら、そのときにはどんな夢をみたでしょうねえ？」（第二九章）というネリーの問いに対し、「おれは蓋を明けたとたんにそういう変化が見えるものと思っていたよ」（同章）とヒースクリフは答えている。死後一八年経過した死体が原型を留めているはずはないのであるが、ヒースクリフは生きていた時と同じ姿のキャサリンを見ることができたのである。ヒースクリフはこのときを境に、食事もとらなくなっていき、「ネリー、妙な変化が近づいているんだよ――おれはいまその影のなかに入っている――日常生活にあんまり興味がないもんだから、飲み食いもほとんど忘れている」

（第三三章）とその理由を述べている。この「妙な変化」というのが「自然的時間」と「経験的時間」の逆転を意味しているのである。

ヒースクリフは次第に昼夜の区別もつかなくなっていく。その様子をネリーは次のように証言している。

そこで、ようやく彼が壁を見ているのではないことがわかりました。といいますのは、彼だけを見ていますと、どうやら彼は二ヤードの距離以内にある何かを見つめている、と思われたからです。そしてそれがなんであろうと、それが甚だしい極限の喜びと苦痛の両方を彼に与えているのは明らかでした。少なくとも彼の顔に浮かんだ、苦しんでいるのに、うっとりとした表情がそういう考えを暗示していたのです。

心に映るまぼろしはじっとしてはいませんでした。彼の眼は倦むことのない用心ぶかさで、それを追いまわしていました。そしてわたしにものをいうときでも、決してそこから眼を離しませんでした。（第三四章）

このようにヒースクリフの生活はもはや世の中の流れとは完全にかけはなれてしまったのであり、一切の公的な束縛からようやく解放されたのである。

六、さいごに

「文学は、いかなる性質のものであれ、すべて過去に由来するものである。……空想科学小説のような特別な場合を除いて、虚構の文学は、それはさまざまな長さの期間にわたり、さまざまな程度に詳細に、時間的順序であるいは無秩序に、想像上の過去のできごとを物語る。またある場合には、歴史と溶け合っているかもしれない」[9]とホランドは文学と時間との係わり合いについて述べているが、エミリもまた彼女が執筆していたときよりも過去に『嵐が丘』の時代を設定しており、そこには一七七一年から一八〇三年までの三二年間にわたる「ハイツ」と「グレインジ」の歴史が綴られている。

『嵐が丘』はまったく「歴史と溶け合って」いない点で興味ぶかい。一七七六年に起こったアメリカ独立戦争についても、一七八九年に起こったフランス革命についても、いかなる歴史も作中において具体的には触れられていないのである。ヒースクリフの失踪後の足取りについて、彼がその後獲得した財産との関係から、語り手たちはヒースクリフがアメリカ独立戦争に参戦した可能性について言及するが、それ以上話の発展はないのである。このようにエミリは歴史的事実をいっさい排除したうえで、完全な「虚構の歴史」を作り上げることに成功したのである。

ところがエミリの時間に対する意識は、完全な「虚構の歴史」を作り上げることに留まらない。エミリは二つの時間を巧みに使い分けることでヒースクリフとキャサリンとの関係を象徴的に描くことに成功している。特に物語の最終場面は非常に印象的である。ヒースクリフとキャサリンの「死」という事実を二つの時間的側面から描ききっているからである。「自然的時間」において両者の死は、苔むす墓石のように、まわりの変化を避けることができない、受動的な存在として描かれている。ところが幽霊となって荒野を歩き回る両者について言及することで、「経験的時間」の相のもとに永遠の生命を獲得した彼らの息遣いを読者に感じさせるのである。

マイヤーホフは「自然的時間」と「経験的時間」それぞれの重要性を指摘し、両者に優劣をつけることはない[10]。どちらも人間生活と深い係わり合いがあると考えている。しかしながら興味ぶかいことに、『嵐が丘』においては「自然的時間」よりもむしろ「経験的時間」が重視されており、キャサリンとヒースクリフの楽園の喪失と回復の過程を通して「経験的時間」の重要性が描かれているのである。

第十章　『嵐が丘』を読む　――テクストと読者――

一、はじめに

かつての文学研究は作品から作者の意図を読み取ろうとするのが主流であった。しかし現代においては作品とテクストは切り離され、作品は作者のものであるが、テクストは読者のものと考えられるようになった。このようにして現代の文学研究の課題はすでに作者から読者へ移行している。そこで本章では『嵐が丘』におけるテクストと読者について考えてみたい。

二、テクストの生産

第三章でキャサリンの日記を読むロックウッドは一人の読者である。それゆえロックウッドが一人の読者としてキャサリンの日記をどのように読んだか、という読みの実践は興味ぶかい。

ロックウッドが樫の木のベッドの部屋で注目したのは本の余白に書かれたキャサリンの日記であった。ロックウッドによれば、その部屋にあった蔵書の余白にはすべてキャサリンの日記が書き込まれていた。

キャサリンのように、エミリが余白を活用していたことは彼女の日誌を見れば明らかである。エミリは日誌をつけながら、その余白にエミリ自身の絵やキーパーの絵などを描いていた。ゴンダル詩もまた、詩の余白に登場人物のイニシャルや日付が書かれている。[1]「ゴンダル」のテクストにおいて、その日付やイニシャルがなければ、物語は成立しない。ところが「ゴンダル」の解明に一生を捧げたファニー・エリザベス・ラッチフォードでさえ、イニシャルや日付をテクストの外にあるものとして、「ゴンダル」編纂にあたってそれらをすべて排除してしまった。[2]したがってラッチフォードはわれわれにテクストとは何か？　という大きな問題を提起することとなったのである。

現代の文学理論において、テクストはどこからどこまでなのかということがしばしば問われている。一般的に本文をテクストと言うが、余白はテクストには含まれないのであろうか。エミリの日誌や「ゴンダル」に見られるように、作者が余白に書いた注やイラストなどはテクストの周縁的なものとして扱ってよいのであろうか。[3]余白に書かれていたとしても、それらがないとテクストが成立しない場合、余白に書かれているものを無意味なものとして簡単に削除することはできないのである。

印刷がまだ発明されていなかったころの写本にも余白の重要性は見られる。写字生たちはテクストを写しながら、余白を利用して、彼らの解釈を書き込んでいた。なかにはキャサリンが書いたジョウゼフのカリカチャーにも似たイラストや飾り模様などが見られるものもある。このように写本は本文だけでなく余白に書かれているものもテクストとして読者に伝達されている。こうした写本の歴史は余白もテクストの一部であり、余白への書き込みこそテクストを生産することになるという事実を示しているのである。

ロックウッドがベッドにもぐりこんだとき手にした本は何であったか明らかではないが、積み上げられた本のうちの一冊が聖書であったことはたしかであろう。だがここではその本が何であったかということより、前述したように、ロックウッドが本文より余白に書かれたキャサリンの日記に注目したということが重要である。つまりロックウッドが余白に注目したとたん、本来のテクスト、すなわち本文は周縁に退き、キャサリンの日記が本文としてクローズ・アップされる。このような点から、テクストと余白に境界線はなく、つねにその支配権をめぐってせめぎあいが行われていることがわかる。そしてそのせめぎあいに決着をつけるのは読む主体である読者にほかならないのである。

キャサリンの日記はこのようにしてロックウッドが偶然発見したものである。もしロックウッドが樫の木のベッドの部屋に入らなければ、キャサリンの日記は忘却され、風化してしまったであろう。ロックウッドが見つけたときでさえ「黴がはえ」「四半世紀」が経とうとしており、徐々に人々の記憶から忘れ去られようとしていた。ところがロックウッドが見つけ出したことにより、樫の木のベッドの部屋で沈澱していたキャサリンの日記は息を吹き返したのである。[4]

キャサリンの余白への書き込みは、たとえそれが本文とまったく関係のないものであったとしても、テクストからの呼びかけに対するキャサリンの応答にほかならない。言い換えれば、キャサリンはテクストの呼びかけに対して「わたしは興味がない」と返答しているのである。そしてキャサリンの書き込みにロックウッドが反応し、奇怪な夢を見たり幽霊に遭遇したりして、ついに『嵐が丘』を書き上げる。テクストからの呼びかけ、その呼びかけに対する応答という、キャサリンとロックウッドの行為の連鎖が『嵐が丘』を生み出したのだ。今度は『嵐が丘』というテクストの呼びかけにわれわれ読者が応答し書き込みをする番である。そしてテクストからの呼びかけ、それに対する読者の応答という連鎖が『嵐が丘』というテクストを生産することになるのである。

三、テクスト、読者、誘惑

テクストからの呼びかけ、その応答という行為に関連してテクストと読者の関係をもう少し考察してみよう。その問題を考えるうえで『嵐が丘』のなかに興味ぶかい場面がある。第三章でキャサリンはジョウゼフから押し付けられた宗教書を犬小屋に放り込んで次のように述べている。

こういって彼はあたしたちに、押しつけたがらくたみたいな聖句が見えるように、遠くの暖炉から薄暗い光が受けられるように、あたしたちの姿勢を正面に向けさせた。
あたしはそんなお勉強なんかに我慢ができなかった。薄汚れた本を取り上げて、キーキーいわせ、いい本なんか大嫌いだときっぱりいい切って、本を犬小屋に放り込んでやったわ。ヒースクリフも持っていた本を同じ所に蹴り込んだ。（第三章）

ロラン・バルトによれば、社会の掟として読んでおかなければならない書物をわれわれに強制されるとき、読書は義務となり、一種の通過儀礼のようなものになる。しかしそうした抑圧に対してわれわれは自由である権利があり、したがって読まない自由もあるというのである。[5] ロックウッドのように、宗教書を前にしたキャサリンも一人の読者である。キャサリンの育った一八世紀において宗教書は義務として読んでおかなければならないものであったであろう。しかしジョウゼフに宗教書を読むよう強制されたキャサリンはそれを犬小屋に放り込んで、読者として読まない自由を選択する。このようなキャサリンの態度をわれわれ読者に置き換えてみよう。読まない自由があるのだから、われわれ読者はむりに『嵐が丘』を読まなくてもよい。これはまるで『嵐が丘』から読者へのメッセージであるかのように思われる。

『嵐が丘』というテクストは読者に読まない自由もあることを示唆し、決して読者に媚びたりすることはない。しかしバルトが述べているように、いかなるテクストも物神的であり[6]、ほんとうは読者を欲し、読者に読んでほしいのだ。前述したように、ロックウッドがキャサリンの日記に惹かれたようにテクストはつねに読者に呼びかけ、読者が応答してくれるのを待ち望んでいる。とりわけ『嵐が丘』というテクストは読者に呼びかけるというよりも読者を「誘い」[7]、愛してほしいと訴える。そのように考えると『嵐が丘』はナルシスト的性格をもったテクストだといえる。ナルシストはバルテュスの絵に登場する少女[8]に見られるように、自己完結しているため他者には関心がなく、超然としているように見える。ところが他者が自分を無視することに我慢がならない。だからこそ他者に興味がないふりをしながら、関心を自分へ引き寄せようとして巧みに誘い、読者が関心を示すと突然冷たい態度をとる。これはロックウッドの恋愛を想起させる。

海辺で快晴の一ヵ月を楽しく過ごしていた間に、ぼくはとても魅力的な女性とつき合うことになった。相手がぼくの心に気づかない間はぼくの眼にはほんものの女神だった。ぼくは口に出しては〈決して恋を打ち明けたりしなかった〉。それでも眼が口ほどにものをいうものなら、ぼくがぞっこん参ってしまっていることはどんな間抜けにでも察しがついていただろう。とうとうぼくの気もちがわかって、愁波を送り返してきた――想像できるかぎりあれほど美しい瞳はないというほど美しい瞳だった――ところがぼくはどうしたか。正直にいうのも恥ずかしいことだが――蝸牛のように自分自身のなかに冷たい態度で尻込みし、ちらっと見られるたびにますます冷たくよそよそしく引きさがっていったのだ。（第一章）

ロックウッドの恋愛は『嵐が丘』のテクストの性格と同じだといえるであろう。『嵐が丘』はもともとロックウッドの日記であるのだから、そのテクストがロックウッドのナルシスト的性格をもっているのは当然である。読者はロックウッドの恋愛経験から、『嵐が丘』というテクストにどのような態度をとればよいか学ぶことができる。このテクストに誘われても溺れてはいけない。情熱的に愛しすぎると、相手は尻込みしてしまうからだ。だからバルトが述べているように、愛する者といっしょにいながら他のことを考える[9]、それが重要なのである。

四、他者――脱構築

『嵐が丘』には、二つの対立するものが融合へ向かう世界が描かれているといわれてきた。しかし、二項対立が調和へ向かうとき、対立するものを突き崩す他者の存在については焦点が当てられてこなかった。わたしがこれから意味する「他者」というのは理解できない、自分の思いどおりにならない者のことである。すなわち他者は、固定的価値観をもった人間にとって安定した自己の秩序をかき乱し、自己を突き崩す存在である。それゆえ他者を受け入れることが、いかに新しい展開を呼び起こすことになるかという問題について、ロックウッドを例にあげて述べてみよう。

ロックウッドは傷心を癒そうと嵐が丘にやってくる。最初ヒースクリフを見て、彼との間に人間嫌いという点で共通性を見出すが、やがて異質な人間であることがわかる。そして雪に閉ざされて帰れなくなったロックウッドは樫の木のベッドで眠り、キャサリンという幽霊に出会う。これは思いもかけない他者との遭遇であった。この予期せぬ他者の到来によってロックウッドの内部は突き崩される。幽霊となって現れたキャサリンとの出遭いはロックウッドにとってまさに自己喪失の危機という狂気の瞬間であり、自己解体の瞬間であったといえよう。その後風邪をこじらせ熱を出すのは彼のメタモルフォーゼの始まりを暗示している。ばらばらに分断され、解体されたロックウッドは自己を拾い集め、もう一度繋ぎ合わせるために、女中のネリーからキャサリンの話を聴く。要するにロックウッドにとってネリーの話からキャサリンという人物の断片を統合することが自己の再生をも意味しているのだ。そしてついに彼は嵐が丘の最後を見届け、日記に『嵐が丘』の物語を書き留めることで、彼のメタモルフォーゼを完了させるのである。

もう一つの例としてロックウッドの訪問を受けたヒースクリフの変化について考えてみよう。ロックウッドがはじめて訪問したとき、ヒースクリフは代名詞と助動詞を省略した乱暴な話し方をし、訪問客への気遣いなどまったく示さなかった。ところが二回目の訪問では、ロックウッドに対する態度は少し変化し、他者を受け入れる様子を見せている。そして幽霊のキャサリンを見たというロックウッドの言葉に、ヒースクリフは我を忘れて窓を開け放ち、キャサリンの名前を呼び続ける。


　彼はベッドのうえに乗り、窓格子をこじ明け、それを引っ張ると、どうしようもなくなってわっと泣き出してしまった。

「入っておいで！　入っておいで！」彼はすすり泣いた。「キャッシー、入っておいで、ねえ、お願いだから——もう一度！　おお！　おれの心の恋人よ、今度こそおれのいうことを聞いてくれ——キャサリン、やっとなんだよ！」

（第三章）


このヒースクリフの常軌を逸した行動にロックウッドは驚かされるが、これがヒースクリフのメタモルフォーゼの始まりである。これまで人前では決して見せなかったキャサリンへの情熱を外に向かって爆発させたのである。その後驚くべきことに病気見舞いとしてヒースクリフはロックウッドにわざわざ雷鳥を贈っている。これはロックウッドがはじめて訪問したときには見られなかったヒースクリフの他者への気遣いである。ロックウッドという他者との交流によって少しずつ変化を遂げたヒースクリフに追い討ちをかけたのはキャシーとヘアトンであった。ヘアトンはそれまで狭い嵐が丘という社会のなかで暮らし、外部との交流ももたず、ただヒースクリフに付き従う従者であり、彼の唯一の同胞であった。しかしキャシーと和解したヘアトンはヒースクリフにとってもはや従者でもなく同胞でもなかった。ヒースクリフの眼にはヘアトンが他人として映っていたのである。するとヒースクリフは自分がまったく変っていない、それどころかキャサリンにはいつまでたっても会えないということに気づき、悟りをひらく。このように他者の到来、とりわけ他者からの不意打ちこそ自己を変革させる契機となるのである。

五、他者とのコミュニケーション

他者がいかに自己再生への鍵になっているかについて述べてきたが、ここでは他者とのコミュニケーション、つまり一方的ではなく双方向の働きかけ、そしてそのコミュニケーションの過程の重要性について述べてみたい。嵐が丘の住人たちのコミュニケーションには注目すべき点があるので、嵐が丘のコミュニティのなかで彼らがどのような会話をしているか見てみよう。

嵐が丘は周囲から隔絶された陸の孤島である。屋敷はよそ者を寄せつけず、門も窓も固く閉じられている。言い換えれば、他者を排除した濃密な空間といえるであろう。こうした内へ開かれた内密空間は一つの共同体を作り、そこに住む人々だけが共有するコードをもつようになる。そしてそれはやがて文化や方言に発展していく。ところが郷土性が強まれば強まるほど、排他的となり、外部の者には理解しにくくなり受け入れがいたものとなっていく。イザベラがヒースクリフと結婚し、嵐が丘へ行き、はじめてヘアトンと会ったときの会話を見てみよう。

「始めまして、坊や」

彼はわたしにはわけのわからない訛りのつよいことばで答えました。

「きみとわたしはお友だちになりましょうね、ヘアトン?」といって会話をしようと試みました。

わたしがねばり強く会話をしようとすると、悪態と、「とっとと帰る」んでなきゃスロットラーをけしかけるぞ、という脅迫が返ってきました。

（第一三章）

イザベラはたしかに嵐が丘のコミュニティの外部から来た者であるが、ロックウッドに比べれば嵐が丘に隣接した地域の人間である。しかしそれでもイザベラにはヘアトンの言う言葉が理解できず、それどころか徹底した拒絶によって跳ね返されてしまう。これに類似した例としてネリーがヘアトンに久しぶりに会ったときの様子が挙げられる。


「ヘアトン、ネリーですよ——乳母のネリーですよ」

彼は手の届かないところに後じさりし、大きな火打ち石を拾い上げました。

「あなたのお父さんに会いに来たのよ、ヘアトン」わたしはつけ加えましたが、石を拾った行為から、ネリーはよしんば彼の記憶のなかに生きていたとしても、わたしと同一人物だとはわからないのだと推測しました。

彼は弾丸を投げようと振り上げました。わたしは気もちを宥めるようなことばづかいを始めましたが、彼の手を止めさせることはできませんでした。石はボンネットに当たり、それに続いて幼い子どもの呂律のまわらない口から次々に悪態が飛び出してきました。（第一一章）

ヘアトンのネリーを攻撃するような言葉は、彼が外部の者に対して強い警戒心をもっていることを表している。またヘアトンだけでなく、嵐が丘に根ざした人々、例えば、ヒースクリフ、ジョウゼフはコミュニケーション、すなわち互いに理解し合おうとする意志などもっておらず、それどころか他者を排除しようとさえするのである。

特にジョウゼフは主要な登場人物のなかで唯一人、ヨークシャー訛りを話すことから、もっとも土地に根ざした人物であるといえる。またキリスト教を熱狂的に信心し、嵐が丘のなかでもっとも他を寄せつけない閉鎖的な人間である。まるで自分が神の権化でもあるかのように、つねにキリスト教の聖句をもち出し、悪事を働くと「悪魔」に連れていかれる、あるいは「地獄」へ落ちるなどと言ってキャサリンたちを脅迫する。ジョウゼフは嵐が丘で権力をもっていない使用人なので、神の使いとしてキリストの言葉を述べることによって、自分を神格化し、嵐が丘での地位を高いものにしようとしている。すなわちキリスト教を楯に、キャサリンたちを脅迫し、説教をして、支配権を得ようとするのだ。それゆえ彼はキリスト教を権力の道具として使用しているのである。

このようにジョウゼフは嵐が丘という同じコミュニティのなかの人々さえ排除しようとしており、他者を理解しようという気もちなどまったくもっていない。そのことはイザベラとの会話にもよく表れている。イザベラはジョウゼフに寝室へ案内してもらおうとするが、ジョウゼフは彼女の言うことに聞く耳をもっていない。そしてジョウゼフはイザベラを自分の部屋へ案内して

フリッツ・アイシェンバーグ 画
イザベラ・ヒースクリフを案内するジョウゼフ

しまう。

「あなたの部屋なんかになんの用があるんですか」わたしはやり返しました。「おそらくミスター・ヒースクリフは家のてっぺんではお休みにならないでしょ？」

「ほほぉ！　おめえさんがご用があるっつうのはマイスター・ハセクリフの部屋なのすかい」

と、まるで新発見をしたかのように彼は叫びました。（第一三章）

外部との交流もなく、他者を受け入れたことのないジョウゼフはイザベラの言うことが理解できない。しかしようやくイザベラがヒースクリフの寝室に案内してほしかったのだということに気づく。このような他者の気もちを理解できないジョウゼフと、自分の要望を必死に伝えようとするイザベラとの間には大きな断絶がある。しかしそのずれが笑いを誘う喜劇になっているということは興味ぶかい。しかしここでわたしが問題にしているのは、二人の会話が遠回りをしながらようやく目標地点に辿り着く過程である。なぜならこの迂回こそまさに自己解体から自己再生へ繋がっていくものだからである。

日常、他者とのコミュニケーションにおいて、イザベラとジョウゼフの会話のように意志疎通がうまくいかないことをわれわれは幾度となく経験している。受け手に理解してほしいと願ってどんなに言葉を尽くしても、受け手が話し手の意図を理解していないこともある。また一方、話し手の意図を受け手はよく理解しているつもりでも、誤った解釈をしてしまうこともある。ジョウゼフとイザベラの会話はこうしたコミュニケーションの成立の危うさを露呈している。

しかしここで強調したいのは、コミュニケーションがつねに危ういものであるということよりもむしろ、他者とのコミュニケーションにともなう誤解、失敗、挫折というその試行錯誤の過程が自己を他者へ開き、他者を理解することで新しい自己を発見するということである。ジョウゼフが「まるで新発見をしたかのように」と述べられているように、他者とのコミュニケーションは自己を発見する機会になっている。それゆえコミュニケーションにおいては一方的にではなく互いの働きかけ、そして双方によって到達した結論が何であれ、そこへ辿り着くまでの過程が重要である。

テクストと読者の関係もまたコミュニケーションに重ねて考えることができる。われわれ読者はテクストの意味を捉えようとして解釈を試みるが、意味がすぐに理解できるわけではない。読者は自分の解釈をテクストへ押し戻し、さらにまたテクストから押し返され、ふたたび解釈に修正を施す。こうした誤読、失敗、挫折の繰り返しでわれわれは意味を最終的に決定する。要するに他者というテクストの誤読、失敗、挫折を通してテクストを解釈していく過程は、自己を解体し、変容し、再生していくことにほかならない。そして同時にテクストもまた読者の誤読、失敗、挫折の繰り返しのなかで解体され、変容され、再生されていく。したがって読者はテクストによって、テクストは読者によって生成されていくのだということができるのである。

六、決定不可能性、宙吊りの状態

それではテクストがいかに読者に意味を解釈させ、自己生成の場を提供しているかについて考えてみたい。テクストのなかで意味を決定不可能なものとし、その決定を読者に遅延させるものとは何であろうか。その一つとして空白があると思われる。『嵐が丘』には語られていない空白が多い。たとえば、ヒースクリフの氏素性、ヒースクリフの失踪した三年間[10]、そしてキャサリンとヒースクリフの荒野での様子などは具体的に語られていない[11]。これらの空白によってヒースクリフやキャサリンは神秘性を一層深くする。一方読者にとっても空白は謎であり、興味をそそられるものである。しかし空白はあくまでも空白であるために、一義的な意味を求めようとしてもさまざまな解釈が生まれることになる。

しかし語られていない空白だけが読者を誘うわけではない。読者に意味が不明瞭で曖昧だと感じさせるものとはいったい何なのか、幾つかの例を挙げて考えてみよう。読者が意味をすぐに決定できないものとして第三章におけるロックウッドの見る夢が挙げられる。

ロックウッドが見た三つの夢のうちの最初のものを引用してみよう。

　退屈でもの憂げな気もちになったので、頭を窓にもたせかけながら、瞼が閉じるまで、ぼくはキャサリン・アーンショー――ヒースクリフ――リントンという文字のうえをなぞり続けた。しかし瞼を閉じて五分も経ったか経たないうちに、ぎらぎらするような白い文字が暗闇から幽霊のように鮮やかに跳びだしてきて――あたりはキャサリンという文字でいっぱいになった。

（第三章）

　ロックウッドはキャサリン・アーンショー、キャサリン・ヒースクリフ、キャサリン・リントンという文字[12]を反復するうちに夢を見る。するとそれらの白い文字が大群となって踊り出てくる。この時点でロックウッドにとってキャサリン・アーンショー、キャサリン・ヒースクリフ、キャサリン・リントンは何の意味ももたない単なる文字にすぎない。文字は意味をもって初めて記号となるのであるから、ロックウッドの夢に現れた白い幽霊のような文字は記号が意味をもつ以前の状態にある。言い換えれば、キャサリンという文字が単なる文字ではなく、意味をもった記号となるのはロックウッドがキャサリンの生涯というもう一つのテクストを読み、キャサリンとはいかなる者かを解釈するときなのである。そして読者にとってもロックウッドから手渡されたそのテクストから、キャサリンを読みとることによってはじめて、キャサリンという文字は記号化されるのである。

しかし意味をもたない単なる文字がなぜ読者を捉えてしまうのか。それは固有名詞の反復が読者に脅威を与えるからである。人間は物を単なる物としてじっと見るだけの勇気がないので、あらゆる物を記号化してしまう傾向にある。さらに意味が隠されていないとしても、それが反復されると意味が必ずあると考えてしまうのだ。だからキャサリンという固有名詞の反復はそこに何らかの意味が隠されていると読者に思わせるのである。

反復という点についていえば、ロックウッドが見た第二、第三の夢も読者に意味を考えさせる構造になっている。ロックウッドが見た第二の夢には「七の七十倍」「七十一倍回目」「四百九十一」といった同じ数字の反復が数箇所に登場する。そしてその数字は「罪」という名詞を伴うことによって、一層深い意味があるのではないかと読者に思わせる。また第三の夢では第一の夢で登場したキャサリンが幽霊となって姿を現し、ロックウッドに向かって次のように叫ぶ。

「絶対に入れてやりゃしないぞ、たとえ二〇年頼んだって駄目だ!」

「二〇年なのよ」とその声は嘆いた。「二〇年よ、あたし二〇年も宿無しだったの!」（第三章）[13]

ここで重要なことは最初に「二〇年」といったのはロックウッドであり、キャサリンではなかったということである。前述したように、キャサリンが書いた落書きはロックウッドの夢のなかでは意味のない文字にすぎなかった。しかしロックウッドがその落書きに秘められた意味を見つけると、その文字は意味をもった記号となるのであるが、「二〇年」という数字についても同じことがいえる。ロックウッドが「たとえ」と述べているように、「二〇年」という数字には何の意図も込められておらず、暫定的なものにすぎなかった。ロックウッドにとって、「二〇年」が「一〇年」であろうと「三〇年」であろうと問題ではなく、彼が言おうとしていたのは、何年かかっても幽霊を入れたりしないということであった。ところが幽霊が「二〇年」という年月に「宿無し」だったという意味を付与したため、「二〇年」は「一〇年」でも「三〇年」でもかまわないということにはならなくなった。さらに「二〇年」が特別な意味のある歳月だったということがわかると、読者は一層この「二〇年」という歳月の意味を追い求めようとする。ましてや前述したように、「二〇年」という数字を幽霊とロックウッドが脅迫的に繰り返し述べることによって、「二〇年」にはきっと隠れた意味があると読者は確信してしまうのである。

わたしはここで意味を求めることの無意味さを主張しているわけでは決してない。もしエミリがロックウッドの夢のなかに登場する数字の反復を単なる言葉遊びとして考えていたのだとしても、テクストは作者の意図を解釈するものではなく、作者の意図を離れて自由に解釈できるものであるから、繰り返される数字の意味を読み解くことの是非が問題になることはない。それよりも、エミリがもし数字の反復を単なる言葉遊びとしていたのだとすれば、ナンセンスなものからセンスが生まれるというパラドックスに注目すべきである。この夢はもともとロックウッドの思い過ごしであり、意味などなかったのかもしれない。ロックウッドがキャサリンの落書きを反復するうちに第一の夢を見たとき、文字は「幽霊」（'spectre'）のように踊り出てきた。次に第三の夢でロックウッドがキャサリンの幽霊に出遭ったとき、その幽霊もまた英語で 'ghost' ではなく 'spectre' と描写されている。このように第一の夢と第三の夢で反復されている 'spectre' は同定可能なものであるといえよう。

幽霊は英語でさまざまな言い方があるが、なかでも 'ghost' は生前の人間の姿として現われることを言い、'spectre' は奇怪な超自然の出来事を指している。つまり、ロックウッドが第三の夢で実際見たのは、キャサリンの 'ghost' ではなく 'spectre' であったことから、ロックウッドが幽霊と信じたものは 'spectre' のもう一つの意味である光そのものであったと考えられないであろうか。ロックウッドは樫の木のベッドで夢と現実の間を行きつ戻りつしているうちに、窓辺に置いた蝋燭の光が窓ガラスに反射し映し出した自分の顔をキャサリンと見間違え、さらに窓をたたく樅の木の音を幽霊の叫びに聞き間違えたのである。そのように考えると、言葉だけでなく、この世にある万物はたとえ意味のないものであったとしても、見る主体によって意味をもった記号となるということができる。これはわれわれの世界を象徴している出来事である。われわれはたとえ意味のないものであったとしてもそこに意味を求め、記号化することによって世界を構築する。特に芸術家は人々が意味を求めたりしないもの、たとえば木の葉のざわめき一つにさえ特別なメッセージを読み取り、そこに新たな意味を見出す。[14] もしロックウッドが見た幽霊が単なる光にすぎないのだとすれば、ナンセンスなものから偶然生み出されたセンスがときには世界を揺るがすほどの重大な意味をもつことになるということである。

話をもとに戻すと、読者は第三章のロックウッドの夢によって、意味過剰の世界を経験し、混乱した状態で物語を読み進めていくことになる。そして物語が繙《ひもと》かれていくうちに、さらに読者を捉えてしまうのが第九章における「わたしはヒースクリフ」という言葉である。

興味ぶかいことに、アーンショー氏が亡くなる直前まで、キャサリンの直接話法による言葉はまったく語られていない。これはキャサリンがまだ声を獲得していないということを意味している。アーンショー氏が亡くなると、ヒンドリーが帰って来て嵐が丘の主人となり、キャサリンはヒースクリフと隔てられるが、ヒースクリフとの別離についての苦悩も直接話法では語られていない。それは発話によってではなく書かれたものとしてキャサリンの日記のなかに残されているのである。声をはじめて獲得するのは自分の思いを発言したいという衝動に駆られたときではないであろうか。したがってキャサリンが声を獲得したのはアーンショー氏が亡くなり、ヒンドリーへの反抗を感じたときだといえよう。もっともキャサリンがそれを口に出して言っていないのは、キャサリンが家父長制度のなかで抑圧され、言いたいことを口に出して言える立場ではなかったからである。だからその捌《は》け口を日記に見出したのである。

声を獲得したキャサリンがさらに強固に発した言葉が「わたしはヒースクリフ」である。『嵐が丘』のなかで、この言葉ほど断定的で完結したものはない。第三章でロックウッドの前に現れたキャサリンは幽霊であり、実存するものではない、ある種の幻影であった。前述したように、第三章で幽霊のキャサリンが現れた時点からロックウッドも読者もテクストのなかからキャサリンという人物はいかなる存在であったかを知ることが課題となっていたが、第九章でキャサリンはいとも簡単に自分の正体をロックウッドにも読者にも暴露し、「わたしはヒースクリフ」だと指し示す。自分の正体を明かしたキャサリンの言葉は、われわれ読者の心を大きく揺るがし、釘付けにしてしまう。前述したロックウッドの夢以上の衝撃が読者を襲うのである。なぜこの言葉が読者の心を捉えてしまうのであろうか。

夢は無意識下のものであるから、意味が散漫で脈絡をもっていない。だからこそ夢がもつ意味の曖昧さにわれわれ読者は惹きつけられる。ところがキャサリンのこの言葉は先ほどのロックウッドの夢とは違って曖昧であるどころか、明確で完結したものである。だが断定的で完結したものは、突き崩しようのないものとして読者に脅威さえ与える。さらにこの言葉が向けられている先にはわれわれ読者がいるのである。たしかにネリー、ロックウッドを通してこの物語は語られているのだけれども、直接話法によって語られているこの言葉は読者に直接伝えられている。それゆえ断定的で完結したこのメッセージが直接話法で語られるとき、読者は衝撃を受けるのである。しかし読者がこの言葉に捉えられてしまうもう一つの理由がある。

この完結した文章をもう少し分析してみよう。「わたしはヒースクリフ」という表現は文法的には間違っていない。しかし外示的な意味から捉えると矛盾が生じる。この文章は「わたしはキャサリン」であるはずである。ところが「わたしはヒースクリフ」と言っているために、そこに捩れが生じ、痙攣にも似た意味のふるえが起こる。読者が未だかつて出会ったことのないこの捩れた意味記号、これこそ読者の自己の内部に大きな亀裂を生じさせ、自己解体を余儀なくさせるものなのである。

それでは読者はどのようにこの言葉を解釈すればよいのであろうか。「わたしはヒースクリフ」といったときに指している「ヒースクリフ」とはいかなるものか、それが解明できなければこの文章の意味も理解することはできない。ロックウッドが自己を再生するのは、キャサリンという人物を解釈し、そこに何かの意味を決定することであると述べたが、ヒースクリフとはいかなるものかということも併せて考えなければ、キャサリンを理解することにはならないのである。

「わたしはヒースクリフ」という台詞を理解する手がかりとなるものがキャサリンによって補足されている。

「リントンに対するあたしの愛なんか、森の木の葉みたいなものよ。あたし、十分気づいているんだけど、冬が来れば樹々が変わってしまうように、時間が経てばそれもきっと変わってしまうわよ——ヒースクリフに対するあたしの愛は地下の永遠の巌のようなものなの——」
（第九章）

たしかにヒースクリフとリントンの愛の違いがメタファーで表現され、それぞれの愛がいかに違うものであるかという比較をすることができる。エドガーへの愛は「森の木の葉」のように軽いものだが、ヒースクリフへの愛は「巌」のように重いものだという重量の違いが明らかにされている。しかしこのメタファーのうえに時間のファクターが付け加えられ、「永遠」という抽象概念によって、読者は具体的に想起するのを阻まれるのである。それゆえ「木の葉」は想像できたとしても、「地下の永遠の巌」を想像することは難しくなってしまう。さらにこれらの説明はキャサリンのエドガーとヒースクリフに対する愛の比較なので、「わたしはヒースクリフ」の意味を読み解くには十分な説明とはいえないのである。

『嵐が丘』は読者を宙吊りにし、意味を決定することを妨げるようなものが多くある。しかしすでに述べたように、意味がすぐには理解できず、大きく迂回しながら最終的に何らかの結論に達する、その過程においてわれわれ読者はテクストを解体するとともに自己を解体し、やがては再生することになるのである。

七、対立するものの併存 ——テクストのダイナミズム

前節では読者の立場からテクストがいかに自己生成の場であるかを述べた。ここではテクストがいかに躍動感をもった一個の生命体であるか、また読者によってテクストは生成されるかということについて述べてみたい。テクストにダイナミズムが生まれるのは、対立する表現が並置されるときである。その顕著な例はキャサリンの死、ヒースクリフの死、そして物語の結末部分である。まずキャサリンの死から考えてみよう。

彼女の額は穏やかで、瞼は閉じ、唇はほほ笑みの表情をたたえ、天国のどんな天使も彼女以上に美しく見えるはずはありませんでした。そしてわたしも彼女が横たわっている無限の静寂を分かち合っていました。（第一六章）

ネリーが語るキャサリンの死は完璧なほど安らかなものである。キャサリンが生前どれほど激しい生き方をしたとしても、死はキャサリンを静寂と平安に返したのだとネリーは述べる。ところがヒースクリフのキャサリンに向けられた言葉はまさしく正反対のものである。

彼女はどこにいるんだ？　あそこじゃない――天国なんかじゃないぞ――死んだんじゃない――どこだ？　おまえはおれの苦しみなんかなんとも思わなかったといったな！　それなら、一つお祈りしてやろう――舌が強ばるまでそれを繰り返してやる――キャサリン・アーンショー、どうかおれが生きているかぎり安まらないでくれ！　おまえはおれがおまえを殺したといったな――じゃあ、おれのところに化けて出て来い！　（第一六章）

キャサリンの死について視点が変わると、まったく違った見解となることに驚く。しかしわたしは視点の違いについてここでこれ以上述べるつもりはない。注目すべき点はネリーはキャサリンが「天国」で安らかにしていると述べている一方、ヒースクリフはキャサリンが「天国」で決して安住していないどころか、死んでさえいないという点である。まったく対立した見解が並べられることで、互いに他を排除しあう言葉同士の闘いと爆発によってテクストという磁場から大きなエネルギーが放出されている。ネリーが語るキャサリンの美しい死の描写と、キャサリンを呼び起こそうとするヒースクリフの激烈な呪いにも似た言葉の対立がテクストにダイナミズムを与えている。すなわちキャサリンの死をめぐって表現される肯定と否定、静と動の対立は大きなうねりとなって読者を襲うのである。

ヒースクリフのキャサリンを呼ぶ言葉はまるでミルトンのセイタンが地獄から這い上がってくるように、キャサリンを死の床から今すぐにでも甦らせるかのようである。このようにヒースクリフの言葉が力強く隆起するのは、ネリーの語りによる穏やかで美しい描写が並置されているからである。そしてヒースクリフの強烈な言葉とともに、穏やかに眠っていたキャサリンが読者の前に再び目覚め甦って来る。われわれ読者はキャサリンが死んでも、彼女の亡霊をテクストのいたるところで感じるであろう。例えば、キャサリンが生んだ娘は母親のキャサリンと同じ名前であるために、キャシーの背後に第一世代のキャサリンの影を感じずにはいられない。またヘアトンの容貌もキャサリンの容貌を引き継いだものであるので、ヘアトンにキャサリンの面影を見てしまう。ヒースクリフが幽霊のキャサリンにつねに取り巻かれていたように、われわれ読者も物語の最後までキャサリンの幽霊の気配を感じ続けることになる。そしてその不気味さはテクストを越えてわれわれ読者のまわりにまとわりつくのである。

キャサリンの死と同様に、ヒースクリフの死もまたテクストに躍動感を与えているので、ヒースクリフの死の場面を引用してみよう。

ミスター・ヒースクリフはそこにいました——仰向けに横たわって。眼がわたしの眼とかち合い、とても鋭く、すさまじくてわたしはぎくっとしました。そしてそれからにこっとほほ笑んでいるように思われました。

死んでいるとは思えませんでした——ただ顔と喉は雨で洗われていました。ベッドクロスも滴が垂れていました。それでもまったくじっとしていたのです。格子窓はパッタンパッタン開いたりしまったりしていて、敷居のうえに載せた一方の手を擦りむいていました。（第三四章）

キャサリンの死はネリーとヒースクリフの二人の視点によって語られていたが、ヒースクリフの死はネリーによる語りだけである。ところがヒースクリフの死について語るネリーの描写のなかに対立するものが並置されているのだ。ネリーの語りによるヒースクリフの死の描写はキャサリンの死のそれとは少し違っている。というのも、キャサリンは穏やかに「天国」に召されたとネリーは確信していたが、ヒースクリフの死の描写にはネリー自身の戸惑いが感じられるからだ。「眼」が「とても鋭く」思われたのに対し、「にこっとほほ笑んで」いるかのようでもあり、ネリー自身がヒースクリフの死をどのように受け止めたらよいかわからないという決定不可能な状態に陥っている。誰でも死の世界では安らかになれると信じていたネリーでさえ、ヒースクリフが天国で安住しているとは思えなかったのだ。また「格子窓」が「開いたり閉まったり」する動きもまた、彼が天国で安住してはおらず、生と死の間の世界をさまよっていることを暗示している。この世にいるのかあの世にいるのかわからないヒースクリフの死の描写は、ヒースクリフを「グール」なのか「ヴァンパイア」なのかわからないと言ったイザベラの言葉を思い出させるであろう。そして読者はヒースクリフがどこかに潜んでいていつまた現れるかもしれないという恐怖に駆られるのである。

ネリーが眼を閉じようとしたときの様子を見てみよう。

もしできるなら誰かほかの人が見ないうちに、あのぞっとするような、生きているように見える歓喜の眼差しを消してしまおうとしました。眼は閉じようとしませんでした——わたしの努力をあざ笑っているように思われました。そして明いた唇も、鋭い歯もあざ笑っていました。

（第三四章）

ヒースクリフは死んでいるにもかかわらず、眼も唇も閉じることなく明いたままであり動作が継続中の状態である。また最初にネリーが見たときは「ほほ笑んで」いるかのようであったのに、眼を閉じようとすると「あざ笑ってる」いるようにも見え、死んでもなお彼は顔の表情を変化させている。もちろんこれはネリーの心象ではあるが、あざ笑っているヒースクリフは死の床からふたたび起き上がってきて、悪態でも吐きかねない勢いである。そして読者はここでもまたヒースクリフが死んでいないことを確信するのである。

さらにヒースクリフのまなざしはネリーに対してではなく、われわれ読者に対して向けられているかのように思われる。また眼を閉じようとしても閉じない様子は、読者がヒースクリフの影をはらってもはらっても逃げ切ることなどできないことを暗示している。そしてテクストの向こうからヒースクリフは読者を見つめ捉えて離さないのである。このように肉体が硬直していて動かなくてもヒースクリフの死のなかには目に見えないがうごめくものがある。これこそ『嵐が丘』のテクストがもつ偉大な力あるいは生命というべきものであろう。だからこそキャサリンとヒースクリフが死んでも、読者は彼らの支配から逃れることができず、終始彼らの気配に怯えることになるのである。

実際死んだ後も、キャサリンがロックウッドに、またヒースクリフとキャサリンの姿が羊飼いの少年によって目撃されている。これらの証言は二人が死んでもまだ大地にさまよい歩いていることを読者に確信させる根拠となっている。特に村人が雨の日に見るヒースクリフの姿や羊飼いが見たヒースクリフと女の姿は‘ghost’でも‘spectre’でも‘apparition’でもない。彼らは「幽霊」を

クレア・レイトン 画
ヒースクリフと女の人を見て怖がる羊飼いの少年

見たとは言っていない。彼らは、「ヒースクリフ」あるいは「ヒースクリフと女の人」を見たと言うのだ。これらの証言はヒースクリフとキャサリンがたしかに存在しているということを裏付けている。それゆえわれわれ読者も、物語が終わっても、キャサリンとヒースクリフがテクスト内をさまよい歩き続けるであろうということを確信する。このように死んでもまだ、大地をさまよい歩く二人はテクストに躍動感、生命感を与えているのである。

キャサリンとヒースクリフの死の描写に見られるように、対立するものを併存させる表現がどのように物語の結末に影響を与えているか見てみよう。

ぼくは荒野に続く坂のうえに三つの墓石を探したが、すぐに見つかった――真ん中の墓石は灰色でヒースに半ば埋もれ――エドガー・リントンのは芝生とやっと調和したばかりで、苔がその足許から這い上がっていた――ヒースクリフのはまだ剥き出しであった。　（第三四章）

興味ぶかいのは、墓石が芝生、ヒース、苔に覆われている程度によってそれぞれの時間の経過を示していることである。キャサリン、エドガー、ヒースクリフの順番で亡くなっているので、キャサリンの墓がもっとも古く「ヒースに半ば埋もれ」、エドガーの墓は「芝生とやっと調和したばかり」であるという描写は自然である。ヒースクリフの墓は「剥き出し」であることから、彼が最近死んだばかりであることがわかり、死の臭いが漂うような生々しささえ感じられる。ところが特に注目すべき点は、墓石がキャサリンを真ん中にしてエドガー、ヒースクリフと三つ並んでいることである。村人によって目撃されたキャサリンとヒースクリフの姿は、彼らが魂の世界で融和したのだということを暗示していると思われる。それにもか

"I sought, and soon discovered the three headstones."

エドマンド・デュラーク画
ロックウッドと三つの墓

かわらず、墓石が三つ並んでいるというアンチテーゼはまるで二人の調和を乱す不協和音を表しているかのように思われる。したがって三つの墓石が投げかける波紋はロックウッドの結びの場面にまで及んでいる。

ぼくはあの慈悲ぶかい空の下、墓石の間を去りがてに歩きまわり、ヒースやイトシャジンをめぐってひらひらと舞う蛾を見守り、草陰に吹くそよ風に耳を傾けた。そしていったいどうしたら人はあの静かな大地に眠る人々に静かでない眠りを想像することができるのであろうかと思うのであった。

（第三四章）

この結末部分には二つの解釈が可能である。対立する解釈が生まれてしまうのは、ここで使われているイメジャリに起因している。例えば「慈悲ぶかい空」「蛾」「そよ風」などである。明らかに「慈悲ぶかい空」と「そよ風」は穏やかな物語の結末を描写しているが、「蛾」はどうであろうか。これがもし「蛾」ではなく「美しい蝶」であったとすれば、読者のなかで疑問は起こらなかったであろう。大地の息づかいである「そよ風」と「死」の象徴である「蛾」という対立するものが並置され、生と死が墓石のまわりに隣り合わせで共存していることを仄めかしている。それゆえ先ほど三つの墓石が問題になったように、結末場面でもまた、対立するものをどのように考えるかによって解釈は大きく分かれるのである。

もしまだ三人が安らかに眠っていないと考えるとき、どのようにこの場面は解釈されるであろうか。まず、墓が三つ並んでいるという事実と、「蛾」が舞っているという事実は不気味さの象徴とも考えられる。読者は三人が墓石の下でも争いがあるからこそ、死や死霊の象徴である「蛾」が舞っているのだと納得することができる。またキャサリンとヒースクリフの生き方があまりにも激しかったので、たとえどんなに「慈悲ぶかい空」であっても彼らを受け入れないであろうとさえ思われるのである。

それでは彼らの死をロックウッドが述べるとおり、安らかなものと考える場合、三つの墓石はどのように解釈できるであろうか。前述したように墓石は時間の経過によって、草の覆われ方が違う。しかし現在の三つの墓の状況から、時が経つにつれ墓は草にすべて覆い尽くされ、やがては誰の墓かわからなくなるであろうことが予想される。この墓石の描写の前に教会が朽ちていく様子が描かれているが、それは形あるものはいつかは消えてなくなり、宇宙と一体化することが暗示されている。したがって三つの墓はやがてどれが誰の墓かはわからなくなり、大地と一体化するであろう。そうなれば時とともに彼らの墓は忘れられ、三人の争いも終焉を迎えると解釈することもできるのである。

いずれの解釈をとるにしてもロックウッドの結末部分の曖昧な言い回しは嵐が丘の物語が終焉

を迎えてもまだ、読者を誘う雰囲気を醸し出す。さらに物語が終っていないと読者に感じさせる理由は修辞疑問が使われているためである。またもう一つの理由は「あの静かな大地に眠る人々に静かでない眠りを」というレトリックに関係しているように思われる。ロックウッド自身が嵐が丘を「去りがてにしているように」、彼の曖昧な言い回しによって読者にもまたテクストを去り難い気もちにさせるのである。

前述したように、結末において二つの解釈が可能である。しかしどちらの解釈が正しいかどうか誰にも言うことはできない。ただ結末にさまざまな読みの可能性があるということは、テクストが完全な終りではないということであり、キャサリンとヒースクリフがずっとさまよい続けるであろうということを意味している。つまりテクストのベクトルは現在ではなく未来を指しながら、読者に開かれたままになっているということである。

これまで見てきたように、対立するものを並置させる表現は読者を宙吊りにして決定不可能な状態に陥らせる一つの仕掛けである。しかし対立するものが併存することでテクストには大きなうねりが生じ、躍動感、生命感が生まれる。そして対立しあう言葉の闘いによって、意味は果てしなく読者によって増殖されていくのである。

八、おわりに

『嵐が丘』と『ジェイン・エア』のテクストはどのように違うであろうか。『ジェイン・エア』は読者を説得したいという欲求で成り立っている一方で、『嵐が丘』は読者を誘惑したいという欲求で渦巻いているように思われる。ジェインは自分が話し意味することを読者に正確に伝えたいと望んでいるので、テクスト内に読者という登場人物を設けている。そしてジェインは「読者よ」と呼びかけ、読者にジェインの完璧な理解者となることを望む。読者はジェインの意味すること、なすことを否定してはいけない。すなわちテクストと一体化しなければならないのである。なぜならジェインは彼女の選択した行動はつねに正しくなければならない、つまり行為こそ自己証明にならなければならないと考えていたからである。それゆえいかに正しい行いをしたかということをジェインは読者に納得してもらう必要があるのだ。そして読者を説得するためにさまざまな理由づけをし、躍起になって読者を自分の味方に引き込もうとする。言い換えれば、ジェインに反論したり、ジェインを批判するような読者を必要とはしていないのである。

ところが『嵐が丘』は読者を説得したいのではなく、誘惑したいのであるから、『嵐が丘』の意味するところが読者に正確に伝わるかどうかということは問題にしていない。『嵐が丘』は読者を誘惑し、予期しない出来事のなかで読者と戯れたいと願っている。それゆえ読者にすぐ理解されてしまうような仕掛けはしない。読者が困惑するような餌や罠をあちこち張り巡らしながら、待っている。そして読者が思いがけない行動によってテクストを解体してくれることを望んでいる。それゆえ、読者が積極的に読みの実践を行わなければ、テクストに「快楽」を与えることはできないのである。

テクストは決して不毛なデッド・スペースではない。たとえ閉じられていたとしても、テクスト内には抑えきれずに隆起する圧倒的な力が漲っている。そしてひとたびテクストを開くと、生命の光を放つ一個の発光体として読者の前に現れる。ロックウッドはその光のなかにキャサリンの姿を見た。しかしその光のなかに何を見るか、それは読者一人ひとりに委ねられているのである。

『嵐が丘』年譜

一五〇〇年		ヘアトン・アーンショー、嵐が丘の家を建てる。
一七五七年	九月以前	ヒンドリー・アーンショー、生まれる。
一七六二年	九月以前	エドガー・リントン、生まれる。
一七六四年	九月以前	ヒースクリフ、生まれる。
一七六五年	夏	キャサリン・アーンショー、生まれる。
	年末	イザベラ・リントン、生まれる。
一七七一年	夏、収穫期のはじめ	ヒースクリフ、嵐が丘へ連れて来られる。（第四章）
一七七三年	春、あるいは初夏	アーンショー夫人、死ぬ。
一七七四年	一〇月	ヒンドリー、大学へ行く。（第五章）
一七七七年	一〇月以前	ヒンドリー、フランセスと結婚。
	一〇月	アーンショー氏、死ぬ。ヒンドリー、妻を連れて帰郷。
	一一月、クリスマスの五週間前の日曜日	キャサリン、日記に「恐ろしい日曜日」と書く。
		キャサリンとヒースクリフ、スラッシュクロス・グ

		レインジを覗きに行く。（第三、四章）
一七七八年	クリスマス・イヴ	キャサリン、嵐が丘へ戻る。（第七章）
	クリスマス	リントン兄妹、嵐が丘を訪問。
	六月	ヘアトン・アーンショー、生まれる。（第八章）
	年末	フランセス・アーンショー、死ぬ。
一七八〇年	夏	エドガー・リントン、嵐が丘にキャサリンを訪ねて求婚。
	同日	ヒンドリー、酩酊して帰宅。ヒースクリフ、ヘアトンを救う。（第九章）
		キャサリン、ネリーにエドガーの求婚と、ヒースクリフについて告白する。ヒースクリフ、失踪。キャサリン、雨に濡れ、熱病に罹る。
	晩夏、あるいは早秋	キャサリン、グレインジに引き取られ、回復。リントン夫妻、熱病が移り、死ぬ。
一七八三年	三月	エドガー、キャサリンと結婚。
	九月、中秋の名月	ヒースクリフ、帰郷し、キャサリンに会う。（第一〇章）

一七八四年	秋	イザベラ、ヒースクリフを恋する。
	一二月下旬（あるいは翌年一月初旬）	ネリー・ディーン、ヘアトンに会う。（第一一章）
	一月九日（月曜日）	ヒースクリフ、イザベラにキスをする。グレインジで暴力沙汰。ヒースクリフ、グレインジから追い出される。キャサリン、ハンガー・ストライキを始める。
	一月一三日（金曜日）深夜	キャサリン、譫妄状態に陥る。（第一二章）
	午前二時	イザベラ、ヒースクリフと駆け落ち。
	三月一三日（月曜日）	ヒースクリフ夫妻、嵐が丘へ帰る。（第一三章）
	三月一五日（水曜日）	ネリー・ディーン、嵐が丘へ行く。（第一四章）
	三月一九日（日曜日）	ヒースクリフ、キャサリンに会う。暴力場面（第一五章）
	三月一九日～二〇日深夜	キャサリン・リントン、生まれる。（第一六章）
	三月二〇日（月曜日）	

	午前二時	キャサリン、死ぬ。
	三月二一日（火曜日）	ヒースクリフ、キャサリンのロケットに自分の髪の毛を入れる。
	三月二四日（金曜日）	キャサリンの葬儀。
	三月二四日～二五日 深夜	ヒースクリフ、キャサリンの墓を暴く。ヒースクリフ、ヒンドリーを痛めつける。（第一七章）
	三月二五日（土曜日）	イザベラ、嵐が丘を逃げ出す。
	九月	リントン・ヒースクリフ、生まれる。
	九月下旬	ヒンドリー・アーンショー、死ぬ。全財産はヒースクリフに抵当。
一七九七年	七月	キャシー、ペニストン・クラッグズに向かい、ヘアトンに会う。（第一八章）
		イザベラが死んで、エドガーがリントン・ヒースクリフを連れ帰る。（第一九章）
		リントン・ヒースクリフ、嵐が丘へ引き取られる。（第二〇章）

一八〇〇年	三月二〇日	キャシーとネリー、ヘアトンに会い、嵐が丘へ行き、リントン・ヒースクリフに再会する。（第二一章）
	春と初夏	キャシーとリントン、文通する。
	一〇月三〇日（火曜日）	キャシー、ヒースクリフに会い、リントンが重病だと聞かされる。（第二二章）
	一〇月三一日（水曜日）	キャシーとネリー、リントンを見舞う。ネリー、風邪を引き、三週間病床に就く。（第二三章）
	一一月	エレンの病気中、キャシー、夜毎リントンに会いに行く。（第一五章）
	一一月二五日（日曜日）	ネリー、キャシーの秘密訪問を知り、禁止する。
一八〇一年	三月二〇日	エドガー、重病で、妻の墓参りもできない。（第二五章）
	六月	エドガー、衰える。
	八月二三日（木曜日）	ネリーとキャシー、リントンを見舞う。（第二六、七章）
	八月三〇日（木曜日）	ネリーとキャシー、軟禁される。 その後数日の間に、キャシーとリントンは結婚する

九月五日（火曜日）	ネリー、嵐が丘から脱出。エドガーは瀕死状態。エドガーは弁護士グリーン氏を呼びにやるが、グリーン氏は来ない。（第二七章）
九月六日（水曜日）　午前三時	キャシー、嵐が丘を逃げ出し、エドガーの死に目に逢う。（第二八章）
九月	エドガーの葬儀が終わった夕刻、ヒースクリフ、グレインジにキャシーを連れに来る。ヒースクリフ、ふたたびキャサリンの墓を暴く。（第二九章）
一〇月	リントンが死に、ヘアトンはキャシーを慰めようとする。
一一月下旬	ロックウッド、嵐が丘を訪問。（第一章）
翌日	ロックウッド、嵐が丘を再訪。（第二章）
同日夜	ロックウッド、キャサリンの日記を読み、キャサリンの幽霊を見、ヒースクリフの絶叫を聞く。（第三章）
翌朝八時	ロックウッド、嵐が丘を出発し、一二時にグレインジに帰り着くが、風邪を引く。（第三章）

	同日午後	ロックウッド、ネリーから隣人の物語を聞く。（第四章）
	三週間後	ヒースクリフ、ロックウッドに雷鳥一番いを贈る。（第一〇章）
	一週間後	ヒースクリフ、ロックウッドを見舞う。
一八〇二年	一月一週間後	ロックウッド、ネリーの物語の続きを聞く。（第一五章）
	一月第二週	ロックウッド、嵐が丘を訪問。（第三一章）
	二月初旬	ネリー、嵐が丘へ引っ越す。（第三二章）
	三月初旬	ヘアトン、怪我をする。
	三月二八日 イースターの月曜日	キャシー、ヘアトンと親しくなる。
	三月二九日 イースターの火曜日	キャシーとヘアトン、庭の模様を変える。ヒースクリフ、奇妙な変化の近づくのを感じる。（第三三章）
	四月	ヒースクリフ、食べることができなくなる。（第三四

		章）
	四月（あるいは五月）	ヒースクリフ、死ぬ。
	九月中旬	ロックウッド、グレインジと嵐が丘を訪問。
一八〇三年	一月一日	キャシーとヘアトン、結婚。（予定）

エミリ・ジェイン・ブロンテ年譜

一八一八年	七月三〇日（木）	エミリ、ヨークシャー、ブラッドフォードの西四マイルのソーントン村で生まれる。
	八月二〇日（木）	エミリ、ウィリアム・モーガン師によりソーントン教会で洗礼を受ける。フェネル夫妻とその娘ジェインが名付け親となる。
一八二〇年	四月二〇日（木）	一家はソーントンからハワースへ転居する。
	九月一五日（土）	マリア・ブランウェル・ブロンテ、慢性貧血と子宮内膜症のため死亡する。
一八二四年	七月二一日（月）	マリアとエリザベス、カウアン・ブリッジ校に入学する。
	八月一〇日（日）	シャーロット、同校に入学する。
	九月二日（火）	ブランウェル、エミリ、アン、女中ナンシー・ガース

		と荒野を散歩中にクロウ・ヒル沼の地滑りを目撃する。
	一一月二五日（木）	エミリ、カウアン・ブリッジ校に入学する。
一八二五年	初頭	タビサ・アクロイド、ブロンテ家の女中となる。（通称タビー、当時五四歳）
	一月―二月	カウアン・ブリッジ校でチフス熱が蔓延する。
	二月一三日（日）	パトリック、長女マリアが危篤と知らされる。
	一四日（月）	マリア、同校を退学する。
	五月六日（金）	マリア、ハワースで肺病のため死亡する。（一一歳）
	一二日（木）	マリア、ハワース教会に埋葬される。
	三一日（火）	エリザベス、同校を退学する。
	六月一日（水）	シャーロットとエミリ、同校を退学し、西海岸シルヴァーデイルで一夜を過ごし、ハワースに帰る。
	六月一五日（水）	エリザベス、ハワースで肺病のため死亡する。（一〇歳）
	一八日（土）	エリザベス、ハワース教会に埋葬される。

一八二六年	五月二九日（月）	エミリ、王槲祭日を楽しみ、パトリックの窓のそばにあった桜の木に登り枝を折り、タビーとともに折れた枝に煤を塗って隠そうとする。
	六月五日（月）	パトリック、リーズでの聖職者会議に出席し、シャーロットにはナイン・ピンズ、エミリにはおもちゃのヴィレッジ・シーナリー、アンにはダンシング・ドールを、ブランウェルには一二個からなるおもちゃの兵隊を土産として買う。この兵隊人形が「ツウェルヴズ」の物語の基礎となる。
	六月六日（火）	パトリック・ブロンテのリーズ土産、おもちゃの兵隊一二個をもとにして、ブロンテ文学が始まる。「若者たち」「われらの仲間」「島の人々」をはじめ「グラス・タウン」「アングリア」「ゴンダル」の空想世界が展開される。
	七月	パトリック、シャーロットに母親が所有していたトマ

		ス・ア・ケンピス著『クリスチャンの亀鑑抜粋』を与える。
一八二七年	二月	パトリック、エミリに聖書を与える。
	三月一二日（月）	ブランウェル、最初の作品「ぼくのバテル・ブック」を書く。
	一二月一日（土）	エミリとシャーロット、「ベッド・プレイ」をスタートさせる。おそらく夜ベッドのなかで行う秘密の劇であろう。
		「島の人々の劇」、子どもたちによってスタートする。
一八二八年	一月一日（火）	エリザベス・ブランウェル、子どもたちにウォルター・スコット著『祖父の物語』三巻本をプレゼントする。
	四月	エミリとシャーロット、刺繍見本《サンプラー》作品を完成する。
一八二九年		子どもたち、「ヤング・メンズ・マガジン」の最初の

一月　六巻を完成する。

　　　ブランウェルの「ブラックウッヅ・マガジン」第一号が出来る。

七日（水）　エミリ、窓をスケッチする。

四月一日（水）　エミリ、刺繍見本作品を完成し、ビューイク著『イギリス鳥禽史』から「ノビタキ」の絵を模写する。

四月二五日（土）　エミリ、女性とアヒルのいる風景画を描く。

五月二二日（金）　エミリ、ビューイク著『イギリス鳥禽史』からクロウタドリの絵を模写する。

九月二三日（水）の前　エミリ、伯母エリザベス・ブランウェルに連れられてトッドモーデン近郊クロスストウン司祭館を姉妹とともに訪れ、フェネル大伯父が湖水地方から持ち帰った風景画の模写をする。

二五日（金）　エミリと家族、ハワースへ戻る。

一八三〇年
九月三日（金）　ウィリアム四世、即位する。女王はアデレイド。エミリ、鵞鳥を女王アデレイドと王女ヴィクトリアに因んで名付ける。

一八三一年　一月　エミリとアン、姉と兄から独立して「ゴンダル」の物語を作り始める。

一八三三年　七月一九日（金）　エレン・ナッシー、はじめてハワースを訪問し、二、三週間滞在していた。当時（七〜八月）エミリ、腕の丹毒に罹り、ひどい胆汁障害の発作を起こし、全身に大衰弱を惹き起こした。炎症部分に溜まった毒を除去するため腕を切開した。

九月初旬　エミリ、健康を完全に回復する。エミリ、アンとともに「ミス・ナッシーほど好きになった人にお目にかかったことがない」と言う。

エミリ、シャーロット、アン、エレン・ナッシーとその兄ジョージ、リチャードとともに、ボウルトン・ア

		ベーへ行き、ボウルトン・ブリッジのデヴォンシャー・アームズ・ホテルで会食する。
	秋	エミリ、パトリックとともにウッドハウス・グロウヴの新礼拝堂の献堂式に参列し、ジェイブズ・バンティング師の説教を聴く。後に『嵐が丘』第三章のモデルとする。
一八三四年	一一月二四日（月）	エミリとアン、最初の日誌を書く。
一八三五年	七月六日（月）	パトリック、エリザベス・フランクスにロウ・ヘッド・スクールに在籍するエミリとシャーロットをよろしく頼むと手紙を書く。
	二九日（水）	エミリ、ロウ・ヘッド校に入学し、シャーロットは同校の教師になる。
	一〇月中旬	エミリ、激しいホームシックに罹り、同校を退学する。
	二三日（金）	エミリ、牛のスケッチをする。

一八三六年	七月一二日（火）	エミリ、初めての詩を書く。
一八三七年	六月二六日（月）	エミリとアン、二度目の日誌を残す。
一八三八年	一月（～二月）	エミリの愛犬キーパー、司祭館に来る。
	七月三一日（火）	エミリ、ブラッドフォードでブランウェルの原稿を清書する。
	九月末	エミリ、ハリファックス近郊、サザラム村のロー・ヒルにあるミス・パッチェット校に音楽の助教師として赴任。生徒四〇名、朝六時から晩一一時までの重労働で、その間に三〇分しか休憩時間がない、奴隷状態。
一八三九年	三月末	エミリ、ホームシックのためロー・ヒル校を退職する。
	六月八日（土）の後	エミリ、シャーロットから手紙を受け取る。「家庭教師というものは存在をもたないもの」と述べている。

一八四〇年

七月　エミリ、シャーロットからの手紙を受け取る。手紙がほしいこと、心の自由がほしいことを訴える。ブランウェル、リヴァプールを訪ねる。

一二月二一日（土）　エミリ、パンを焼き、台所を引き受ける。シャーロット、アイロンかけと部屋の掃除を引き受ける。タビー、教会の外で足を滑らせ骨折し、スタッビング・レインの妹の許に引き取られる。

二八日（土）　エミリとシャーロット、就職するブランウェルのためにシャツ作りやカラーの縫い付けで忙しく働く。

二～三月　エレン・ナッシー、ハワースに三週間滞在し、ウェイトマン師が言い寄らないよう守ってくれたエミリに「少佐《メイジャー》」というニックネームをつける。

二月一四日（金）　ブロンテ姉妹、エレン・ナッシーとともにウェイトマン師からヴァレンタイン・カードをもらう。

一八四一年	七月三〇日（金）	エミリとアン、三度目の日誌を残す。
	一〇月二七日（水）	エミリ、ペットの鷹「ネロ」の絵を描く。
	一一月七日（日）	エミリ、シャーロットからブリュッセル留学についての手紙を受け取る。
	一二月二五日（土）	アン、休暇で帰る。エミリと「ゴンダル」の散文を書き始める。
一八四二年	二月一日（火）	シャーロット、エミリに祈祷書を与える。
	八日（火）	エミリ、父親パトリック、姉シャーロット、友人メアリ・テイラーとその妹マーサ・テイラー、その兄ジョウといっしょにブリュッセルに向けて旅立つ。ロンドン、チャプター・コーヒー・ハウスに泊まる。
	二月九日（水）	一行、ロンドンを見物する（～一一日）。
	一二日（土）	一行、ロンドンからベルギー、オステンドへ渡航する。
	一四日（月）	一行、オステンドから馬車でブリュッセルへ向かう。
	一五日（火）	エミリとシャーロット、ジェンキンズ氏夫妻に伴わ

	れてパンショナ・エジェに入学する。
三月二六日（土）	エミリとシャーロット、ケーケルベールにテイラー姉妹を訪問する。
五月	エミリ、シャーロットとともに健康、馬車馬のように勉強する。エミリ、コンスタンタン・エジェとは打ち解けない。 ホイールライト姉妹、ブリュッセルへ来る。 聖霊降臨祭　エミリとシャーロット、シャトー・ド・ケーケルベールでテイラー姉妹と過ごす。
七月	マダム・エジェ、姉妹にもう半年滞在するようにと提案、シャーロットを英語教師に、エミリを音楽教師に臨時雇用すると申し出る。姉妹、受け入れる。
八月一二日（金）	パンショナ・エジェでスクール・パーティーが開催される。
一五日（月）	夏休みが始まるが、ブロンテ姉妹はホイールライト姉妹とともに学校に残る。

九月六日（火）	ウィリアム・ウェイトマン師、コレラで死亡する。（二八歳）
一〇月一三日（木）早朝	エミリとシャーロット、ケーケルベールに駆けつけマーサの死亡を知る。
一四日（金）	エミリとシャーロット、チャペル・ロワイヤールでのマーサ・テイラーの葬儀に参列する。
二九日（土）	エリザベス・ブランウェル、ハワースで死亡する。（六五歳）
三〇日（日）	エミリとシャーロット、メアリ・テイラーと落ち合って、約六マイル歩き、新教徒墓地へマーサの墓参りをする。
一一月二日（水）	シャーロットとエミリ、伯母エリザベス危篤の知らせを受け、帰国準備をする。
五日（土）	シャーロットとエミリ、伯母の訃報を受け、ブリュッセルを発つ。
六日（日）	姉妹、アントワープを出航する。

	八日（火）	姉妹、ハワースに帰り着く。
	二九日（火）朝六時	アン、ソープ・グリーンに帰任する。シャーロット、ブルックロイドのエレン・ナッシーを訪問する。（〜一二月五日［月］）
	一二月二五日（金）	シャーロット、エレンに数週間後ブリュッセルへ復帰すると伝える。
	二八日（月）	ヨーク法廷でエリザベス・ブランウェルの遺言が承認され、ブロンテ三姉妹とペンザンスの従姉妹エリザベス・ジェイン・キングストンの四人で、一五〇〇ポンドを相続、エミリの主導で鉄道株に投資する。
一八四三年	一月	エレン・ナッシー、ハワースを訪問する。
	一月二七日（金）早朝	シャーロット、ブリュッセルへ出発。
	月末	ブランウェル、ロビンソン家の家庭教師として雇われ、アンとともにロビンソン家に赴く。
	五月二九日（月）の後	エミリ、シャーロットからお金をもっと送ってほしい

八月一五日（火）

九月一日（金）

九月二日（土）の後

一〇日（日）

一四日（木）

一〇月一日（日）の後

という手紙を受け取る。

シャーロット、練習帳の表紙の裏側に『ヴィレット』によく似た小説の筋を書く。

エジェ氏、休暇で留守にするので、シャーロットにベルナダン・サン・ピエールの作品二巻を与える。シャーロット、午後一〇時公園でのコンサートに出席する。

シャーロット、プロテスタント墓地に墓参りし、サン・ギューデュール大聖堂で懺悔する。

エミリ、シャーロットからの手紙を受け取る。

シャーロット、ヴィクトリア女王を見る。

アン、ドイツ語の辞書を買う。

エミリ、シャーロットからの手紙を受け取る。この手紙でエミリが自らを怠け者と呼んでいたこと、ヴィクトリア女王のブリュッセル行幸について訊ねていたことがわかる。シャーロット、辞任を申し入れるが慰留される。

	一二月一〇日（日）	シャーロット、大音楽堂でのコンサートに出席する。ベルギー国王、王妃も出席する。
	一七日（日）	シャーロット、帰国を最終的に決心する。
	一九日（火）の後	エミリ、シャーロットからの手紙を受け取る。現金を五ポンド引き出す必要があること、一月二日には帰国する予定であることがわかる。
	二五日（月）	シャーロット、ジェンキンズ夫妻とクリスマスを過ごす。
		エミリとアン、詩作品を再構成しようと話し合う。
一八四四年	一月三日（水）	シャーロット、ブリュッセルから帰国する。学校設立問題を話し合う。
		エミリ、詩稿を「ゴンダル」と「ノン・ゴンダル」に分けて清書し始める。
	二月	エミリ、詩稿を二冊のノートに整理し終わる。
	三月二五日（月）	子猫「タイガー」が二日間の患いで死ぬ。エミリは悲

しむ。エミリ、エレンが送った花の種を喜び、シシリアン・ピーと深紅のコーン・フラワーが耐寒性の花かどうか、風よけした場所に蒔くべきかどうか知りたがる。家族はみな元気。

四月　シャーロット、エミリにエジェ氏への恋心を打ち明ける。

六月一六日（日）　アンとブランウェルが帰宅する。

六〜七月　エレン・ナッシー、ハワースを訪問し、ジェイムズ・ウィリアム・スミス師が彼女に愁波を送る。
エレンが発った日以来、エミリ、シャーロットとともにシャツ作りに没頭する。

八月一〇日（土）　姉妹、学校経営に乗り出し、寄宿費とイギリス式教育費で年額二五ポンドという案を作る。

二二日（木）　姉妹、学校規則書を作り、六通エレン・ナッシーに送る。学費は年額三五ポンドに決定する。

一〇月二日（水）　シャーロット、応募生徒が一人もないとエレンに伝え、

		もう二通規則書を送る。
	二六日（土）	シャーロット、求めに応じ規則書をもう二通エレンに送る。
	一一月	生徒が一人も集まらず、学校計画を断念する。
一八四五年	四月二三日（水）	シャーロット、ウラー先生への手紙で女性の年金受領権の終身条件について考えていることを伝えている。まだ鉄道株に投資している事実も明かしている。エミリは新聞に載っている鉄道に関する記事、広告を注意ぶかく読み、問題処理に必要な知識を習得している。
	六月三〇日（月）	エミリとアン、ヨーク旅行に出る。ヨーク泊。
	七月一日（火）	エミリとアン、キースリーまで戻る。キースリー泊。
		シャーロット、ハザセッジに行く。
	七月三一日（木）	エミリとアン、一日遅れで四度目の日誌を残す。
	九月一〇日（水）	ブランウェル、友人J・B・レイランドに三巻本の小説を書いたと手紙で告げる。これが後に『嵐が丘』だ

一〇月上旬

と噂される。

エミリ、エレンに与えた犬フロッシーはどうしているかと気遣う。

九日（火）

エミリ、「ジュリアン・MとA・G・ロウシェル」と題する全一五二行の長詩を書いていて座を外した間に、シャーロットがそれを覗き見て、そのすばらしさに打たれ、三姉妹で詩集を出版しようという計画を立てる。エミリは最初は立腹したが、やがて計画に参加し、二一編の詩を寄せる。

一一月四日（火）

エミリとアン、フロッシーが子犬をたくさん産んで、全部を育てられそうにはないとエレンに伝えてほしいとシャーロットに頼む。

一二月三〇日（火）ころ

シャーロット、エレンに手紙でブランウェルの放蕩が与える苦しみについて語る。秋から冬にかけて姉妹は小説を書く。

一八四六年

一月二日（金）　エミリ、「怯懦な魂はわたしのものではない」という詩を書く。

ブランウェル、悪行続く。鉄道株が下落し、姉妹、心配する。

二八日（水）　シャーロット、エイロット・アンド・ジョウンズ社と詩集出版について交渉する。

三一日（土）　エイロット・アンド・ジョウンズ社との詩集出版契約整う。

二月七か六日（土）　姉妹、詩集原稿を二個口にして郵便で送る。

三月三日（火）以前　姉妹、出版社に三一ポンド一〇シリングを小切手で送る。シャーロット、エレン・ナッシー宅から帰宅する。留守の間にブランウェルが父親から一ポンド金貨を手に入れ、居酒屋で酒代にし、エミリは兄を「見込みのない人間」とシャーロットに告げる。

一一日（水）　姉妹、詩集の校正刷りを受け取る。

中旬　タビー、一種の発作に襲われ、マーサは膝に腫れ物ができて、実家に引き上げる。

四月六日（月）　シャーロット、姉妹の小説出版についてエイロット・アンド・ジョウンズ社と交渉を始める。

五月七日（木）前　姉妹の詩集見本が送られてくる。

一一日（月）　シャーロット、詩集価格を五シリングと決める。高すぎるなら四シリングでもよいと伝える。アン、詩のなかで、エミリが詩稿を発見されたことをいまも怒っていることを示唆する。

二一日（木）　『カラー、エリス、アクトン・ベル詩集』発行される

二五日（月）　エイロット・アンド・ジョウンズ社に追加して五ポンド送金する。余剰金一一シリング九ペンスはシャーロットの口座に入金するよう指示する。

七月四日（土）　シャーロット、ヘンリ・コルバーン社へ姉妹の小説三編を送る。

八月二日（日）　エミリ、シャーロットとともに父親の眼科手術のため医師を探しにマンチェスターへ行く。ウィルソン博士

の診察を受ける約束をする。

一九日（水） シャーロット、父親を連れてマンチェスターへ行き、オックスフォード・ロード、バウンダリー・ストリート、マウント・プレザント八三番地に下宿する。シャーロット、その後ずっと歯痛に悩まされる。エミリ、アンとブランウェルとともに自宅に留まる。

二五日（火） パトリック・ブロンテ、眼科手術を受ける。

九月二八日（月） シャーロット、父親を連れてハワースへ戻る。

一二月〜二月 寒波の襲来で家族全員風邪を引く。

一八四七年

四月 家族全員、風邪を引く。

六月一六日（水） シャーロット、売れ残った詩集をド・クインシー、ハートレー・コールリッジ、ロックハート、ワーズワース、テニソンに贈る。

七月上旬 トマス・コートリー・ニュービー社、『嵐が丘』『アグネス・グレイ』の出版を引き受ける。

一五日（木）　シャーロット、『教授』の原稿をスミス・エルダー社へ送る。

八月二日（月）　シャーロット、スミス・エルダー社に返事を求める。

六日（金）　シャーロット、スミス・エルダー社から拒否と忠告の手紙を受け取る。

二四日（火）　シャーロット、『ジェイン・エア』の原稿をスミス・エルダー社へ送る。

一〇月一六日（土）　『ジェイン・エア』初版発行される。

一二月一〇日（金）ころ　『嵐が丘』初版発行される。

一二月一四日（火）　エミリ、『嵐が丘』初版六部受け取る。誤植が多いことに気づく。

一八四八年

二月一五日（火）　トマス・コートリー・ニュービー、エミリに第二の小説について手紙を書く。

三月　三姉妹、インフルエンザに罹る。

四月　『ジェイン・エア』第三版、出版される。

七月初旬　『ワイルドフェル・ホールの住人』、出版される。

七日（金）　シャーロットとアン、ロンドン、スミス・エルダー社へ向かう。

八日（土）　シャーロットとアン、スミス・エルダー社に身許を明かす。夕刻社長のジョージ・スミス、妹イライザ、セアラとともにコヴェント・ガーデンでロッシーニのオペラ『セヴィリアの理髪師』を鑑賞する。

一一日（火）　シャーロットとアン、ロンドンを発つ。

一二日（水）　シャーロットとアン、ハワースに帰着。

九月二四日（日）午前九時すぎ　ブランウェル、慢性気管支炎で死去する。（三一歳）

シャーロット、頭痛とむかつき、食欲不振。胆汁熱で一週間病臥する。エミリ、風邪を引き、咳をする。

二八日（木）　ブランウェル、ウィリアム・モーガンの司会でハワース教会に埋葬される。

一〇月　『カラー、エリス、アクトン・ベル詩集』、スミス・エルダー社から再版される。

一日（日）　ニコルズ師、ブランウェルの葬儀説教を行う。エミリ、この外出が最後となる。

九日（月）　エミリ、咳と風邪に苦しむ。シャーロット、頭痛とむかつきに苦しむ。

二九日（日）　エミリ、風邪と咳が執拗で、息切れがし、痩せ、蒼ざめてみえる。治療を拒否する。シャーロット、エレン・ナッシーにエミリの健康状態を伝える。

一一月二日（木）　エミリ、夜少し回復する。

七日（火）　エミリ、手紙も書けないほど病が進む。咳と熱病が昂じる。スミス・エルダー社から本が送られてくるという知らせに微笑する。

一二日（日）　エミリ、病状変わらず、不安が募る。

二二日（水）　エミリ、少し楽になり、安楽椅子に座る。シャーロットが『ノース・アメリカン・レヴュー』を読み、エリス・ベルが「稀有の才能をもっているが、強情で残酷で気むずかしい人」という評を聞くと、半ばおもしろそうに、半ば軽蔑したように微笑する。哀れなほど蒼白く窶れて見える。

二三日（木）　エミリ、肉が落ち、憔悴し、蒼白い顔つき、苦しそうな咳をして息切れする。胸部と脇腹に痛みがあり、脈拍は一分一五〇回。危篤。これまで数週間同じ状態が続く。医師に診察してもらうのを拒否する。

二七日（月）　エミリ、ほぼ同じ病状が続く。このころ下痢が始まる。

一二月七日（木）　エミリ、咳、虚弱、呼吸困難が続く。

九日（土）　シャーロット、同種療法のエップス博士に手紙を書き、エミリの病状を伝える。食欲減退、喉は渇き、酸っぱいものと飲み物をほしがり、脈拍は一分一一五回。外目にも衰えは急速で、午前中は悪く、疲れきってしばらく眠気が出るが、夕方よくなる。咳とともに痰が出、睡眠は間隔を置いてかなりよいが、咳き込みの発作で乱される。起床は朝七時、就寝は夜一〇時、薬はすべ

一〇日（日）

一二月一八日（月）

一九日（火）

午前七時

て拒否し、ときどき穏やかな緩下剤とロコクの咳止めウェハースを一日約三回服用。その効果は有益と認める。

エミリ、脇腹と胸部の痛みはおさまるが、咳、呼吸困難、極端な衰弱は続く。下痢もまだ続く。「毒を盛るような藪医者」（エップス博士?）は近づけない」と言ったという。エレンが贈ったクラブ・チーズにお礼を言ってほしいとシャーロットに言うが実際には食べられない。

エミリ、夕方犬に餌を与えようとして台所のドアのところで倒れるが、医師の診察を拒む。

エミリ、起床するが一段と衰える。医者の送って寄越した薬は一切服まない。ついに医師の診察を受けてもよいと言うが、医師が来診する前、午後二時ころ、肺病のためハワース司祭館一階居間で息を引き取る。（三〇歳）

二二日（金）	エミリ、アーサー・ベル・ニコルズ師の司会によりハワース教会堂内の家族墓地に埋葬される。
二八日（木）〜	エレン、ハワースに来る（〜一月九日［火］）。

注

まえがき

（1） *The Cambridge Companion to The Brontës*, edited by Heather Glen (Cambridge : Cambridge Univesity Press, 2002) p.215.

（2） Juliet Barker, *The Brontës* (London : Weidenfeld and Nicolson, 1994) pp.108-9.

（3） この場合、エミリが言っているのは「同種療法」のジョン・エップス博士（Dr. John Epps, 1805-69）のことであるが、シャーロットの主治医であったラドック医師は水銀の入った薬を飲ませたため、シャーロットは水俣病に罹っていた。

（4） Millicent Collard, *Wuthering Heights: The Revelation, A Psychological Study of Emily Brontë* (London: Regency Press, 1900)

（5） Somerset Maugham, *Ten Novels and Their Authors* (London : William Heinemann Ltd., 1954)

第1章

（1） John Malham-Dembleby, *The Key to the Brontë Works* (London : The Walter Scott Publishing Co. Ltd., 1911)

（2） Alice Law, *Patrick Branwell Brontë* (London : A. M. Philpot, 1923)

（3） Mary Robinson, *Emily Brontë* (London : W. H. Allen and Co., 1883) このことは次の著書にも引用されている。 E. F. Benson, *Charlotte Brontë* (London : Longmans, Green and Co., 1932) pp.211-4.

（4） Francis H. Grundy, *Pictures of the Past* (London : Griffith and Farren, 1879)

（5） Francis A. Leyland, *The Brontë Family with Special Reference to Patrick Branwell Brontë* in 2 vols. (London : Hurst and Blackett, Publishers, 1886)

（6） Irene Cooper Willis, *The Authorship of Wuthering Heights* (London : Hogarth Press, 1936)

（7） Leyland, *op.cit.*, vol.2, pp. 83-4.

（8） Charlotte Brontë's letter to Ellen Nussey, dated September 10th, 1845.

（9） Francis A. Leyland, *op. cit.*, pp. Cf. Winifred Gerin, *Branwell Brontë* (London : Thomas Nelson and Sons Ltd., 1961) 'Appendix A, The Authorship of *Wuthering Heights*' pp.307-14. *Halifax Guardian*, 15 June 1867.

（10） Daphne du Maurier, *The Infernal World of Branwell Brontë* (London : Victor Collancz Ltd., 1960) p.137.

（11） Edward Sloane, *Essays, Tales and Sketches* (1849)

（12） Francis A. Leyland, *op. cit.*, vol.2, p.188.

（13） ロビンソン師は一八四六年五月二六日死亡したので、おそらく六月の下旬にはロビンソン家の御者ジョージ・グーチ（George Gooch）が同師の遺言を伝えにハワースへやって来たのであろう。妻に逢ったら、妻には遺産を鐚一文渡さないと言って寄越したといわれている。ブランウェルはロビンソン家の財産を当面の当てにしていたらしいので、その後の彼の荒廃した行状は、シャーロットが絶対に許せないと思ったほどすさまじいものであった。おまけにその半月前には三姉妹の詩集が出版されたばかりであった。遺言の内容についてはそうでなかったという説が有力である。

（14） Clement King Shorter, *Charlotte Brontë and Her Sisters* (New York : Dodd, Mead and Company, 1896) p.122.

（15） Branwell Brontë's letter to John Brown, dated March 13, 1840. *The Brontës, Their Lives, Friendships and Correspondence* (1932) vol. I, p.199.

(16) F. A. Leyland, *op. cit.*, pp.192-3.

(17) F. Grundy, *op. cit.*

(18) *ibid.*, p.80.

(19) Charlotte Brontë, “Biographical Notices of Ellis and Acton Bell.” *Wuthering Heights* (London : Smith, Elder & Co., 1850) pp.vii-xii.

(20) Charlotte Brontë’s letter to William Smith Williams, dated Dec., 1847.

(21) Clement Shorter, *op. cit.*, (London : Hodder and Stoughton, 1896) p.6. ショーターは上京したのはエミリだとしている。もちろん間違っている。またメイ・シンクレアはエミリが上京しなかったのはプライドと一流の無関心のためとしている。May Sinclair, *The Three Brontës* (London : Hutchinson & Co., 1912) p.29.

(22) Mary Taylor’s letter to Charlotte Brontë 10 April 1849 Margaret Smith (ed), *The Letters of Charlotte Brontë Volume Two 1848-1851* (Oxford : Clarendon Press, 2000) p.198.

(23) Charlotte Brontë’s letter to William Smith Willimas, dated 31st July 1848. Margaret Smith(ed), *The Letters of Charlotte Brontë Volume Two 1848-1851*. p.94.

(24) Charlotte Brontë, “The History of the Year” March 12, 1829. Christine Alexander (ed), *An Edition of The Early Writings of Charlotte Brontë, vol.II, The Glass Town Saga 1826-1832* (Oxford : Basil Balckwell, 1987) p.5.

(25) Mary Robinson, *Emily Brontë* (London : A. H. Allen and Co., 1883) p.164. Winifred Gerin, *Emily Brontë* (Oxford : Clarendon Press, 1971) pp.198-9.

(26) Charlotte Brontë’s letter to Ellen Nussey, dated 29 October 1848. Margaret Smith, *op. cit.*, p.130.

(27) Alice Law, *op. cit.*, pp.182-3.

(28) Mrs. Chadwick, *op. cit.*, p.361.

(29) Charlotte Brontë's letter to Ellen Nussey, dated 3 March 1846. Margaret Smith, *op. cit.*, p.455.

(30) May Sinclair, *The Life of Charlotte Brontë* (London : Hutchinson & Co., 1912) p.245.

(31) *op. cit.*, p.235.

(32) Elizabeth Rigby, "*The Quarterly Review* (Dec., 1848) p.175.

(33) Sidney Dobell, "Currer Bell" *The Palladium* (September 1850) p.164.

(34) *ibid.*, p.164.

(35) Charlotte Brontë's letter to Sidney Dobell, dated Dec. 8th, 1850. Margaret Smith, *op. cit.*, pp.526-7. シャーロットは同年九月五日付のウィリアムズ宛の手紙で『嵐が丘』再版に関してスミス・エルダー社からの好意を受けたいと述べており、一〇月三日付のエレン・ナッシー宛の手紙では目下準備中と書かれている。『パレイディアム』でのシドニー・ドゥベルの意見から『嵐が丘』再版までの経緯がわかる。

(36) Charlotte Brontë,*Jane Eyre* 3rd Ed. The Clarendon Edition (Oxford: OUP., 1969) p.xxxiii.

(37) Anne Brontë, *The Tenant of Wildfell Hall*, 2nd ed (Oxford : Clarendon Press, 1992) p.xxxix.

(38) Charlotte Brontë, "Biographical Notice of Ellis and Acton Bell" *Wuthering Heights* (1850) 2nd ed., pp.vii-xii.

(39) Sidney Dobell, "Currer Bell," *The Palladium* (September 1850) p.162.

(40) *ibid.*, p.165.

(41) Thomas James Wise and John Alexander Symington (ed), *The Brontës : Their Lives, Friendships & Correspondence* (Oxford : Shakespeare Head Press, 1932) vol.III, pp.186-7.

(42) Clement Shorter, *op. cit.*, p.236.

(43) Clara H. Whitmore, *Woman's Work in English Fiction* (London : G. P. Putnam's Sons, 1910) pp.249-50.

(44) John Malham-Dembleby, "The Key to *Jane Eyre*" *Saturday Review* (London) 6 September 1902, pp.292-3.

（45） John Malham-Dembleby, "The Lifting of the Brontë Veil. A New Study of the Brontë Family." *Fortnightly Review* n.s. 87 (March 1907) pp.489-505.

（46） *ibid.*, pp.147-55.

（47） *ibid.*, p.40.

（48） John Malham-Dembleby, *The Confession of Charlotte Brontë* (Yorkshire : Published Privately 1954) pp.46-7, 96-136.

第二章

（1） 「カラー・ベル」というペン・ネームについては、ヨークシャー随一の蔵書家であったエシュトン・ホールのフランシス・メアリ・リチャードソン・カラー（Frances Mary Richardson Currer）からクリスチャン・ネームを取り、サーネームは当時ハワースの助任司祭をしていたアーサー・ベル・ニコルズのミドル・ネームから取ったと伝えられている。「エリス・ベル」は自由党代議士であったジョージ・エリス（George Ellis, 1753-1815）から取った、あるいはEllis Cunliff Lister-Kayに由来するとか、エリスという名の工場主から来たと伝えられている。また「アクトン・ベル」の「アクトン」は女性詩人のイライザ・アクトン（Eliza Acton, 1777-1859）から採ったといわれている。

（2） 第一章注32を参照のこと。

（3） Algernon Charles Swinburne, "Emily Brontë," *Athenaeum*, no.2903 (16 June 1883) pp.762-3.

（4） Mary Robinson, *Emily Brontë* (London : W. H. Allen and Co., 1883) pp.128-143, 154-208.

（5） Arthur Symons, "Introduction" to *Poems of Emily Brontë* (London : William Heiremann, 1906) p.ix

（6） William Wright, *The Brontës in Ireland, Fact Stranger than Fiction* (London : Hodder & Stoughton, 1893)

pp.19-31.

（7） Mary Ward, *Athenaeum*, 14 April 1900.

（8） ‘Sport’という語は生物学の専門用語で「突然変異」「変種」を意味する。チャールズ・ダーウィンの進化論に基づいて一九世紀後半に一般化した概念である。‘Mutation’と同義。

（9） George Saintsbury, “The Position of the Brontës,” *Brontë Society Transactions*, part IX. contained Report of Proceedings at Halifax and Huddersfield and Papers read before the Society (14 January 1899) p.26

（10） James Fotheringham, “The World of Emily Brontë, and the Brontë Problem.” *Brontë Society Transactions* 2, part 11 (June, 1900) pp.107-34.

（11） Margaret Lane, “Introduction” *Wuthering Heights* ed. with Selected Poems by Philip Henderson (London : J. M. Dent, 1907) pp.v-x.

（12） May Sinclair, *The Three Brontës* (London : Hutchinson & Co., 1912) p.218.

（13） John Cooper Powys, *One Hundred Best Books with Commentary and An Essay on Books and Reading* (New York : G. Arnold Shaw, 1916) pp. 34,37,46-7.

（14） D. S. Mirsky, “The Enigma of Emily Brontë,” *Fortnightly Review* 124 (August 1928) pp.195-202.

（15） Romer Wilson (Flora Roma Muir Wilson O’Brien), *All Alone : The Life and Private History of Emily Jane Brontë* (London : Chatto & Windus, 1928) p.42

（16） J. Keighley Snowdon, “The Brontës as Artists and Prophets.” *Brontë Society Transactions* 4, part 19 (March 1909) pp.78-92.

（17） Virginia Woolf, “*Jane Eyre* and *Wuthering Heights*” *The Common Reader* (London : Hogarth Press, 1926) pp. 196-204.

(18) Herbert Read, "Charlotte and Emily Brontë." *Yale Review*, n.s. 14 (1925) pp.720-38.

(19) Percy Charles Sanger, *The Structure of Wuthering Heights* (London : Hogarth Press, 1926)

(20) Edward Morgan Forster, *Aspects of the Novel* (London : Edward Arnold & Co., 1927) pp.187-8.

(21) Carl H. Grabo, *The Technique of the Novel* (New York : Charles Scribner's Sons, 1928) pp.139-51.

(22) Edwin Muir, *The Structure of the Novel* (London : The Hogarth Press, 1928) pp.41-87.

(23) Leicester Bradner, "The Growth of *WutheringHeights*." *Publications of the Modern Language Association* 48 (March 1933) pp.129-46.

(24) David Cecil, *Early Victorian Novelists : Essays in Revaluation* (London : Constable, 1934) pp.147-93.

(25) John Boynton Priestly, "The Mid-Victorian Novel." *The English Novel* (London : Ernest Benn, 1927) pp.43-5.

(26) Florence Swinton Dry, *The Source of Wuthering Heights* (Cambridge : W. Heffer & Sons Ltd., 1937) pp.1-48.

(27) Lucile Dooley, "Psychoanalysis of the Character and Genius of Emily Brontë," *Psychoanalytic Review* 17 (April 1930) pp.208-39.

(28) Elizabeth Bowen, *English Novelists* (London : William Collins, 1942) pp.33-6.

(29) Bruce McCullough, *Representative English Novelists : Defoe to Conrad* (London : Harper & Brothers, 1946) pp.184-96.

(30) V. S. Pritchett, "Books in General." *New Statesman and Nation* 31 (22 June 1946) p.453.

(31) Margaret Willy, "Emily Brontë : Poet and Mystic." *English* 6 (Autumn, 1946) pp.117-22.

(32) J. A. Bramley, "The Mysticism of Emily Brontë." *Modern Churchman* 40 (June 1950) pp. 127-30.

(33) R. Van Buys, *Drie Dichteressen uit het Victoriaannese Tijikeperk : Christina Rossetti, Emily Brontë, Elizabeth Barrett Browning* (Amsterdam, 1947) pp.53-124.

(34) David Wilson, "First of the Modern." *Modern Quarterly Miscellany* 1 (April, 1947) pp.94-115.

(35) Frank Raymond Leavis, *The Great Tradition* (New York : George W. Stewart, 1949) p.27.

(36) Richard Chase, "The Brontës : A Centennial Observance" (Reconsiderations VIII) *Kennyon Review* 9 (Autumn, 1947) pp.407-506. Reprinted in "The Brontës, or Myth Domesticated." *Forms of Modern Fiction : Essays Collected in Honor of Joseph Warren Beach*, edited by William Van O'Connor (Minneapolis : University of Minnesota Press, 1948) pp.102-19.

(37) Louis F. Doyle, "Of Something That Is One." *America* 77 (14 June 1947) pp.297-8.

(38) Mark Schorer, "Technique as Discovery." *Hudson Review* 1 (Spring, 1848) pp.67-87.

(39) Northrop Frye, "The Four Forms of Prose Fiction." *Hudson Review* 2 (Winter 1950) pp.582-95.

(40) Arnold Kettle, *An Introduction to the English Novel* in 2 vols. (London : Hutchinson's University Library,1951) vol.I, pp.139-55.

(41) Barbara Hannah, *Victims of the Creative Spirit: A Contribution to the Psychology of the Brontës from the Jungian Point of View.* Guild of Pastoral Psychology, Lecture no.68 (London : Edwin Frim, 1951)

(42) Dorothy Van Ghent, *Nineteenth –Century Fiction* 7 (December 1952) pp.189-97.

(43) Walter Allen, *The English Novel : A Short Critical History* (London : Phoenix House, 1954) pp.178-90.

(44) Inga-Stina Ewbank, *Their Proper Sphere : A Study of the Brontë Sisters as Early-Victorian Female Novelists* (London : Edward Arnold, 1966) p.128.

(45) Arnold Shapiro, "*Wuthering Heights* as a Victorian Novel." *Studies in the Novel* vol.1, No.3 (Fall 1969) pp.284-96.

(46) Terry Eagleton, *Myths of Power : A Marxist Study of the Brontës* (London : Macmillan, 1975)

(47) G. D. Klingopulos, *From Dickens to Hardy* vol.6 of *The Pelican Guide of English Literature* ed. by Boris Ford (Baltimore : Penguin Books, 1958) pp.59-116.

(48) Szász Imre, *Emily Brontë, Wuthering Heights* (Budapest : Europa Konyukiado, 1962)

(49) Inga-Stina Ewbank, *op.cit.*. p.xv.

(50) Kate Millett, *Sexual Politics* (New York : Doubleday & co., 1970) pp.140-7.

(51) Helen Moglen, "The Double Vision of *Wuthering Heights* : A Clarifying View of Female Development."*Centennial Review* 15 (Fall 1971) pp.391-405.

(52) Gordon William, "The Problem of Passion in *Wuthering Heights.*" *Trivium* 7 (may 1972) pp.41-53.

(53) Sandra M. Gilbert and Susan Gubar, *The Madwoman in the Attic* (London and New Haven, Conni. Yale University Press, 1979)

(54) Winifred Gerin, *Charlotte Brontë* (Oxford : Clarendon Press, 1967), *Branwell Brontë*, (London : Thomas Nelson and Sons Ltd., 1961), *Emily Brontë* ; *A Biography* (Oxford : Clarendon Press, 1971), *Anne Brontë, A Biography* (London : Thomas Nelson and Sons Ltd., 1959)

(55) Edward Chitham, *A Life of Emily Brontë* (Oxford : BasilBlackwell, 1987), *A Life of Anne Brontë* (Oxford : Blackwell Publishers, 1991).

(56) Steevie Davies, *Emily Brontë : Heretic* (London : The Women's Press.1994)

(57) Jill Dix Ghnassea, *Metaphysical Rebellion in the Works of Emily Brontë,* A *Reinterpretation* (New York : St. Martin's Press, 1994)

(58) Steevie Davies, *op. cit.*, p.60.

(59) *ibid.*, p.40.

（60） Marianne Thormälen, *The Brontës and Religion* (Cambridge : Cambridge University Press, 1999)

第三章

（1） Joseph Craven, *A Brontë Moorland Village and Its People : A History of Stanbury* (Keighley : Rydal Press,1907) Elizabeth Southwart, *Brontë Moors and Villages. From Thornton to Haworth* (London : John Lane The Bodley Head, 1923)

（2） エミリ・ブロンテがポンデン・ホールで読んだらしいこれらの本はほんの一例にすぎない。*The Laws Relating to Landlords and Tenants, The Laws Disposing of a Person's Estate, The Diaboliad : dedicated to the Worst Man in His Majesty's Dominion*

（3） "The present building was rebuilt by his descendant R. H. 1801."

（4） T. Keyworth, "New Identification of *Wuthering Heights.*" *The Bookman*, (March, 1893) Charles Simpson, *Emily Brontë* (London : Country Life Ltd., 1929) pp.64-76. R. M. Scott, "High Sunderland Hall in Decay" *Brontë Society Transactions*, vol.XI, No.4. part LIX (1949) pp.262-4.

（5） John Horner, *Building in the Town and Parish of Halifax* (1835)

（6） T. W. Hanson, "The Local Colour of *Wuthering Heights*" *Brontë Society Transactions*, part 34 (1924) pp.24-5.

（7） Ernest Raymond, *In the Fottsteps of the Brontës* (London and New York : Rich & cowan, 1948) p.103.

（8） Watson, *The History and Antiquities of the Parish of Halifax* (1775)

（9） Barrnard, *Emily Brontë* (London : British Museum, 1999) p.39.

（10） Charles Simpson, *op. cit.*, p.70.

(11) *ibid.*, p.163.

(12) Watson, *op.cit.*

(13) Cf. *Farm and Home Year Book* (1902)

(14) Ernest Raymond, *op. cit.*, p.203.

(15) Romer Wilson, *op. cit.*, pp.112-5.

(16) Helen Brown, "Influence of Byron on Emily Brontë," *Modern Language Review* 34 (1939) pp.374-81.

(17) William Wright, *The Brontës in Ireland, or Facts Stranger Than Fiction* (London : Hodder & Stoughton, 1893) p.24

(18) Juliet Barker, *op.cit.*, p.834.

(19) Cf. *Brontë Society Transactions* (1945) p.267.

(20) Charles Simpson, *op. cit.*, pp.52-63. Winifred Gerin, *op.cit.*, pp.75-80.

第四章

(1) パトリック・ブロンテはリーズでの聖職者会議の帰り、息子のブランウェルにおもちゃの兵隊を一ダース買って来た。これはそれまでに買っていた同種のものが壊れたり失われたりして、ブランウェルが新しいセットをほしがっていたためである。しかし今回の兵隊はブロンテ姉妹の想像力に大きな刺激を与え、彼ら独特のファンタジーを創造させることになった。それからシャーロットがロウ・ヘッド校に入学した一八三一年までと、そのときから一八三九年までの二つの段階でブロンテ文学の基礎が築かれた。ちなみに、そのとき姉妹への土産は、シャーロットにはナイン・ピンズ（九柱戯）、エミリにはヴィレッジ・シーナリー、アンにはダンシング・ドールであった。

（2）ザモーナ公爵が読んでいたギリシャ語の本に挟まれていた原稿で、荒唐無稽なストーリーであるが、二〇年前にした墓暴きの約束を果たす話である。アルフとゼノウビアとエルリントンの三人が次の約束をした。アルフは次のようなメモを残していた。「一八三四年九月三〇日。エルリントン・ハウスで夕刻を過ごした。ゼノウビアとパーシーとわたしは死と、それに続いて起こることについて奇妙な会話をした。われわれ（すなわちZとわたし自身）はノーサンガーランドがわれわれより先に死んだ場合、彼がその死滅に続く二〇年間横たわっている納骨堂を訪れ、その棺を開く約束をした。」その約束の実行が一三〇行余の韻文で語られているが、ゼノウビアが実際に夫の亡骸を見るところまでは描いていない。

（3）これ以降ハットフィールド編の定本を用い、その番号によって詩作品を特定することにする。

（4）出版されたのは一八四七年一二月中旬であった。先に契約されていたのに、『ジェイン・エア』より二ヵ月遅れることになった。

（5）この物語の梗概は拙訳『エミリ・ジェイン・ブロンテ全詩集』（国文社、一九九一年）pp.467-72を見よ。

（6）Meg Harris Williams, *A Strange Way of Killing : The Poetic Structure of Wuthering Heights* (Perthshire : Clunie Press, 1987) p.133.

（7）*ibid.*, p.134.

（8）*ibid.*, p.133.

（9）*ibid.*, pp.140-1.

第五章

（1） もっとも早い時期の書評、*Spectator* (18 December, 1847) や *Athenaeum* (25 December, 1847) でも「道徳的欠陥」や「堕落」が指摘されている。

（2） Muriel Spark and Derek Stanford, *Emily Brontë : Her Life and Work* (London : Peter Owen Ltd., 1953), p.167.

（3） Hiroshi Nakaoka, *A Concordance to Wuthering Heights*（開文社出版、一九八三年）による。

（4） 浜林正夫著『イギリス宗教史』（大月書店、一九八七年） p.187

（5） 小嶋潤著『イギリス教会史』（刀水書房、一九八八年） pp.198-9.

（6） Marianne Thormählen, *The Brontës and Religion* (Cambridge : Cambridge UP, 1999) p.176.

（7） 『イギリス教会史』p.197.

（8） キリストは選ばれた者のために十字架にかけられて死んだというカルヴァン派の教義に反対し、あらゆる人のために死んだと主張する寛大な考え方。

（9） ノーマン・サイクス著、野谷啓二訳『イングランド文化と宗教伝統――近代文化形成の原動力となったキリスト教――』（開文社出版、二〇〇〇年） p.140

（10） まず、一七四三年にカルヴィニスト・メソディストが分離し、ホワイトフィールドの死後（一七七〇年）さらに三つに分裂する。一七九〇年代まではカルヴィニスト・メソディストとウェスレー派は国教会内に留まるが、一七九五年に国教会からウェスレー・メソディスト教会が正式に独立する。そして、一八五〇年代まで分裂や分派を繰り返していく。

（11） 『イギリス宗教史』p.197.

（12） 国教会から独立したメソディスト教会の組織化を強め、一八三三年に海外宣教教会を創設し、一八三五年に最初のメソディスト神学校校長となる。

（13） 『イギリス教会史』pp.200-1.

第六章

(1) F. R. Leavis, *The Great Tradition* (London : Chatto & Windus, 1948) p.27.
(2) George Saintsbury, "The Position of the Brontës as Origins in the History of the English Novel." *Brontë Society Transactions* 2, part 9 (April 1899) p.26.
(3) T・S・エリオット著、平井正穂訳「伝統と個人の才能」。筑摩世界文学大系71『イエイツ、エリオット、オーデン』(筑摩書房、昭和五二年) 収録、p.220.
(4) Lew Girdler, "*Wuthering Heights* and Shakespeare." *Huntington Library Quarterly*, 19 (August 1956) p.386.
(5) Charlotte Brontë,"Editor's Preface to the New Edition of *Wuthering Heights*." By Currer Bell, *Wuthering Heights and Agnes Grey*. (London : Smith, Elder and Co., 1850) pp.XXI-XXII.
(6) John Malham-Dembleby, *The Confession of Charlotte Brontë*, (Bradford, Leah Malham-Dembleby,1954) pp.1-2.
(7) Florence Swinton Dry, *The Sources of Wuthering Heights*." (Cambridge : W. Heffer &Sons Ltd., 1937) p.1.
(8) Girdler, *op. cit.*, pp.385-92.
(9)『ハムレット』ウィリアム・シェイクスピア作、小田島雄志訳、(白水社、一九八三年)
(10) Girdler, *op. cit.*, p.388.
(11) Enid L. Duthie, *The Foreign Vision of Charlotte Brontë* (London : Macmillan, 1975) p.2.
(12) Peter L. Caracciolo ed. *The Arabian Nights in English Literature : Studies in the Reception of the Thousand and One Nights into British Culture* (New York : St. Martin's Press, 1988) p.2.
(13) ブランウェルは一八三七年、ワーズワースに自分の詩の見本を添えて手紙を出しているし、シャーロットも三六年にサウジーに手紙を送り自分の詩について意見を求めている。スコットに関しては、後に述べるように親友エレン・ナッシーへの手紙のなかでシャーロットが「小説ではスコットだけをお読みなさい」とアドヴァイスしているところから、ブロンテ姉妹のスコットへの傾倒ぶりがわかる。

(14) Phillis Bentley, *The Brontës* (London : Home & Van Thal, 1941)　中岡洋「『嵐が丘』の語り手」（その3）イザベラ・リントン」（1966）、芦澤久江「『嵐が丘』のなかの藪の中——語り手の技法について——」（1989）他。

(15)「漁師と魔神との物語」の成立は一〇世紀と推定されている。

(16) Carraciolo, *op.cit.*, p.27.

(17) Dry, *op. cit.*, p.2.

(18) *ibid.*, p.19.

(19) エルシーがその心の底には広い人間愛を抱いているという設定から、彼がヒースクリフのモデルであるとするドライの説には、ガードラーもまた疑問を投げかけている。Girdler, *op. cit.*, p.389. n.19.

(20) 芦澤久江「『嵐が丘』論——神話的空間の成立」中岡洋・内田能嗣共編著『ブロンテ姉妹の時空——三大作品の再評価』（北星堂書店、一九九七年）p.139.

(21) Charlotte Brontë, "Selections from the Literary Remains of Ellis and Acton Bell." *Wuthering Heights and Agnes Grey* (London : Smith, Elder and Co., 1850) p.473.

(22) Charlotte Brontë's letter to Ellen Nussey, dated 4 July 1834. *The Letters of Charlotte Brontë* ed. by Margaret Smith (Oxford : Clarendon Press, 1995) pp.129-31.

(23) Lisa Paddock and Carl Rollyson, *The Brontës A to Z* (New York : Cherckmark Books, 2003) p.43.

(24) Harry Maxwell Quertermous, "The Byronic Hero in the Writings of the Brontës" Ph. D. Dissertation (University of Texas, 1960) p.324.

(25) バイロン作、小川和夫訳『ドン・ジュアン』上（冨山房、一九九三年）第三歌。
(26) 門田　守「バイロンとロマン的オリエンタリズム――彼のコスモポリタン性をめぐって」『イギリス・ロマン派研究』第27号（二〇〇三年）pp.44-5.

第七章

（1）従来は語り手としてロックウッドとネリー・ディーンの二人を挙げることで、その構造を解明しようとするのがつねであったが、ここでは『嵐が丘』の事件の渦巻きに呑み込まれたイザベラ・リントンも、その語りの部分と手紙によって、語り手の一人に数え、そこにも物語の核心に通じる道を見出すことが可能である。なぜならば現実の世界に属する他の二人の語り手を通じてよりも、わずかの部分であるにしても、非現実の世界をわれとわが身で体験したイザベラ・リントンの直接の言葉を通じて、より強く読者に迫る迫力をこの作品はもつからである。そしてこのイザベラ・リントンを含めて、恋愛物語の核心を世俗的世界と接触させる点に召使ネリー・ディーンが立ち、さらにその接触は外来のロックウッドを介して読者の許に届くのである。ロックウッドは信じられないほど激越な『嵐が丘』の生活とそれを見守るネリーを二重に取り囲む。
（2）Irene Cooper Willis, *The Brontës* (London : Duckworth, 1933) p.114.
（3）James Hafley, "The Villain in *Wuthering Heights*," *Nineteenth Century Fiction*, vol.13, No.3 (December 1958) p.201.
（4）一八〇一年一一月、一八〇二年二月、および一八〇二年九月である。
（5）Irene Cooper Willis, *op. cit.*, p.115.

(6) Dorothy Van Ghent, "The Window Figure and the Two Children Figure in *Wuthering Heights*. "*Nineteenth Century Fiction* vol.7 (December 1952) p.190.

(7) Mark Schorer, Introduction to *Wuthering Heights* (New York : Holt, Reinhart & Winston, 1950) pp.v-xviii.

(8) Melvin R. Watson, "Tempest in the Soul : The Theme and Structure of *Wuthering Heights" Nineteenth Century Fiction*, vol.4, No.4 (September 1949) p.95.

(9) May Sinclair, *The Three Brontës* (London : Hutchinson, 1914) p.224.

(10) Muriel Spark and Derek Stanford, *Emily Brontë* (London : Peter Owen, 1953) p.245.

(11) Lawrence and E. M. Hanson, *The Four Brontës* (Oxford : Oxford University Press, 1950) p.234.

(12) I. C. Willis, *op. cit.*, p.246.

(13) George J. Worth, "Emily Brontë's Lockwood." *Nineteenth Century Fiction* vol.7, No.4 (March 1952) pp.315-20

(14) Carl R. Woodring,"The Narrators of *Wuthering Heights."Nineteenth Century Fiction* vol.11, No.4 (March 1957) p.301.

(15) J. C. Willis, *op. cit.*, p.112.

(16) G. J. Worth, *op. cit.*, p.319.

(17) Martin Turnell, "*Wuthering Heights*" *The Dublin Review* CCVI (March 1940) p.145.

(18) Charlotte Brontë,"Biographical Notice of Ellis and Acton Bell" *Wuthering Heights* (Smith, Elder and Co.,1850) p.xxii.

(19) *ibid.*, p.xxiii.

(20) James Hafley, *op. cit.*, p.204.

(21) Gilbert K. Chesterton, *Victorian Age in Literature* (New York : 1933) p.113.

(22) Lawrence and E. M. Hanson, *op. cit.*, p.113.

(23) Jacques Blondel, *Emily Brontë* (Paris : Presses Universitaires de Frasnce, 1955) p.329.

(24) James Hafley, *op. cit.*, p.329.

(25) Blair G. Kenny, "Nelly Dean's Witcraft." *Literature and Psychology* 18 (1968) pp.225-32.

(26) Richard Chase, "The Brontës : a Centinnial Observance" *Kenyson Review* IIX (Autumn 1947) p.407.

(27) Sandra M. Gilbert and Susan Gubar, *The Madwoman in the Attic* (New Haven : Yale University Press, 1976) p.291.

(28) Clement Shorter, *The Brontës, Life and Letters* (London : Hodder and Stoughton, 1908) vol.I, p.446.

(29) John Mathison, "Nelly Dean and the Power of *Wuthering Heights*." *Nineteenth Century Fiction*, vol.XI, No.2 (September, 1956) pp.106-29.

(30) Millicent Collard, *Wuthering Heights* —— *The Revelation: A Psychological Study of Emily Brontë* (London : Regency Press, 1960) p.11.

(31) Muriel Spark and Derek Stanford, *Emily Brontë : Her Life and Work* (London : Peter Owen, 1953) p.226.

(32) Herbert Read, *Collected Essays in Literary Criticism* (Faber and Faber, 1951) p.294.

(33) Jacques Blondel, *op. cit.*, p.329.

(34) David Cecil, *Early Victorian Novelists : Essays in Revaluation* (London : Constable, 1934) p.154.

(35) 一七八四年三月二〇日（金）。キャシーの誕生は一七八四年三月一九日（日）午後一二時、キャサリンの死亡は一七八四年三月二〇日（月）午前二時である。

(36) John Milton, *Paradise Lost.* Book I, ll.125-6.

(37) *ibid*, ll.96-8.

（38）頻度は以下のとおりである。Again（六回）、answer(ed)（五回）、beds（五回）、come（五回）、door（七回）、down（一二回）、eyes（八回）、fire（七回）、hand(s)（五回）、head（六回）、last（八回）、make（六回）、man（六回）、now（九回）、out（一六回）、return(ed)（五回）、seek（五回）、spirits（五回）、think（五回）、window(s)（四回）。語彙数のうち一回かぎりの使用語は七五・八一三％を占め、それだけこの部分は話者の表現力が高いと言えるであろう。ネリーとロックウッドに比べて、イザベラのほうが語彙が豊富であった。

（39）Virginia Woolf, *A Room of One's Own* (London : Hogarth Press, 1954) p. 104.

第八章

（1）Somerset Maugham, *Ten Novels and Their Authors* (London : William Heinemann Ltd., 1954) p.226.

（2）Carl Grabo, *The Craft of the Novel* (New York : Charles Scribner's Sons, 1928) p.140.

（3）*ibid.*, p.140.

（4）*ibid.*, pp.141-2.

（5）*ibid.*, p.143.

（6）*ibid.*, p.144.

（7）*ibid.*, p.144.

（8）Mark Schorer, "Technique as Discovery." *Hudson Review* 1 (Spring 1948) p.69.

（9）*ibid.*, p.71.

（10）*ibid.*, p.72.

（11）*ibid.*, p.72.

(12) Edwin Muir, *The Structure of the Novel* (London : Hogarth Press, 1928) p.41.
(13) *ibid.*, pp.62-3.
(14) *ibid.*, pp.71-2.
(15) *ibid.*, pp.80-1.
(16) *ibid.*, pp.80-1.
(17) *ibid.*, pp.96-7.
(18) Robert F. Gleckner, "Time in *Wuthering Heights.*" *Criticism* 1 (Fall,) pp.328-38.
(19) 巻末に示した年譜を見よ。参考として Charles Percy Sanger, *The Structure of Wuthering Heights* (London: Hogarth Press, 1926) pp.21-4. *Wuthering Heights*, ed. by Ian Jack and Marth Smith (Oxford : Clarendon Press, 1976) pp.490-3.
(20) David Cecil, *Early Victorian Novelists* (London : Constable, 1948) pp.186-7.
(21) Esther Schonberger-Scheicher, *Charlotte and Emily Brontë,Narative Analysis of Jane Eyre and Wuthering Heights* (Berne : Peter Lang, 1999) p.28.
(22) *op.cit.*, p.34.
(23) James Hafley,"The Villain in *Wuthering Heights.*"*Nineteenth Century Fiction* 13 (December, 1958) pp.189-215.
(24) Esther Schonberger-Schleicher, *op.cit.*, appendix, Table 2.

第九章

(1) C.P. Sanger, *op.cit* 彼の提示した問題の研究はデイリーやユーバンクらへと世紀を越えて引き継がれていく。A. Stuart Daley, "The Moons and Almanacs of *Wuthering Heights*." *Huntington Library Quarterly* vol.37, No.4 (August 1974), Inga-Stina Ewbank, "The Chronology of *Wuthering Heights*." Emily Brontë, *Wuthering Heights*, ed. by Hilda Marsden and Ian Jack (London : Oxford University Press, 1976) Appendix V. pp.487-96.

（2）実際論文全体の半分が財産法について述べられている。

（3）Frank Goodridge, *Emily Brontë : Wuthering Heights* (London : Edward Arnold Ltd., 1964) p.49.

（4）H・マイヤーホフ著、志賀謙、行吉邦輔共訳、『現代文学と時間』（研究社叢書、一九七二年）参照。

（5）Viriginia Woolf, *Orlando; A Biography*, ed. by J. H. Stape (Oxford : Basil Blackwell, 1998) p.58.

（6）廣野由美子氏はその著『「嵐が丘」の謎を解く』（創元社、二〇〇一年）において、キャサリンの日誌が書かれた日時を「一七七七年一一月二〇日前後」としている。

（7）Cf. C. P. Sanger, *op. cit*.

（8）『嵐が丘』第六章で、副牧師がヒンドリーに、キャサリンとヒースクリフが教会に来なかったことを告げると、ヒンドリーが二人に罰を与えていた、というネリーの話から、ヒースクリフとキャサリンは教会へは必ずしも毎回欠席していたわけではなく、その出席状況は不規則的であったことがわかる。

（9）チャールズ・H・ホーランド著、寺嶋英志訳『時間とは何か』（青土社、二〇〇二年）p.79.

（10）マイヤーホフ、参照。

第一〇章

（1）「ゴンダル」の原稿には二つの日付が書かれている。左側にはエミリが書いた日付、右側には「ゴンダル」の物語上の日付が記されている。それゆえ右側に書かれた日付は「ゴンダル」を再構成するにあたり、非常に重要なものである。

(2) ラッチフォードは「ゴンダル」の再構成をテクストにした唯一の人であるが、彼女はエミリが残した「ゴンダル」の日付を無視している。Cf. Fannie E. Ratchford, *Gondal's Queen* (Austin: University of Texas Press, 1955)

(3) ジェラール・ジュネットは余白に書かれたものを「パラテクスト」と呼んでいる。

(4) フッサールによれば「書かれた意味形象はいわば沈殿するのである。しかしそれを読むものはそれを再び明証的にし、明証性を蘇生させることができる」田島節夫他訳『幾何学の起源』（青土社、一九七六年）p.273.

(5) ロラン・バルト著　花輪光訳『言語のざわめき』（みすず書房、一九八二年）p.48.

(6) ロラン・バルト著　沢崎浩平訳『テクストの快楽』（みすず書房、一九九九年）p.51.

(7) ミラーは'entice'（おびきよせる）という言葉をつかっている。J. Hillis Miller, *Fiction and Repetitio* (Cambridge, Mass.: Harvard University Press,1982) p.42.

(8) バルテュスは『嵐が丘』の場面を絵として残しているが、わたしがここで指摘している絵は「夢みるテレーズ」という作品である。この絵のなかの少女はまったく他人に無関心であるかのようであるが、見る側に向かってあられもない姿を見せ、見る者を誘惑する。

(9) 前掲書　p.46.

(10) 空白の三年間をフィクションとして描いたものもある。Cf. Anna L'estrange, *Return to Wuthering Heights* (London : Transworld Publishers Ltd., 1978), Jeffrey Caine, *Heathcliff, A Novel* (London : W. H. Allen, 1977)

(11) マーガレット・ホウマンズは、キャサリンとヒースクリフの荒野での遊びを描いていないのは語り手ネリーが家のなかにいる女中だからである、と指摘している。また自然が直接描かれていないのは、言言が自然を表すには不十分であるとエミリ自身が考えていたからであるとも指摘している。Margaret Homans, "Repression and Sublimation in *Wuthering Heghts*", Harold Bloom, Modern Critical Interpretations, *Emily Brontë's Wuthering Heights* (New York and Philadelphia, Chelsea House Publishers, 1987) p.65.

(12) カーモードは、キャサリンの落書きが左から読むとキャサリンの生涯、右から読むと娘キャシーの生涯を暗示していると述べている。Frank Kermode, "A Modern Way with the Classics," Harold Bloom ed., Modern Critical Interpretaions, *Emily Brontë's Wuthering Heights* (New York and Philadelphia : Chelsea House Publishers,1987) p.51.

(13) 固有名詞は品詞のなかでも特殊なものとして考えられている。

(14) 無意味なものに意味を見出すという点から、ロックウッドは作家だったのではないかという仮説も成立する。もしそうだとすれば、どこまでが彼の想像でどこまでが事実なのであろうか。ロックウッドが作家であったと考えると、『嵐が丘』の読みは一層広がりをみせる。

あとがき

『「嵐が丘」を読む』を上梓して、『嵐が丘』ほどわたしを魅了した小説はなかったけれども、これほど難解な小説はないと思う。わたしは半世紀以上の時間を費やしてエミリ・ブロンテを読んできたが、まだわからないことだらけで、校了したいまも、まだわが思いを十分に遂げたとは思えない。知らないことがまだたくさんあるなと感じている。せめてエミリ・ブロンテの偉大さを少しでも証しできているなら、それでよしとすべきであろうか。

かつて『「ジェイン・エア」を読む』を開文社出版から出していただいたご縁で、このたび本書が同社から世に出ることになったが、ブロンテ文学の双璧についてそれぞれ一巻をものすことができて、幸せに思っている。

このたびの出版に際して、若い研究者からの寄稿をいただいた。みんな喧喧諤諤の議論をし合った仲の、新進気鋭の学究である。若い研究者が育っていくには時間がかかる。辛抱づよく勉強していくだけの我慢ができず、すぐに成果を求めるようなことをしてはいけない。流行に目移りして、あれやこれやと名声を得ることだけに目が眩み、世渡り上手な俗物だけにはならないでほしい。こつこつと一〇年一日のごとく、みずからの研究対象を愛しぬくことが肝要だと思う。

本書では特に芦澤久江氏に全体の構成、論旨のチェック、主張の是非など出版全般に亘って細心の注意を注いでもらった。杉村藍氏は先輩を尊敬し後輩たちを激励しながら、原稿の取りまとめに尽力し、全体に亘って注意ぶかく構成し、細心の校正をしてもらった。増田恵子氏も同じく全体の細かな校正を助け、索引作りを適切に導いてくれた。澤田真弓氏には煩わしい校正のほかに面倒な索引作りを手がけてもらった。ここに記して諸姉に感謝の意を表したい。

いまもなお「ブロンテ文学」の魅力に惹かれて研究の道に進もうとする若者たちが陸続として続いている。微力ながら私の努力によって、青々とした若芽が吹き出しているとすれば、うれしいかぎりである。なぜならば、「ブロンテ文学」は永遠であるからである。

着任以来、わたしの研究を支援し、日本ブロンテ協会の創設に深い理解を賜り、同協会を繁栄に導いていただいたばかりか、現在の劣悪な出版事情の許で呻吟する一学究のために特別出版助成金を交付して下さった駒澤大学に対し衷心より感謝申し上げたい。

最後になったが、この不況のなかにあって、本書の価値を認め、あえて出版を引き受けて下さった開文社出版社長安居洋一氏に深甚なる感謝を捧げたいと思う。

平成一五年七月三〇日、エミリ・ジェイン・ブロンテとともに

中岡　洋

参考文献

一、邦文

青山誠子著
『ブロンテ姉妹　人と思想』（清水書院、一九九四年）
『ブロンテ姉妹　女性たちの十九世紀』（朝日選書、一九九五年）
青山誠子・中岡洋共編
『ブロンテ研究——シャーロット、エミリ、アン——作品と背景』（開文社出版、一九八九年）
赤祖父哲二著
「『嵐が丘』ブロンテ悪魔と幽鬼の呼び出し」『いかに読むか記号としての文学』（中教出版、一九八一年）
石塚虎雄著
『ブロンテ姉妹論』（篠崎書林、一九八二年）
稲元理恵子著
『嵐が丘の秘密』（私家版、一九八八年）
内田能嗣著
「『嵐が丘』における〈語り〉の構造」『イギリスの語りと視点の小説』（東海大学出版会、一九八三年）
内田能嗣・中岡洋共編
『ブロンテ姉妹小事典』（研究社出版、一九九八年）

『ブロンテ姉妹の時空』（北星堂書店、一九九七年）
『ブロンテ文学のふるさと――写真による文学鑑賞』（大阪教育図書、一九九九年）
大平栄子著
『「嵐が丘」研究』（リーベル出版、一九九一年）
岡田忠軒著
『ブロンテ姉妹研究・嵐が丘の世界を求めて』（桐原書店、一九八〇年）
川口喬一著
『小説の解釈戦略（ゲーム）――『嵐が丘』』（福武書店、一九八九年）
栗栖美知子著
『ブロンテ姉妹の小説――「内なる」アウトサイダーたち』（リーベル出版、一九九五年）
河野多恵子・富岡多恵子共著
『嵐が丘ふたり旅』（文芸春秋社、一九八六年）
河野多恵子・中岡洋共編
『図説「ジェイン・エア」と「嵐が丘」ブロンテ姉妹の世界』（河出書房新社、一九九六年）
笹尾純正著
『「沈黙」の彼方へ』（私家版、二〇〇〇年）
真田時蔵著
『エミリ・ブロンテ』（北星堂書店、一九九九年）
高橋久夫著
『ブロンテ姉妹とともに――ワザリング・ハイツとジェイン・エア』（窓映社、一九九六年）

鳥海久義著
『エミリ・ブロンテの詩の世界』（開文社出版、一九六二年）
『ブロンテ姉妹の世界』（評論社、一九七八年）
中岡洋著
『エミリ・ブロンテ論――荒野へ　荒野へ』（国文社、一九七三年）
『ブロンテ姉妹の留学時代』（開文社出版、一九九〇年）
日本ブロンテ協会編
『ブロンテ　ブロンテ　ブロンテ』（開文社出版、一九八九年）
野中涼著
『ブロンテ姉妹――孤独と沈黙の世界』（冬樹社、一九七八年）
廣野由美子著
『「嵐が丘」の謎を解く』（創元社、二〇〇一年）
三ツ星堅三著
「『嵐が丘』――愛憎の世界をめぐって――」『イギリス文学　研究と鑑賞』（創元社、一九七九年）
宮川下枝著
『ブロンテ研究』（学書房出版、一九八〇年）
柳五郎著
『エミリ・ブロンテ論』（開文社出版、一九九八年）
山脇百合子著
『ブロンテ姉妹』（英潮社、一九七八年）

中岡洋著

Concordance to Wuthering Heights（開文社出版、一九八三年）

藤田孝・秋保慎一編

A Concordance to the Complete Poems of Emily Jane Brontë（松柏社、一九七六年）

翻訳書

『嵐が丘』

中岡洋・芦澤久江訳（みすず書房、一九九六年）

『エミリ・ジェイン・ブロンテ全詩集』

中岡洋訳（国文社、一九九一年）

Bentley, Phyllis

内多毅訳『ブロンテ姉妹』（研究社、一九五六年）

木内信教訳『ブロンテ姉妹とその世界』（PARCO出版局、一九七六年）

Cecil, David

鮎沢乗光、都留信夫、富士川和男共訳『イギリス小説鑑賞——ヴィクトリア朝初期の作家たち——』（開文社出版、一九八三年）

Eagleton, Terry

大橋洋一訳『テリー・イーグルトンのブロンテ三姉妹——Myths of Power——』（晶文社、一九九〇年）

鈴木聡訳『表象のアイルランド』（紀伊国屋書店、一九九〇年）

Frank, Katherine
植松みどり訳『エミリ・ブロンテ――その魂は荒野に舞う――』（河出書房新社、一九九二年）
Gaskell, Elizabeth
中岡洋訳『シャーロット・ブロンテの生涯』（みすず書房、一九九五年）
Gilbert, Sandra M. and Guber, Susan
山田晴子・薗田美和子共訳『屋根裏の狂女――ブロンテと共に――』（朝日出版社、一九八六年）
L'Estrange, Anna
倉橋由美子『嵐が丘にかえる』（三笠書房、一九八〇年）
Miller, J. Hillis
玉井暲他訳『小説と反復――七つのイギリス小説』（英宝社、一九九一年）
Pollard, Arthur
山脇百合子訳『風景のブロンテ姉妹』（南雲堂、一九九六年）
Petit, Jean-Pierre, et al.
小池滋・臼田昭訳『一九世紀のイギリス小説』（南雲堂、一九八六年）
Romieu, Georges
小松ふみ子訳『ブロンテ姉妹の生涯』（岡倉書房、一九五〇年）
Visick, Mary
中岡洋訳『嵐が丘の起源』（国文社、一九六六年）
Wilks, Brian
白井義昭訳『ブロンテ――家族と作品世界』（彩流社、一九九四年）

二、欧文

Alexander, Christine, and Sellars, Jane, *The art of the Brontës* (Cambridge : Cambridge University Press, 1995)

Armstrong, Nancy, *Desire and Domestic Fiction : A Political History of the Novel* (Oxford : Oxford University Press, 1987)

Auerbach, Nina, *Woman and the Demon: The Life of a Victorian Myth* (Massachusetts : Harvard University Press, 1982)

Barreca, Regina (ed), *Sex and Death in Victorian Literature* (London : Macmillan Press Ltd., 1990)

Basham, Diana, *The Trial of Women : Feminism and the Occult Sciences in Victorian Literature and Society* (London : Macmillan, 1992)

Benvenuto, Richard, *Emily Brontë* (Boston : Twayne Publishers, 1982)

Bloom, Harold (ed), *The Brontës* (Modern Critical Views) (New York : Chelsea House Publishers, 1987)

——— (ed), *Heathcliff* (New York : Chelsea House Publishers, 1993)

——— (ed), *Emily Brontë's Wuthering Heights* : Bloom's Notes (London : Chelsea House Publishers 1966)

Bronfen, Elisabeth, *Over Her Dead Body* : *Death, Femininity and the Aesthetic* (New York : Rutledge, 1992)

Chapman, Raymond, *Forms of Speech in Victorian Fiction* (London *Long man, 1994)

Chitham, Edward, *A Life of Emily Brontë* (Oxford: Basil Blackwell, 1987)

——— *The Birth of Wuthering Heights : Emily Brontë at Work* (London : Macmillan,1998)

Cohen, Paula Marantz, *The Daughter's Dilemma : Family Process and the Nineteenth-Century Domestic Novel* (Michigan: The University of Michigann Press,1901)

Daleski, Hillel Matthew, *The Divided Heroine* (New York : Holmes & Meier Publishers, Inc., 1984)

David, Deirdre(ed), *The Victorian Novel* (Cambridge : Cambridge University Press, 2001)

Davies, Stevie, *Emily Brontë : Heretic* (London : The Women's Press Ltd, 1994)

——————— *Writers and Their Works : Emily Brontë* (Plymouth : Northcote House Publishers Ltd., 1998)

Dickerson, Vanessa D. , *Victorian Ghosts in the Noontide : Women Writers and the Supernatural* (Columbia: University of Missouri Press, 1996)

Dobyns, Ann, *The Voice of Romance : Studies in Dialogue and Character* (Newark : University of Delaware Press, 1989)

Eagleton, Terry, *Heathcliff and the Great Hunger : Studies in Irish Culture* (London : Verso, 1995)

Ellis, Kate Ferguson, *The Contested Castle : Gothic Novels and the Subversion of Domestic Ideology* (Urbana & Chicago : University of Illinois Press, 1989)

Evans, Barbara and Gareth Lloyd, *Everyman's Companion to the Brontës* (London : J. M. Dent & sons Ltd., 1980)

Flintoff, Eddie, *In the Steps of the Brontës* (Berkshire : Countryside Books, 1993)

Gilbert, Sandra M. and Gubar, Susan, *The Madwoman in the Attic : The Woman Writer and the Nineteenth-Century Literary Imagination* (New Haven : Yale University Press, 1979)

Glen, Heather(ed), *The Cambridge Companion to The Brontës* (Cambridge : Cambridge University Press, 2002)

Gravil, Richard (ed), *Master Narratives : Tellers and Telling in the English novel* (Burlington USA : Ashgate, 2001)

Gregor, Ian (ed), *Reading the Victorian Novel : Detail into Form* (London : Vision Press Ltd.,1980)

Gordon, Felicia, *A Preface to The Brontës* (London : Pearson Education, 1989)

Gordon, Jan B., *Gossip and Subversion in Nineteenth-Century British Fiction: Echo's Economies* (London : Macmillan, 1996)

Haggerty, George E., *Gothic Fiction/Gothic Form* (London : The Pennsylvania State University Press, 1989)

Hardy, Barbara, *Forms of Feeling in Victorian Fiction* (London : Peter Own, 1985)

Hatfield, C. W.(ed), *The Complete Poems of Emily Jane Brontë* (New York : Columbia University Press, 1941)

Haire-Sargent,Lin, *The Story of Heathcliff's Journey Back to Wuthering Heights* (New York: Pocket Books,1992)

Hawthorn, Jeremy, *Studying the Novel An Introduction* (London : Edward Arnold, 1985, 1992)

Hoeveler, Diane Long, *Gothic Feminism : The Professionalization of Gender from Charlotte Smith to the Brontës* (Pennsylvania : The Pennsylvania State University Press, 1997)

Holbrook, David, *Wuthering Heights : A Drama of Being* (Sheffield : Sheffield Academic Press, 1997)

Holdreness, Graham, *Wuthering Heights: Open Guides to Literature* (Milton Keynes, Open University Press, 1985)

Imlay, Elizabeth, *Charlotte Brontë and the Mysteries of Love : Myth and Allegory in Jane Eyre* (New York : Harvester Wheatsheaf,1989)

Jacobs, Carol, *Uncontainable Romanticism : Shelley, Brontë, Kleist* (Baltimore : The Johns Hopkins University Press, 1989)

Lemon,Charles (cmpld), *Classics of the Brontë Scholarship : The Best from100 years of the Brontë Society Transactions* (Haworth : The Brontë Society, 1999)

Lerner, Laurence, *Angels and Absences : A Child Deaths in the Nineteenth Century* (Nashville : Vanderbilt University Press, 1997)

Liddell, Robert, *Twin Spirits : The Novels of Emily and Anne Brontë* (London : Peter Owen, 1990)

Lonoff, Sue(ed), *The Belgian Essays : Charlotte Brontë and Emily Brontë: A Critical Edition* (New Haven: Yale University Press, 1996)

Kavangh, James H., *Emily Brontë: Reading Literature*, ed. by Terry Eagleton(Oxford : Basil Blackwell, 1985)

Kearns, Katherine, *Nineteenth-Century Literary Realism : Through the Looking-Glass* (Cambridge : Cambridge University Press, 1996)

Kennard, Jeane, *Victims of Convention* (Connecticut, Archon Books, 1987)

Kern, Stephen, *The Culture of Love : Victorians to Moderns* (Massachusetts : Harvard University Press, 1992)

Knapp, Bettina L., *The Brontës : Barnwell, Anne, Emily, Charlotte* (New York : Continuum,1992)

Knoepflmacher, U. C., *Emily Brontë : Wuthering Heights* —— (Landmarks of World Literature), (Cambridge : Cambridge University Press, 1989)

Knight, Charmian, and Spencer, Luke, *Reading the Brontës : An Introduction to their Novels and Poetry* (Haworth: The Brontë Society, 2000)

Knoepflmacher, U. C., *Wuthering Heights : a study* (Ohio : Ohio University Press, 1989)

MacKay, Carol Hanbery, *Soliloquy in Nineteenth-Century Fiction* (London : Macmillan, 1987)

Marsh, Nicholas, *Analyzing Texts: Emily Brontë, Wuthering Heights* (London : Macmillan, 1999)

Meyer, Susan, *Imperialism at Home : Race and Victorian Women's Fiction* (Ithaca : Cornell University Press, 1996)

Michie, Helena, *Sororophobia : Differences Among Women in Literature and Culture* (Oxford : Oxford University Press, 1992)

Orel, Harold (ed), *The Brontës : Interviews and Recollections* (London : Macmillan, 1997)

Paglia, Camille, *Sexual Personae : Art and Decadence from Nefertiti to Emily Dickinson* (New York : Penguin Books USA, 1990)

Peeck-O, Toolr, Maureen, *Aspects of Lyric in the Poetry of Emily Brontë* (Amsterdam : Rodopi, 1988)

Peer, Larry H., *Beyond Haworth : Essays on the Brontes in European Literature* (Utah : Brigham Young University Press, 1984)

Peterson, Linda H., *Traditions of Victorian Women's Autobiography : The Poetics and Politics of Life Writing* (Charlottesville : University Press of Virginia, 1999)

Pierce, Andrew, *York Notes : Wuthering Heights* (London : Longman, 1998)

Pollard, Arthur (ed), *Sphere History of Literature : The Victorians* (London : Sphere Books Ltd., 1987) Revised Edition. First Published in 1969)

Prakash, Anand, *Emily Brontë's Wuthering Heights : An Interpretation* (Delhi : Academic Foundation, 1993)

Polhemus, Robert M., *Erotic Faith, Being in Love from Jane Austen to D. H. Lawrence* (Chicago : The University of Chicago Press, 1990)

Pool, Daniel, *What Jane Austen Ate and Charles Dickens Knew : From Fox Hunting to Whist—The Facts of Daily Life in Nineteenth- Century England* (New York: Tochstone, 1993)

Prentis, Barbara, *The Brontë Sisters and George Eliot : A Unity of Difference* (London : Macmillan, 1988)

Reed, Toni, *Demon-Lovers and the Victims in British Fiction* (Kentucky : The University Press of Kentucky, 1988)

Rosebury, Brian, *Art and Desire : A Study in the Aesthetics of Fiction* (New York : St. Martin's Press, 1988)

Royle, Nicholas, *Telepathy and Literature : Essays on the Reading Mind* (Oxford :Basil Blackwell, 1990)

Rudnytsky, Peter L. and Gordon, Andrew M. (ed), *Psychoanalyses/Feminisms* (Albany: State University of New York

Press, 2000)

Sale, Roger, *Literary Inheritance* (Amherst : The University of Massachusetts Press, 1984)

Sanders, Valerie, *The Private Lives of Victorian Women : Autobiography in Nineteenth-Century England* (New York : Harvest Wheatsheaf, 1989)

————, *Eve's Regegades : Victorian Anti-Feminist Women Novelists* (London : Macmillan, 1996)

————, *The Brother-Sister Culture in Nineteenth-Century Literature from Austen to Woolf* (Hampshire: Palgrave, 2002)

Schonberger-Schleicher, Esther, *Charlotte and Emily Brontë : A Narrative Analysis of Jane Eyre and Wuthering Heights* (Berne : Peter Lang, 1998)

Shattock, Joanne (ed), *Women and Literature in Britain 1800 -1900* （Cambridge : Cambridge University Press, 2001)

Show, W. David, *Victorians and Mystery, Crises of Representation* (Ithaca and London : Cornell University Press, 1990)

Small, Helen, *Love's Madness : Medicine, the Novel, and Female Insanity 1800-1865* (Oxford : Clarendon Press, 1996)

Spark, Muriel, *The Essence of the Brontës: A Compilation with Essays* (London : Peter Own, 1993)

Spear, Hilda D., *Wuthering Heights: Macmillan Master Guides* (London : Macmillan Education Ltd., 1984)

Sternlieb, Lisa, *The Female Narrator in the British Novel* (Hampshire : Palgrave, 2002)

Stewart, Garrett, *Dear Reader: The Conscripted Audience in Nineteenth-Century British Fiction* (Baltimore : The John Hopkins University Press, 1996)

Stoneman, Patsy (ed), *New Casebooks Wuthering Heights* (London : Macmillan, 1993)

————, *Brontë Transformations* ： *The Cultural Dissemination of Jane Eyre and Wuthering Heights* (London :

Prentice Hall, 1996)

Thompson, Nicola Diane, *Reviewing Sex : Gender and the Reception of Victorian Novels* (London: Macmillan, 1996)

Thormählen, Marianne, *The Brontës and Religion* (Cambridge : Cambridge University Press, 1999)

Weisser, Susan Ostrov, *Women and Sexual Love in the British Novel, 1740-1880 : A 'Craving Vacant'* (London : Macmillan, 1997)

Wheeler, Michael, *English Fiction of the Victorian Period 1830 –1890.* Longman Literature in English Series (London : Longman , 1985)

———— *Heaven, Hell, and the Victorians* (Cambridge : The Cambridge University Press, 1990)

Wiesenfarth, Joseph, *Gothic Manners and the Classic English Novel* (London : The University of Wisconsin Press,1988)

Willians, Meg Harris, *A Strange Way of Killing : The Poetic Structure of Wuthering Heights* (Perthshire : Clunie Press, 1987)

Williams, Meg Harris, and Waddell, Margot, *The Chamber of Maiden Thought : Literary Origins of the Psychoanalytic Model of the Mind* (London : Tavistock/Routledge, 1991)

Williamz, Merryn, *Women in the English Novel 1800-1900* (New York : St. Martin's Press, 1984)

Winnifrith, Tom, *The Brontës and Their Background : Romance and Reality.* Second Edition (London : Macmillan,1988) First Published in 1973.

Winnifrith, Tom, and Chitham, Edward, *Charlotte and Emily Brontë : Literary Lives* (London : Macmillan, 1989)

Winter, Kari J., *Subjects of Slavery, Agents of Change : Women and Power in Gothic Novels and Slave Narratives, 1790-1865* (Athens and London : The University of Georgia Press, 1992)

York, R. A., *Strangers and Secrets : Communication in the Nineteenth-Century Novel* (London : Rutherford, 1994)

索　引

（五十音順）

【ア】

『アイルランドにおけるブロンテ姉妹、事実は小説よりも奇なり』(*The Brontës in Ireland: or Facts Stranger than Fiction*, 1893)　33
『赤と黒』(*Le Rouge et le Noir*, 1830)　xiv
『アグネス・グレイ』(*Agnes Grey*, 1847)　26, 92, 138
『悪の華』(*Les Fleurs du mal*, 1857)　32
『悪魔の書、イギリスにおける最悪の人間に捧ぐ』(*The Diaboliad: dedicated to the Worst Man in His Majesty's Dominion*)　52
アスピン城 (Aspin Castle)　101
アニクスト、A.(Anikst, A.)　43
アーノルド、マシュー (Arnold, Matthew, 1822-88)　22
アメディーアス (Amedeus)　102
『嵐が丘』(*Wuthering Heights*, 1847)　vii-viii, ix, xiii-xv, 1-3, 5-7, 9-29, 31-43, 47, 49, 51, 56, 58, 64, 69, 71, 73, 77, 86, 88, 95-7, 103-4, 106, 110-5, 117-8, 123-4, 126-33, 135, 138-45, 147, 149-58, 160-2, 165, 167-9, 173-5, 180, 184, 186-7, 192, 194-5, 201-2, 205, 216, 220, 226, 245-50, 257-61, 264-5, 268-70, 279, 283-6, 288-91, 299, 301, 304-5, 307, 310-5, 323, 329, 331, 338, 344
嵐が丘→ワザリング・ハイツ
「『嵐が丘』における時間」("Time in *Wuthering Heights*")　258
「『嵐が丘』における情熱の問題」("The Problem of Passion in *Wuthering Heights*," 1972)　44
『嵐が丘の構造』(*The Structure of Wutheirng Heights*, 1926)　37, 286
『アラビアン・ナイト』(*The Arabian Nights Entertainments*)　145-52
アルコウナ、ロウジーナ (Alcona, Rosina)　98-9, 101-2
アルコウナ (Alcona)　98-9, 102

アルコウナ家 (The Alconas)　102
アルザーノ　101
アルミニウス (Arminius, Jacobus, 本名 Harmensen, Jacob,1560-1609) 129-31
アルメダ、オーガスタ・ジェラルディーン (Almeda, Augusta Geraldine) 98-104, 106, 108, 110
アルメダ (Almeda)　98-101
アレグザンダー・ロード・オヴ・エルベ (Alexander, Lord of Elbë)　100
アレン、ウォルター (Allen, Walter Ernest, 1911-)　42
「アングリア」('Angria')　42, 95-6, 160
アンゴラ (Angora)　98-101
アーンショー、キャサリン (Earnshaw, Catherine)　ix, xi-xiv, 29, 37, 40, 42-4, 49, 52, 60, 62, 65, 77, 93, 95-6, 103-6, 109, 111, 115, 117-8, 122, 125-6, 129, 131, 133, 137, 140-4, 162-3, 169, 171, 174, 180-2, 188, 190-1, 193-6, 199, 201-8, 210-2, 214, 216-72, 224-5, 228, 240, 243, 251, 258-62, 264-6, 268, 270-5, 279-81, 286, 289-302, 305, 307-12, 314-6, 319, 323-5, 338-40, 342-3, 345
アーンショー、ヒンドリー (Earnshaw, Hindley)　ix, xi, 8, 11, 17, 87, 94, 121-2, 124-5, 141, 157, 191, 196, 198-9, 202, 206, 208-10, 212, 218, 227-30, 238-41, 248, 253-5, 258, 264, 270, 295, 328
アーンショー、フランセス (Earnshaw, Frances)　xi, 88, 94, 122, 206, 209-10, 212, 217-8, 264-5, 271
アーンショー、ヘアトン (Earnshaw, Hareton)　xi-xiii, 8, 86-7, 94, 120, 122-3, 126, 141, 169, 171, 182, 198, 209, 213-4, 229, 231, 240-1, 258, 264, 267, 276, 282, 316-9, 334
先祖アーンショー、ヘアトン (Earnshaw, Hareton)　56
アーンショー家（The Earnshaws)　ix, xii, 69, 121-2, 124, 147, 200-1, 206, 209-10
アーンショー氏 (Earnshaw, Mr.)　xi, xiii, 71, 121, 125-6, 128, 142, 148, 157, 191, 328-9
アーンショー夫妻 (Earnshaw, Mr. and Mrs.)　ix

【イ】

イアーゴウ (Iago)　201-2, 210, 238
イウナーヌ王　150

「イウナーヌ王の大臣と医師ルウイアーヌの物語」 150
イエイツ (Yates) 90-1
『イギリス小説における女性の作品』(*Woman's Work in English Fiction*, 1910) 27
『イギリスの小説家たち』(*English Novelists*, 1942) 39
イーグルトン、テリー (Eagleton, Terry, 1943-) 40, 43
イースト・リドルズデン・ホール (East Riddlesden Hall) 60
イーストレイク、レイディ (Eastlake, Lady) →リグビー、エリザベス
『偉大な伝統』(*The Great Tradition*, 1948) 40
イムリ、サース (Imre, Szász) 43-4
イライザ (Eliza　アルザーノの妻) 101

【ウ】

ヴァセク (*Vatheck*, 1786) 34
ヴィクトリア朝 (The Victorian Age) 39, 44, 117, 145, 180, 191, 242
『ヴィクトリア朝初期の小説家たち』(*Early Victorian Novelists*, 1934) 38
ウィットモア、クレアラ・ヘレン (Whitmore, Clara Helen, 1865-?) 27-8
ウィリー、マーガレット (Willy, Margaret) 39
ウィリアム、ゴードン (William, Gordon) 44
ウィリアムズ、ウィリアム・スミス (Williams, William Smith, 1800-75)14-5, 18, 26
ウィリアムズ、メグ・ハリス (Williams, Meg Harris) 113
ウィリス、アイリーン・クーパー (Willis, Irene Cooper) 2
ウィリス、J. C.(Willis, Jack C.) 184
ウィルソン、デイヴィッド (Wilson, David) 40
ウィルソン、ロウマー (Wilson, Romer,1891-1930) 36, 77
ウェイクフィールド (Wakefield) 59, 72
ウェスト・ライディング (West Riding) 56
ウェズリアン・アカデミー (Wesleyan Academy) 132
ウェスレー、ジョン (Wesley, John, 1703-91) 127, 129-32
ウェスレー、チャールズ (Wesley, Charles, 1708-88) 127, 130
ウェリントン公爵 (Duke of Wellington, 1769-1852) 23
ウェルシュ・ドレッサー 60

ウォーカー、キャロライン (Walker, Calorine)　90-3
ウォーカー、ジョージアーナ (Walker, Georgiana)　90
ウォーカー、ジョン (Walker, John)　89
ウォーカー、ジョン (Walker, John　ジョン・ウォーカーの息子) 89-91, 94
ウォーカー、メアリ (Walker, Mary)　89
ウォーカー、リチャード (Walker, Richard)　89
ウォーカー家 (The Walkers)　89-91
ウォータークラフ・ホール (Waterclough Hall)　89-92
ウォーターハウス、ロバート (Waterhouse, Robert)　68
ウォーターハウス家 (The Waterhouses)　67
ウォディントン、エリザベス (Waddington, Elizabeth)　89
ウォード、メアリ (Ward, Mary, 1851-1920)　33
ウォーリー・グラマー・スクール (Warley Grammar School)　4
ウォルシュ、ジョナサン (Walsh, Jonathan)　92-3
ウッドハウス・グローヴ (Woodhouse Grove)　132
ウラー、マーガレット (Wooler, Margaret,1792-1885)　92
ウルフ、ヴァージニア (Woolf, Virginia, 1882-1941)　36, 241, 290-1

【エ】

エア、ジェイン (Eyre, Jane)　29, 147, 259, 344
「A・G・A、A・Sによせて」('A. G. A. to A. S.,' No. 61)　103
「A・G・A、A・Sによせて」('A. G. A. to A. S.,' No. 137)　108
英国国教会 (Anglican Church)123-4, 126, 132-3
エグジナ (Exina)　98
エドマンド (Edmund)　34, 142
「F・ド・サマラ　A・G・Aによせて」('F. De Samara to A. G. A.,' No. 85)　104
「F・ド・サマラ　ガールダイン牢穴にてものす　A・G・Aによせて」('F. De Samara. Written in the Gaaldine Prison Caves to A. G. A.,' No. 133)　106
エヴァンジェリカル・リヴァイヴァル (Evangerical Revival) →福音主義運動
『エミリ・ブロンテ』(*Emily Brontë*, 1883)　33
「エミリ・ブロンテ、最初の現代人」("Emily Brontë, First of the

Modern," 1947)　40
『エミリ・ジェイン・ブロンテ全詩集』(*The Complete Poems of Emily Jane Brontë*, 1941)　96
「エミリ・ブロンテの性格と天才に関する精神分析」("Psychoanalysis of the Character and Genius of Emily Brontë," 1930)　38
『エミリ・ブロンテの秘史』(*All Alone: The Life and Private History of Emily Jane Brontë*, 1928)　77,
エリオット、ジョージ (Eliot, George, 1819-80)　22
エリオット、T. S.(Eliot, Thomas Stearns, 1888-1965)　135-7, 165, 249
エリザベスⅠ世 (Elizabeth I, 1533-1603)　54, 75
エリザベス朝 (The Elizabethan Age)　145
エルシー (Elshie) →マンレイ、エドワード
エルダーノ湖 (Lake Elderno)　98
エルノア湖 (Lake Elnore)　98, 100
エルモアの丘 (Elmor Hill)　102

【オ】

オウツ、ウィリアム (Oats, William)　6
オースティン、ジェイン (Austen, Jane, 1775-1817)　xiv, 22, 34, 37, 135
オズワルド (Oswald)　142
『オセロウ』(*Othello*, 1604-5)　202
オセロウ (Othello)　201-2, 238
『オーランドー』(*Orlando*, 1928)　290
『オリヴァー・トゥイスト』(*Oliver Twist*, 1837-9)　41

【カ】

『ガイ・マナリング』(*Guy Mannering*, 1815)　38
『カイン』(*Cain; a mystery*, 1821)　159
カウアン・ブリッジ (Cowan Bridge)　36
ガードラー (Girdler, L.)137, 140, 145
『カラー、エリス、アクトン・ベル詩集』(*Poems by Currer, Ellis and Acton Bell*, 1846)　4, 22, 96,
「カラー・ベル」('Currer Bell')　24-5, 31
カーライル (Carlyle, Thomas, 1795-1881)　41

カラッチオーロ、ピーター・L.(Caracciolo, Peter L.)　146-7, 151
『カラマーゾフの兄弟』(*The Brothers Karamazov*, 1879-80)　xiv
カルヴァン (Calvin, Jean, 1509-64)　131
カルヴィニスト (Calvinist)　129-30
カルヴィニズム (Calvinism)　vii, 129-31
ガールダイン島 (Isle of Gaaldine)　97-9, 101-3, 106

【キ】

『帰郷』(*The Return of the Native*, 1847-8)　37, 257
キースリー (Keighley)　4-5, 49, 60
ギマー・クラッグ (Gimmer Crag)　71,
ギマデン・スー・チャペル (Gimmerden Sough Chapel)　9, 262
ギマトン (Gimmerton)　62, 65, 69, 71-3, 109, 125, 241, 260
ギマトン・チャペル (Gimmerton Chapel)　63-4, 69-70, 73, 260
ギマトン楽団 (Gimmerton Band)　71
ギャスケル、エリザベス・クレッグホーン (Gaskell, Elizabeth Cleghorn, 1810-65)　vii, 6-7, 21, 32
キャソン、ジョン (Casson, John, ?-1710)　85
キャソン、ヘンリ (Casson, Henry)　52, 85-6
キャソン家 (The Cassons)　86
キャムデン (Camden)　69
「キャロラインによせる詩編」(‘Poems to Caroline’)　9
キャンベル (Campbell, Thomas, 1777-1844)　158
教育宮殿 (Palace of Instruction)　100
『教授』(*The Professor*, 1857)　26
『虚栄の市』(*Vanity Fair*, 1847-8)　37, 257
ギルバート、サンドラ (Gilbert, Sandra M.)　44, 208

【ク】

『クォータリー・レヴュー』(*Quarterly Review*)　24, 32
グドリッジ、フランク (Goodridge, Frank)　286, 288-91
グナッシア、ジル・ディックス (Ghnassia, Jill Dix, 1947-)　45
グーバー、スーザン (Guber, Susan)　44, 208
「グラス・タウン」(‘Glass Town’)　23, 95-6, 145
グラズダンスパヤ (Grazhdanspaya)　43

グラスバーン (Glusburn)　85
グラーボ、C．H．(Grabo, Carl Henry, 1881-?)　37, 246-8
グランディー、フランシス・H (Grundy, Francis H.)　2, 8, 11, 18
『クリティシズム』(*Criticism*)　258
グリムショー、ウィリアム (Grimshaw, William, 1708-63)　73
グリルパルツァー (Grillparzer, Franz, 1791-1872)　226
クリンゴパロス、G. D.(Klingapulos, G. D.)　43
グレックナー、ロバート・F .(Gleckner, Robert F.)　258
「グレトナ・グリーン・マリッジ」('Gretna-Green-Marriage')　87
グレネデン、ダグラス (Gleneden, Doughlas)　102
『黒い侏儒』(*The Black Dwarf*, 1816)　38, 153-8
黒い侏儒 (The Black Dwarf) →マンレイ、エドワード
クロス・ロード・イン (Cross Road Inn)　5
グロスター伯爵 (Earl of Gloucester)　142
「クロッグ・アンド・シュー・ウェディング」('Clog and Shoe Wedding')　87
クロムウェルボトム・ホール (Cromwellbottom Hall)　6

【ケ】
ケトル、アーノルド (Kettle, Arnold, 1916-)　40-1
ケニー、ブレア・G.(Kenny, Blair G.)　202
ケネス医師 (Kenneth, Doctor)　266
ゲント、ドロシー・ヴァン (Ghent, Dorothy Van)　42

【コ】
「皇帝ジュリアスの生涯」("The Emperor Julius's Life")　17
『高慢と偏見』(*Pride and Prejudice*, 1813)　xiv
コウルサースト博士 (Dr. Coulthurst)　93
『個人不動産処分に関する法律』(*The Laws Disposing of a Person's Estate*)　52
コーディリア (Cordelia)　142
ゴネリル (Goneril)　142
コラード、ミリセント (Collard, Millicent)　xiii, 215
『ゴリオ爺さん』(*Père Goriot*, 1834)　xiv
コールダー川 (the Colder River)　56, 62

ゴールドスミス、オリヴァー (Goldsmith, Oliver, 1728-74)　158
コールリッジ (Coleridge, Samuel Taylor, 1772-1834)　170
コルン (Coln)　86
コーンウォール公爵 (Duke of Cornwall)　142
「ゴンダル」('Gondal')　17, 21, 33, 37, 42, 95-8, 103, 111-5, 156, 308
ゴンダル (Gondal)　98-103, 113
ゴンダル島 (Isle of Gondal)　97-9, 103
「ゴンダル・ポエム（ズ）」('Gondal Poem(s)')　96-7, 103
コンラッド、ジョウゼフ (Conrad, Joseph, 1857-1924)　187, 192, 246

【サ】

サウジー、ロバート (Southey, Robert, 1774-1843)　146, 158
サザラム (Southowram)　62, 66, 69, 71-3, 75-6
サザラム楽団 (Southowram Band)　71
サザラム荘園領主ジョン・レイシー（John Lacy, Lord of the Manor of Southowram)　69
『サタデイ・レヴュー』(*Saturday Review*)　28
サド公爵 (Marquis de Sade, 1740-1814)　226
サリー姫 (Fair Surry)　102
ザロナ王国 (Zalona)　99
サンガー、チャールズ・パーシー (Sanger, Charles Percy)　37, 286, 288-91
「サンダバド王の鷹」　150
サンダーランド、エイブラハム (Sunderland, Abraham)　59
サンダーランド、リチャード (Sunderland, Richard)　59
サンダーランド、ラングデイル (Sunderland, Langdale)　56, 59
サンダーランド隊長、ラングデイル (Sunderland, Captain Langdale) 59
サンダーランド家 (The Sunderlands)　59-60
サンダーランド・ホール (Sunderland Hall)　59
サンド、ジョルジュ (Sand, George, 1804-76)　22, 226

【シ】

シェイクスピア、ウィリアム (Shakespeare, William, 1564-1616)　27, 38, 40, 52, 139-42, 144-5, 155, 158-9, 169

『ジェイン・エア』(*Jane Eyre*, 1847)　xiv-xv, 6, 15, 21, 23-4, 26, 31-2, 35-6, 92, 147, 257, 259, 261, 344
シェヘラザード (Scheherazade)　149-52
ジェラン、ウィニフレッド (Gérin, Winifred)　45
シェリー、パーシー・ビッシュ (Shelley, Percy Bysshe, 1792-1822)　226
シェリー、メアリ (Shelley, Mary Wollstonecraft, 1797-1851)　226
『失楽園』(*Paradise Lost*, 1667)　40, 44, 237
シドウニア、アルフレッド (Sidonia, Alfred)　98, 100-3, 108
シドウニア、アンジェリカ (Sidonia, Angelica)　102
シドウニア、ジェラルディーン (Sidonia, Geraldine)　98-9
シドウニア、ジェラルド (Sidonia, Gerald)　98, 100-1
シドウニア家 (The Sidonias)　98-9
シブデン・ホール (Shibden Hall)　45, 47, 54, 61-2, 64-9, 72, 75, 92
「島の人々」('Islanders')　95
シモンズ、アーサー (Symons, Arthur, 1865-1945)　33
シャーウッドの森 (Sherwood Forest)　62
『じゃじゃ馬馴らし』(*The Taming of the Shrew*, 1593-4)　38, 140
シャピロ、アーノルド (Shapiro, Arnold)　43
シャープ夫人、アン (Sharp, Anne)　89
シャープ、エイブラハム (Sharp, Abraham)　89
シャープ、ジャック (Sharp, Jack)　88-91, 94
シャープ、ナンシー (Sharp, Nancy)　91
シャープ、リチャード (Sharp, Richard)　91
『シャーリー』(*Shirley*, 1849)　24, 26, 29
シャーリアール王 (Schahriar)149-51
『シャーロット・ブロンテとその周辺』(*Charlotte Brontë and Their Circle*, 1905)　27
『シャーロット・ブロンテの告白』(*The Confession of Charlotte Brontë*, 1954)　28-9
『シャーロット・ブロンテの生涯』(*The Life of Charlotte Brontë*, 1857)　32
『十二夜』(*Twelfth Night*, 1599-1600)　139
「呪文」('The Spell')　29
『ジュリアス・シーザー』(*Julius Caesar*, 1599-1600)　38, 140

『小説の技法』(*The Technique of the Novel*, 1928)　37, 246
『小説の構造』(*The Structure of the Novel*, 1928)　257
『小説の諸相』(*Aspects of the Novel*, 1927)　37
ジョウゼフ (Joseph　『嵐が丘』の登場人物)　xiii-xiv, 9-10, 58, 71, 75, 121-2, 125, 128-32, 139, 174, 189-90, 203, 209-11, 214-5, 223, 229, 231, 239-41, 251, 255, 264, 275, 280, 292-3, 309, 311, 318-9, 321-2
ジョウゼフ (Joseph　ジャック・シャープの召使)　91
ショーター、クレメント (Shorter, Clement King, 1857-1926)　7, 12, 27
ショーラー、マーク (Schorer, Mark, 1908-77)　41, 249-51
ジラー (Zillah)　xii, 122, 149, 169, 174, 208-9, 257, 264
『神曲』(*Divina Comedia*, 1304-21)　40
シンクレア、メイ (Sinclair, May, 1863-1946)　7, 12, 21, 35
「新版への編者のまえがき」('Editor's Preface to the New Edition of *Wuthering Heights*')　11, 18, 22, 24-5, 31
シンプソン、チャールズ (Simpson, Charles Walter, 1885-?)　60
シンプソン、メアリ (Simpson, Mary)　91
『人民の鑑』(*The People's Mirror*)　5

【ス】

スウィンバーン (Swinburne, Algernon Charles, 1837-1909)　22, 32
スカーバラ、アン (Scaborough, Anne)　85
スコット、ウォルター (Scott, Sir Walter, 1771-1832)　34, 38, 40, 135, 146, 153, 155, 157-8, 226,
スコットランド (Scotland)　71, 154-7
スタンダール (Stendhal, 本名 Beyle, Marie Henri, 1783-1842)　xiv
スタンフォード、デレク (Stanford, Derek)　117, 215
「捨て子」('The Foundling,' 1833)　29, 160
ステッド夫人、グレイス (Stead, Grace)　89
ステッド、サム (Stead, Sam)9　1, 94
ストレンジウェイ、エドワード (Strangeway, Edward)　90
スノウドン、J. K.(Snowdon, J. K.)　36
スパーク、ミュリエル (Spark, Muriel, 1918-)　165
スミス・エルダー社 (Smith, Elder & Co.)　23-4, 26

スモレット (Smollet, Tobias George, 1721-71)　4, 10
スラッシュクロス・グレンジ (Thrushcross Grange)　xii, 18, 45, 47, 50-2, 62, 64-8, 74, 133, 147, 152, 157, 167, 170-1, 177-8, 198, 200, 210-1, 214-5, 217-9, 228, 232, 235-6, 240-1, 253-5,257, 260, 266, 268, 274, 279, 290, 292-6, 301, 304
スロウン、エドワード (Sloane, Edward)　6, 18

【セ】

セイタン (Satan)　237, 334
『性の政治学』(*Sexual Politics*, 1970)　44
セインツベリー、ジョージ (Saintsbury, George, 1845-1933)　34, 40, 135
『世界の十大小説』(*Ten Novels and Their Authors*, 1954)　xiv
セシル、デヴィッド (Cecil, David, 1902-86)　38, 170, 219, 262
ゼドラ (Zedora)　99
ゼノウビア、アレグザンドリーナ (Zenobia, Alexandrina)　101
『戦争と平和』(*War and Peace*, 1865-69)　xiv
セント・アンズ＝イン＝ザ＝グロウヴ (St. Anne's-in-the-Grove)　70, 92
セント・アンズ・チャペル (St. Anne's Chapel)　69

【ソ】

『創造的精神の生贄』(*Victims of the Creative Spirit : A Contribution to the Psychology of the Brontës from the Jungian Point of View*, 1951)　42
ソープ・グリーン (Thorp Green)　4, 8, 10, 16
ソーマーレン、メアリアン (Thomälen, Marianne)　45, 126
ソールトンストール、スーザン (Saltonstall, Susan)　59

【タ】

『タイムズ』(*Times*)　6
ダシー、イーニド・L.(Duthie, Enid Lowry)　145
ターネル、マーティン (Turnell, Martin)　187
W.、ロード・エルドレッド (W., Lord Eldred)　110
ダブリン (Dublin)　78, 82,
ダンテ (Alighieri, Dante, 1265-1321)　40

『タンバレイン大帝』(*Tamberlaine the Great*, c. 1587)　40

【チ】
チェイス、リチャード (Chase, Richard Valney, 1914-62)　40, 208
チェスタートン、G. K.(Chesterton, G. K., 1874-1936)　195
チタム、エドワード (Chitham, Edward)　45
チャペル＝イン・ザ・グロウヴ (Chapel-in the Grove)　69
チャペル＝イン・ザ・ブリアズ (Chapel-in the Briears, or Breers)　69
チャペル＝ル＝ブリア (Chapel-le-Breer)　62, 69-70, 72
チャペル・レイン (Chapel Lane)　70
チャールズＩ世 (Charles I, 1600-49, 在位 1625-49)　68

【ツ】
『罪と罰』(*Crime and Punishment*, 1866)　36

【テ】
ディアデン、ウィリアム (Dearden, William)　4-6, 18, 21
デイヴィス、スティーヴィー (Davies, Stevie)　45
『デイヴィッド・コッパーフィールド』(*David Copperfield*, 1849-50) xiv
ティーク (Tieck, Johann Ludwig, 1773-1853)　34
ディケンズ、チャールズ (Dickens, Charles, 1812-70)　xiii, 10
テイラー、メアリ (Taylor, Mary, 1817-93)　9, 15
ディーン、ネリー (Dean, Nelly)　xii-xiv, 17, 43, 52, 58, 64, 67, 72, 88, 91, 94, 107, 125-6, 142, 144, 147-9, 151-2, 162-3, 167-75, 179-80, 184-5, 187-217, 220, 223, 225, 227, 232-5, 240-3, 246-7, 250-7, 259-60, 264-72, 274, 276-9, 281-4, 286, 290, 293-5, 298-9, 301-3, 314, 318, 330, 330, 333-6, 338,
デスデモウナ (Desdemona)　238
デニソーヴァ、タマラ (Denysova, Tamara)　43
デフォー (Defoe, Daniel, 1660?-1731)　249
「伝記的紹介文」('Biographical Notice of Ellis and Acton Bell,' 1850) viii, 13, 31
「伝統と個人の才能」('Tradition and the Individual Talent,' 1920)　136

【ト】

ド・サマラ、フェルナンドウ (De Samara, Fernando)　98-101, 103-6
ド・モーリア、ダフネ (De Maurier, Daphne, 1907-)　5
ドイル、ルイス・F.(Doyle, Louis F.)　40
ドウベル、シドニー (Dobell, Sidney, 1824-74)　24-6, 31
ドゥリー、リュシール (Dooley, Lucile)　38
ドストエフスキー (Dostoevski, Feodor Mikhailovich, 1821-81)　xiv
トップ・ウィズンズ (Top Withens)　45, 47, 49-50
トマス・コートリー・ニュービー社 (Thomas Coutley Newby)　15, 23-4, 26
『トム・ジョーンズ』(*Tom Jones*, 1749)　xiv, 37, 257
トムソン、ジェイムズ (Thomson, James, 1700-48)　158
ドライ、F．S．(Dry, Florence Swinton)　38, 140, 154-5
ドラブル、マーガレット (Drabble, Margaret, 1939-)　164
トルストイ (Tolstoi, Lev Nicholaevich, 1828-1910)　xiv
ドログヒーダ (Drogheda)　77-8
『ドン・ジュアン』(*Don Juan*, 1819-24)　77, 158-60, 162-4
ドン・ジュアン (Don Juan)　160-3
ドン・ファン (Don Juan)　180

【ナ】

ナッシー、エレン (Nussey, Ellen, 1817-97)　4, 18, 21, 139, 158
南部大学 (The Southern College)　98-9

【ニ】

『人間喜劇』(*La Comedie humaine*, 1830-50)　40

【ネ】

ネルソン亭 (The Nelson)　73

【ノ】

ノーサンブリア (Northumbria)　41

【ハ】

ハイ・サンダーランド・ホール (High Sunderland Hall)　45, 47, 49,

54-61, 64-7, 76
ハイバーニア、アレグザンダー (Hybernia, Alexander)　99
バイロニック・ヒーロー (Byronic Hero)　160
バイロン (Byron, George Gordon Noel, 1788-1824)　76-7, 158-9, 164, 226
バーカー、ジュリエット (Barker, Juliet R. V., 1958-)　vii, 85
『白鯨』(*Moby-Dick*, 1851)　xiv, 37, 257
パチェット、ミス・エリザベス (Patchett, Miss Elizabeth)　54, 58, 71, 88, 92
パチェット、マリア (Patchett, Maria)　92
「発見としての技法」('Technique as Discovery')　249
ハットフィールド、C. W.(Hatfield, Charles William)　96
ハットフィールド・ナンバー (Hatfield Number)　103
ハーディー、トマス (Hardy, Thomas, 1840-1928)　173
『パトリック・ブランウェル・ブロンテ』(*Patrick Branwell Brontë*, 1923)　18
バーニー、ファニー (Burney, Fanny, 1752-184)　22
ハフリー、ジェイムズ (Hafley, James Robert, 1928-)　193, 201, 206
『ハムレット』(*Hamlet*, 1600-1)　4, 7, 140, 144
ハムレット (Hamlet)　141, 143-4
ハリファックス (Halifax)　3, 5-6, 54, 56, 69-72, 89, 93
『ハリファックス・ガーディアン』(*Halifax Guardian*)　4-5
『ハリファックスの町と教区にある建物』(*Buildings in the Town and Parish of Halifax*)　54
『ハリファックスの歴史』(*History of Halifax*)　58
バルザック (Balzac, Honoré de, 1799-1850)　xiii, 40
バルテュス (De Rola, Balthus Klossowski, 1908-)　312
バルト、ロラン (Barthes, Roland, 1915-80)　311, 313
『パレイディアム』(*Palladium*)　24
パレンセル、ルイス (Parensel, Louis)　viii
ハワース (Haworth)　5-6, 10-1, 35, 51, 71-3, 75, 112, 157, 173, 198
ハワース司祭館 (Haworth Parsonage)　47, 242
ハワース・ムア (Haworth Moor)　49-50, 105
バーンズ、ロバート (Burns, Robert, 1759-96)　41
ハンソン、T. W.(Hanson, T. W.)　54

バンティング師、ジェイブズ (Bunting, Rev. Jabez, 1779-1858)　132
ハンティンドン (Huntingdon, Arthur)　208
ハンナ、バーバラ (Hannah, Barbara)　42

【ヒ】

「冷え冷えと　冴え冴えと　青々と　朝の天は」('Colder, clear, and blue, the morning heaven,' No. 1)　103
ヒースクリフ夫妻 (Heathcliff, Mr. and Mrs.)　xii
ヒースクリフ (Heathcliff)　ix, xi-xiv, 5, 9-11, 17, 20, 23, 28-9, 33, 37, 39-40, 42, 48, 52, 55-7, 60, 66-7, 72-3, 76-7, 86, 93, 95-6, 105-6, 113, 115, 117-8, 120-2, 124, 126, 129-30, 133, 137, 140-4, 14-8, 144, 147-8, 155, 157, 160, 162-3, 167-9, 171-4, 178-82, 184, 188, 190-1, 193-9, 201-8, 210-2, 214, 216-26, 228-9, 232-8, 240, 243, 247-8, 251-2, 254-62, 264-8, 270-3, 276, 278-80, 282-3, 289-91, 293-7, 299-305, 314-7, 319, 321, 323, 328-36, 338-40, 342-3
ヒースクリフ、リントン (Heathcliff, Linton)　xii-xiii, 64-5, 108, 122, 212, 266-7, 275-80, 282
ピッチャー・クラフ (Pitcher Clough)　54
ヒートン、アリス (Heaton, Alice)　87
ヒートン、ウィリアム (Heaton, William, 1798-1867)　87
ヒートン、エリザベス (Heaton, Elizabeth, 1758-1816　ロバート・ヒートン５世の妻)　86
ヒートン、エリザベス (Heaton, Elizabeth Murgatroyd, 1795-1816　ロバート・ヒートン５世の娘)　87
ヒートン、ジョン・マーガトロイド (Heaton, John Murgatroyd, 1785-1852)　86-7
ヒートン、セアラ (Heaton, Sarah, 1788-1833)　87
ヒートン、ハリエット (Heaton, Harriet, 1793-1829)　87
ヒートン、マイケル (Heaton, Michael　ロバート・ヒートン３世の息子)　52, 85
ヒートン、マイケル (Heaton, Michael, 1789-1860　ロバート・ヒートン５世の息子)　87
ヒートン、メアリ (Heaton, Mary　マイケル・ヒートンの娘)　85
ヒートン、メアリ (Heaton, Mary Ann, 1785-1852　ロバート・ヒートン５世の娘)　86

ヒートン、レベッカ (Heaton, Rebecca, 1782-1838)　86
ヒートン３世、ロバート (Heaton Ⅲ , Robert)　52-3, 85
ヒートン４世、ロバート (Heaton Ⅳ , Robert)　86
ヒートン５世、ロバート (Heaton Ⅴ , Robert, 1757-1817)　86
ヒートン６世、ロバート (Heaton Ⅵ , Robert, 1787-1846)　86-7
ヒートン７世、ロバート (Heaton Ⅶ , Robert, 1822-1898)　viii, 87
ヒートン家 (The Heatons)　50-3, 85-8, 94
ヒパーロム (Hipperholme)　91

【フ】

フィリップ、ジョージ・サール (Phillip, George Searle, 筆名 Searle, January)　6
フィールディング、ヘンリ (Fielding, Henry, 1707-54)　xiv, 4, 10
フォザリンガム、ジェイムズ (Fotheringham, James)　34
フォースター、E. M. (Forster, Edward Morgan, 1879-1970)　37
『フォートナイトリー・レヴュー』(*Fortnightly Review*)　28
福音主義運動 (Evangelism)　127
フライ、ノースロップ (Frye, Northrop, 1912-91)　41
ブラウニング、エリザベス (Browning, Elizabeth, 1806-61)　33, 39
ブラウン、ジョン (Brown, John)　9
ブラウン、ヘレン (Brown, Helen)　77
ブラック・ブル亭 (The Black Bull)　6
『ブラックウッズ・マガジン』(*Blackwood's Magazine*)　169
ブラッドナー、L. (Bradner, L)　37
ブラッドフォード (Bradford)　6
ブラムリー、J. A. (Bramley, J. A.)　39
ブランウェル、エリザベス (Branwell, Elizabeth, 1776-1842)vii, 198, 215
『ブランウェル・ブロンテの地獄の世界』(*The Infernal World of Branwell Brontë*, 1960)　5
ブランダラム師 (Branderham, Rev. Jabes)　2, 9, 69, 132, 262
ブランティー、ウェルシュ (Brunty, Welsh)　77-84
ブランティー、メアリ (Brunty, Mary)　80-3
ブランティー家 (The Bruntys)　77-84
ブランティー氏 (Brunty, Mr)　78-9

ブランティー夫人 (Brunty, Mrs)78
ブランデン、エドマンド (Blunden, Edmund, 1896-1974)　xiv
プリーストリー (Priestly, John Boynton, 1894-1984)　38
プリーストリー家 (The Priestleys)　59-60
プリチェット、V. S.(Pritchett, V. S.)　39
ブリュッセル (Brussels)　26, 136
ブルック、タイタス・シーニア (Brooks, Titus Senior)92
ブレイク、ウィリアム (Blake, William, 1757-1827)17, 38
ブレンザイダ、ジュリアス (Brenzaida, Julius)98-102
ブロートン＝イン＝ファーネス (Broughton-in-Furness)10
フローベール (Flaubert, Gustave, 1821-80)xiv
ブロンテ、アン (Brontë, Anne, 1820-49)　vii-viii, 1, 4, 11, 16-7, 19, 21, 24, 26, 29, 37, 95, 114, 151,
ブロンテ、エミリ・ジェイン (Brontë, Emily Jane, 1818-48)vi-viii, 1, 3-4, 6-9, 11, 13-22, 24, 26-8, 33-4, 36-42, 44-5, 50-2, 54, 56, 58-61, 65-6, 68, 70-2, 76-7, 86-8, 91-2, 95-7, 106, 110-5, 117-8,133, 137-41, 143-5, 151. 153-6, 158, 160, 164-5, 168-9, 173-6, 180, 184, 186-7, 189-90, 192-5, 200, 209, 215-6, 234-7, 241, 243, 246-8, 250-4, 257-8, 260-1, 263, 268-9, 274, 285,308, 326-7, 288, 300, 304-5
ブロンテ、シャーロット (Brontë, Charlotte, 1816-55)　vii-viii, 1, 4, 11, 12-24, 26, 28-9, 31-2, 42, 95-6, 112, 114-5, 137-40, 147, 151, 154, 58-60, 193, 241, 257-8
ブロンテ・ソサイエティー (The Brontë Society)　34
ブロンテ・パーソネージ・ミュージアム (Brontë Parsonage Museum) 35
ブロンテ、パトリック (Brontë, Patrick, 1777-1861)　vii, 51, 131-2
ブロンテ、パトリック・ブランウェル (Brontë, Patrick Branwell, 1817-48)　vii, 1-12, 15-22, 28-9, 73, 95, 160
ブロンテ・フットパス (Brontë Footpath)　50
ブロンテ、マリア (Brontë, Maria, 1814-25)　9
ブロンテ、マリア・ブランウェル (Brontë, Maria Branwell, 1783-1821)　132
ブロンテ家 (The Brontës)　vii, 38, 51, 77, 85, 127, 138-9, 145, 147, 153-4
『ブロンテ家の人々』(*The Brontës*, 1994)　85

『ブロンテ作品を解く鍵』(*The Key to the Brontë Works*, 1911)　28
ブロンテ姉妹 (Brontë Sisters)　vii, 17, 32, 36, 40, 43, 45, 50, 53, 95-6, 114, 135, 138
ブロンデル、ジャック (Blondel, Jacques)　200

【ヘ】

ベイクス、ジョン (Bakes, John)　87-8
ベックフォード (Beckford, William, 1759-1844)　34
ペニストン・クォリーズ (Penistone Quarries)　75
ペニストン・クラッグズ (Penistone Crags)　50, 73-5, 260, 276
ベル、アクトン (Bell, Acton) →ブロンテ、アン
ベル、エリス (Bell, Ellis) →ブロンテ、エミリ
ベル、カラー (Bell, Currer) →ブロンテ、シャーロット
『ヘンリ８世』(*Henry VIII*, 1612-3)　140

【ホ】

ボイス、R. V. B.(Buys, R. Van Brakell)　39
ポウイス (Powys, John Cowper, 1872-1963)　35
ボウエン、エリザベス (Bowen, Elizabeth, 1899-1973)　39
ホウルズワース、エリザベス (Holdsworth, Elizabeth)　92
ホウルズワース・ホール (Holdsworth Hall)　92
北部大学 (The Northern College)　98
ボードレール (Baudelaire, Charles, 1821-67)　32
ホートン、ジョシュア (Horton, Joshua)　60
ホーナー、ジョン (Horner,John)　54, 57
ボネル・コレクション (Bonnell Collection)　35
ボネル、ヘンリ・ヒューストン (Bonnell, Henry Houston, ?-1926)　35
ポープ、アレクザンダー (Pope, Alexander, 1688-1744)　15
ホープ師、ジョン (Hope, Rev. John)　71, 92
ホフマン (Hoffman, Ernt Theodor Amadeus, 1776-1822)　226
ホランド (Holland, Charles Hepworth)　304
ホールステッド、ジョン (Halstead, John)　86
『ボールダー』(*Balder*, 1854)　24
ホワイトフィールド (Whitefield, George, 1714-70)　127, 129, 131
ポンデン・カーク (Ponden Kirk)　74

ポンデン・ホール (Ponden Hall)　8, 45, 47, 50-3, 56, 60, 85-6, 88
ポンデン・ミル (Ponden Mill)　86

【マ】
マイヤーホフ (Meyerhoff, Hans, 1914-65)　289-90, 299, 305
マカラク、ブルース (McCullough, Bruce, 1891-?)　40
『マクベス』(*Macbeth*, 1605-6)　140, 144
マシスン、ジョン・K (Mathison, John Kelly)　212
マースキー (Mirsky, D. S. Prince, 1890-1939)　36
『マダム・ボヴァリー』(*Madame Bovary*, 1857)　xiv
マチュリン (Maturin, Charles Robert, 1782-1823)　226
マードック、アイリス (Murdock, Iris, 1919-)　165
マラム＝デンブルビー、ジョン (Malham-Dembleby, John)　28-9, 138
マリア (Maria)　99
マーロウ (Marlow)　187, 192, 246
マーロウ (Marlowe, Christopher, 1564-93)　40
『マンク』(*The Monk*, 1796)　226
マンチェスター (Manchester)　11
『マンフレッド』(*Manfred*, 1817)　77
マンレイ、エドワード (Manley, Sir Edward)　154-5

【ミ】
ミス・パチェットの学校 (Miss Patchett's Academy for Young Ladies)
　→ロー・ヒル・スクール
「みどりの侏儒」("The Green Dwarf," 1833)　154
ミドル・ウィズンズ (Middle Withens)　49
『ミドロジアンの心臓』(*The Heart of Midlothian*, 1818)　38
ミュア、エドウィン (Muir, Edwin, 1887-1959)　37, 39, 257-8
『ミラー』(*The Mirror*)　6
ミルトン、ジョン (Milton, John, 1608-74)　19, 40, 44, 158-9, 237, 334
ミレット、K.(Millett, Kate)　44

【メ】
メグ (Meg)　82-3
メスルア (Mesrour)　147

メソディスト (Methodist)　9, 70, 127, 127-31, 234, 254
メソディズム (Methodism)　127, 129-33
メルヴィル (Melville, Herman, 1819-91)　xiv

【モ】
モグレン、ヘレン (Moglen, Helen, 1936-)　44
モーム、サマセット (Maugham, William Somerset, 1974-1965)　xiv, 245
『モル・フランダーズ』(*Moll Flanders*, 1722)　249
モル (Moll)　249

【ヤ】
『家主と借家人に関する法律』(*The Laws Relating to Landlords and Tenants*)　52
『屋根裏の狂女』(*The Madwoman in the Attic*, 1979)　44

【ユ】
ユーゴー (Hugo, Victor Marie, 1802-85)　226
ユダ (Judas)　201, 224
ユーバンク、インガ＝スティナ (Ewbank, Inga-Stina)　43-4

【ヨ】
妖精の穴 (fairy cave)　74-5
ヨーク (York)　16, 89
ヨークシャー (Yorkshire)　32-4, 56, 59, 68, 87, 91, 112, 115, 173, 267, 320

【ラ】
ライト、ウィリアム (Wright, William)　33, 77, 84
ラッチフォード、ファニー・エリザベス (Ratchford, Fannie Elizabeth, 1888-1974)　308
ラデンデン教会 (Luddenden Chuch)　73
ラデンデン・フット (Luddenden Foot)　12, 73
ラドクリフ (Radcliffe, Ann, 1764-1823)　226
ラングデイル、エリザベス (Langdale, Elizabeth)　59

ラングデイル将軍、サー・マーマデューク (Langdale, General Sir Marmaduke) 59
ランドフォード (Landford) 90-1

【リ】
『リア王』(*King Lear*, 1605-6) xiv, 4, 7, 34, 38, 140-2
リア王 (King Lear) 139, 141-2
リヴァプール (Liverpool) xi, 72, 77-8, 148, 157, 292
リーヴィス、フランク・レイモンド (Leavis, Frank Raymond, 1895-1978) 40, 135
リーガン (Regan) 142
リグビー、エリザベス (Rigby, Elizabeth, 1809-93) 24, 32
リジャイナ (Regina) 98
リーズ (Leeds) 6, 87
リスター、アン (Lister, Anne, 1791-1840) 61, 66, 92
リスター、ジョン (Lister, John) 68
リスター家 (The Listers) 68
『リチャード３世』(*Richard III*, 1592-3) 40, 140, 144
リード、ウィームズ (Reid, Sir Thomas Wemyss, 1842-1905) 11, 22
リード、ハーバート (Read, Herbert, 1893-1968) 37, 216
「漁師と魔人との物語」 149
領地荘園領主名簿 (Memorial Roll) 59
リンカン伯爵 (Earl of Lincoln) 69
リントン、イザベラ (Linton, Isabella) ix, xiii-xiv, 8-10, 57-8, 61, 65-7, 72, 88, 94, 149, 157, 168, 174, 188, 216-29, 231-5, 238, 240-3, 247-8, 251, 253-6, 260, 274, 277, 281, 286, 317-9, 321-2, 336
リントン、エドガー (Linton, Edgar) ix, xi-xiv, 62, 67, 72, 103, 109, 118, 121-2, 125, 141, 194, 196, 199, 202, 204, 207-8, 210, 214, 218-22, 224-5, 228, 241, 256, 258, 265-8, 271-2, 274-5, 277-9, 281, 290, 293-4, 297, 300, 331, 339-40
リントン、キャサリン (Linton, Catherine) xii-xiii, 8, 57-8, 66, 120, 122-3, 148, 152, 169, 171, 181-4, 201, 209, 211-4, 248, 258, 264, 266, 276-80, 282, 316, 334
リントン家 (The Lintons) ix, xi-xii, 42, 69, 121-2, 124-5, 199, 201, 207, 210-1, 218, 220, 224-5, 251, 270, 272, 278, 292

リントン兄妹　xi
リントン氏 (Linton, Mr.)　67, 270, 293
リントン夫妻 (Linton, Mr. and Mrs.)　ix, xi, 67

【ル】

ルイス (Lewis, Matthew Gregory, 1775-1818)　226

【レ】

レイシー、ジョン (Lacey, John)　70
レイシー家 (The Laceys)　69
レイモンド、アーネスト (Raymond, Ernest, 1888-?)　74
レイランド、フランシス・A (Leyland, Francis A.)　2-7, 18, 29
レヴィドーヴァ、I. M.(Levidova, Inna Mikhailovna)　43
レスリー、ロドリック (Lesley, Rodric)　100, 102
レッシング、ドリス (Lessing, Doris, 1919-)　165

【ロ】

ロー、アリス (Law, Alice, 1886-?)　2, 11, 18
ロー・ヒル (Law Hill)　54, 59, 61-2, 66, 69-70, 72, 91-2
ロー・ヒル・ホール (Law Hill Hall)　90
ロー・ヒル・スクール (Law Hill School)　54, 58, 61, 88
ロー、ロバート (Lawe, Robert)　71
ロイスブルーク、ジョン (Ruysbroeck, Jan van, 1293-1381)　36
ロウ・ウィズンズ (Low Withens)　49
「ロウジーナ」(‘Rosina,’ No. 151)　109
『老水夫行』(*The Rime of the Ancient Mariner*, 1798)　170
ロセッティ、クリスティナ (Rossetti, Christina Georgiana, 1830-94) 39
ロチェスター (Rochester, Edward Fairfax)　29, 147, 208
ロックウッド氏 (Lockwood, Mr.)　xii-xiii, 2, 7-9, 55-6, 58, 60, 66, 68-9, 73, 75, 88, 110, 118, 120, 122, 127, 132, 139, 144, 149, 151-2, 162-3, 167-82, 184-8, 191, 194-5, 208, 211-3, 217, 241, 243, 249-51, 259-68, 272, 278, 284, 290, 299, 307-16, 318, 323-30, 338, 341-2, 245
ロックウッド、セアラ (Lockwood, Sarah)　73

ロックハート、J. G.(Lockhart, John Gibson, 1794-1854)　153
ロビンソン家 (The Robinsons)　7, 20
ロビンソン師、エドモンド (Robinson, Rev. Edmund, 1800-46)　2
ロビンソン、メアリ (Robinson, Agnes Mary Frances, 1857-1944)　1, 2, 22, 33

【ワ】

『ワイルドフェル・ホールの住人』(*The Tennant of Wildfell Hall*, 1848)　15, 24, 26
「わがアングリアとアングリアの人々」('My Angria and the Angrians')　96
「若者たち」('Young Men')　95
ワザリング・ハイツ (Wuthering Heights)　ix, 45, 47-9, 52, 54, 56-7, 59, 64-6, 68, 74, 108, 117, 120, 122, 126, 128-9, 133, 140-1, 147, 152, 157, 167, 169-71, 174, 176-7, 180, 185, 191, 198, 201, 210-2, 214-5, 219-20, 223, 225, 227, 229, 263, 232-3, 240-3, 252-3, 257, 260-1, 265, 267-8, 270, 272, 274, 276, 279-80, 282, 293, 295, 304, 316-9, 343
ワース、ジョージ・J(Worth, George J.)　177, 186
ワーズワス (Wordsworth, William, 1770-1850)　41, 146, 158
ワーズワス (Wordsworth　ウォータークラフ・ホールの乳母、女中) 91, 94
ワトソン (Watson)　58
ワーナ湖 (Lake Werna)　98, 103
「われらの仲間」('Our Fellow')　95

著者
中岡　洋（なかおか　ひろし）　駒澤大学教授
芦澤久江（あしざわ　ひさえ）　静岡英和学院大学短期大学部教授
杉村　藍（すぎむら　あい）　名古屋女子大学短期大学部助教授
増田恵子（ますだ　けいこ）　駒澤大学講師
澤田真弓（さわだ　まゆみ）　駒澤大学博士課程

『嵐が丘』を読む　［検印廃止］

2003年10月16日　初版発行

編著者	中岡　洋
発行者	安居洋一
印刷所	平河工業社
製本所	株式会社難波製本

〒160-0002　東京都新宿区坂町26
発行所　開文社出版株式会社
電話 03-3358-6288　振替 00160-0-52864

ISBN 4-87571-972-8　C3098